Gaston Leroux
Das Phantom der Oper
Roman
Mit einem Nachwort
von Richard Alewyn

Carl Hanser Verlag

Autorisierte Übersetzung aus dem Französischen
von Johannes Piron
Die Originalausgabe: *Le Fantôme de l'Opéra*
ist 1939 bei Le Livre de Poche, Paris erschienen

ISBN 3-446-15296-2
Alle Rechte der deutschen Ausgabe:
© 1968, 1988 Carl Hanser Verlag München Wien
Gesamtherstellung: Clausen & Bosse, Leck
Printed in Germany

Vorwort

In dem der Verfasser dieses eigenartigen Buches berichtet, wie er zu der Überzeugung gelangte, daß das Phantom der Oper zweifellos existiert hat

Das Phantom der Oper hat wirklich existiert. Es handelte sich nicht, wie man lange Zeit annahm, um eine Erfindung der Sänger und Sängerinnen, nicht um einen Aberglauben der Direktoren, auch nicht um ein Hirngespinst der überspannten Dämchen vom Corps de ballet oder ihrer Mütter, der Logenschließerinnen, der Garderobefrauen und der Concierge.

Ja, es hat leibhaftig existiert, wenn es auch wie ein echtes Phantom auftrat, das heißt als Schemen.

Bei meinen Nachforschungen in den Archiven der Académie nationale de Musique frappierte mich von Anfang an die erstaunliche Übereinstimmung der dem Phantom zugeschriebenen Phänomene mit dem, was sich an Mysteriösem und Tragischem ereignet hatte, und schon bald kam mir der Gedanke, daß man vielleicht das eine durch das andere verstandesmäßig erklären könnte. Die Ereignisse liegen erst dreißig Jahre zurück, und noch heute laufen ehrwürdige alte Herren, an deren Wort nicht zu zweifeln ist, in dem Foyer de la Danse herum, die sich so genau, als wäre es gestern geschehen, an die rätselhaften Umstände erinnern, die Christine Daaés Entführung, Vicomte de Chagnys Verschwinden und den Tod seines älteren Bruders, des Grafen Philippe, begleiteten, dessen Leiche am Steilufer des sich zur Rue Scribe hin unter der Oper ausdehnenden Sees gefunden wurde. Aber keiner dieser Zeugen hielt es bisher für nötig, diese grauenhafte Geschichte mit der fast legendären Gestalt des Phantoms in Verbindung zu bringen.

Mir dämmerte die Wahrheit nur allmählich, denn mich verwirrten Vorfälle, auf die ich bei meinen Nachforschungen immer wieder stieß und die ich einfach für übernatürlich halten mußte, und mehrmals war ich nahe daran, mein Vorhaben aufzugeben, denn ich vergeudete bloß meine Kraft, indem ich einem Trugbild nachjagte, ohne es je fassen zu können. Aber schließlich fand ich den Beweis, daß meine Vorahnungen stimmten, und an dem Tage, an dem ich die Gewißheit hatte, daß das Phantom der Oper mehr als ein Schemen war, wurde ich für all meine Anstrengungen belohnt.

An diesem Tag hatte ich mich stundenlang mit den *Memoiren eines Operndirektors* beschäftigt, dem oberflächlichen Werk jenes reichlich skeptischen Moncharmin, der während seiner kurzen Amtstätigkeit an der Oper im Grunde nichts von dem finsteren Treiben des Phantoms kapierte und als erster auf die merkwürdige Transaktion mit dem »Zauberkouvert« hereinfiel.

Entmutigt verließ ich die Bibliothek, als ich den charmanten Verwalter unserer Académie nationale de Musique traf, der auf einem Treppenabsatz mit einem lebhaften und eleganten alten Herrn plauderte, dem er mich sogleich erfreut vorstellte. Der Verwalter wußte nämlich über meine Nachforschungen Bescheid, kannte also auch den Eifer, mit dem ich bisher vergeblich versucht hatte, herauszubekommen, wohin sich Monsieur Faure, der Untersuchungsrichter in dem berühmten Fall Chagny, zurückgezogen hatte. Es war nicht bekannt, was aus ihm geworden war, ja nicht einmal, ob er überhaupt noch lebte oder ob er schon gestorben war – und nach seiner Rückkehr aus Kanada, wo er fünfzehn Jahre verbracht hatte, galt sein erster Weg in Paris dem Sekretariat der Oper, wo er sich eine Freikarte beschaffen wollte. Denn besagter alter Herr war kein anderer als Monsieur Faure persönlich.

Wir blieben bis spät abends zusammen, und er erzählte mir den ganzen Fall Chagny so, wie er ihn seinerzeit gesehen hatte. Aus Mangel an Beweisen mußte er zu dem Schluß kommen, daß der Vicomte wahnsinnig geworden war und daß es sich bei dem Tod seines älteren Bruders um einen Unfall handelte, aber er selbst zweifelte nicht daran, daß sich Christine Daaés wegen ein furchtbares Drama zwischen den beiden Brüdern abgespielt hatte. Er konnte mir nicht sagen, was aus Christine oder dem Vicomte geworden ist. Als ich das Phantom erwähnte, lachte er nur darüber. Auch ihm hatte man die merkwürdigen Vorfälle geschildert, die das Vorhandensein eines seltsamen Wesens zu bestätigen schienen, das sich einen der geheimnisvollsten Winkel der Oper zum Unterschlupf gewählt hatte, und auch er kannte die Geschichte mit den »Kouverts«, aber er konnte darin nichts entdecken, was für ihn als Untersuchungsrichter im Fall Chagny von Bedeutung gewesen wäre, wenn er sich auch kurz die Aussage eines Zeugen anhörte, der sich freiwillig gemeldet hatte, um zu beschwören, daß er dem Phantom begegnet sei. Dieser Zeuge war eine dem Stammpublikum der Oper bekannte Figur, die ganz Paris den »Perser« nannte. Der Richter hatte ihn für einen Geisterseher gehalten.

Wie man sich vorstellen kann, interessierte mich dieser Perser brennend. Ich wollte, wenn es noch möglich war, diesen wertvollen und wunderlichen Zeugen unbedingt wiederfinden. Ich hatte Glück und stöberte ihn in seiner kleinen Wohnung in der Rue de Rivoli auf, wo er schon damals lebte und wo er auch fünf Monate nach meinem Besuch starb.

Anfangs traute ich ihm nicht so recht, aber nachdem mir der Perser mit kindlicher Offenheit alles erzählt hatte, was er persönlich von dem Phantom wußte, und nachdem er mir die Beweise für dessen Existenz zur Verfügung gestellt hatte, vor allem Christine Daaés Korrespondenz, die ihr entsetzliches Schicksal ans Licht brachte, konnte ich nicht länger zweifeln! Nein! Nein! Das Phantom war keine Mythe.

Man hat zwar eingewandt, daß die ganze Korrespondenz gefälscht sei, vermutlich bis in alle Einzelheiten von einem Mann mit einer blühenden Phantasie, aber zum Glück entdeckte ich Christines Handschrift auf Papieren, die nicht zu dem berühmten Bündel Briefen gehörten, so daß ich Vergleiche anstellen konnte, die meine Bedenken restlos zerstreuten.

Außerdem verschaffte ich mir Auskünfte über den Perser, aus denen hervorging, daß er ein ehrlicher Mensch war, der nicht im Traum daran gedacht hätte, die Justizbehörden irrezuführen.

Dieser Meinung sind übrigens auch die wichtigsten Personen, die irgend etwas mit dem Fall zu tun hatten und mit der Familie befreundet waren, und denen ich meine sämtlichen Beweisstücke vorgelegt und meine Schlußfolgerungen erläutert habe. Sie bestärkten mich darin, und ich gestatte mir in diesem Zusammenhang hier einige Zeilen abzudrucken, die mir der General D. schrieb:

»Monsieur,
ich kann Sie nur dazu anspornen, die Ergebnisse Ihrer Nachforschungen zu veröffentlichen. Ich erinnere mich noch genau, daß einige Wochen vor der Entführung der großen Sängerin Christine Daaé und der Tragödie, die den ganzen Faubourg Saint-Germain in Trauer versetzte, im Foyer de la Danse oft die Rede von dem Phantom war, und ich glaube, daß nur infolge dieser Affäre, die uns alle so ergriff, nicht mehr darüber gesprochen wurde. Sollte es aber, was ich annehme, nachdem ich Ihnen zugehört habe, möglich sein, die Tragödie durch das Phantom aufzuklären, so bitte ich Sie, Monsieur, uns wieder von dem Phantom zu erzählen. Denn so rätselhaft selbiges auch anfangs anmuten mag, es läßt sich immer noch leichter erklären als diese düstere Geschichte, in der übelwollende Leute nichts anderes sehen wollten, als daß zwei Brüder, die sich ihr Leben lang innig liebten, auf den Tod haßten . . .

Ich verbleibe . . . usw.«

Von neuem durchstreifte ich mit den Unterlagen in meiner Hand die weite Domäne des Phantoms, das monumentale Gebäude, das es zu seinem Reich gemacht hatte, und alles, was mein Auge erblickte, mein Geist entdeckte, bestätigte die Dokumente des Persers – als meine Mühe von einem verblüffenden Fund gekrönt wurde.

Kürzlich legten beim Ausschachten eines Aufbewahrungsortes für die phonographisch aufgenommenen Stimmen berühmter Sänger im Keller der Oper die Spitzhacken der Arbeiter eine Leiche frei. Nun erhielt ich sofort den Beweis, daß es sich dabei um die Leiche des Phantoms der Oper handelte. Ich bat den Verwalter, sich mit eigenen Augen von dem Beweis zu überzeugen, so daß es mich jetzt kalt läßt, wenn die Zeitungen darüber berichten, man habe dort ein Opfer der Kommune gefunden.

Denn die Unglücklichen, die von den Kommunarden in den Kellern der Oper massakriert wurden, liegen gar nicht auf dieser Seite begraben. Ich weiß, wo ihre Skelette zu finden sind, nämlich ein ganzes Stück von dem riesigen Gewölbe entfernt, das während der Belagerung zum Hamstern von Lebensmitteln diente. Ich stieß auf ihre Spur, weil ich ja die sterblichen Überreste des Phantoms der Oper suchte, die ich niemals entdeckt hätte, wenn mir nicht der unerhörte Zufall, daß man ausgerechnet in dieser Vorratskammer die phonographisch verewigten Stimmen vergrub, zu Hilfe gekommen wäre.

Doch wir wollen später auf diese Leiche und auf das, was sich daraus ableiten läßt, zurückkommen. Jetzt möchte ich dieses notwendige Vorwort beenden, indem ich allen danke, die sich bescheiden im Hintergrund halten – namentlich Monsieur Mifroid, dem Polizeikommissar, der bei Christine Daaés Entführung als erster den Tatbestand aufnahm, Monsieur Rémy, dem ehemaligen Sekretär, Monsieur Mercier, dem ehemaligen Verwalter, Monsieur Gabriel, dem ehemaligen Gesangmeister, und ganz besonders Baronin de Castelot-Barbezac, die früher als reizendes Sternchen unseres bewundernswerten Corps de ballet »die kleine Meg« genannt wurde (und sich dessen nicht schämt) und deren inzwischen verstorbene Mutter, die ehrwürdige Madame Giry, seinerzeit Schließerin der Loge des Phantoms war –, die mir aber überaus behilflich waren und durch deren Unterstützung ich überhaupt erst in der Lage bin, jene Stunden reiner Liebe und entsetzlichen Grauens bis in alle Einzelheiten nochmals heraufzubeschwören.*

* Es wäre eine Unterlassungssünde, an der Schwelle dieser schaurigen und doch wahren Geschichte nicht auch der heutigen Operndirektion zu danken, die meine Nachforschungen aufs freundlichste förderte, vor allem Monsieur Messager, sowie Monsieur Gabion, dem sehr entgegenkommenden Verwalter, und dem liebenswürdigen Architekten, der mit der Instandhaltung des Gebäudes beauftragt ist und der mir, ohne zu zögern, Charles Garniers Werke lieh, obwohl er kaum mit deren Rückgabe rechnen konnte. Schließlich muß ich noch die Großzügigkeit meines Freundes und früheren Mitarbeiters, Monsieur J.-L. Croze, öffentlich hervorheben, der mir erlaubte, seine hervorragende Theaterbibliothek zu benutzen und mir daraus seltene Ausgaben zu borgen, an denen er sehr hing.

G. L.

Erstes Kapitel

Ist es das Phantom?

Am Abend der Galavorstellung, die Monsieur Debienne und Monsieur Poligny, die zurücktretenden Direktoren der Oper, anläßlich ihres Abschieds gaben, stürzte plötzlich ein halbes Dutzend Dämchen des Corps de ballet nach ihrem Auftritt in *Polyeucte* ganz aufgeregt in die Garderobe der Sorelli, einer gefeierten Primaballerina. Die einen lachten übertrieben und unnatürlich, die anderen stießen Schreckensschreie aus.

Die Sorelli, die einen Augenblick allein zu sein wünschte, um nochmals die Rede zu »üben«, die sie später im Foyer auf Debienne und Poligny halten sollte, drehte sich verstimmt über die Störung zu dem aufgebrachten Häuflein um. Da nannte ihr die kleine Jammes – Stupsnäschen, Vergißmeinnichtaugen, Pfirsichwangen, Schwanenhals – mit vor Angst bebender Stimme in vier Worten den Grund für den Tumult:

»Es ist das Phantom!«

Sie schloß die Tür ab. Die Garderobe der Sorelli war unpersönlich elegant. Die banale Einrichtung bestand aus einem Drehspiegel, einem Diwan, einem Toilettentisch und Schränken. An den Wänden hingen einige Stiche, Erinnerungsstücke ihrer Mutter, die noch die schöne Zeit der alten Oper in der Rue Le Peletier miterlebt hatte. Porträts von Vestris, Gardel, Dupont, Bigottini. Den Balletteusen kam diese Garderobe wie ein Palast vor, denn sie waren in Gemeinschaftsräumen untergebracht, wo sie sich bis zum Klingelzeichen des Inspizienten die Zeit vertrieben, indem sie sangen, sich zankten, mit Friseuren und Garderobieren handgreiflich wurden oder sich ein Gläschen schwarzen Johannisbeersaft, Bier, ja sogar Rum genehmigten.

Die Sorelli war sehr abergläubisch. Als die kleine Jammes das Phantom erwähnte, fuhr sie zusammen und sagte:

»Du dumme Gans!«

Doch da sie allen voran an Gespenster im allgemeinen und an das Phantom der Oper im besonderen glaubte, wollte sie sofort Genaueres darüber wissen.

»Habt ihr es gesehen?« fragte sie.

»So wie ich Sie sehe!« stöhnte die kleine Jammes und sank auf einen Stuhl, weil sie sich nicht länger auf den Beinen halten konnte.

Die kleine Giry – Mandelaugen, dunkler Teint, pechschwarzes Haar, spindeldürr – fügte hastig hinzu:

»Wenn es das Phantom war, dann ist es sehr häßlich!«

»O ja!« riefen die Balletteusen im Chor.

Sie redeten alle durcheinander. Das Phantom war ihnen als Herr im Frack erschienen, der im Korridor plötzlich vor ihnen auftauchte, ohne daß sie zu sagen vermochten, woher er kam. Man hätte meinen können, er wäre aus der Wand getreten.

»Ach«, sagte eine von ihnen, die ihre Kaltblütigkeit einigermaßen bewahrt hatte, »überall seht ihr das Phantom.«

Tatsächlich wurde seit einigen Monaten in der Oper nur noch von dem Phantom im Frack geredet, das wie ein Schatten durch das ganze Gebäude huschte, das nie jemanden anredete, das niemand je anzureden wagte und das zudem im Nu verschwand, sobald man es erblickte, ohne daß man zu sagen vermochte, wohin und wie. Es bewegte sich lautlos, wie es sich einem echten Phantom ziemt. Anfangs lächelte und spöttelte man über dieses wie ein feiner Herr oder wie ein Leichenträger gekleidete Gespenst, aber schon bald nahm die Legende des Phantoms im Corps de ballet ungeheure Ausmaße an. Alle behaupteten, diesem übernatürlichen Wesen schon einmal in irgendeiner Form begegnet und seinen Hexereien zum Opfer gefallen zu sein. Aber diejenigen, die am lautesten lachten, waren keineswegs die selbstsichersten. Wenn es sich nicht blicken ließ, machte es sich durch komische oder makabre

Handlungen bemerkbar, die der Aberglaube fast aller ihm zuschrieb. Wenn es einen Zwischenfall zu klären galt, wenn eine Balletteuse einer anderen einen Streich gespielt hatte, wenn eine Reispuderquaste verlorengegangen war, so schob man immer die Schuld dem Phantom zu, dem Phantom der Oper!

Wer hatte es eigentlich schon gesehen? Ein Frack in der Oper weist schließlich noch nicht auf ein Phantom hin. Dieser Frack hatte freilich eine Eigenart, die den unzähligen anderen Fräcken fehlte: er bekleidete ein Skelett.

Das behaupteten wenigstens jene Dämchen.

Und natürlich hatte es einen Totenkopf.

War das alles ernst zu nehmen? In Wirklichkeit rührte die Vorstellung des Skeletts von der Beschreibung des Phantoms her, die Joseph Buquet, der Maschinenmeister, gab, nachdem er es mit eigenen Augen gesehen hatte. Er war auf der kleinen Treppe, die neben der Rampe direkt zur »Versenkung« führt, mit der geheimnisvollen Gestalt zusammengeprallt, gewissermaßen mit der Nase darauf gestoßen – was sich umgekehrt nicht sagen läßt, denn das Phantom hatte keine. Buquet konnte das Phantom zwar nur eine Sekunde betrachten – denn es ergriff sofort die Flucht –, aber dessen Anblick prägte sich ihm unauslöschlich ein.

Joseph Buquet beschrieb das Phantom folgendermaßen:

»Es ist ungeheuer dürr. Sein Frack schlottert um ein Gerippe. Seine Augen liegen so tief, daß man die starren Pupillen kaum erkennen kann. Eigentlich sieht man nur zwei große schwarze Löcher wie in Totenschädeln. Seine Haut, die sich wie ein Trommelfell über das Knochengerüst spannt, ist nicht weiß, sondern schmutziggelb; die Andeutung seiner Nase ist im Profil unsichtbar, ja die *Abwesenheit* der Nase bietet einen fürchterlichen *Anblick*. Drei bis vier lange braune Strähnen auf der Stirn und hinter den Ohren stellen den ganzen Haarwuchs dar.«

Vergeblich verfolgte Joseph Buquet diese seltsame Erscheinung. Sie war wie durch Zauberei spurlos verschwunden.

Der Maschinenmeister war ein seriöser, gesetzter, recht phantasieloser Mann – und bei dieser Begegnung völlig nüchtern. Man hörte sich seinen Bericht bestürzt und interessiert an, und schon bald erzählten andere Leute, daß auch sie einen Befrackten mit Totenkopf getroffen hätten.

Die Besonnenen, denen die Sache zu Ohren kam, behaupteten anfangs, Joseph Buquet sei von einem seiner Untergebenen an der Nase herumgeführt worden. Dann traten aber Schlag auf Schlag so merkwürdige und unerklärliche Ereignisse ein, daß sogar die Vernünftigsten sich darüber den Kopf zu zerbrechen begannen.

Ein Feuerwehrhauptmann ist tapfer! Der fürchtet sich vor nichts, bestimmt nicht vor dem Feuer!

Besagter Feuerwehrhauptmann* inspizierte nun die »Versenkungen« und wagte sich offenbar etwas weiter vor als sonst, als er plötzlich wieder bleich, entsetzt, zitternd, mit hervorquellenden Augen auf der Bühne auftauchte und einer Ohnmacht nahe in die Arme der braven Mutter der kleinen Jammes sank. Und warum? Weil er *in Kopfhöhe, aber ohne Körper, ein Flammengesicht* auf sich hatte zukommen sehen! Und ich wiederhole: ein Feuerwehrhauptmann, der sich bestimmt nicht vor dem Feuer fürchtet.

Dieser Feuerwehrhauptmann hieß Papin.

Das Corps de ballet war entgeistert. Erst einmal entsprach das Flammengesicht keineswegs der Beschreibung, die Joseph Buquet von dem Phantom gegeben hatte. Man horchte den Feuerwehrhauptmann aus, man bestürmte den Maschinenmeister erneut mit Fragen, bis die Balletteusen zu dem Schluß kamen, daß das Phan-

---

* Monsieur Pedro Gailhard, der ehemalige Direktor der Oper, erzählte mir persönlich diese ebenfalls wahre Anekdote.

tom mehrere Köpfe hatte, die es nach Belieben auswechselte. Natürlich bildeten sie sich unverzüglich ein, in großer Gefahr zu schweben. Nachdem ein Feuerwehrhauptmann es nicht unter seiner Würde fand, ohnmächtig zu werden, konnten Ballerinen und Ballettratten guten Gewissens Entschuldigungen dafür anführen, wenn sie voller Angst auf Zehenspitzen an irgendeinem dunklen Loch in einem schlechtbeleuchteten Korridor vorbeischlichen.

Um das Gebäude möglichst vor solchen schrecklichen Heimsuchungen zu schützen, ging die Sorelli höchstpersönlich so weit, in Begleitung sämtlicher Tänzerinnen und sogar des ganzen trikottragenden Kinderschwarms aus den Anfängerklassen am Tage nach dem Erlebnis des Feuerwehrhauptmanns eigenhändig ein Hufeisen auf den Tisch zu legen, der in dem Vestibül auf der Seite des Verwaltungshofes steht, ein Hufeisen, das jeder Befugte – also alle außer den Zuschauern –, der die Oper betrat, berühren sollte, ehe er den Fuß auf die erste Treppenstufe setzte. Sonst drohte er Beute der okkulten Mächte zu werden, die sich des Gebäudes vom Keller bis zum Dachboden bemächtigt hatten.

Dieses Hufeisen ist übrigens – wie leider die ganze Geschichte – kein Produkt meiner blühenden Phantasie, sondern man kann es heute noch auf dem Tisch in dem Vestibül vor der Portierloge liegen sehen, wenn man die Oper vom Verwaltungshof aus betritt.

Daraus kann man sich leicht ein Bild von der Gemütsverfassung der Balletteusen an jenem Abend machen, an dem wir mit ihnen in die Garderobe der Sorelli eindringen.

»Es ist das Phantom!« hatte die kleine Jammes ausgerufen.

Inzwischen war die Unruhe der Tänzerinnen gewachsen. Jetzt herrschte bedrückendes Schweigen in der Garderobe. Man hörte nur noch ihren keuchenden Atem. Schließlich stürzte die Jammes mit dem Ausdruck echten Entsetzens in die äußerste Ecke und murmelte ein einziges Wort:

»Horcht!«

Tatsächlich glaubten alle, ein Rascheln hinter der Tür zu hören. Keine Schritte. Man hätte meinen können, daß feine Seide die Füllung streifte. Dann nichts mehr. Die Sorelli versuchte, sich weniger furchtsam zu zeigen als ihre Gefährtinnen. Sie trat zur Tür und fragte mit tonloser Stimme:

»Wer ist da?«

Aber niemand antwortete ihr.

Da sie spürte, daß die Augen aller ihre kleinste Bewegung beobachteten, zwang sie sich zur Tapferkeit und sagte laut:

»Ist da jemand hinter der Tür?«

»Ach! Ach! Bestimmt ist jemand hinter der Tür«, wiederholte die spindeldürre Meg Giry, die heroisch die Sorelli an ihrem Tüllrock zurückzerrte. »Machen Sie nur nicht auf! Mein Gott, machen Sie nicht auf!«

Aber die Sorelli hatte, mit einem Stilett bewaffnet, das sie immer bei sich trug, den Mut, den Schlüssel umzudrehen und die Tür zu öffnen, während sich die Tänzerinnen ins Badezimmer zurückzogen und Meg Giry seufzte:

»Mama! Mama!«

Beherzt musterte die Sorelli den Korridor. Er war verlassen; ein Schmetterlingsbrenner warf aus einem Glaskäfig einen rötlichen matten Schein in die Finsternis, ohne daß es ihm gelang, diese zu verscheuchen. Die Ballerina schloß hastig die Tür und atmete erleichtert auf.

»Nein«, sagte sie, »es ist niemand da!«

»Und trotzdem haben wir es gesehen!« behauptete die Jammes nochmals, während sie mit ängstlichen Schrittchen wieder ihren Platz neben der Sorelli einnahm. »Es muß dort irgendwo herumstreifen. Ich gehe bestimmt nicht zurück, um mich umzuziehen. Wir sollten alle zusammen zur Abschiedsfeier ins Foyer hinuntergehen und danach auch wieder zusammen heraufkommen.«

Alsdann berührte die Kleine fromm das Korallenamulett, das sie vor Unheil bewahren sollte. Und die Sorelli schlug heimlich mit dem rosa Fingernagel ihres rechten Daumens ein Andreaskreuz auf dem Holzreif an ihrem linken Ringfinger.

»Die Sorelli«, schrieb ein berühmter Journalist, »ist eine große, schöne Tänzerin mit ernstem, sinnlichem Gesicht und mit einer wie eine Weidengerte biegsamen Taille; sie wird im allgemeinen als ›schönes Geschöpf‹ bezeichnet. Ihr goldblondes Haar krönt eine Alabasterstirn, unter der die Augenhöhlen zwei Smaragde einfassen. Ihr Kopf wiegt anmutig wie ein Silberreiher auf einem langen, eleganten, stolzen Hals. Beim Tanzen macht sie eine gewisse unbeschreibliche Bewegung mit den Hüften, die ihren ganzen Körper vor unaussprechlichem Verlangen erschaudern läßt. Wenn sie die Arme hebt und sich nach vorne neigt, um zu einer Pirouette anzusetzen, wobei sich die Linien des Mieders deutlich abzeichnen und die Hüften dieser köstlichen Frau hervorspringen, vermeint man ein Bild vor sich zu haben, bei dessen Anblick man den Verstand verliert.«

Was den Verstand betrifft, so schien sie keinen nennenswerten zu haben, woraus ihr niemand einen Vorwurf machte.

Sie sagte zu den Balletteusen:

»Kinder, ihr müßt euch jetzt wieder ›fassen‹!... Vielleicht hat in Wirklichkeit noch keiner das Phantom gesehen!...«

»Doch! Doch! Wir haben es gesehen!... Wir haben es vorhin gesehen!« fingen die Kleinen von vorne an. »Es hatte einen Totenkopf und trug einen Frack, genau wie am Abend, an dem es Joseph Buquet erschien!«

»Auch Gabriel hat es gesehen«, sagte die Jammes. »Erst gestern! Gestern nachmittag... am hellichten Tage...«

»Gabriel, der Gesanglehrer?«
»Ja, der ... Was, das wissen Sie noch nicht?«
»Am hellichten Tage im Frack?«
»Wer? Gabriel?«
»Aber nein. Das Phantom!«

»Natürlich trug es seinen Frack«, bestätigte die Jammes. »Gabriel hat es mir selbst erzählt. Daran hat er es ja gerade erkannt. Und zwar ist das so passiert: Gabriel befand sich im Büro des Regisseurs. Plötzlich ging die Tür auf, und der Perser kam herein. Ihr wißt schon, der Perser mit dem ›bösen Blick‹!«

»Und ob!« erwiderten die Balletteusen im Chor, die, sobald das Bild des Persers heraufbeschworen wurde, das Zeichen gegen den bösen Blick machten, indem sie Zeige- und kleinen Finger ausstreckten, während der Daumen, Mittel- und Ringfinger auf die Handfläche drückte.

»Obwohl Gabriel abergläubisch ist«, fuhr die Jammes fort, »bleibt er doch immer höflich, und wenn er den Perser sieht, begnügt er sich damit, gelassen die Hand in die Tasche zu stecken und seine Schlüssel zu berühren ... Als nun die Tür aufging und der Perser erschien, machte Gabriel nur einen Satz von seinem Sessel zum Schloß des Schrankes, um Eisen anzufassen. Dabei riß er ein Stück Stoff aus seinem Paletot. Als er hinausrennen wollte, stieß er mit der Stirn gegen einen Kleiderhaken und bekam eine dicke Beule; als er daraufhin jäh zurückweichen wollte, ritzte er sich den Arm am Wandschirm beim Klavier auf; er wollte sich auf das Klavier stützen, als ihm zu allem Unglück der Deckel auf die Hände fiel und seine Finger einquetschte; er raste wie ein Irrer aus dem Büro und hatte es auf der Treppe so eilig, daß er sämtliche Stufen vom ersten Stock bis zum Parterre auf seinem Allerwertesten herunterrutschte. In diesem Augenblick kam ich gerade mit meiner Mutter vorbei. Wir liefen zu ihm, um ihn aufzuheben. Er war völlig zerschunden und blutete im Gesicht, was uns große Angst einjagte. Aber da lächelte er uns schon an und rief: ›Gott sei Dank, daß ich so billig davongekommen bin!‹ Wir fragten wieso, und da erzählte er uns, was für einen Schreck es ihm versetzt habe, hinter dem Perser das Phantom zu erblicken. ›*Das Phantom mit dem Totenkopf*, genau so wie Joseph Buquet es beschrieben hat!‹«

Ein entsetztes Gemurmel erhob sich, nachdem die Jammes ganz außer Atem am Ende ihrer Geschichte angelangt war, denn sie hatte sie so schnell heruntergerasselt, als folgte ihr das Phantom auf den Fersen. Dann trat eine Stille ein, die die kleine Giry halblaut brach, während die Sorelli höchst erregt ihre Nägel polierte.

»Joseph Buquet sollte lieber den Mund halten«, verkündete das spindeldürre Ding.

»Warum denn«, fragten die anderen.

»Das ist Mamas Meinung«, antwortete Meg diesmal ganz leise, wobei sie sich umschaute, als fürchtete sie, daß fremde Ohren lauschten.

»Und warum ist das die Meinung deiner Mutter?«

»Weil ... weil ... Ach, nichts ...«

Die geheimnisvolle Verschwiegenheit brachte die neugierigen Balletteusen so zur Verzweiflung, daß sie die kleine Giry bestürmten und anflehten, weiterzuerzählen. Schulter an Schulter beugten sie sich bettelnd und bestürzt über sie. Sie steckten sich gegenseitig mit ihrer Angst an, was sie einerseits genossen, was aber andererseits das Blut in ihren Adern erstarren ließ.

»Ich habe geschworen, kein Wort zu sagen«, seufzte Meg.

Aber sie ließen ihr keine Ruhe und versprachen, das Geheimnis genau so gut zu hüten wie Meg, die darauf brannte, das zu erzählen, was sie wußte. Da fing Meg an, ohne die Augen von der Tür abzuwenden:

»Also ... es dreht sich um die Loge ...«

»Welche Loge?«

»Um die Loge des Phantoms!«

»Hat denn das Phantom eine Loge?«

Bei der Vorstellung, daß das Phantom eine Loge hatte, konnten die Tänzerinnen ihr wonnevolles Gruseln nicht unterdrücken. Sie seufzten leise und sagten:

»Ach, mein Gott! Erzähl weiter! . . . Erzähl schon!...«

»Nicht so laut!« befahl Meg. »Es ist Loge Nr. 5, ihr wißt schon, die erste Proszeniumsloge links.«

»Unmöglich!«

»Und doch ist es so . . . Mama ist dort Schließerin . . . Ihr habt mir doch geschworen, darüber zu schweigen?«

»Ja doch, weiter! . . .«

»Das ist also die Loge des Phantoms . . . Niemand außer dem Phantom ist seit einem Monat dort gewesen, und der Verwalter hat die Anweisung erhalten, sie nicht mehr zu vermieten . . .«

»Kommt das Phantom wirklich hin?«

»Und ob! . . .«

»Demnach kommt jemand hin?«

»Aber nein! . . . *Das Phantom kommt zwar hin, aber niemand ist dort.*«

Die Balletteusen tauschten Blicke. Wenn das Phantom in die Loge kam, mußte man es sehen, denn es trug einen Frack und hatte einen Totenkopf. Das machten sie Meg klar, aber die entgegnete ihnen:

»Das ist es ja eben! Man sieht das Phantom nicht! Und es hat weder Frack noch Kopf. Alles, was man über seinen Totenkopf oder über sein Flammengesicht erzählt, ist reine Erfindung. Das alles hat es gar nicht . . . Man hört es nur, wenn es in der Loge ist. Mama hat es nie gesehen, wohl aber gehört. Mama weiß es genau, denn sie gibt ihm das Programm.«

Die Sorelli glaubte, einschreiten zu müssen.

»Kleine Giry, du machst dich über uns lustig.«

Da brach die kleine Giry in Tränen aus.

»Ich hätte lieber den Mund halten sollen . . . Wenn Mama je davon erfährt! . . . Aber bestimmt hat Joseph Buquet unrecht, sich in Dinge zu mischen, die ihn nichts angehen . . . Das bringt Unglück . . . Mama hat erst gestern gesagt . . .«

In diesem Augenblick erklangen schwere, hastige Schritte im Korridor, und eine keuchende Stimme rief:

»Cécile! Cécile! Wo bist du?«

»Das ist Mamas Stimme!« stieß die Jammes hervor. »Was ist denn los?«

Sie öffnete die Tür. Eine brave Frau von der Statur eines Dragoners stürzte in die Garderobe und sank stöhnend in einen Sessel. Sie rollte irr mit den Augen, die ihr krebsrotes Gesicht unheilvoll beleuchteten.

»Was für ein Unglück!« sagte sie. »Was für ein Unglück!«

»Was? Was denn?«

»Joseph Buquet...«

»Was ist denn mit Joseph Buquet?...«

»Joseph Buquet ist tot!«

Bestürzte Proteste, wirre Fragen nach Einzelheiten erfüllten die Garderobe...

»Ja... in der dritten Versenkung hat man ihn erhängt aufgefunden!... *Aber das Schrecklichste*«, fuhr die brave Frau atemlos fort, »*das Schrecklichste daran ist, daß die Bühnenarbeiter, die seine Leiche gefunden haben, behaupten, in der Nähe der Leiche ein Geräusch gehört zu haben, das wie eine Totenklage klang!*«

»Das ist das Phantom!« entschlüpfte es gleichsam gegen ihren Willen der kleinen Giry, aber sie faßte sich sofort wieder und preßte die Fäuste vor den Mund: »Nein!... Nein!... Ich habe nichts gesagt!... Ich habe nichts gesagt!...«

Ihre Gefährtinnen flüsterten erschrocken:

»Natürlich ist es das Phantom!...«

Die Sorelli erblaßte. »Ich werde außerstande sein, meine Abschiedsrede zu halten«, sagte sie.

Jammes' Mama äußerte ihre Meinung, während sie ein Gläschen Likör leerte, das auf einem Tisch herumstand: »Dahinter muß das Phantom stecken...«

Es kam nie klar zu Tage, wie Joseph Buquet den Tod fand. Das Ergebnis der Untersuchung lautete auf Selbstmord. In den *Memoiren eines Operndirektors* schildert Moncharmin, einer der beiden Nachfolger der Operndirektoren Debienne und Poligny, die Affäre folgendermaßen:

»Ein peinlicher Vorfall störte die kleine Feier, die Monsieur Debienne und Monsieur Poligny anläßlich ihres Abschieds veranstalteten. Ich befand mich im Direktionszimmer, als ich plötzlich Mercier, den Verwalter, hereinkommen sah. Erschüttert teilte er mir mit, daß man gerade in der dritten Versenkung zwischen einer Kulissenstütze und einem Dekor für *Le Roi de Lahore* den erhängten Maschinenmeister entdeckt habe. Ich rief: ›Kommen Sie schon, wir müssen ihn herunterholen!‹ Doch als ich, so schnell ich konnte, über Treppe und Bühnenleiter hingelangte, hatte der Erhängte schon keinen Strick mehr um den Hals!«

Diese Tatsache findet nun Moncharmin ganz natürlich. Ein Mann hat sich mit einem Strick erhängt, man schneidet ihn ab, der Strick ist verschwunden. O, Moncharmin erklärt das einfach so: »Da die Ballerinen und Ballettratten gerade probten, verschafften sie sich einen Talisman gegen den bösen Blick.« Eine Behauptung, sonst nichts. Können Sie sich vorstellen, daß das Corps de ballet über die Bühnenleiter nach unten eilt und im Handumdrehen den Strick des Erhängten unter sich aufteilt? Das ist kaum ernst zu nehmen. Wenn ich dagegen bedenke, an welcher Stelle die Leiche entdeckt wurde – nämlich in der dritten Versenkung –, so könnte doch leicht *jemand* am Verschwinden des Stricks sehr interessiert gewesen sein, nachdem dieser seinen Zweck erfüllt hatte, und wir werden später sehen, ob sich meine Vermutung als falsch herausstellt.

Die Schreckensnachricht erfüllte bald die ganze Oper, wo sich Joseph Buquet großer Beliebtheit erfreut hatte. Die Garderoben leerten sich, und die Balletteusen, die sich um die Sorelli scharten wie verängstigte Schafe um ihren Hirten, eilten, so schnell ihre rosa Beine sie tragen konnten, durch schlechtbeleuchtete Korridore und über schlechtbeleuchtete Treppen zum Foyer.

Zweites Kapitel

Die neue Margarete

Auf dem ersten Treppenabsatz traf die Sorelli den Grafen de Chagny, der hinaufging. Der sonst so ruhige Graf zeigte sich höchst erregt.

»Ich wollte gerade zu Ihnen«, sagte der Graf und begrüßte die junge Frau überaus galant. »Ach, Sorelli, was für ein herrlicher Abend! Und Christine Daaé – was für ein Triumph!«

»Unmöglich!« protestierte Meg Giry. »Seit sechs Monaten singt sie wie ein Reibeisen! Aber lassen Sie uns doch bitte vorbei, mein lieber Graf«, sagte die Kleine mit einem kecken Knicks, »wir möchten Näheres über den armen Mann erfahren, der sich erhängt hat.«

In diesem Augenblick kam der Verwalter geschäftig vorbei und blieb brüsk stehen, als er diese Bemerkung hörte.

»Was! Das wissen Sie schon, Mesdemoiselles?« sagte er recht grob. »Nun gut, schweigen Sie darüber ... vor allem in Monsieur Debiennes und Monsieur Polignys Gegenwart! Es würde ihnen den letzten Abend verderben.«

Alle gingen zum Foyer de la Danse, das schon voll war.

Graf de Chagny hatte recht: kein Galaabend konnte sich mit diesem messen. Diejenigen, die das Glück hatten, zu den Geladenen zu gehören, erzählen heute noch ihren Kindern und Enkelkindern gerührt davon. Man male sich nur aus, daß Gounod, Reyer, Saint-Saëns, Massenet, Guiraud, Delibes der Reihe nach ihre eigenen Werke dirigierten. Unter ihren Interpreten befanden sich Faure und die Krauss, und an diesem Abend wurde für das ganze staunende und sich daran berauschende Paris jene Christine Daaé zur Offenbarung, deren rätselhaftes Schicksal ich in diesem Buch schildern möchte.

Gounod dirigierte *La Marche funèbre d'une Ma-*

rionette; Reyer seine schöne Ouvertüre zu *Sigurd;* Saint-Saëns *La Danse macabre* und eine *Rêverie orientale;* Massenet einen noch unveröffentlichten *Marche hongroise;* Guiraud seinen *Carneval;* Delibes *La Valse lente de Sylvia* und seine *Pizzicati* aus *Coppélia.* Mademoiselle Krauss und Mademoiselle Denise Bloch sangen: erstere den Bolero aus *I Vespri siciliani,* letztere den *Brindisi* aus *Lucrezia Borgia.*

Aber aller Triumph war Christine Daaé vorbehalten, die erst einige Passagen aus *Roméo et Juliette* zu Gehör brachte. Zum ersten Mal sang eine junge Künstlerin dieses Werk Gounods, das übrigens noch nicht in der Oper aufgeführt worden war und das die Opéra-Comique erst lange nach der Premiere mit Madame Carvalho im alten Théâtre-Lyrique wieder auf den Spielplan setzte. Ach, diejenigen sind zu bedauern, die nie Christine Daaé in der Rolle der Juliette gehört, die nie ihre schlichte Anmut gekannt, die nie bei den Klängen ihrer Engelsstimme vor Ergriffenheit gezittert, die nie empfunden haben, wie ihre Seele mit Christine Daaés Seele über dem gemeinsamen Grab der Liebenden von Verona schwebte:

»Mein Gott! Mein Gott! Verzeihe uns!«

Doch all das war noch nichts im Vergleich zu den überirdischen Tönen, die sie in der Gefängnisszene und im Terzett-Finale aus *Faust* erklingen ließ, bei denen sie für die indisponierte Carlotta einsprang. So etwas hatte man noch nie gehört, noch nie gesehen!

Die Daaé offenbarte »die neue Margarete«, eine Margarete von bisher ungeahnter Brillanz und Ausstrahlung.

Der ganze Saal jubelte in seiner unsagbaren Ergriffenheit Christine zu, die schluchzend in die Arme ihrer Kollegen sank. Man mußte sie in ihre Garderobe tragen. Sie schien ihre Seele ausgehaucht zu haben. Der berühmte Kritiker P. de St.-V. hielt die Erinnerung an diese hinreißende Minute in einem Artikel fest, den er *Die neue Margarete* betitelte. Als großer Künstler erkannte er, daß dieses schöne und zarte Geschöpf an diesem Abend auf der Opernbühne mehr dargebracht hatte als nur ihre Kunst, nämlich ihr Herz. Keinem Opernfreund entging es, daß Christines Herz genau so rein geblieben war wie das einer Fünfzehnjährigen. Aber P. de St.-V. erklärte: »Um begreifen zu können, was sich gerade in der Daaé vollzogen hat, kommt man nicht um die Vermutung herum, daß sie zum ersten Mal liebt. Ich bin vielleicht taktlos«, fuhr er fort, »aber nur die Liebe ist imstande, ein solches Wunder, eine so überwältigende Umwandlung zu vollbringen. Vor zwei Jahren haben wir Christine Daaé bei ihrer Abschlußprüfung im Konservatorium gehört, und damals hat sie leise Hoffnungen in uns geweckt. Doch woher kommt heute das Sublime? Es schwebt keineswegs auf den Flügeln der Liebe vom Himmel herab, sondern ich muß annehmen, daß es aus der Hölle emporsteigt und daß Christine wie der Meistersinger Ofterdingen einen Pakt mit dem Teufel geschlossen hat! Wer nicht gehört hat, wie Christine das Terzett-Finale aus *Faust* sang, kennt *Faust* nicht: die Verzückung der Stimme und die heilige Trunkenheit einer reinen Seele gingen bis zum Äußersten!«

Trotzdem protestierten einige Abonnenten. Wieso hatte man einen solchen Schatz so lange vor ihnen verborgen gehalten? Christine Daaé war bisher ein passabler Siebel neben der etwas aufgedonnerten Margarete der Carlotta gewesen. Und erst durch den unerklärlichen und unentschuldbaren Ausfall der Carlotta an jenem Galaabend konnte sich die kleine Daaé in dem der spanischen Diva eingeräumten Teil des Programms voll entfalten! Wieso ließen Debienne und Poligny die Daaé überhaupt für die Carlotta einspringen? Kannten sie demnach deren geheimes Genie? Warum versteckten sie es, wenn sie es kannten? Warum versteckte Christine es selbst? Merkwürdig, man kannte nicht einmal ihren jetzigen Gesanglehrer! Mehrmals hatte sie erklärt, sie arbeite künftig allein. Das alles war unbegreiflich.

Graf de Chagny hatte, in seiner Loge stehend, jenen Sturm der Begeisterung miterlebt und seine lauten Bravo-Rufe dazu beigesteuert.

Graf de Chagny – Philippe Georges Marie – war damals einundvierzig. Ein Grandseigneur und gutaussehender Mann, von überdurchschnittlicher Größe, mit einnehmendem Gesicht trotz der strengen Stirn und den kühlen Augen. Frauen behandelte er mit ausgesuchter Höflichkeit, Männer etwas von oben herab, und nicht alle vergaben ihm seine gesellschaftlichen Erfolge. Er hatte ein gutes Herz und ein rechtschaffenes Gewissen. Durch den Tod des betagten Grafen Philibert wurde er Oberhaupt einer der erlauchtesten und ältesten Familien Frankreichs, deren Wappen bis auf Louis le Hutin zurückging. Das Vermögen der Chagnys war beträchtlich, und als Graf Philibert als Witwer starb, fiel es Philippe nicht leicht, eine so große Erbschaft zu verwalten. Seine beiden Schwestern und sein Bruder Raoul wollten nichts von einer Teilung wissen und beharrten weiter auf einer Gütergemeinschaft, wobei sie sich völlig auf Philippe verließen, als gäbe es noch immer das Erstgeburtsrecht. Als die beiden Schwestern am selben Tag heirateten, erhielten sie ihr Erbteil aus den Händen ihres Bruders, und zwar keineswegs wie etwas, das ihnen zustand, sondern wie eine Mitgift, für die sie sich herzlich bedankten.

Gräfin de Chagny – geborene de Moerogis de la Martynière – starb, als sie Raoul zwanzig Jahre nach der Geburt seines Bruders Philippe zur Welt brachte. Bei Graf Philiberts Tod war Raoul zwölf. Philippe kümmerte sich persönlich um die Erziehung des Knaben. Dabei halfen ihm aufs Lobenswerteste erst seine beiden Schwestern, dann eine Tante, eine Seefahrerwitwe, die in Brest lebte und die in dem jungen Raoul das Interesse für alles erweckte, was mit dem Meer zu tun hatte. Der junge Mann besuchte die *Borda*, bestand das Examen als einer der besten und machte seine Weltreise ohne Zwischenfälle. Dank ausgezeichneter Beziehungen sollte er der offiziellen Expedition des *Requin* angehören, die den Auftrag hatte, im Nördlichen Eismeer die seit drei Jahren verschollenen Überlebenden des *D'Artois* zu suchen. Bis dahin genoß er seinen sechsmonatigen Urlaub, und die Witwen des vornehmen Stadtviertels bedauerten schon den hübschen, so zart wirkenden Jüngling wegen der rauhen Arbeit, die ihm bevorstand.

Die Schüchternheit dieses Seemanns, ja ich möchte sagen, seine Unschuld waren erstaunlich. Bis vor kurzem schienen ihn Frauen umsorgt zu haben. Tatsächlich war er von seinen beiden Schwestern und seiner Tante verhätschelt worden, und aus dieser rein weiblichen Erziehung hatte er treuherzige Umgangsformen bewahrt, deren Charme noch ungetrübt war. Damals war er einundzwanzig, sah aber wie achtzehn aus. Er hatte einen kleinen blonden Schnurrbart, schöne blaue Augen und den Teint eines Mädchens.

Philippe verwöhnte Raoul sehr. Er war stolz auf ihn und freute sich auf die ruhmreiche Karriere seines jüngeren Bruders in eben jener Marine, in der es einer ihrer Vorfahren, der berühmte Chagny de la Roche, zum Admiral gebracht hatte. Er benutzte den Urlaub des jungen Mannes dazu, ihm Paris zu zeigen, da dieser kaum ahnte, was es an eleganten Vergnügungen und Kunstgenüssen zu bieten hatte.

Der Graf fand, daß in Raouls Alter übertriebene Arglosigkeit arg sei. Da Philippe ein ausgeglichener Mensch war, der Arbeit und Vergnügen immer in den richtigen Proportionen sah und niemals die Haltung verlor, konnte er seinem Bruder unmöglich ein schlechtes Beispiel geben. Er nahm ihn überallhin mit. Er führte ihn sogar in das Foyer de la Danse ein. Ich weiß, daß gemunkelt wurde, der Graf stehe mit der Sorelli »auf vertrautem Fuß«. Na und? War es denn ein Verbrechen, daß dieser unverheiratete Edelmann, der, vor allem nachdem er seine beiden Schwestern gut versorgt wußte, viel Muße hatte, ein oder zwei Stunden nach dem Abendessen in Gesellschaft einer Tänzerin verbrachte, die zwar nicht besonders geistreich war, aber die schönsten Augen der Welt besaß? Außerdem gab es Orte, an denen sich ein echter Pariser vom Stande des Grafen de Chagny zeigen mußte, und zu denen gehörte damals das Foyer de la Danse in der Oper.

Vielleicht hätte Philippe seinen Bruder nicht einmal hinter die Kulissen der Académie nationale de Musique geführt, wenn dieser ihn nicht mehrmals mit sanfter Beharrlichkeit darum gebeten hätte, was dem Grafen erst später wieder einfiel.

Philippe wandte sich an jenem Abend, nachdem er der Daaé Beifall gespendet hatte, Raoul zu und erschrak über dessen Blässe.

»Hast du denn nicht gemerkt«, sagte Raoul, »daß es dieser Frau schlecht geht?«

Tatsächlich mußte Christine Daaé auf der Bühne gestützt werden.

»Du fällst mir ja fast in Ohnmacht«, sagte der Graf und beugte sich zu Raoul. »Was hast du denn?«

Aber Raoul war schon aufgesprungen.

»Komm mit«, sagte er mit bebender Stimme.

»Wo willst du denn hin«, fragte der Graf erstaunt über die Erregtheit seines jüngeren Bruders.

»Natürlich nachsehen! So singt sie zum ersten Mal!«

Der Graf musterte seinen Bruder neugierig, und ein belustigtes Lächeln spielte um seine Mundwinkel.

»Ach was!« Aber er fügte schnell hinzu: »Na schön, gehen wir!« Er schien sich zu amüsieren.

Sie gelangten rasch zum verstopften Eingang der Abonnenten. Während Raoul ungeduldig darauf wartete, bis zur Bühne vorzudringen, zerriß er in Gedanken seine Handschuhe. Philippe war zu gutmütig, um sich über die Ungehaltenheit seines Bruders lustig zu machen. Aber er wußte Bescheid. Er kannte jetzt den Grund für Raouls Zerstreutheit, wenn er mit ihm sprach, aber auch für dessen lebhaftes Interesse, alle Gespräche immer wieder auf die Oper zu lenken.

Sie erreichten die Bühne.

Eine Menge Befrackter drängte zum Foyer de la Danse oder zu den Künstlergarderoben. In die Schreie der Bühnenarbeiter mischten sich die lauten Anweisungen der Aufseher. Die Figuranten des letzten Bildes, die abgehen, die Statistinnen, die einen anrempeln, ein Dekor, das vorbeigetragen wird, eine Kulisse, die sich vom Schnürboden senkt, eine praktikable Tür, die man mit wuchtigen Hammerschlägen festnagelt, das dauernde »Platz machen!«, das einem wie irgendeine dem Zylinder drohende Gefahr oder wie die Ankündigung eines Rippenstoßes in den Ohren dröhnt – kurzum, dieses übliche Treiben beim Szenenwechsel, das einem Neuling unweigerlich auf die Nerven geht, also auch dem jungen Mann mit dem kleinen blonden Schnurrbart, den blauen Augen und dem Teint eines Mädchens, der, so schnell er im Gedränge konnte, die Bühne überquerte, auf der Christine Daaé gerade Triumphe gefeiert hatte und unter der Joseph Buquet gerade gestorben war.

An jenem Abend herrschte ein größeres Durcheinander denn je, aber auch Raoul zeigte sich weniger zaghaft als bisher. Er schob mit kräftiger Schulter alles beiseite, was sich ihm in den Weg stellte, wobei er sich nicht um das kümmerte, was man ihm zurief, wobei er nicht auf die Anweisungen der Bühnenarbeiter achtete. Er war nur von dem Wunsche besessen, diejenige zu sehen, deren Zauberstimme ihm das Herz geraubt hatte. Ja, er fühlte genau, daß sein armes unerfahrenes Herz nicht mehr ihm gehörte. Er hatte es zwar seit dem Tage zu verteidigen versucht, an dem er Christine, die er als kleines Mädchen kannte, wiedersah. Er hatte bei ihrem Anblick eine leise Regung verspürt, die er instinktiv verjagen wollte, denn er hatte sich geschworen – so groß waren seine Selbstachtung und sein Glaube –, nur diejenige zu lieben, die seine Frau werden sollte, und er konnte natürlich nicht im Traum daran denken, eine Sängerin zu heiraten. Aber der leisen Regung folgte wilde Leidenschaft. Leidenschaft? Ergriffenheit? Darin war Körperliches und Moralisches enthalten. Seine Brust schmerzte ihn, als hätte man sie geöffnet, um das Herz herauszuholen. Er spürte dort ein fürchterliches Loch, eine wirkliche Leere, die nur das Herz der anderen ausfüllen konnte! Dabei handelt es sich um Vorgänge einer besonderen Psychologie, die offenbar nur diejenigen nachempfinden können, die selbst von der, wie es im Volksmund heißt, »Liebe auf den ersten Blick« überwältigt wurden.

Graf Philippe konnte Raoul kaum folgen. Er lächelte immer noch.

Am Ende der Bühne hinter der Doppeltür zu den Treppen, die zum Foyer, und denen, die zu den linken Souterraingarderoben führen, versperrte eine kleine Gruppe Ballettratten, die gerade aus ihrem Umkleideraum kamen, Raoul den Durchgang. Die geschminkten Lippen bedachten ihn mit mancher Schmeichelei, die er nicht erwiderte; endlich gelang es ihm, sich an ihnen vorbeizuzwängen und in einen dunklen Korridor einzudringen, der von Beifallsrufen begeisterter Verehrer widerhallte. Ein Name übertönte das Getöse: »Daaé! Daaé!« Hinter Raoul sagte sich der Graf: »Der Schlingel kennt den Weg!« und er fragte sich, wie er den wohl herausgefunden hatte. Niemals hatte er selbst Raoul zu Christine gebracht. Er mußte annehmen, daß Raoul allein hingegangen war, während er wie gewöhnlich im Foyer mit der Sorelli plauderte, die ihn oft darum bat, ihr bis zu ihrem Auftritt Gesellschaft zu leisten, und die ihm oft tyrannisch die kleinen Gamaschen zur Aufbewahrung gab, mit denen sie aus ihrer Garderobe kam, um ihre Satinschuhe und ihr fleischfarbenes Trikot fleckenlos zu halten. Zur Entschuldigung der Sorelli läßt sich anführen, daß sie ihre Mutter verloren hatte.

Der Graf folgte, indem er seinen Pflichtbesuch bei der Sorelli einige Minuten aufschob, dem Korridor, der zu der Daaé führte, und stellte fest, daß es dort noch nie so voll gewesen war wie an diesem Abend, an dem das ganze Theater über den Erfolg der Sängerin, sowie über ihre Ohnmacht außer sich zu sein schien. Denn das schöne Wesen hatte das Bewußtsein noch nicht wiedererlangt, so daß man den Theaterarzt holte, der sich inzwischen den Weg durch die Menge bahnte, während Raoul sich an seine Fersen heftete.

Dadurch trafen Arzt und Verliebter gleichzeitig bei Christine ein, der eine leistete Erste Hilfe, in den Armen des anderen schlug sie die Augen auf. Der Graf war im dichten Gedränge auf der Türschwelle stehengeblieben.

»Finden Sie nicht, Doktor, daß diese Herren die Garderobe lieber räumen sollten«, fragte Raoul mit unglaublicher Kühnheit. »Man kann ja kaum atmen.«

»Sie haben völlig recht«, pflichtete der Arzt ihm bei und setzte alle außer Raoul und der Kammerjungfer vor die Tür.

Die Kammerjungfer sperrte die Augen auf und musterte Raoul verblüfft. Sie hatte ihn noch nie gesehen.

Trotzdem wagte sie keine Fragen zu stellen.

Der Arzt nahm seinerseits an, daß ein junger Mann, der so handelte, zweifellos ein Recht dazu hatte. Also blieb der Vicomte in der Garderobe und beobachtete, wie die Daaé wieder zum Leben erwachte, während die beiden Direktoren Debienne und Poligny, die gekommen waren, um ihre Sängerin zu beglückwünschen, eingepfercht zwischen Befrackten draußen auf dem Korridor warten mußten. Der ebenfalls in den Korridor verbannte Graf brach in schallendes Gelächter aus.

»O, dieser Schlingel! Dieser Schlingel!«

Im stillen fügte er hinzu: »Hütet euch vor Jünglingen, die wie junge Mädchen aussehen!«

Er strahlte und schloß: »Ein echter Chagny!« Danach machte er sich auf den Weg zur Garderobe der Sorelli; diese kam aber gerade mit ihrer verängstigten kleinen Herde zum Foyer hinunter, und er traf sie, wie gesagt, auf der Treppe.

In der Garderobe stieß Christine Daaé einen tiefen Seufzer aus, den ein Stöhnen beantwortete. Sie drehte den Kopf zur Seite, erblickte Raoul und begann zu zittern. Sie musterte den Arzt, den sie anlächelte, dann ihre Kammerjungfer, schließlich Raoul.

»Monsieur«, fragte sie letzteren mit hingehauchter Stimme, »wer sind Sie?«

»Mademoiselle«, antwortete der junge Mann, der niederkniete und der Diva einen feurigen Handkuß gab, »Mademoiselle, ich bin der kleine Junge, der Ihre Schärpe aus dem Meer gefischt hat.«

Christine sah nochmals Arzt und Kammerjungfer an, und alle drei brachen in Lachen aus. Raoul stand errötend auf.

»Mademoiselle, da es Ihnen nicht beliebt, mich wiederzuerkennen, möchte ich Ihnen etwas unter vier Augen sagen, etwas sehr Wichtiges.«

»Wenn es mir besser geht, Monsieur – einverstanden?« Ihre Stimme bebte. »Hätten Sie bitte die Güte...«

»Sie müssen jetzt gehen«, fügte der Arzt mit seinem liebenswürdigsten Lächeln hinzu. »Damit ich Mademoiselle Daaé behandeln kann.«

»Ich bin nicht krank«, rief plötzlich Christine mit ebenso befremdender, wie unerwarteter Energie.

Sie stand auf und fuhr sich rasch mit der Hand über die Lider.

»Ich danke Ihnen, Doktor!... Ich möchte jetzt allein sein... Gehen Sie jetzt bitte alle... Lassen Sie mich allein... Ich bin heute abend sehr nervös...«

Der Arzt wollte protestieren, aber angesichts der Gemütsverfassung, in der sich die junge Frau befand, hielt er es für das beste Heilmittel, ihr nicht zu widersprechen. Mit dem völlig niedergeschlagenen Raoul ging er auf den Korridor und sagte:

»Ich erkenne die sonst so Sanfte heute abend nicht wieder...«

Er verabschiedete sich von Raoul, der allein blieb.

Inzwischen hatte sich nämlich dieser Teil des Theaters geleert. Man war wohl zur Abschiedsfeier in das Foyer de la Danse gegangen. Raoul dachte, daß die Daaé ihr vielleicht auch beiwohnen würde, und wartete in der Stille und Einsamkeit. Er versteckte sich sogar im Schatten einer Türnische. Noch immer nahm jener fürchterliche Schmerz die Stelle seines Herzens ein. Darüber wollte er unverzüglich mit der Daaé reden. Plötzlich öffnete sich die Garderobe, und er sah, daß die Kammerjungfer mit ein paar Paketen herauskam. Er hielt sie an und erkundigte sich nach ihrer Herrin. Sie antwortete ihm, daß sie wieder völlig in Ordnung sei, daß er sie aber nicht stören dürfe, denn sie wolle allein sein. Und sie verschwand. Da traf Raoul ein Gedanke wie der Blitz: Offenbar wollte die Daaé *seinetwegen* allein sein! ... Hatte er ihr nicht gesagt, daß er sie unter vier Augen sprechen wolle, und hatte sie nicht aus eben diesem Grund alle anderen weggeschickt? Mit angehaltenem Atem schlich er zu ihrer Garderobe, legte das Ohr an die Tür, um zu horchen, was sie ihm antworten würde, und machte Anstalten, zu klopfen. Da sank seine Hand wieder herab. Denn er hörte in der Garderobe *eine Männerstimme*, die herrisch sagte:

»Christine, du mußt mich lieben!«

Christines schmerzlich zitternde Stimme antwortete wohl unter Tränen:

»Wie können Sie das zu mir sagen? *Zu mir, die ich nur für Sie singe!*«

Raoul mußte sich vor Kummer an die Tür lehnen. Sein Herz, das er für immer verloren zu haben glaubte, kehrte wild hämmernd in seine Brust zurück. Der ganze Korridor widerhallte so davon, daß Raoul das Gefühl hatte, taub zu werden. Wenn das Herz sein Pochen nicht einstellte, würde man es bestimmt hören, die Tür öffnen und den jungen Mann schmachvoll wegjagen. Welche Lage für einen Chagny! An der Tür zu horchen! Er preßte beide Hände auf die Brust, um es zum Schweigen zu bringen. Aber ein Herz ist keine

Hundeschnauze, und wenn man sogar einem unerträglich kläffenden Hund die Schnauze mit beiden Händen zuhält – hört man ihn immer noch knurren.

Die Männerstimme fuhr fort:

»Du mußt sehr müde sein.«

»Ach, heute abend habe ich Ihnen meine ganze Seele gegeben, und ich bin tot.«

»Deine Seele ist sehr schön, mein Kind«, sagte die Männerstimme ernst, »und ich danke dir dafür. Kein Kaiser wurde je reicher beschenkt! *Heute abend haben die Engel geweint.*«

Nach diesen Worten hörte der Vicomte nichts mehr. Trotzdem ging er noch nicht, sondern versteckte sich aus Angst, ertappt zu werden, wieder in der dunklen Türnische, denn er war fest entschlossen, zu warten, bis der Mann die Garderobe verließ. Zur selben Stunde hatte er die Liebe und den Haß kennengelernt. Er wußte, daß er liebte. Er wollte wissen, wen er haßte. Zu seinem großen Erstaunen öffnete sich die Tür und Christine Daaé trat, in Pelze gehüllt, das Gesicht hinter einem Spitzenschleier, allein heraus. Sie machte die Tür zu, aber Raoul beobachtete, daß sie nicht abschloß. Sie ging an ihm vorbei. Er folgte ihr nicht einmal mit den Augen, denn die wandte er nicht von der Tür ab, die sich nicht nochmals öffnete. Als der Korridor wieder leer war, durchquerte er ihn, stieß die Tür auf und schlug sie rasch hinter sich zu. Er stand im Stockdunkeln. Die Gaslampe war ausgedreht worden.

»Hier ist jemand«, sagte Raoul mit bebender Stimme. »Warum verstecken Sie sich?«

Bei diesen Worten lehnte er immer noch den Rücken an die geschlossene Tür.

Finsternis und Schweigen. Raoul hörte nur seinen eigenen Atem. Es drang sicher nicht zu ihm durch, daß seine Taktlosigkeit alle Vorstellungen übertraf.

»Sie kommen hier nicht heraus, ehe ich es zulasse«, rief der junge Mann. »Wenn Sie mir nicht antworten, sind Sie ein Feigling! Aber ich werde Sie entlarven!«

Er steckte ein Streichholz an. Die Flamme beleuchtete die Garderobe. Es war niemand darin! Raoul zündete, nachdem er die Tür sorgfältig abgeschlossen hatte, die Lampen an. Er ging ins Badezimmer, riß die Schränke auf, suchte, tastete mit feuchten Händen die Wände ab. Nichts!

»Mein Gott«, sagte er laut, »bin ich verrückt geworden?«

Zehn Minuten lauschte er dem Zischen des Gases in der Friedlichkeit der verlassenen Garderobe; trotz seiner Verliebtheit dachte er nicht daran, ein Band zu entwenden, das mit dem Duft der geliebten Frau getränkt war. Dann ging er hinaus, ohne zu wissen, was er tat und wohin er ging. Während er herumirrte, fuhr ihm plötzlich ein eisiger Wind ins Gesicht. Er stand am Fuße einer schmalen Treppe, über die Bühnenarbeiter eine Art mit einem weißen Tuch bedeckte Bahre hinuntertrugen.

»Verzeihung«, fragte er einen der Männer, »wo ist der Ausgang?«

»Dort, geradeaus«, antwortete dieser. »Die Tür steht offen. Aber lassen Sie uns erst durch.«

Raoul zeigte auf die Bahre und fragte mechanisch:
»Was ist denn das?«

Der Bühnenarbeiter antwortete:

»Das ist Joseph Buquet, den man in der dritten Versenkung zwischen einer Kulissenstütze und einem Dekor für *Le Roi de Lahore* erhängt aufgefunden hat.«

Raoul machte den Bahrenträgern Platz, nahm den Hut ab und ging dann nach draußen.

»35«

Drittes Kapitel

In dem Monsieur Debienne und Monsieur Poligny den neuen Operndirektoren Armand Moncharmin und Firmin Richard zum ersten Mal vertraulich den wahren und geheimnisumwitterten Grund für ihren Abschied von der Académie nationale de Musique nennen

Indessen fand die Abschiedsfeier statt.

Dieses großartige Fest wurde, wie gesagt, von den scheidenden Direktoren der Oper, Debienne und Poligny, gegeben, die, wie es heute heißt, »in Schönheit sterben wollten«.

Alles, was im damaligen Paris gesellschaftlich oder künstlerisch einen Namen hatte, steuerte zur Verwirklichung dieses ausgesuchten Programms bei.

Man versammelte sich im Foyer de la Danse, wo die Sorelli, ein Glas Champagner in der Hand, eine kurze Ansprache auf der Zungenspitze, auf die zurückgetretenen Direktoren wartete. Hinter ihr drängten sich ihre jungen und alten Kolleginnen vom Corps de ballet; die einen unterhielten sich flüsternd über die Tagesereignisse, die anderen zwinkerten oder winkten heimlich ihren Freunden zu, die sich bereits plaudernd um das Büfett scharten, das zwischen Boulengers *Danse guerrière* und *Danse champêtre* aufgestellt worden war.

Einige Tänzerinnen trugen schon wieder ihre Gesellschaftskleider, die meisten hatten noch ihren Tüllrock an, aber alle glaubten, eine feierliche Miene aufsetzen zu müssen. Nur die kleine Jammes, die mit der Unbekümmertheit ihrer fünfzehn Lenze – welch glückliches Alter! – das Phantom und Joseph Buquets Tod vergessen zu haben schien, schnatterte, plapperte, hüpfte und alberte so munter drauflos, daß die Sorelli sie streng und ungehalten zur Ordnung rufen mußte, als Debienne und Poligny auf den Stufen des Foyer de la Danse erschienen.

Alle bemerkten die blendende Laune der scheidenden Direktoren, was jeder Provinzler unnatürlich gefunden hätte, was aber in Paris als Zeichen guten Geschmackes galt. Wer nicht gelernt hat, seinen Schmerz hinter der Maske der Freude und seine innere Fröhlichkeit hinter der Larve der Betrübtheit, Langeweile oder Gleichgültigkeit zu verbergen, wird nie ein richtiger Pariser. Wenn man weiß, daß ein Freund Kummer hat, so versuche man nicht, ihn zu trösten: er wird sagen, daß er schon getröstet sei; wenn er dagegen Glück hatte, so hüte man sich, ihn zu beglückwünschen: er findet sein Glück so selbstverständlich, daß er über dessen Erwähnung erstaunt wäre. In Paris ist man immer auf dem Maskenball, und so »erfahrene« Leute wie Debienne und Poligny begingen bestimmt nie den Fehler, im Foyer de la Danse ihre echte Besorgnis zu zeigen. Deshalb lächelten sie der Sorelli heiter zu, die ihre Ansprache begann, als ein Zwischenruf der verrückten kleinen Jammes das Lächeln der Direktoren so brutal wegwischte, daß das dahinter verborgene Gesicht der Verzweiflung und des Schreckens allen enthüllt wurde:

»Das Phantom der Oper!«

Die Jammes stieß diese Worte mit unbeschreiblichem Entsetzen hervor und deutete dabei mit dem Finger in der Menge der Befrackten auf ein so bleiches, schauriges, häßliches, hohläugiges Gesicht, daß der von ihr bezeichnete Totenkopf sofort großen Erfolg einheimste.

»Das Phantom der Oper! Das Phantom der Oper!«

Man lachte darüber, man drängte zu ihm hin, man wollte dem Phantom der Oper etwas zu trinken anbieten – aber es war verschwunden! Es war in der Menge untergetaucht, und man suchte es vergeblich, während zwei ältere Herren sich bemühten, die kleine Jammes zu beruhigen, und die kleine Giry wie am Spieß schrie.

Die Sorelli war wütend; sie konnte ihre Ansprache nicht beenden; Debienne und Poligny umarmten sie, dankten ihr und verschwanden genauso schnell wie das Phantom. Niemand wunderte sich darüber, denn man wußte, daß sie sich ein Stockwerk höher im Foyer du Chant der gleichen Zeremonie unterziehen mußten und daß sie anschließend ihre engsten Freunde zum letzten Mal in dem großen Vestibül vor dem Direktionszimmer empfingen, wo ein üppiges Souper sie erwartete.

Dort finden wir sie in Gesellschaft der neuen Direktoren Armand Moncharmin und Firmin Richard wieder. Erstere kannten letztere zwar kaum, überschütteten sie aber trotzdem mit überschwenglichen Freundschaftsbeweisen, die von diesen mit tausend Komplimenten erwidert wurden; dadurch klärten sich die Mienen der Geladenen, die einen verdrießlichen Abend befürchtet hatten, unverzüglich auf. Das Souper verlief fast fröhlich, und als die Trinksprüche an die Reihe kamen, zeigte sich der Regierungsvertreter, indem er die ruhmreiche Vergangenheit mit der erfolgverheißenden Zukunft verband, darin so bewandert, daß bald größte Herzlichkeit unter den Gästen herrschte. Die offizielle Amtsübergabe hatte bereits am Tage zuvor ohne Aufwand stattgefunden, und die zwischen der alten und der neuen Direktion noch zu regelnden Fragen waren unter dem Vorsitz des Regierungsvertreters beiderseits so entgegenkommend gelöst worden, daß es wirklich nicht weiter verwundern konnte, an diesem denkwürdigen Abend vier strahlende Direktorengesichter zu sehen.

Debienne und Poligny hatten schon Armand Moncharmin und Firmin Richard die beiden winzigen Hauptschlüssel übergeben, die zu sämtlichen Türen der Académie nationale de Musique – und das waren Tausende – paßten. Diesen galt die allgemeine Neugier und sie wanderten gerade von Hand zu Hand, als die Aufmerksamkeit einiger abgelenkt wurde, die am Tischende jenes seltsame, bleiche, unwirkliche Gesicht mit den hohlen Augen erblickten, das bereits im Foyer de la Danse aufgetaucht und von der kleinen Jammes mit dem Ausruf empfangen worden war: »Das Phantom der Oper!«

Es saß dort genauso unbefangen wie jeder andere Gast, nur daß es weder etwas aß noch trank.

Diejenigen, die es anfangs lächelnd betrachteten, wandten schließlich den Kopf ab, denn sein Anblick erweckte die finstersten Vorstellungen. Keiner nahm die Scherze aus dem Foyer auf, keiner rief: »Da ist ja das Phantom der Oper!«

Es hatte den Mund nicht aufgemacht, und nicht einmal seine Nachbarn hätten sagen können, wann es sich neben sie gesetzt hatte, aber jeder dachte bei sich, daß Tote, wenn sie sich an den Tisch der Lebenden setzten, kein makabreres Gesicht zeigen könnten. Firmin Richards und Armand Moncharmins Freunde glaubten, daß dieser knöcherne Gast ein Intimus von Debienne und Poligny sei, während Debiennes und Polignys Freunde annahmen, daß das Gerippe zu Richards und Moncharmins Bekanntenkreis gehöre. Daher wagte keiner, den Gast aus dem Jenseits durch eine neugierige Frage, eine abfällige Bemerkung oder einen taktlosen Scherz zu kränken. Einige Geladene, denen die Legende des Phantoms zu Ohren gekommen war und die dessen von dem Maschinenmeister stammende Beschreibung kannten – sie wußten noch nichts von Joseph Buquets Tod –, fanden im stillen, daß der Mann am Tischende recht gut die Personifizierung jener Gestalt sein könnte, die sich ihrer Meinung nach der nicht auszutreibende Aberglaube des Opernpersonals ausgedacht hatte; allerdings hatte das Phantom laut der Legende keine Nase, dieser Fremde dagegen wohl eine, die Moncharmin in seinen *Memoiren* als durchsichtig bezeichnet. »Seine Nase«, schreibt er, »war lang, fein und durchsichtig« – und ich möchte hinzufügen, daß es sich vielleicht um eine künstliche Nase handelte. Moncharmin hat womöglich ihren Glanz für Durchsichtigkeit gehalten. Jeder weiß, daß die Wissenschaft bewundernswerte künstliche Nasen für diejenigen herzustellen vermag, die entweder von der Natur keine mitbekommen oder ihre echte bei einer Operation verloren haben. Hat das Phantom tatsächlich an jenem Abend dem Banquett der Direktoren beigewohnt, ohne eingeladen gewesen zu sein? Und können wir mit Bestimmtheit sagen, daß dieses Gesicht wirklich das des Phantoms der Oper war? Wer wagt es zu entscheiden? Wenn ich diesen Zwischenfall hier erwähne, so nicht im entferntesten, um dem Leser weiszumachen oder weismachen zu wollen, daß das Phantom zu solcher Unverfrorenheit fähig war, sondern nur, weil es im Bereich des Möglichen liegt. Das halte ich für einen ausreichenden Grund.

Armand Moncharmin schreibt in seinen *Memoiren*, Kapitel IX, wörtlich: »Wenn ich an jenen ersten Abend zurückdenke, kann ich das, was Monsieur Debienne und Monsieur Poligny uns in ihrem Arbeitszimmer anvertrauten, nicht von der Anwesenheit des *phantomhaften* Unbekannten an unserer Tafel trennen.«

Nun war folgendes vorgefallen:

Debienne und Poligny, die an der Tischmitte saßen, hatten den Mann mit dem Totenkopf noch nicht bemerkt, als dieser plötzlich zu sprechen begann.

»Die Ballettratten haben recht«, sagte er. »Vielleicht ist der Tod des armen Buquet gar nicht so natürlich, wie man annimmt.«

Debienne und Poligny zuckten zusammen.

»Buquet ist tot?« riefen sie.

»Ja«, antwortete der Mann oder der Schatten des Mannes gelassen. »Er wurde heute abend in der dritten Versenkung zwischen einer Kulissenstütze und einem Dekor für *Le Roi de Lahore* erhängt aufgefunden.«

Die beiden Direktoren oder genauer Ex-Direktoren sprangen auf und starrten den Sprecher an. Sie waren erregter, als es die Mitteilung, daß ein Maschinenmeister sich erhängt habe, rechtfertigte. Sie wechselten Blicke. Sie sahen weiß wie das Tischtuch aus. Schließlich bedeutete Debienne Richard und Moncharmin, ihm zu folgen, während Poligny sich bei den Gästen entschuldigte, und zu viert gingen sie in das Direktionszimmer. Ich gebe wieder Moncharmin das Wort:

»Monsieur Debienne und Monsieur Poligny schienen immer erregter zu werden«, berichtet er in seinen *Memoiren,* »und wir hatten den Eindruck, daß sie uns etwas Höchstpeinliches sagen wollten. Erst fragten sie, ob wir das Individuum am Tischende kannten, das sie von Joseph Buquets Tod unterrichtet habe, und als wir das verneinten, wirkten sie noch ratloser. Sie ließen sich von uns die Hauptschlüssel geben, warfen einen Blick darauf, schüttelten den Kopf und empfahlen uns dann, unter größter Geheimhaltung neue Schlösser an allen Zimmern, Räumen und Gegenständen anzubringen, die wir hermetisch verschlossen halten wollten. Sie sagten das so komisch, daß wir darüber lachen mußten und uns erkundigten, ob es denn in der Oper Diebe gebe. Sie antworteten, es gebe noch etwas Schlimmeres, nämlich *das Phantom.* Das brachte uns nochmals zum Lachen, denn wir faßten es als Scherz auf, als Krönung dieses Privatissimums. Auf ihre Bitte hin wurden wir wieder ›ernst‹, um ihnen eine Freude zu machen und auf ihr Spiel einzugehen. Sie sagten uns, daß sie das Phantom nie erwähnt hätten, wenn sie nicht von dem Phantom persönlich beauftragt worden wären, uns die Pflicht aufzuerlegen, ihm liebenswürdig zu begegnen und seine sämtlichen Forderungen zu erfüllen. Sie hätten freilich, allzu froh darüber, ein Reich zu verlassen, über das dieser tyrannische Schatten unumschränkt herrsche, und mit einem Schlag davon befreit zu werden, bis zum letzten Augenblick gezögert, uns in ein derartig sonderbares Abenteuer einzuweihen, auf das unsere kritischen Geister bestimmt nicht gefaßt seien, doch nun habe die Mitteilung von Joseph Buquets Tod sie brutal daran erinnert, daß jedesmal, wenn sie die Wünsche des Phantoms mißachteten, irgendein phantastisches oder fatales Ereignis sie von neuem auf ihre Gehorsamspflicht hingewiesen habe.

Während dieser strengvertraulichen Eröffnungen musterte ich Richard. Richard stand als Student im Ruf eines Spaßvogels, das heißt, er versäumte keine der tausend Gelegenheiten, jemanden zum Narren zu halten, und die Concierges des Boulevard Saint-Michel konnten ein Lied davon singen. Außerdem schien er das starke Stück zu genießen, das man ihm da auftischte. Er kostete es aus, wenn es auch durch Joseph Buquets Tod recht gepfeffert war. Er schüttelte betrübt den Kopf, und bei den Worten der anderen setzte er allmählich die Miene eines Mannes auf, der es bitter bereute, die Direktion der Oper übernommen zu haben, nachdem er erfahren hatte, daß ein Phantom darin hauste. Mir blieb nichts anderes übrig, als seinem Beispiel zu folgen und tiefe Verzweiflung vorzutäuschen. Trotz unserer Bemühungen konnten wir schließlich nicht mehr umhin, ›herauszuplatzen‹, und als Monsieur Debienne und Monsieur Poligny unseren plötzlichen Übergang von tiefster Niedergeschlagenheit zu höchster Heiterkeit sahen, schienen sie uns für übergeschnappt zu halten.

Richard, der die Posse zu lang fand, fragte süßsauer: ›Was verlangt eigentlich das Phantom?!‹

Monsieur Poligny ging zu seinem Schreibtisch und kam mit einer Abschrift des Pachtvertrags zurück.

Der Pachtvertrag beginnt mit den Worten:

›Die Direktion der Oper ist verpflichtet, den Aufführungen der Académie nationale de Musique den Glanz zu verleihen, der Frankreichs führender lyrischer Bühne gebührt‹, und schließt mit Paragraph 98:

›Dieses Vorrecht verfällt:

1. Wenn der Direktor die im Pachtvertrag festgelegten Bedingungen nicht erfüllt.‹

Es folgen die Bedingungen.

Diese Abschrift«, berichtet Moncharmin, »war mit schwarzer Tinte geschrieben und stimmte genau mit der überein, die wir besaßen.

Auf dem Pachtvertrag, den uns Monsieur Poligny vorlegte, entdeckten wir hingegen einen mit roter Tinte geschriebenen Zusatz – in krakeliger, ungelenker Handschrift, als hätte ein Kind, das noch ständig absetzen mußte und sein eigenes Gekritzel nicht lesen konnte, sie mit einem Streichholz hingeschmiert. Dieser seltsame Zusatz zu Paragraph 98 lautete wörtlich:

5. Wenn der Direktor mehr als vierzehn Tage mit der Zahlung des Monatsgeldes in Verzug ist, das er dem Phantom der Oper schuldet und das bis auf Widerruf 20 000 Francs beträgt, da es auf 240 000 Francs jährlich festgesetzt ist.

Monsieur Poligny zeigte uns mit zögerndem Finger diese letzte Klausel, auf die wir keineswegs gefaßt waren.

›Ist das alles? Oder verlangt *es* noch mehr‹, fragte Richard kaltblütig.

›Ja‹, antwortete Monsieur Poligny.

Er blätterte im Pachtvertrag und las dann vor:

›Paragraph 63: Die große Proszeniumsloge Nr. 1 rechts bleibt bei allen Aufführungen für das Staatsoberhaupt reserviert.

Die Parterreloge Nr. 20 steht montags, und die Erste-Rangloge Nr. 30 mittwochs und freitags dem Ministerpräsidenten zur Verfügung.

Die Zweite-Rangloge Nr. 27 ist täglich für den Polizeipräfekten und den Präfekten des Departements Seine reserviert.‹

Darunter zeigte uns Monsieur Poligny einen ebenfalls mit roter Tinte geschriebenen Zusatz:

Die Erste-Rangloge Nr. 5 steht bei allen Aufführungen dem Phantom der Oper zur Verfügung.

Nach diesem Knalleffekt konnten wir nur aufspringen, unseren Vorgängern herzlich die Hand schütteln und sie zu diesem hübschen Scherz beglückwünschen, der bewies, daß der alte französische Humor seine Daseinsberechtigung nie verlieren wird. Richard glaubte sogar, hinzufügen zu müssen, daß er jetzt begreife, warum Monsieur Debienne und Monsieur Poligny als Direktoren der Académie nationale de Musique zurückgetreten seien. Ein so anspruchsvolles Phantom mache eine reibungslose Amtsausübung unmöglich.

›Natürlich‹, erwiderte Monsieur Poligny, ohne die Miene zu verziehen, ›lassen sich 240 000 Francs nicht einfach von der Straße auflesen. Und haben Sie sich schon einmal ausgerechnet, was uns die Nichtvermietung der bei allen Aufführungen für das Phantom reservierten Ersten-Rang-Loge kostet? Auch ohne die Rückerstattung, die wir dem Abonnenten leisten mußten, ist es ein horrender Betrag! Wir rackern uns wirklich nicht für den Unterhalt eines Phantoms ab! Deshalb gehen wir lieber!‹

›Ja‹, wiederholte Monsieur Debienne, ›deshalb gehen wir lieber. Kommen Sie, Messieurs!‹

Er stand auf.

Richard sagte:

›Mir scheint, daß Sie das Phantom äußerst freundlich behandeln. Wenn ich ein so lästiges Phantom hätte, ließe ich es auf der Stelle verhaften...‹

›Aber wo? Und wie?‹ riefen sie im Chor. ›Wir haben es noch nie gesehen!‹

›Nicht einmal in seiner Loge?‹

›*Wir haben es noch nie in seiner Loge gesehen.*‹

›Dann vermieten Sie die doch!‹

›Die Loge des Phantoms der Oper vermieten! Nun gut, Messieurs, versuchen Sie es!‹

Daraufhin verließen wir zu viert das Direktionszimmer. Richard und ich hatten noch nie so gelacht.«

Viertes Kapitel

Die Loge Nr. 5

Armand Moncharmin hat so umfangreiche Memoiren geschrieben, besonders über seine ziemlich lange Amtszeit als Kodirektor, daß man sich zu Recht fragen kann, ob er überhaupt Zeit fand, sich neben seinem Bericht über die dortigen Vorfälle sonst noch irgendwie um die Oper zu kümmern. Moncharmin kannte keine einzige Note, aber er duzte sich mit dem Kultusminister, hatte sich als Boulevardjournalist betätigt und besaß ein ansehnliches Vermögen. Er war ein netter, keineswegs unintelligenter Kerl, denn als er sich entschloß, Direktor der Oper zu werden, verstand er es, sich einen tüchtigen Kodirektor auszusuchen, und dabei fiel seine Wahl auf Firmin Richard.

Firmin Richard war ein hervorragender Musiker und ein galanter Mann. Bei seinem Amtsantritt schilderte ihn die *Revue des Théâtres* folgendermaßen: »Monsieur Firmin Richard ist ungefähr fünfzig Jahre alt, hochgewachsen, robust, ohne Embonpoint. Er sieht stattlich und gepflegt aus, hat eine gesunde Hautfarbe, dichtes, bürstenförmig geschnittenes Haar, einen dementsprechenden Bart und einen etwas melancholischen Gesichtsausdruck, den aber ein offener, gerader Blick und ein charmantes Lächeln aufheitern.

Monsieur Firmin Richard ist ein hervorragender Musiker. Er beherrscht geschickt Harmonie und Kontrapunkt. Glanz und Größe sind die Grundlagen seiner Kompositionen. Er hat von Kennern hochgeschätzte Kammermusik veröffentlicht, Klaviersonaten und kleinere Stücke reich an Originalität und Melodien. Seine im Rahmen der Konservatoriumskonzerte aufgeführte Oper *La Mort d'Hercule* atmet eine Epik aus, die an Gluck erinnert, der zu den Meistern gehört, die Monsieur Firmin Richard verehrt. Trotz seiner Bewunderung für Gluck liebt er Piccini: Monsieur Richard feiert die Feste, wie sie fallen. Neben Piccini verbeugt er sich vor Meyerbeer, genießt Cimarosa, und keiner weiß Webers unvergleichliches Genie besser zu würdigen als er. Und was Wagner anbelangt, so möchte Monsieur Richard am liebsten behaupten, er habe in Frankreich als erster und vielleicht als einziger Wagner begriffen.«

Ich beende hier das Zitat, aus dem wohl hervorgeht, daß, da Firmin Richard sozusagen jede Musik und alle Musiker liebte, alle Musiker sich verpflichtet fühlten, ihn wiederum zu lieben. Abschließend sei dieser Skizzierung hinzugefügt, daß Richard ein sogenannter Wichtigtuer war, also nicht gerade den besten Charakter hatte.

In den ersten Tagen an der Oper erfüllte die beiden Kompagnons eitle Freude, Herren eines so großen und schönen Unternehmens zu sein, und bestimmt dachten sie nicht mehr an jene seltsame und absurde Geschichte von dem Phantom, als sich etwas ereignete, das ihnen bewies, daß die Posse – falls es sich um eine Posse handelte – noch nicht aus war.

An jenem Morgen trat Firmin Richard um elf Uhr in sein Arbeitszimmer. Sein Sekretär Rémy überreichte ihm ein halbes Dutzend Briefe, die er noch nicht geöffnet hatte, weil »privat« darauf stand. Einer der Briefe zog sofort Richards Aufmerksamkeit auf sich, nicht nur, weil die Adresse mit roter Tinte geschrieben war, sondern auch, weil ihm die Handschrift irgendwie bekannt vorkam. Er brauchte sich nicht lange zu besinnen: es war die rote Handschrift, die den Pachtvertrag so sonderbar ergänzt hatte. Er erkannte das Krakelige und Kindliche wieder. Er machte den Brief auf und las:

»Mein lieber Direktor,
verzeihen Sie mir bitte, daß ich Ihre Zeit in Anspruch nehme, während Sie gerade über das Los der besten Opernsänger entscheiden, wichtige Engagements verlängern und neue abschließen, und das mit sicherem Blick, Sinn fürs Theater, Kenntnis des Publikums und

seines Geschmacks, sowie einer Autorität, die mich trotz meiner langen Erfahrung erstaunt. Ich weiß, was Sie für die Carlotta, die Sorelli, die kleine Jammes und einige andere getan haben, deren bewundernswerte Qualitäten, deren Talent und Genie Sie nicht verkannten. – (Sie wissen schon, wen ich damit meine; bestimmt nicht die Carlotta, die aus dem letzten Loch singt und besser in *Les Ambassadeurs* und dem Café Jacquin geblieben wäre; auch nicht die Sorelli, die auf Kutschenfahrten ihre größten Erfolge feiert; auch nicht die kleine Jammes, die wie ein Kalb auf der Weide herumtanzt. Ich meine auch nicht Christine Daaé, deren Genie feststeht, der Sie aber eifersüchtig jede große Rolle vorenthalten.) – Schließlich können Sie ja Ihre Geschäfte führen, wie Sie wollen, nicht wahr? Trotzdem möchte ich von dem glücklichen Umstand, daß Sie Christine Daaé noch nicht vor die Tür gesetzt haben, Gebrauch machen und sie mir heute abend als Siebel anhören, da ihr die Margarete trotz ihres kürzlichen Triumphs versagt bleibt, und deshalb bitte ich Sie, weder heute abend noch *an den folgenden Tagen* über meine Loge zu verfügen, denn ich muß Ihnen am Ende dieses Briefes gestehen, daß es mich in letzter Zeit höchst unangenehm überraschte, bei meinen Opernbesuchen an der Kasse zu erfahren, daß meine Loge bereits vergeben sei, und zwar *auf Ihre ausdrückliche Anordnung hin.*

Ich erhob keinen Einspruch, erstens weil ich Skandale hasse, zweitens weil ich annahm, daß Ihre Vorgänger, Monsieur Debienne und Monsieur Poligny, die immer sehr liebenswürdig zu mir waren, es vor ihrem Abschied versäumt hatten, Sie von meinen kleinen Eigenheiten zu unterrichten. Nun antworteten mir Monsieur Debienne und Monsieur Poligny gerade auf meine diesbezügliche Anfrage, und ihre Antwort beweist mir, daß Sie *meine Pachtbedingungen* kennen, mich also schändlich zum Narren halten. *Wenn Sie mit mir in Frieden leben wollen, so nehmen Sie mir vor allem nicht meine Loge weg!* Nach diesen kleinen Hinweisen verbleibe ich, mein lieber Direktor, Ihr untertäniger Diener.

Ph. d. O.«

Diesem Brief lag folgende aus der *Revue théâtrale* ausgeschnittene Anzeige bei: »Ph. d. O.: R. und M. sind unentschuldbar. Wir haben sie gewarnt und ihnen Ihre Pachtbedingungen ausgehändigt. Mit besten Empfehlungen!«

Firmin Richard hatte gerade die Lektüre beendet, als sich die Tür seines Arbeitszimmers öffnete und Armand Moncharmin erschien, in der Hand den gleichen Brief, wie ihn sein Kompagnon erhalten hatte. Sie sahen sich an und platzten vor Lachen.

»Der Scherz geht weiter«, sagte Richard, »aber er ist nicht mehr komisch!«

»Was soll das bedeuten«, fragte Moncharmin. »Bilden die sich vielleicht ein, daß wir ihnen eine Loge auf Lebzeiten überlassen, nur weil sie Direktoren der Oper gewesen sind?«

Denn keiner von beiden zweifelte im geringsten daran, daß es sich bei dem Doppelschreiben um einen gemeinsamen Schabernack ihrer Vorgänger handelte.

»Mein Sinn für Humor ist erschöpft«, erklärte Firmin Richard.

»Ihr Ulk ist doch harmlos«, sagte Armand Moncharmin.

»Was wollen sie eigentlich? Eine Loge für heute abend?«

Firmin Richard beauftragte seinen Sekretär, Debienne und Poligny Karten für die Erste-Rang-Loge Nr. 5 zu schicken, falls diese noch nicht vermietet sei.

Sie war noch frei. Die Karten wurden unverzüglich abgeschickt. Debienne wohnte Ecke Rue Scribe/Boulevard des Capucines, Poligny in der Rue Auber. Die beiden Briefe des Phantoms waren im Postamt auf dem Boulevard des Capucines eingeworfen worden.

Das stellte Moncharmin fest, als er die Kouverts genauer betrachtete.

»Da hast du es«, sagte Richard.

Sie zuckten die Achsel und fanden es betrüblich, daß Leute sich noch in diesem Alter auf so kindische Art amüsierten.

»Immerhin hätten sie etwas höflicher sein können«, sagte Moncharmin. »Hast du gemerkt, wie sie uns wegen der Carlotta, der Sorelli und der kleinen Jammes eins auswischen?«

»Was willst du, mein Lieber, diese Leute sind krank vor Eifersucht! ... Wenn ich bedenke, daß sie sogar eine Anzeige in der *Revue théâtrale* dafür übrig hatten! ... Sie scheinen nichts Gescheiteres zu tun zu haben ...«

»Offenbar interessieren sie sich sehr für die kleine Christine Daaé«, sagte Moncharmin.

»Du weißt genauso gut wie ich, daß ihr Ruf untadelig ist«, entgegnete Richard.

»Ein Ruf kann trügen«, erwiderte Moncharmin. »Stehe ich nicht im Ruf, ein Musikkenner zu sein – dabei kann ich nicht einmal einen Violinschlüssel von einem Baßschlüssel unterscheiden.«

»Den Ruf hattest du nie«, erklärte Richard, »sei unbesorgt.«

Dann beauftragte Firmin Richard den Pförtner, die Künstler einzulassen, die seit zwei Stunden im großen Korridor des Verwaltungsgebäudes auf und ab gingen und darauf warteten, daß sich die Tür zum Direktionszimmer öffnete, jene Tür, hinter der ihnen Ruhm und Geld winkte – oder die Entlassung.

Der ganze Tag verlief mit Besprechungen, Verhandlungen, Vertragsabschlüssen oder Vertragsauflösungen; deshalb ist es nicht weiter verwunderlich, daß an jenem Abend – am Abend des 25. Januar – unsere beiden Direktoren erschöpft von Wutausbrüchen, Intrigen, Empfehlungen, Bedrohungen, Liebes- oder Haßbezeigungen früh zu Bett gingen, ohne einen neugierigen

Blick in Loge Nr. 5 zu werfen, um nachzusehen, ob die Aufführung Debienne und Poligny gefiel. Die Oper hatte sich seit dem Abschied der alten Direktion keine Pause gegönnt, denn Richard ließ die notwendigen Arbeiten so ausführen, daß der Spielplan nicht unterbrochen zu werden brauchte.

Andernmorgens fanden Richard und Moncharmin unter ihrer Post eine Dankeskarte des Phantoms, auf der stand:

»Mein lieber Direktor,
vielen Dank. Ein erfreulicher Abend. Die Daaé ausgezeichnet. An den Chören noch feilen. La Carlotta herrlich, aber hohl. Schreibe Ihnen demnächst wegen der 240 000 Francs – um genau zu sein 233 424 Francs 70 Centimes, denn Monsieur Debienne und Monsieur Poligny haben mir schon 6 575,30 Francs von meinem Jahresgeld für die ersten zehn Tage überwiesen – ihre Verpflichtungen endeten am Zehnten abends.
Ihr ergebener Diener
Ph. d. O.«

Außerdem einen Brief von Debienne und Poligny:

»Messieurs,
wir danken Ihnen für Ihre Aufmerksamkeit, aber Sie werden sicherlich verstehen, daß die Aussicht, *Faust* wiederzuhören, so willkommen es uns alten Operndirektoren auch gewesen wäre, uns nicht vergessen lassen konnte, daß wir keinerlei Recht haben, die Erste-Rangloge Nr. 5 zu benutzen, die ausschließlich *demjenigen* gehört, von dem wir Ihnen erzählt haben, als wir mit Ihnen nochmals den Pachtvertrag durchlasen, und zwar den letzten Absatz von Paragraph 63.
Wir verbleiben ... usw.«

»Diese Leute gehen mir allmählich auf die Nerven«, erklärte Firmin Richard wütend und zerriß Debiennes und Polignys Brief. An jenem Abend wurde die Erste-Rang-Loge Nr. 5 vermietet.

Als Richard und Poligny am nächsten Morgen in ihr Arbeitszimmer kamen, fanden sie einen Bericht des Saalordners über die Ereignisse vor, die sich am Vorabend in der Ersten-Rang-Loge Nr. 5 abgespielt hatten. Hier folgt die wichtigste Stelle daraus:

»Ich sah mich heute abend gezwungen« – der Saalordner hatte den Bericht bereits am Vorabend geschrieben – »die Erste-Rang-Loge Nr. 5 zweimal durch einen Polizisten räumen zu lassen, und zwar zu Beginn und in der Mitte des zweiten Aktes. Die Logenbesucher, die erst zu Beginn des zweiten Aktes gekommen waren, verursachten durch ihr Gelächter und ihre albernen Bemerkungen einen richtigen Skandal. Von allen Seiten zischte man ihnen ›psst‹ zu, und im Saal erhoben sich Proteste, so daß die Logenschließerin mich aufsuchte; ich trat in die Loge und gab die notwendigen Ermahnungen. Doch die Leute schienen den Verstand verloren zu haben und überschütteten mich mit dummen Redensarten. Ich machte sie darauf aufmerksam, daß ich die Loge räumen lassen müßte, falls sich der Skandal wiederholte. Kaum war ich gegangen, als ich erneut ihr Gelächter und die Proteste des Saals hörte. Ich eilte mit einem Polizisten wieder hin, der sie zum Verlassen der Loge nötigte. Daraufhin erklärten sie, immer noch lachend, so lange bleiben zu wollen, bis man ihnen das Eintrittsgeld zurückerstatte. Schließlich beruhigten sie sich, und ich erlaubte ihnen, in die Loge zurückzukehren; doch sogleich setzte dort ihr Gelächter wieder ein, so daß ich sie endgültig hinausweisen ließ.«

»Rufen Sie den Saalordner«, schnauzte Richard seinen Sekretär an, der diesen Bericht als erster gelesen und mit einem Blaustift angekreuzt hatte.

Sekretär Rémy – vierundzwanzig Jahre, schmaler Schnurrbart, elegant, gepflegt, gutangezogen – das heißt im damals obligatorischen Gehrock –, intelligent, dem Direktor gegenüber schüchtern, von diesem mit 2 400 Francs dafür entlohnt, Kritiken zu sammeln, Briefe zu beantworten, Logen und Freikarten zu verteilen, Verabredungen zu treffen, mit den Antichambrierenden zu plaudern, kranke Künstler zu besuchen, Vertreter für sie zu finden, die Verbindung mit den Leitern der verschiedenen Ressorts zu pflegen, doch vor allem der Schlüssel zum Direktionszimmer zu sein, auch auf die Gefahr hin, von einem Tag auf den anderen vor die Tür gesetzt zu werden, da er nicht der Verwaltung untersteht – Sekretär Rémy, der bereits den Saalordner hatte holen lassen, hieß diesen eintreten.

Der Saalordner kam recht unsicher herein.

»Erzählen Sie, was passiert ist«, fuhr Richard ihn an.

Der Saalordner stammelte etwas und wies auf den Bericht hin.

»Warum haben diese Leute denn gelacht«, fragte Moncharmin.

»Herr Direktor, sie müssen schon ausgiebig diniert haben und mehr zu Scherzen aufgelegt gewesen sein als zum Anhören guter Musik. Gleich nachdem sie die Loge betreten hatten, kamen sie wieder heraus und riefen die Schließerin. Sie sagten zu ihr: ›Sehen Sie einmal in der Loge nach, da ist doch niemand, oder?‹ – ›Nein‹, antwortete die Schließerin. – ›Aber als wir hineingegangen sind‹, behaupteten sie, ›haben wir eine Stimme gehört, die sagte, *es sei schon jemand da.*‹«

Moncharmin konnte ein Lächeln nicht unterdrücken, als er Richard anschaute, dem es aber keineswegs zum Lachen zumute war. Er hatte das schon zu oft mitgemacht, um in dem naiven Bericht des Saalordners nicht alle Anzeichen für einen jener bösen Streiche zu erkennen, die anfangs die Betroffenen amüsieren, sie dann freilich in Wut bringen.

Der Saalordner, der sich bei dem lächelnden Moncharmin einschmeicheln wollte, hielt es für seine Pflicht, ebenfalls zu lächeln. Unseliges Lächeln! Wie der Blitz traf Richards Blick den Angestellten, der sofort eine niedergeschmetterte Miene aufsetzte.

»War nun, als die Leute kamen«, fragte Richard donnernd, »jemand in der Loge oder nicht?«

»Nein, niemand, Herr Direktor, niemand! Weder in der rechten noch in der linken Loge, das schwöre ich Ihnen! Dafür lege ich meine Hand ins Feuer! Und das beweist, daß es nur ein Scherz war!«

»Und was hat die Schließerin gesagt?«

»Ach, die Schließerin sagte nur, das sei das Phantom der Oper.«

Der Saalordner kicherte. Aber auch diesmal mußte er erkennen, daß sein Kichern fehl am Platz war, denn nach seinen letzten Worten wurde Richards bereits finsteres Gesicht geradezu grimmig.

»Die Schließerin soll kommen«, befahl er. »Unverzüglich! Holt sie her! Und setzt die Leute dort vor die Tür!«

Der Saalordner wollte noch etwas einwenden, aber Richard brachte ihn mit einem markerschütternden »Halten Sie die Klappe!« zum Schweigen. Als dann die Lippen des Unglücklichen für immer versiegelt zu sein schienen, befahl ihm der Direktor, den Mund wieder aufzumachen.

»Was ist denn das ›Phantom der Oper‹«, fragte er brummend.

Aber dem Saalordner hatte es die Sprache verschlagen. Durch verzweifelte Mimik gab er zu verstehen, daß er nichts davon wisse oder genauer nichts davon wissen wolle.

»Haben Sie das Phantom der Oper schon gesehen?«

Der Saalordner schüttelte heftig den Kopf.

»Desto schlimmer«, erklärte Richard eisig.

Der Saalordner riß die Augen so weit auf, daß sie aus den Höhlen zu quellen drohten, um zu fragen, was der Herr Direktor mit diesem unheilvollen »Desto schlimmer« meine.

»Ich werde«, erklärte Richard, »alle diejenigen entlassen, die es nicht gesehen haben. Denn da es überall ist, kann ich es nicht länger dulden, daß man es nirgends sieht. Mir sind nur Angestellte lieb, die ihre Augen offenhalten!«

Fünftes Kapitel

Die Loge Nr. 5
(Fortsetzung)

Nach diesen Worten kümmerte sich Richard überhaupt nicht mehr um den Saalordner, sondern besprach verschiedene Angelegenheiten mit seinem Verwalter, der hereingekommen war. Der Saalordner meinte, gehen zu dürfen, und schlich leise, ganz leise zur Tür, als Richard sein Manöver bemerkte und ihn mit dröhnender Stimme festnagelte: »Rühren Sie sich nicht von der Stelle!«

Auf Rémys Veranlassung hin hatte man die Logenschließerin geholt, die Concierge in der Rue de Provence war, nur zwei Schritte von der Oper entfernt. Sie erschien bald.

»Wie heißen Sie?«

»Madame Giry. Sie kennen mich doch, Herr Direktor. Ich bin die Mutter der kleinen Giry, der kleinen Meg!«

Ihr grober und zugleich feierlicher Ton beeindruckte Richard einen Augenblick. Er musterte Madame Giry – verschossener Shawl, abgetretene Schuhe, altes Taftkleid, nußbrauner Hut. Aus der Haltung des Direktors ließ sich deutlich ablesen, daß er weder Madame Giry noch die kleine Giry, ja nicht einmal »die kleine Meg« kannte oder sich an sie erinnerte. Doch Madame Girys Stolz war so groß, daß diese berühmte Logenschließerin sich einfach nicht vorstellen konnte, irgend jemandem unbekannt zu sein.

»Ich kenne Sie nicht«, erklärte der Direktor schließlich. »Was mich aber nicht davon abhält, Sie zu fragen, welcher Vorfall Sie und den Saalordner gestern abend dazu veranlaßt hat, einen Polizisten um Hilfe zu bitten...«

»Deswegen wollte ich Sie gerade aufsuchen, Herr Direktor, nur damit Sie nicht die gleichen Scherereien haben wie Monsieur Debienne und Monsieur Poligny ... Die wollten zuerst auch nicht auf mich hören ...«

»Danach habe ich Sie nicht gefragt. Ich habe Sie gefragt, was gestern abend geschehen ist!«

Madame Giry wurde rot vor Entrüstung. So hatte man noch nie mit ihr gesprochen. Sie erhob sich, um zu gehen, wobei sie ihren Rock raffte und die Federn auf ihrem nußbraunen Hut würdevoll schüttelte, änderte aber ihre Meinung, setzte sich wieder und sagte herablassend:

»Man hat wieder einmal das Phantom belästigt!«

Als Richard daraufhin aufbrausen wollte, griff Moncharmin ein und führte das Verhör, aus dem hervorging, daß Madame Giry es ganz natürlich fand, eine Stimme in einer Loge, in der niemand war, sagen zu hören, es sei schon jemand da. Sie könne sich dieses Phänomen, das ihr keineswegs neu sei, nur durch die Einmischung des Phantoms erklären. Zwar habe noch nie jemand dieses Phantom in der Loge gesehen, aber jeder könne es hören. Sie habe es schon oft gehört, und das müsse man ihr glauben, denn sie lüge nie. Man könne ja Monsieur Debienne und Monsieur Poligny und alle fragen, die sie kannten, auch Monsieur Isidore Saack, dem das Phantom das Bein gebrochen habe!

»Wie?« unterbrach Moncharmin sie. »Das Phantom hat diesem armen Isidore Saack das Bein gebrochen?«

Madame Giry sperrte die Augen auf, in denen sich ihr Erstaunen über solche Unwissenheit widerspiegelte. Schließlich ließ sie sich herab, die beiden bedauernswerten Toren aufzuklären. Der Vorfall habe sich zu Monsieur Debiennes und Monsieur Polignys Zeit zugetragen, ebenfalls in Loge Nr. 5 und auch während einer Aufführung von *Faust*.

Madame Giry räuspert sich, prüft ihre Stimme und setzt – man hätte meinen können zum Vortrag der gesamten Partitur Gounods – ein:

»Also, Messieurs, an jenem Abend saß Monsieur Maniera, der Edelsteinhändler aus der Rue Mogador, mit seiner Gattin in der Ersten-Rangloge, und hinter Madame Maniera saß Monsieur Isidore Saack, ihr Hausfreund. Mephisto sang gerade (Madame Giry singt): ›Scheinst zu schlafen, du im Stübchen‹, da hört Monsieur Maniera in seinem rechten Ohr – seine Gattin saß links von ihm – eine Stimme, die ihm zuflüstert: ›O, o, Julie scheint nicht zu schlafen!‹ – Seine Gattin hieß nämlich Julie. – Monsieur Maniera wendet sich nach rechts, um festzustellen, wer ihm das zugeflüstert hat. Aber er sieht keinen Menschen! Er reibt sich das Ohr und sagt sich im stillen: ›Träume ich?‹ Daraufhin singt Mephisto seine Arie weiter ... Aber ich langweile Sie vielleicht, Messieurs?«

»Nein, nein, fahren Sie fort ...«

»Messieurs sind zu gütig! (Madame Giry zieht eine Grimasse) Mephisto sang also seine Arie weiter (Madame Giry singt): ›Ach, du spottest meiner Klagen, schmerzlicher Verdruß! Willst dem Liebsten du versagen einen süßen Kuß?‹ Da hört Monsieur Maniera immer noch in seinem rechten Ohr die Stimme, die ihm zuflüstert: ›O, o, Julie versagt Isidore keinen Kuß!‹ Daraufhin wendet er sich diesmal nach links, zu seiner Gattin und zu Isidore – und was sieht er da? Isidore hatte von hinten die Hand seiner Gattin ergriffen und bedeckte sie mit Küssen in den Schlitz ihres Handschuhs ... so, Messieurs. (Madame Giry bedeckt das von ihrem Flockenseidenhandschuh freigelassene Stückchen Haut mit Küssen) Wie Sie sich vorstellen können, kam es zum Krach. Klitsch! Klatsch! Monsieur Maniera, der so groß und kräftig war wie Sie, Monsieur Richard, ohrfeigte Monsieur Isidore Saack rechts und links, der so klein und schmächtig war wie – mit Verlaub – Sie, Monsieur Moncharmin. Es war ein richtiger Skandal. Im Saal rief man: ›Aufhören! Aufhören! ... Er bringt ihn um!‹ Schließlich gelang es Monsieur Isidore Saack zu entwischen ...«

»Demnach hat ihm doch das Phantom gar nicht das Bein gebrochen«, fragte Moncharmin, verstimmt darüber, daß sein Äußeres so wenig Eindruck auf Madame Giry gemacht hat.

»Es *hat* es ihm gebrochen, Monsieur«, erwidert Madame Giry von oben herab, denn sie durchschaut seine kränkende Absicht. »Es *hat* es ihm klipp und klar auf der großen Treppe gebrochen, die er zu hastig hinuntereilte, Monsieur! Und zwar so gründlich, daß der Arme sie so bald nicht wieder hinaufsteigen kann!«

»Hat Ihnen das Phantom das persönlich erzählt, was es Monsieur Maniera ins rechte Ohr flüsterte«, fragt Untersuchungsrichter Moncharmin mit einem Ernst, den er für komisch hält.

»Nein, Monsieur! Sondern Monsieur Maniera. Daher...«

»Aber Sie haben doch schon mit dem Phantom gesprochen, Madame?«

»So wie mit Ihnen, Monsieur...«

»Und was sagt das Phantom, wenn es mit Ihnen spricht?«

»Nun, es bittet mich, ihm einen Schemel zu bringen!«

Bei diesen feierlich gesprochenen Worten wird Madame Girys Gesicht zu Marmor, zu gelbem, rotgeädertem Marmor wie der, aus dem die Stützpfeiler der großen Treppe sind und der sarrankolischer Marmor genannt wird.

Diesmal bricht Richard mit Moncharmin und Sekretär Rémy in Lachen aus, aber der aus Schaden kluggewordene Saalordner lacht nicht mit. Er lehnt an der Wand und fragt sich, während er fieberhaft an den Schlüsseln in seiner Tasche herumfummelt, wann die Geschichte endlich aus sei. Je herablassender Madame Girys Ton wird, desto mehr fürchtet er das erneute Aufbrausen des Direktors. Und jetzt wagt es Madame Giry sogar angesichts der direktorialen Heiterkeit tatsächlich zu drohen!

»Statt über das Phantom zu lachen«, ruft sie empört, »sollten Sie lieber Monsieur Polignys Beispiel folgen, der sich selbst davon überzeugt hat...«

»Wovon überzeugt«, fragt Moncharmin, der sich noch nie so gut amüsiert hat.

»Von dem Phantom!... Ich sage Ihnen doch... Also! ... (Sie beruhigt sich plötzlich, denn sie erkennt den Ernst der Stunde) Ich erinnere mich daran, als wäre es erst gestern gewesen. Diesmal wurde *Die Jüdin* gespielt. Monsieur Poligny wollte sich die Aufführung ganz allein in der Loge des Phantoms ansehen. Madame Krauss erntete riesigen Beifall. Sie hatte gerade die Glanznummer aus dem zweiten Akt gesungen, Sie wissen schon (Madame Giry singt halblaut):

›Ach, wie bebt mein beklommen Herz!
Eine dunkle traurige Ahnung
Erfüllt die Seele mir als Mahnung
Mit der Reue heimlichem Schmerz...‹«

»Schon gut, schon gut, ich kenne es«, sagt Moncharmin mit entmutigendem Lächeln.

Aber Madame Giry singt unbeirrt weiter, wobei die Federn auf ihrem nußbraunen Hut wackeln:

»Treuvereint beachten wir kein Gebot,
Keine Macht trennt uns mehr, nur der Tod!«

»Ja, ja, wir kennen es«, wiederholt Richard ungehalten. »Und dann? Na, und dann?«

»Dann kommt der Augenblick, in dem Leopold ruft: ›Laß uns fliehen!‹, nicht wahr? – und Eléarzar sich ihnen in den Weg stellt und sie fragt: ›Wohin eilet Ihr?‹ In diesem Augenblick nun richtete sich Monsieur Poligny, den ich aus der leeren Loge neben seiner beobachtete, kerzengerade auf und schritt starr wie eine Statue hinaus, während ich ihn nur noch wie Eléarzar fragen konnte: ›Wohin eilet Ihr?‹ Aber er antwortete mir nicht und war leichenblaß! Ich sah, wie er die Treppe hinunterging, aber er brach sich dabei kein Bein... Trotzdem bewegte er sich wie im Traum, wie in einem Albtraum, und irrte durch die Oper, die er doch besser als jeder andere kennen mußte, denn dafür wurde er ja schließlich bezahlt!«

So drückte sich Madame Giry aus und wartete auf

den Effekt ihrer Worte. Über Polignys Geschichte schüttelte Moncharmin den Kopf.

»Das alles erklärt mir noch immer nicht, unter welchen Umständen das Phantom der Oper Sie um den Schemel gebeten hat«, ließ er nicht locker und blickte dabei Mama Giry streng an.

»Aber seit diesem Abend... eben seit diesem Abend hat man doch unser Phantom in Ruhe gelassen... hat man nicht mehr versucht, ihm seine Loge streitig zu machen. Monsieur Debienne und Monsieur Poligny gaben Anweisungen, sie bei allen Aufführungen ihm zur Verfügung zu stellen. Wenn es dann kam, bat es mich um den Schemel...«

»Ei, ei, ein Phantom, das um einen Schemel bittet? Ist Ihr Phantom demnach eine Frau«, fragte Moncharmin.

»Nein, das Phantom ist ein Mann.«

»Woher wissen Sie das?«

»Es hat eine Männerstimme, ach, eine freundliche Männerstimme! Es verhält sich so: wenn es die Oper besucht, kommt es gewöhnlich in der Mitte des ersten Akts und klopft dreimal kurz an die Tür der Loge Nr. 5. Sie können sich vorstellen, wie verblüfft ich war, als ich die drei leisen Schläge zum ersten Mal hörte, da ich ja genau wußte, daß noch niemand in der Loge war! Ich machte die Tür auf, horchte, schaute hinein: kein Mensch! Und dann hörte ich eine Stimme, die zu mir sagte: ›Madame Jules‹, – das ist der Name meines verstorbenen Mannes – ›können Sie mir bitte einen Schemel bringen?‹ Das, Messieurs, warf mich – mit Verlaub – beinahe um... Aber die Stimme fuhr fort: ›Fürchten Sie sich nicht, Madame Jules, ich bin das Phantom der Oper!‹ Ich starrte die Stelle an, von der die Stimme kam, die übrigens so gütig, so ›einnehmend‹ klang, daß sie mir kaum noch Angst einflößte. Die Stimme, Messieurs, *saß im Fauteuil der ersten Reihe ganz rechts*. Obwohl ich niemand in dem Fauteuil sah, hätte ich schwören können, daß dort jemand saß, der redete, und zwar ein außerordentlich höflicher Jemand!«

»War die Loge rechts neben Loge Nr. 5 besetzt«, fragte Moncharmin.

»Nein, weder Loge Nr. 7 noch Loge Nr. 3 links daneben waren bis dahin besetzt. Die Oper fing ja gerade erst an.«

»Und was haben Sie getan?«

»Ich habe natürlich den Schemel gebracht. Offenbar war er nicht für ihn bestimmt, sondern für seine Begleiterin. Aber die habe ich nie gesehen oder gehört...«

Was? Jetzt hatte das Phantom sogar eine Frau! Moncharmins und Richards Blicke wanderten von Madame Giry zu dem Saalordner, der hinter der Logenschließerin mit den Armen fuchtelte, um die Aufmerksamkeit seiner Vorgesetzten auf sich zu lenken. Er klopfte sich mit dem Zeigefinger an die Stirn, um den Direktoren zu bedeuten, daß Mama Jules bestimmt verrückt sei, eine Pantomime, die Richard endgültig dazu bewog, sich von einem Saalordner zu trennen, der eine Irre in seinen Diensten behielt. Die brave Frau rühmte jetzt die Großzügigkeit des Phantoms.

»Nach der Aufführung gibt es mir immer zwei Francs, manchmal auch fünf Francs, und wenn es ein paar Tage nicht da war sogar zehn Francs. Aber seit man es wieder belästigt, gibt es mir überhaupt nichts mehr...«

»Verzeihen Sie, meine Liebe... (Empörtes Schütteln der Federn auf dem nußbraunen Hut angesichts solcher Familiarität) Verzeihen Sie... aber wie gibt Ihnen das Phantom die zwei Francs«, fragte Moncharmin.

»Ach, die legt es auf das Tischchen in der Loge. Dort finde ich sie mit dem Programm, das ich ihm immer bringe. An manchen Abenden finde ich sogar Blumen in der Loge, eine Rose, die sicher aus dem Ansteckbukett seiner Begleiterin gefallen ist... Denn bestimmt kommt er manchmal mit einer Dame... einmal haben sie nämlich einen Fächer liegenlassen.«

»So? Das Phantom hat einen Fächer liegenlassen? Was haben Sie damit gemacht?«

»Ich habe ihn am nächsten Abend wieder hingelegt.«

Da erhob der Saalordner seine Stimme:

»Das verstößt gegen die Vorschriften, Madame Giry. Dafür müssen Sie eine Geldstrafe entrichten!«

»Schweigen Sie doch, Sie Trottel!« (Firmin Richards Baßstimme)

»Sie haben also den Fächer wieder hingelegt? Und dann?«

»Dann haben sie ihn mitgenommen, Monsieur. Am Ende der Vorstellung habe ich ihn nicht mehr entdeckt, dafür aber eine Schachtel Pralinen, die ich besonders gern esse, Monsieur. Eine der vielen Aufmerksamkeiten des Phantoms...«

»Nun gut, Madame Giry... Sie können jetzt gehen.«

Nachdem Madame Giry sich ehrerbietig, wenn auch nicht ohne einen gewissen Stolz, den sie immer beibehielt, von den beiden Direktoren verabschiedet hatte, erklärten diese dem Saalordner, sie hätten sich entschlossen, künftig auf die Dienste dieser alten Irren zu verzichten, und schickten ihn hinaus.

Nachdem sich der Saalordner unter Bekundung seiner Ergebenheit zurückgezogen hatte, beauftragten die Direktoren den Verwalter, den Saalordner zu entlassen. Als die Direktoren allein waren, hatten sie beide den gleichen Gedanken, nämlich die Loge Nr. 5 einmal zu inspizieren.

Wir wollen ihnen zu gegebener Zeit dorthin folgen.

Sechstes Kapitel

Die Zaubergeige

Für Christine Daaé, die, wie wir später sehen werden, Intrigen zum Opfer fiel, wiederholte sich an der Oper nicht so bald der Triumph, den sie an dem berühmten Galaabend gefeiert hatte. Immerhin bot sich ihr seitdem Gelegenheit, in der Stadt bei der Duchesse de Zurich aufzutreten, wo sie die schönsten Nummern aus ihrem Repertoire sang. Der große Kritiker S., der sich unter den erlesenen Gästen befand, schreibt über sie:

»Wenn man sie in *Hamlet* hört, fragt man sich, ob Shakespeare nicht aus dem Elysium herbeigeeilt sei, um mit ihr die Ophelia zu proben... Wenn sie das Sternendiadem der Königin der Nacht trägt, müßte Mozart eigentlich die Gefilde der Seligen verlassen, um sie sich anzuhören. Aber er braucht sich nicht herabzubemühen, denn die schmetternde Stimme, mit der sie seine *Zauberflöte* wundervoll interpretiert, schwingt sich ebenso mühelos zu ihm in den Himmel hinauf, wie ihre Besitzerin die ärmliche Hütte in Skotelof mit dem mit Garniers aus Gold und Marmor erbauten Palast zu vertauschen verstand.«

Aber nach dem Abend bei der Duchesse de Zurich sang Christine nicht mehr in der Öffentlichkeit. Sie lehnte jede Einladung, jedes Konzert ab. Ohne ersichtlichen Grund zog sie ihre Zusage zu einem Wohltätigkeitsfest zurück. Sie handelte so, als wäre sie nicht mehr Herrin über ihr eigenes Schicksal, als hätte sie Angst vor einem neuen Triumph.

Sie wußte, daß Graf de Chagny sich, um seinem Bruder einen Gefallen zu erweisen, bei Richard sehr für sie eingesetzt hatte. Sie schrieb ihm einen Dankesbrief, in dem sie ihn freilich bat, sich bei den Direktoren nicht mehr für sie zu verwenden. Was mochte der Grund für ihr seltsames Benehmen sein? Die einen behaupteten, es sei ihr maßloser Stolz, die anderen hielten es für engelhafte Bescheidenheit. Doch beim Theater ist man nun einmal nicht so bescheiden; ich weiß nicht, ob ich es nicht Bestürzung nennen soll. Ja, ich glaube, daß Christine Daaé Angst vor dem hatte, was ihr widerfahren war und was sie genauso befremdete wie ihre Umgebung. Befremdete? Nein! Ich besitze einen Brief von Christine – aus der Sammlung des Persers –, der sich auf die damaligen Ereignisse bezieht. Nachdem ich ihn nochmals durchgelesen habe, möchte ich Christine nicht mehr befremdet oder bestürzt nennen, sondern ausgesprochen *entsetzt*. Ja, entsetzt! »Ich kenne mich nicht mehr, wenn ich singe«, schreibt sie.

Das arme, reine, sanfte Kind!

Sie zeigte sich nirgends, und Vicomte de Chagny versuchte vergeblich, sie zu treffen. Er schrieb ihr und bat sie um die Erlaubnis, bei ihr vorsprechen zu dürfen. Er hatte die Hoffnung auf eine Antwort schon fast aufgegeben, als sie ihm eines Morgens folgenden Brief schickte:

»Monsieur,
ich habe keineswegs den kleinen Jungen vergessen, der meine Schärpe aus dem Meer fischte. Ich muß Ihnen das heute schreiben, da ich im Begriff bin, nach Perros zu reisen, um eine fromme Pflicht zu erfüllen. Morgen ist nämlich der Todestag meines armen Papas, den Sie ja gekannt haben und der Sie gern hatte. Er liegt mit seiner Geige auf dem Kirchhof am Fuße des Hügels begraben, wo wir als kleine Kinder so oft gespielt haben; am Rande jener Straße, wo wir uns, inzwischen etwas älter geworden, zum letzten Mal Lebewohl sagten.«

Nachdem Vicomte de Chagny Christine Daaés Brief gelesen hatte, stürzte er sich über das Kursbuch, zog sich hastig an, kritzelte ein paar Zeilen hin, die sein Kammerdiener seinem Bruder übergeben sollte, und sprang in eine Droschke, mit der er aber nicht mehr rechtzeitig den Bahnsteig der Gare de Montparnasse erreichte, so daß er den Morgenzug, den er eigentlich nehmen wollte, verpaßte.

Raoul verbrachte den Tag mißmutig, und seine Lebenslust kehrte erst gegen Abend zurück, als er in seinem Abteil saß. Auf der ganzen Reise las er immer wieder Christines Brief und atmete dessen Duft ein; er beschwor das traute Bild seiner Kindheit herauf. Die lange, fürchterliche Fahrt durch die Nacht verging in einem Fiebertraum, an dessen Anfang und an dessen Ende Christine Daaé stand. Es begann zu tagen, als er in Lannion ausstieg. Er eilte zur Postkutsche nach Perros-Guirec. Er war der einzige Passagier. Er fragte den Kutscher aus und erfuhr, daß am Abend zuvor eine junge Frau, die wie eine Pariserin ausgesehen habe, nach Perros gefahren und dort im Gasthof ›Zur Untergehenden Sonne‹ abgestiegen sei. Das konnte nur Christine sein. Sie war allein gekommen. Raoul stieß einen tiefen Seufzer aus. Demnach hatte er die Möglichkeit, in dieser Einsamkeit ungestört mit Christine zu sprechen. Die Liebe zu ihr machte ihn fast krank. Dieser große Junge, der schon eine Weltreise hinter sich hatte, war noch genau so rein wie eine Jungfrau, die das Haus ihrer Mutter nie verlassen hat.

Je näher er Christine kam, desto inniger erinnerte er sich an die Geschichte der kleinen schwedischen Sängerin. Vieles davon ist der Allgemeinheit noch unbekannt.

Es war einmal ein Bauer, der lebte mit seiner Familie in einem kleinen Marktflecken bei Upsala. Er bebaute werktags das Land und sang sonntags im Kirchenchor. Dieser Bauer hatte eine kleine Tochter, der er, lange bevor sie lesen konnte, das Entziffern der Notenschrift beibrachte. Vater Daaé war, ohne es wohl zu wissen, ein großer Musiker. Er spielte Geige und galt als der beste Fiedler in ganz Skandinavien. Sein Ruf verbreitete sich, und man wandte sich immer an ihn, damit er auf Hochzeiten und Festgelagen aufspiele. Mutter Daaé war gebrechlich und starb, als Christine ihr sechstes Lebensjahr begann. Daraufhin verkaufte der Vater, der nur seine Tochter und seine Musik liebte, sein Stückchen Land und suchte Ruhm in Upsala. Doch er fand dort nur Elend.

Da kehrte er aufs Land zurück, zog von Jahrmarkt zu Jahrmarkt und fiedelte seine skandinavischen Weisen, während seine Tochter, die nie von seiner Seite wich, ihm entweder verzückt lauschte oder ihn mit ihrem Gesang begleitete. Eines Tages hörte Professor Valerius die beiden auf dem Jahrmarkt in Limby und nahm sie nach Göteborg mit. Er behauptete, daß der Vater der beste Violinist der Welt sei und daß seine Tochter das Zeug zu einer großen Sängerin habe. Es wurde für ihre Erziehung und Ausbildung gesorgt. Wo sie hinkam, bezauberte sie jeden durch ihre Schönheit, ihre Anmut und ihren Drang, es allen recht zu machen. Ihre Fortschritte waren erstaunlich. Indessen beschlossen Professor Valerius und seine Frau, nach Frankreich zu ziehen. Sie nahmen Daaé und Christine mit. Mama Valerius behandelte Christine wie ihre eigene Tochter. Ihr Vater siechte dagegen vor Heimweh dahin. In Paris ging er nie aus. Er lebte in einer Traumwelt, die er sich mit seiner Geige schuf. Stundenlang schloß er sich mit seiner Tochter in sein Zimmer ein, wo man ihn ganz leise spielen und singen hörte. Manchmal horchte Mama Valerius an der Tür, seufzte tief, wischte eine Träne weg und schlich auf Zehenspitzen davon. Auch sie sehnte sich nach ihrem skandinavischen Himmel.

Nur im Sommer schien Vater Daaé aufzuleben, wenn die Familie in Perros-Guirec Ferien machte, einem Winkel in der Bretagne, der den Parisern damals noch so gut wie unbekannt war. Er liebte das Meer dieser Landschaft sehr, das, wie er fand, die gleiche Farbe habe wie im Norden, und oft spielte er am Strand schwermütige Weisen vor, wobei er behauptete, das Meer schweige, um ihnen zu lauschen. Dann lag er Mama Valerius so lange in den Ohren, bis sie auf eine neue Grille des früheren Fiedlers einging.

Zur Zeit der Wallfahrten, Dorffeste, Tänze und Kirchweihen zog er wie früher mit seiner Geige herum und durfte dabei seine Tochter acht Tage mitnehmen. Man wurde nie müde, ihnen zuzuhören. Sie überschütteten den kleinsten Weiler mit so viel Wohlklang, daß es fürs ganze Jahr reichte. Da sie Gasthofbetten ablehnten, übernachteten sie in Scheunen, wo sie sich auf dem Stroh aneinanderschmiegten – wie einst während ihres Elends in Schweden.

Jetzt waren sie hingegen ordentlich angezogen, nahmen nicht die Münzen an, die man ihnen geben wollte, und sammelten nie Geld, so daß die Leute aus dem Benehmen des Fiedlers nicht klug wurden, der mit diesem schönen Kind herumwanderte, das so wunderbar sang, daß man einen Engel aus dem Paradies zu hören vermeinte. Und man folgte ihnen von Dorf zu Dorf.

Eines Tages zwang ein kleiner Junge aus der Stadt seine Gouvernante zu einem langen Marsch, weil er es nicht über sich brachte, das kleine Mädchen zu verlassen, dessen sanfte und klare Stimme ihn gefesselt zu haben schien. Sie gelangten zu einer Bucht, die auch heute noch Trestraou heißt. Damals gab es dort nur den Himmel und das Meer und den goldenen Strand. Es wehte ein starker Wind, der Christines Schärpe ins Meer riß. Christine schrie auf und streckte die Arme danach aus, aber schon trugen die Wellen die Schärpe davon. Da hörte Christine eine Stimme, die zu ihr sagte:

»Seien Sie unbesorgt, Mademoiselle, ich werde Ihre Schärpe wieder aus dem Meer fischen.«

Sie sah einen kleinen Jungen, der trotz der empörten Rufe und Proteste einer ganz in Schwarz gekleideten Matrone davonrannte. Der kleine Junge stürzte sich angezogen, wie er war, ins Wasser und brachte ihr die Schärpe zurück. Der kleine Junge und die Schärpe trieften erbärmlich! Die Matrone in Schwarz konnte sich nicht darüber beruhigen, aber Christine lachte aus vollem Hals und umarmte den kleinen Jungen. Es war

Vicomte Raoul de Chagny. Er wohnte damals bei seiner Tante in Lannion. Während der Saison trafen Christine und Raoul sich fast täglich zum Spielen. Auf die Bitte der Tante hin und durch Professor Valerius' Vermittlung erklärte sich der alte Daaé bereit, dem jungen Vicomte Geigenstunden zu geben. So lernte Raoul dieselben Weisen lieben, die Christines Kindheit verzaubert hatten.

Beide hatten ungefähr das gleiche verträumte und stille Gemüt. Gefallen fanden sie eigentlich nur an Geschichten, an den alten bretonischen Märchen, und ihr liebstes Spiel war, wie Bettler von Tür zu Tür zu gehen und darum zu bitten. »Madame oder Monsieur, können Sie uns bitte eine Geschichte erzählen?« Nur selten »gab« man ihnen nichts. Welche bretonische Großmutter hat nicht wenigstens einmal in ihrem Leben die Korrigane im Mondschein über die Heide tanzen sehen?

Aber am meisten freuten sie sich, wenn sich Vater Daaé in der friedlichen Abenddämmerung nach Sonnenuntergang neben sie an den Straßenrand setzte und ihnen leise, als fürchtete er, den Geistern, die er heraufbeschwor, Angst einzujagen, die schönen erbaulichen oder schrecklichen nordländischen Sagen erzählte. Einmal stimmten sie froh wie Andersens Märchen, ein andermal traurig wie die Lieder des großen Dichters Runeberg. Wenn Vater Daaé verstummte, sagten beide Kinder: »Weiter! Weiter!«

Es gab eine Geschichte, die fing an:

»Ein König saß in einem Kahn auf einem jener stillen und tiefen Gewässer, die sich mitten in den Bergen Norwegens wie ein strahlendes Auge öffnen...«

Und eine andere:

»Die kleine Lotte dachte an alles und an nichts. Wie ein Zugvogel schwebte sie auf den goldenen Sonnenstrahlen und trug ihren Frühlingskranz auf den blonden Locken. Ihre Seele war so klar und blau wie ihr Blick. Sie verhätschelte ihre Mutter, war ihrer Puppe treu, achtete sorgsam auf ihr Kleid, ihre roten Schuhe und auf ihre Geige, aber sie liebte über alles, beim Einschlafen dem Engel der Musik zu lauschen.«

Während der alte Mann solche Dinge erzählte, betrachtete Raoul Christines blaue Augen und ihr goldenes Haar. Und Christine dachte, wie glücklich die kleine Lotte sein mußte, wenn sie beim Einschlafen dem Engel der Musik lauschte. In fast allen Geschichten Vater Daaés kam der Engel der Musik vor, und die Kinder fragten ihn endlos über diesen Engel aus. Vater Daaé behauptete, daß der Engel der Musik alle großen Musiker, alle großen Sänger mindestens einmal in ihrem Leben besuche. Manchmal beuge sich dieser Engel über ihre Wiege, wie bei der kleinen Lotte, und deshalb gebe es Wunderkinder, die schon mit sechs Jahren besser Geige spielten als fünfzigjährige Männer, was – »das müßt ihr zugeben« – wirklich erstaunlich sei. Manchmal komme der Engel wesentlich später, weil die Kinder nicht artig seien und nicht fleißig übten und ihre Tonleitern nicht lernten. Manchmal komme der Engel nie, weil man kein reines Herz und kein gutes Gewissen habe. Man sehe den Engel nie, aber er tue sich den Auserwählten kund. Oft in Augenblicken, da sie es am wenigsten erwarteten, wenn sie traurig oder niedergeschlagen seien. Dann höre das Ohr plötzlich himmlische Harmonien, eine göttliche Stimme, und man erinnere sich sein Lebtag daran. Diejenigen, die der Engel besucht habe, seien dann Feuer und Flamme. Es fahre ein Schauer durch sie, der den anderen Sterblichen unbekannt sei. Es werde ihnen das Vorrecht verliehen, kein Instrument mehr ergreifen oder den Mund nicht mehr zum Singen aufmachen zu können, ohne Klänge zu hören, die durch ihre Schönheit alle anderen menschlichen Klänge in den Schatten stellten. Die Leute, die nicht wüßten, daß der Engel jene Menschen besucht habe, sagten dann von ihnen, sie hätten Genie.

Die kleine Christine fragte ihren Papa, ob er schon den Engel gehört habe. Aber Vater Daaé schüttelte traurig den Kopf, dann betrachtete er aber seine Tochter strahlend und sagte:

»Du, mein Kind, wirst ihn eines Tages hören. Wenn ich in den Himmel komme, schicke ich ihn zu dir, das schwöre ich dir.«

Damals begann Vater Daaé zu husten.

Der Herbst trennte Raoul und Christine.

Drei Jahre später trafen sie sich als junge Menschen wieder. Auch diesmal in Perros, und diese Begegnung prägte sich Raoul fürs Leben ein. Professor Valerius war gestorben, aber Mama Valerius blieb in Frankreich, wo ihre Interessen sie mit dem alten Daaé und seiner Tochter zurückhielten, die weiterhin Geige spielten und sangen und dabei ihre geliebte Gönnerin in ihren melodiösen Traum einbezogen, so daß auch sie nur noch von der Musik zu leben schien. Der junge Mann kam aufs Geratewohl nach Perros und ging auf gut Glück in das Haus, in dem seine kleine Freundin früher gewohnt hatte. Er erblickte erst den alten Daaé, der sich mit Tränen in den Augen erhob, ihn umarmte und ihm sagte, sie hätten ihn stets in guter Erinnerung bewahrt. Es sei kaum ein Tag verstrichen, an dem Christine nicht von ihm, Raoul, gesprochen habe. Der Greis redete noch, als sich die Tür öffnete und das junge Mädchen mit anmutiger Geschäftigkeit eine dampfende Teekanne auf einem Tablett hereinbrachte. Sie erkannte Raoul und setzte das Tablett ab. Leichte Röte überzog ihr charmantes Gesicht. Sie zauderte stumm. Ihr Papa betrachtete die beiden. Raoul trat auf Christine zu und gab ihr einen Kuß, dem sie nicht auswich. Sie stellte ihm ein paar Fragen, erledigte ihre Pflicht als Gastgeberin, nahm das Tablett wieder auf und verließ das Zimmer. Dann flüchtete sie zu einer Bank im einsamen Garten. In ihr regten sich Gefühle, die ihr Jungmädchenherz schneller schlagen ließen. Raoul gesellte sich zu ihr, und sie plauderten bis zum Abend verlegen miteinander. Sie hatten sich völlig verwandelt, kannten sich nicht wieder und fanden sich gegenseitig doch sehr wichtig. Sie unterhielten sich vorsichtig wie Diplomaten und erzählten sich nur Dinge, die nichts mit ihren erwachenden Empfindungen zu tun hatten. Beim Abschied am Straßenrand sagte Raoul zu Christine, wobei er ihre zitternde Hand ganz korrekt küßte: »Mademoiselle, ich werde Sie nie vergessen!« Als er ging, bedauerte er seine kühnen Worte, denn er wußte genau, daß Christine Daaé niemals die Frau des Vicomtes de Chagny werden könnte.

Als Christine zu ihrem Vater zurückkehrte, sagte sie: »Findest du nicht, daß Raoul nicht mehr so nett ist wie früher? Ich liebe ihn nicht mehr!« Sie versuchte, nicht mehr an ihn zu denken. Es fiel ihr schwer, und sie vertiefte sich wieder ganz in ihre Kunst. Sie machte erstaunliche Fortschritte. Diejenigen, die ihr zuhörten, prophezeiten, daß sie es zur größten Sängerin der Welt bringen werde. Indessen starb ihr Vater, und sie schien mit ihm ihre Stimme, ihre Seele und ihr Genie verloren zu haben. Trotzdem verblieb ihr davon gerade noch genug, um das Konservatorium zu besuchen. Dort zeichnete sie sich keineswegs aus, nahm ohne Begeisterung am Unterricht teil und erwarb einen Preis, um der alten Mama Valerius, mit der sie weiterhin zusammenlebte, eine Freude zu bereiten. Als Raoul Christine zum ersten Mal in der Oper wiedersah, bezauberte ihn zwar ihre Schönheit, indem sie traute Bilder von einst heraufbeschwor, aber gleichzeitig wunderte er sich über den Stillstand ihrer Kunst. Christine schien von allem losgelöst zu sein. Er hörte sie sich immer wieder an. Er folgte ihr in die Kulissen. Er wartete hinter einem Bühnengerüst auf sie. Er versuchte ihre Aufmerksamkeit auf sich zu lenken. Mehrmals begleitete er sie bis zur Schwelle ihrer Garderobe, aber sie bemerkte ihn nicht. Sie schien übrigens niemanden zu bemerken. Sie war die Gleichgültigkeit in Person. Raoul litt darunter, denn sie war schön; aus Schüchternheit wagte er ihr nicht zu gestehen, daß er sie liebe. Dann schlug an jenem Galaabend der Blitz ein:

der Himmel zerriß, eine Engelsstimme erklang auf Erden, um die Menschen zu entzücken und um sein Herz zu verzehren ...

Dann hörte er jene Männerstimme hinter der Tür: »Du mußt mich lieben!« – dabei war niemand in der Garderobe ...

Warum hatte sie gelacht, als sie die Augen wieder aufschlug und er zu ihr sagte: »Ich bin der kleine Junge, der Ihre Schärpe aus dem Meer gefischt hat?« Warum hatte sie ihn nicht wiedererkannt? Warum hatte sie ihm geschrieben?

Ach, wie lang ist diese Küste ... endlos lang ... Da steht das Kruzifix an der Kreuzung der drei Wege ... Dort die verlassene Heide, die vereiste Ebene, die erstarrte Landschaft unter dem weißen Himmel. Die Scheiben klirren, zerreißen ihm das Trommelfell ... Was für einen Krach macht die Postkutsche, die kaum von der Stelle kommt! Er erkennt die strohgedeckten Hütten wieder ... die Zäune, Böschungen, Bäume an der Straße ... Endlich die letzte Wegbiegung, dahinter das Meer in der Tiefe ... die weite Bucht von Perros.

Sie ist also im Gasthof »Zur Untergehenden Sonne« abgestiegen. Natürlich! Es gibt ja keinen anderen. Außerdem ist er gut. Es fällt ihm ein, daß man dort schöne Geschichten zu hören bekam. Wie pocht sein Herz! Was wird sie sagen, wenn sie ihn erblickt?

Beim Eintreten in den verrauchten alten Saal des Gasthofs sieht er als erste Mama Tricard. Sie erkennt ihn sofort. Sie begrüßt ihn herzlich. Sie fragt ihn, was ihn herführe. Er errötet. Er antwortet, er sei geschäftlich in Lannion, habe es aber nicht versäumen wollen, ihr Guten Tag zu sagen. Sie möchte ihm das Frühstück auftragen, aber er sagt: »Danke, später.« Er scheint auf irgend etwas oder irgend jemanden zu warten. Die Tür öffnet sich. Er schaut auf. Er hat sich nicht geirrt: sie ist es! Er versucht etwas zu sagen, findet aber keine Worte. Sie steht lächelnd und keineswegs überrascht vor ihm. Ihr Gesicht ist frisch und gerötet wie eine reife Erdbeere. Sie ist offenbar schnell gelaufen und dadurch erhitzt. Ihr Busen hebt und senkt sich sanft. Ihre Augen, die klaren Spiegel blassen Himmelblaus, haben die Farbe der stillen, hoch im Norden träumenden Seen, ihre Augen werfen den Widerschein ihrer reinen Seele zurück. Ihr offener Pelzmantel enthüllt ihre schlanke Taille, die harmonische Linie ihres anmutigen jungen Körpers. Raoul und Christine schauen sich lange an. Mama Tricard lächelt und verschwindet taktvoll. Endlich sagt Christine:

»Sie sind gekommen, und das überrascht mich nicht. Ich ahnte, daß wir uns nach der Messe hier in diesem Gasthof wiedertreffen würden. *Jemand* hat es mir in der Kirche gesagt. Ja, man hat mir Ihr Kommen angekündigt.«

»Wer denn«, fragte Raoul und ergreift mit beiden Händen Christines zierliche Hand, die sie nicht zurückzieht.

»Natürlich mein armer verstorbener Papa.«

Kurzes Schweigen. Dann sagt Raoul:

»Hat Ihr Vater Ihnen auch gesagt, daß ich Sie liebe, Christine, und daß ich ohne Sie nicht leben kann?«

Christine errötet bis zu den Haarwurzeln und wendet den Kopf ab. Mit bebender Stimme sagt sie:

»Mich? Sie sind wahnsinnig, mein Freund.«

Sie bricht in Lachen aus, um, wie man es ausdrückt, ihre Haltung zu bewahren.

»Lachen Sie nicht Christine, mir ist es sehr ernst.«

Sie erwidert gefaßt:

»Ich habe Sie nicht herkommen lassen, damit Sie mir solche Dinge sagen.«

»Sie haben mich ›herkommen lassen‹, Christine. Sie haben geahnt, daß Ihr Brief mich dazu bewegen würde, unverzüglich nach Perros zu eilen. Wie konnten Sie das annehmen, wenn Sie nicht dachten, daß ich Sie liebe?«

»Ich dachte, daß Sie sich an die Spiele unserer Kindheit erinnern würden, an denen mein Vater so oft teilnahm. Ach, eigentlich weiß ich nicht genau, was ich dachte... Vielleicht war es unrecht von mir, Ihnen zu schreiben... Ihr plötzliches Auftauchen in meiner Garderobe neulich abend führte mich so weit in die Vergangenheit zurück, und ich habe Ihnen als das kleine Mädchen von damals geschrieben, das glücklich wäre, in einem Augenblick der Traurigkeit und Einsamkeit seinen Spielgefährten wiederzusehen...«

Kurzes Schweigen. Irgend etwas an Christines Haltung findet Raoul unnatürlich, ohne es genau definieren zu können. Aber er spürt, daß sie ihm nicht feindlich gesinnt ist, ganz im Gegenteil, das beweist ihm die trostlose Zärtlichkeit ihres Blickes zur Genüge. Warum ist aber ihre Zärtlichkeit trostlos? Das irritiert den jungen Mann, und er will es unbedingt herauskriegen.

»Sahen Sie mich zum ersten Mal, als ich in Ihre Garderobe kam, Christine?«

Sie kann nicht lügen und antwortet:

»Nein! Ich hatte Sie vorher schon mehrmals in der Loge Ihres Bruders gesehen. Auch hinter der Bühne.«

»Ich zweifelte daran«, sagt Raoul und beißt sich auf die Lippe. »Aber warum haben Sie dann, als Sie mich in Ihrer Garderobe zu Ihren Füßen knien sahen und ich Sie daran erinnerte, daß ich Ihre Schärpe aus dem Meer fischte, behauptet, mich nicht zu kennen, ja auch noch gelacht?«

Raoul stellt diese Frage so grob, daß Christine ihn sprachlos anstarrt. Der junge Mann ist selbst entsetzt über den Ton, den er plötzlich anzuschlagen wagt, während er sich geschworen hat, Christine mit Worten der Zärtlichkeit, Liebe und Ergebenheit zu überschütten. So spricht nur ein Ehemann, ein Liebhaber, der das Recht dazu hat, mit seiner Frau oder seiner Mätresse, wenn sie ihn gekränkt hat. Aber seine Anmaßung reizt ihn noch mehr, und da er sich blöde vorkommt, sieht er keinen anderen Ausweg aus dieser lächerlichen Situation, als gehässig zu werden.

»Sie antworten mir nicht«, sagt er wütend und verzweifelt. »Nun gut, dann werde ich für Sie antworten. Jemand war in Ihrer Garderobe, den Sie lästig fanden, Christine! Jemand, dem Sie nicht zeigen wollten, daß Sie sich für einen anderen außer ihm interessieren könnten!«

»Wenn ich jemanden lästig fand, mein Freund«, unterbricht Christine ihn eisig, »wenn ich an jenem Abend jemanden lästig fand, so müssen Sie wohl derjenige gewesen sein, denn ich ließ Sie hinausschicken!«

»Ja ... um mit dem anderen allein zu sein!«

»Was behaupten Sie da, Monsieur?« sagt die junge Frau keuchend. »Um welchen anderen handelt es sich denn?«

»Um denjenigen, zu dem Sie gesagt haben: ›Ich singe nur für Sie. Heute abend habe ich Ihnen meine ganze Seele gegeben, und ich bin tot!‹«

Christine hat Raouls Arm gepackt und drückt ihn fester, als man es bei diesem zarten Wesen vermutet hätte.

»Demnach haben Sie an der Tür gehorcht?«

»Ja, weil ich Sie liebe ... Und ich habe alles gehört!«

»Was haben Sie denn alles gehört?« Die junge Frau, die sich erstaunlich beruhigt hat, läßt Raouls Arm los.

»Er hat zu Ihnen gesagt: ›Du mußt mich lieben!‹«

Bei diesen Worten wird Christine leichenblaß, und ihre Augen verschleiern sich ... Sie taumelt, droht zu fallen. Raoul eilt zu ihr, streckt die Arme aus, aber schon hat Christine ihren Schwächeanfall überwunden und haucht mit gebrochener Stimme:

»Reden Sie nur weiter! Sagen Sie doch, was Sie alles gehört haben!«

Raoul betrachtet sie, zögert, begreift nicht recht, was vorgeht.

»Ja, reden Sie nur! Sie sehen ja, daß Sie mich umbringen!«

»Ich habe noch gehört, daß er auf Ihre Worte, Sie hätten ihm Ihre Seele gegeben, erwiderte: ›Deine Seele ist sehr schön, mein Kind, und ich danke dir dafür. Kein Kaiser wurde je reicher beschenkt! Heute abend haben die Engel geweint.‹«

Christine preßt die Hand auf ihr Herz. Sie starrt Raoul unbeschreiblich erregt an. Ihr Blick ist so durchdringend, so starr wie der einer Irren. Raoul ist entsetzt. Aber da werden Christines Augen feucht, und über ihre Elfenbeinwangen kullern zwei Perlen, zwei dicke Tränen...

»Christine!«

»Raoul!«

Der junge Mann will sie an sich reißen, aber sie entschlüpft seinen Händen und flüchtet in großer Verwirrung.

Während Christine sich in ihrem Zimmer einschloß, machte sich Raoul tausend Vorwürfe wegen seiner Heftigkeit; andererseits jagte ihm die Eifersucht wieder das heiße Blut durch die Adern. Wenn es Christine so erregte zu erfahren, daß man hinter ihr Geheimnis gekommen war, dann mußte es für sie überaus wichtig sein. Allerdings zweifelte Raoul trotz des Erlauschten nicht an Christines Reinheit. Er kannte ihren guten Ruf und war erfahren genug, um einzusehen, daß eine Sängerin sich mitunter Liebesbeteuerungen einfach anhören mußte. Sie hatte zwar bestätigt, ihre Seele gegeben zu haben, aber dabei handelte es sich eindeutig um Gesang und Musik. Eindeutig? Warum dann ihre Erregung von soeben? Mein Gott, wie unglücklich fühlte sich Raoul! Hätte er den Mann, *die Männerstimme* zu fassen gekriegt, so hätte er Rechenschaft gefordert.

Warum war Christine geflohen? Warum kam sie nicht herunter?

Er weigerte sich, etwas zu essen. Es bedrückte ihn zutiefst, die Stunden, die er sich so schön ausgemalt hatte, fern der jungen Schwedin verrinnen zu sehen. Warum streifte sie nicht mit ihm durch die Landschaft, in der sie so viele gemeinsame Erinnerungen hatten? Warum reiste sie, da sie allem Anschein nach nichts mehr in Perros zu tun hatte, nicht nach Paris zurück? Er hatte erfahren, daß sie morgens eine Seelenmesse für Vater Daaé hatte lesen lassen, um danach stundenlang in der kleinen Kirche und am Grabe des Fiedlers zu beten.

Traurig und verzagt ging Raoul zum Kirchhof. Er stieß das Tor auf. Einsam irrte er zwischen den Gräbern herum und entzifferte die Inschriften, aber hinter dem Chor zeigten ihm auffallende Blumen sogleich den Weg, Blumen, die den Grabstein aus Granit bedeckten und bis auf die weiße Erde herabhingen. Sie erfüllten diesen bretonischen Winterwinkel mit ihrem Wohlgeruch. Es waren herrliche rote Rosen, die sich erst im Morgenschnee geöffnet zu haben schienen: ein Fleckchen Leben unter den Toten, denn hier herrschte der Tod sonst überall. Er quoll sogar aus der Erde, die ihren Überschuß an Skeletten ausgestoßen hatte. Hunderte von Gebeinen und Schädeln türmten sich an der Mauer der Kirche, nur von einem feinen Drahtnetz zusammengehalten, das diesen makabren Bau nicht verhüllte. Totenköpfe, die sich ordentlich wie Backsteine übereinanderstapelten und in deren Zwischenräumen festere, säuberlich gebleichte Knochen für besseren Halt sorgten, schienen das Fundament zu bilden, auf dem man die Mauern der Sakristei errichtet hatte. Die Tür der Sakristei befand sich in der Mitte dieses Knochenhaufens, wie man es oft bei alten bretonischen Kirchen sieht.

Raoul betete für Daaé, dann verließ er unter dem niederschmetternden Druck des ewigen Grinsens auf den Schädelmündern den Kirchhof, kletterte auf den Hügel und setzte sich an den Rand der Heide mit dem Blick aufs Meer. Der Wind fegte bösartig über den Sandstrand und heulte hinter dem jämmerlich eingeschüchterten Tageslicht her. Es floh und schrumpfte zu einem schmalen fahlen Streifen am Horizont zusammen. Da legte sich der Wind. Es wurde Abend. Eisige Schatten umgaben Raoul, aber er fror nicht. All seine

Gedanken, all seine Erinnerungen schweiften über die verlassene und öde Heide. Zu dieser Stelle hier war er oft in der Abenddämmerung mit der kleinen Christine gekommen, um die Korrigane tanzen zu sehen, sobald der Mond aufging. Er selbst hatte sie trotz seiner guten Augen nie erblickt. Christine, die etwas kurzsichtig war, behauptete dagegen, sie oft gesehen zu haben. Er lächelte bei diesem Gedanken, dann fuhr er plötzlich zusammen. Eine Gestalt, eine deutliche Gestalt, die sich ihm genähert hatte, ohne daß er sie bemerkt, ohne daß ein Geräusch sie verraten hatte, stand neben ihm und sagte:

»Glauben Sie, daß die Korrigane heute abend kommen?«

Es war Christine. Er wollte etwas sagen. Ihre behandschuhte Hand hielt ihm den Mund zu.

»Hören Sie mich an, Raoul. Ich habe mich entschlossen, Ihnen etwas Ernstes, sehr Ernstes zu sagen!«

Ihre Stimme zitterte. Er wartete.

Sie fuhr beklommen fort:

»Raoul, erinnern Sie sich an das Märchen von dem Engel der Musik?«

»Ja, genau«, sagte er. »Wenn ich mich nicht irre, hat Ihr Vater es uns zum ersten Mal an dieser Stelle hier erzählt.«

»Ja, und hier hat er auch zu mir gesagt: ›Mein Kind, wenn ich in den Himmel komme, schicke ich ihn zu dir.‹ Raoul, nun ist mein Vater im Himmel, und der Engel der Musik hat mich besucht.«

»Daran zweifle ich nicht«, erwiderte der junge Mann ernst, denn er dachte, daß seine Frenudin in ihrer frommen Stimmung das Andenken an ihren Vater mit ihrem kürzlichen Erfolg in Verbindung brachte.

Christine zeigte sich etwas verwundert über die Kaltblütigkeit, mit der Vicomte de Chagny ihre Enthüllung aufnahm, der Engel der Musik habe sie besucht.

»Wie meinen Sie das, Raoul«, fragte sie und neigte ihr blasses Gesicht so nahe zu dem des jungen Mannes, daß er glauben durfte, sie wolle ihm einen Kuß geben, während sie nur in seinen Augen zu lesen versuchte.

»Ich meine«, antwortete er, »daß kein menschliches Wesen so singt, wie Sie neulich gesungen haben, ohne daß nicht ein Wunder eintritt, ohne daß nicht der Himmel seine Hand dabei im Spiel hat. Kein Gesanglehrer auf der Welt kann Ihnen solche Töne beibringen. Sie haben den Engel der Musik gehört, Christine.«

»Ja«, sagte sie feierlich, »*in meiner Garderobe*. Dort sucht er mich täglich auf, um mir Unterricht zu geben.«

Sie sagte das so eindringlich und merkwürdig, daß Raoul sie besorgt ansah, so wie man einen Menschen ansieht, der etwas Ungeheuerliches sagt oder sich an eine Wahnvorstellung klammert, an die er mit der ganzen Kraft seines kranken Verstandes glaubt. Aber sie war zurückgewichen und nur noch ein regloser Schatten in der Nacht.

»In Ihrer Garderobe?« wiederholte er wie vor den Kopf gestoßen.

»Ja, dort habe ich ihn gehört, und zwar nicht als einzige...«

»Wer hat ihn denn sonst noch gehört, Christine?«

»Sie, mein Freund.«

»Ich? Ich soll den Engel der Musik gehört haben?«

»Ja, neulich abend. Da hat er gesprochen, als Sie an meiner Garderobentür gehorcht haben. Da hat er zu mir gesagt: ›Du mußt mich lieben.‹ Aber ich glaubte, die einzige zu sein, die seine Stimme vernommen hat. Jetzt können Sie sich mein Erstaunen vorstellen, als ich heute morgen von Ihnen erfuhr, daß auch Sie ihn hören konnten...«

Raoul brach in Lachen aus. Da löste sich die Dunkelheit über der öden Heide auf, und die ersten Mondstrahlen hüllten die jungen Leute ein. Christine hatte sich Raoul feindselig zugewandt. Ihre sonst so sanften Augen schleuderten Blitze.

»Warum lachen Sie? Meinen Sie etwa, eine Männerstimme gehört zu haben?«

»Ja ... doch«, antwortete der junge Mann, den Christines streitsüchtige Haltung zu irritieren begann.

»Sie, Raoul, Sie sagen mir das! Sie, ein Spielgefährte aus meiner Kindheit! Sie, ein Freund meines Vaters! Ich erkenne Sie nicht wieder. Was nehmen Sie sich denn heraus? Ich bin ein anständiges Mädchen, Vicomte de Chagny, und ich schließe mich nicht mit Männerstimmen in meiner Garderobe ein! Wenn Sie die Tür geöffnet hätten, dann hätten Sie niemanden gesehen!«

»Das stimmt! Nachdem Sie gegangen waren, habe ich die Tür aufgemacht und in Ihrer Garderobe niemanden angetroffen...«

»Da haben Sie es ... Also?«

Der Vicomte raffte seinen Mut zusammen.

»Also, Christine, ich glaube, daß man Sie zum Narren hält!«

Sie stieß einen Schrei aus und lief davon. Er rannte hinter ihr her, aber sie fuhr ihn an:

»Lassen Sie mich in Ruhe! Lassen Sie mich gefälligst in Ruhe!«

Und sie verschwand. Raoul kehrte überaus müde, mutlos und betrübt zum Gasthof zurück.

Dort hörte er, daß Christine in ihr Zimmer gegangen sei und gesagt habe, sie komme nicht zum Abendessen herunter. Der junge Mann erkundigte sich, ob sie krank sei. Die brave Wirtin antwortete ihm zweideutig, daß es, wenn sie sich nicht wohl fühle, kein schlimmes Leiden sein könne, und da sie annahm, daß die beiden Verliebten sich gezankt hatten, entfernte sie sich schulterzuckend, womit sie ausdrücken wollte, daß sie die jungen Leute bedauerte, die sich durch Kräche die Stunden verdarben, die der liebe Gott ihnen auf Erden vergönnte. Raoul aß allein in der Ofenecke und, wie man sich vorstellen kann, recht verdrossen, zu Abend. Dann versuchte er in seinem Zimmer zu lesen, danach in seinem Bett einzuschlafen. Nichts war im Nebenzimmer zu hören. Was tat Christine? Schlief sie? Woran dachte sie, falls sie nicht schlief? Woran dachte er? Hätte er es sagen können? Seine seltsame Unterhaltung mit Christine hatte ihn völlig durcheinander gebracht... Er dachte weniger an Christine selbst als an das »Um sie herum«. Alles war so verschwommen, so nebelhaft, so unfaßbar, daß er dabei ein sonderbares und quälendes Unbehagen empfand.

So verstrichen langsam die Stunden; es mochte halb zwölf sein, als er deutlich Schritte im Nebenzimmer hörte. Leise, flüchtige. Lag demnach Christine nicht im Bett? Ohne recht zu wissen, was er tat, zog sich der junge Mann hastig an, wobei er jedes Geräusch möglichst vermied. Dann wartete er und war auf alles gefaßt. Auf was denn alles? Was vermutete er? Sein Herz hämmerte, als er hörte, daß sich Christines Tür leise in den Angeln drehte. Wohin ging sie zu dieser nächtlichen Stunde, da ganz Perros schlief? Behutsam machte er seine Tür einen Spalt auf, so daß er in einem Mondstrahl Christines weiße Gestalt sehen konnte, die vorsichtig auf den Korridor schlüpfte. Sie gelangte zur Treppe und ging hinunter, während er sich über das Geländer beugte. Plötzlich hörte er zwei tuschelnde Stimmen und fing den Satz auf: »Verlieren Sie nur nicht den Schlüssel.« Es war die Stimme der Wirtin. Unten öffnete sich die Tür. Dann wurde sie zugemacht, und es herrschte wieder Stille. Raoul eilte in sein Zimmer zurück, stürzte ans Fenster und riß es auf. Er erblickte Christines weiße Gestalt auf dem verlassenen Kai.

Das erste Stockwerk im Gasthof »Zur Untergehenden Sonne« lag nicht besonders hoch, und ein Spalierbaum, der seine Äste Raouls ungeduldigen Armen entgegenstreckte, ermöglichte es dem jungen Mann nach draußen zu gelangen, ohne daß die Wirtin etwas davon merkte. Wie verblüfft war also die brave Frau, als man am nächsten Morgen den jungen Mann halb erfroren und mehr tot als lebendig zu ihr brachte und sie erfuhr, daß man ihn der Länge nach ausgestreckt auf den Stufen des Hauptaltars in der kleinen Kirche von Perros gefunden habe. Sie unterrichtete Christine sofort davon, die nach unten eilte, wo sie sich voller Sorge und mit Hilfe der Wirtin um den jungen Mann kümmerte, der jedoch bald die Augen aufschlug und wieder völlig zum Leben erwachte, als er das schöne Gesicht seiner Freundin über sich erblickte.

Was war geschehen? Kommissar Mifroid hatte einige Wochen später, als die Tragödie in der Oper die Staatsanwaltschaft zum Einschreiten zwang, Gelegenheit, Vicomte de Chagny über die nächtlichen Vorfälle in Perros zu verhören. Das Protokoll darüber (Aktenzeichen 150) hat folgenden Wortlaut:

Frage: Hat Mademoiselle Daaé gesehen, wie Sie Ihr Zimmer auf diese ungewöhnliche Art verließen?
Antwort: Nein, Monsieur, nein, nein. Dabei lief ich hinter ihr her, ohne meine Schritte zu dämpfen. Ich wünschte mir nur, daß sie sich umdrehen, mich sehen und erkennen möge. Ich sagte mir zwar, daß meine Verfolgung völlig inkorrekt und dieses Nachspionieren meiner unwürdig sei. Aber sie schien mich überhaupt nicht zu hören, ja sie benahm sich so, als sei ich gar nicht vorhanden. Ruhig verließ sie den Kai, dann eilte sie plötzlich den Weg hinauf. Die Kirchturmuhr hatte gerade viertel vor Zwölf geschlagen, und ich vermutete, daß sie deshalb ihre Schritte beschleunigte. So rannte sie zum Friedhofstor.
Frage: Stand das Friedhofstor offen?
Antwort: Ja, Monsieur, und darüber wunderte ich mich, im Gegensatz zu Mademoiselle Daaé.
Frage: War jemand auf dem Friedhof?
Antwort: Ich habe niemanden gesehen. Wenn jemand dort gewesen wäre, so hätte ich ihn gesehen. Der Mond schien klar, und der Schnee, der seine Strahlen widerspiegelte, machte die Nacht noch heller.
Frage: Konnte sich nicht jemand hinter den Gräbern versteckt haben?
Antwort: Nein, Monsieur. Es sind ärmliche Grabsteine, die unter dem Schnee verschwanden und deren

Kreuze sich auf Bodenhöhe aneinanderreihten. Nur diese Kreuze und wir beide warfen Schatten. Die Kirche strahlte förmlich. Ich habe noch nie eine so nächtliche Helle wie diese gesehen. Sie war schön, durchsichtig und klar. Ich hatte nachts noch nie Friedhöfe besucht und wußte nicht, daß man dort solches Licht antreffen kann – ein schwereloses Licht.

Frage: Sind Sie abergläubisch?
Antwort: Nein, Monsieur, ich bin gläubig.
Frage: Wie war Ihre Gemütsverfassung?
Antwort: Ganz normal und ruhig. Selbstverständlich hatte mich Mademoiselle Daaés ungewöhnliches Ausgehen erst sehr beunruhigt, aber sobald ich sah, daß sie zum Friedhof ging, sagte ich mir, sie wolle dort am Grabe ihres Vaters irgendein Gelübde erfüllen, was ich so natürlich fand, daß ich mich völlig beruhigte. Ich wunderte mich nur, daß sie mich noch immer nicht hinter sich hörte, denn meine Schritte knirschten im Schnee. Zweifellos war sie ganz in ihre frommen Gedanken vertieft. Ich beschloß übrigens, sie nicht zu stören, und als sie zum Grabe ihres Vaters kam, blieb ich einige Schritte hinter ihr stehen. Sie kniete im Schnee nieder, bekreuzigte sich und begann zu beten. In diesem Augenblick schlug es Mitternacht. Der zwölfte Schlag klang mir noch in den Ohren, als ich sah, daß Mademoiselle Daaé plötzlich den Kopf hob; ihr Blick richtete sich auf das Himmelsgewölbe, ihre Arme streckten sich dem Mond entgegen; sie schien in Ekstase zu geraten, und ich überlegte noch, welchen jähen und zwingenden Grund sie für die Ekstase haben mochte, als ich selbst den Kopf hob, mich verzückt umschaute und mein ganzes Wesen zu dem Unsichtbaren strebte, *dem Unsichtbaren, der uns eine Melodie vorspielte.* Und was für eine Melodie! Wir kannten sie schon. Aber auf Vater Daaés Geige hatte sie nie so göttlich geklungen. Ich mußte in diesem Augenblick einfach an das denken, was mir Christine von dem Engel der Musik erzählt hatte, und ich wußte nicht recht, was ich von

diesen unvergeßlichen Klängen halten sollte, die, wenn sie nicht aus dem Himmel kamen, auch auf Erden ihren Ursprung nicht verrieten. Nirgends war ein Instrument oder eine Hand, die den Bogen führte. Oh, ich erinnerte mich an die herrliche Melodie aus *La Résurrection de Lazare*, die uns Vater Daaé in den Stunden seiner Schwermut und Einkehr vorspielte. Gäbe es Christines Engel, so hätte er in jener Nacht nicht schöner auf der Geige des verstorbenen Fiedlers spielen können. Die Anrufung Jesu löste uns von dieser Welt, und ich erwartete fast, daß sich der Stein von Vater Daaés Grab heben würde. Mir kam auch der Gedanke, daß er ja mit seiner Geige begraben worden war, und ich weiß wirklich nicht, wie weit in jener funebren und strahlenden Minute auf diesem abgelegenen Dorffriedhof neben den Totenköpfen, die uns mit ihren unbeweglichen Kiefern angrinsten, meine Phantasie ging und wo sie aufhörte.

Aber die Musik verstummte, und ich kam wieder zur Besinnung. Ich vermeinte ein Geräusch bei dem Knochenhaufen zu hören.

Frage: So, so. Sie haben also ein Geräusch bei dem Knochenhaufen gehört?

Antwort: Ja, mir war es, als kicherten jetzt die Totenköpfe, und mir lief es kalt über den Rücken.

Frage: Dachten Sie nicht sofort, daß sich hinter dem Knochenhaufen eben jener himmlische Musikant verborgen halten könnte, der Sie gerade so entzückt hatte?

Antwort: Ich dachte an nichts anderes, Monsieur, so daß ich es versäumte, Mademoiselle Daaé zu folgen, die sich erhoben hatte und langsam zum Friedhofstor schritt. Sie selbst war so in Gedanken vertieft, daß es nicht weiter verwunderlich ist, wenn sie mich nicht sah. Ich rührte mich nicht, sondern starrte den Knochenhaufen an, denn ich war fest entschlossen, diesem unglaublichen Abenteuer auf den Grund zu gehen.

Frage: Wie kam es nun dazu, daß man Sie morgens halbtot auf den Stufen des Hauptaltars fand?

Antwort: Ach, die Dinge überstürzten sich ... Ein Totenkopf rollte mir vor die Füße ... dann noch einer ... dann noch einer ... Man hätte meinen können, ich sei zum Ziel dieses makabren Kugelspiels ausersehen worden. Ich nahm an, daß eine falsche Bewegung den Stapel zerstört hatte, hinter dem sich unser Musikant versteckte. Meine Vermutung schien sich zu bestätigen, als plötzlich ein Schatten über die helle Mauer der Sakristei huschte.

Ich sprang hin. Der Schatten hatte schon die Tür aufgestoßen und das Innere der Kirche erreicht. Mir wuchsen Flügel; der Schatten trug einen Mantel. Mir gelang es, ihn rasch beim Zipfel zu packen. In diesem Augenblick befanden wir uns, der Schatten und ich, vor dem Hochaltar, und ein breiter Mondstrahl fiel durch das Chorfenster auf uns. Da ich den Zipfel nicht losließ, drehte sich der Schatten um, dabei öffnete sich sein Mantel etwas, und ich erblickte, so wie ich Sie sehe, Monsieur, einen fürchterlichen Totenkopf, der mir einen Blick zuwarf, in dem das Höllenfeuer brannte. Ich glaubte, den leibhaftigen Teufel vor mir zu haben, und angesichts dieser Erscheinung aus dem Jenseits stand mir trotz all meiner Kühnheit das Herz still, und ich kann mich an nichts mehr erinnern, bis ich im Gasthof »Zur Untergehenden Sonne« wieder zu mir kam.

Siebtes Kapitel

Ein Besuch in Loge Nr. 5

Wir haben Firmin Richard und Armand Moncharmin verlassen, nachdem sie beschlossen hatten, der Ersten-Rang-Loge Nr. 5 einen Besuch abzustatten.

Sie gingen die breite Treppe hinunter, die vom Vestibül der Verwaltung zu der Bühne und ihren Nebenräumen führt; sie überquerten die Bühne, betraten den

Zuschauerraum durch den Eingang für die Abonnenten und folgten im Saal dem ersten Seitengang links. Sie zwängten sich durch die erste Reihe der Orchestersitze und warfen einen Blick in die Erste-Rang-Loge Nr. 5. Sie sahen sie nur undeutlich, denn sie lag im Halbdunkel, und riesige Überzüge breiteten sich über den roten Samt der Brüstung.

Sie waren fast allein in dem monumentalen dämmrigen Kuppelraum, und große Stille umgab sie. Die Bühnenarbeiter machten gerade Pause, um sich ein Gläschen zu gönnen.

Die Belegschaft hatte die Bühne bis auf ein halb aufgerichtetes Bild leergeräumt; spärliche Strahlen eines fahlen, unheimlichen Lichts, das von einem sterbenden Stern zu stammen schien, sickerte durch irgendeine Öffnung auf einen alten Turm, der sich mit seinen Pappzinnen auf der Bühne erhob; die Dinge nahmen in diesem künstlichen Dunkel oder genauer: in diesem trügerischen Licht seltsame Formen an. Die Schutzhüllen auf den Orchestersitzen glichen einem tosenden Meer, dessen grünliche Wogen auf geheimen Befehl des Sturmriesen, der, wie jeder weiß, Adamastor heißt, jäh erstarrt waren. Moncharmin und Richard trieben als Schiffbrüchige auf dem unbeweglichen aufgewühlten Meer aus gefärbtem Tuch. Mit kräftigen Stößen schwammen sie zu den linken Logen wie Matrosen, die ihr Schiff verlassen haben und das rettende Ufer zu erreichen versuchen. Die acht dicken Säulen aus poliertem Porphyr ragten im Dunkel wie ebenso viele gewaltige Pfähle empor, die eine mit Einsturz drohende, vorspringende Klippe abstützen sollten, deren Schichten die runden, parallelen und geschwungenen Linien der ersten, zweiten und dritten Galerie bildeten. Ganz oben auf der sich in Lenepveus Kupferhimmel verlierenden Klippe grinsten, höhnten, spotteten Fratzen auf Moncharmin und Richards Unbehagen herab, Fratzen, die sonst ernste Mienen haben, nämlich Isis, Amphitrite, Hebe, Flora, Pandora, Psyche, Thetis, Pomona, Daphne, Clythia, Galatea und Arethusa. Ja selbst Arethusa und Pandora machten sich über die beiden Operndirektoren lustig, die sich schließlich an irgendein Stück Wrack klammerten und stumm Loge Nr. 5 betrachteten. Sie fühlten sich, wie gesagt, unbehaglich. Das nehme ich zumindest an. Moncharmin gibt jedenfalls zu, daß er bedrückt war. Wörtlich schreibt er: »Die Tatze des Bären, den man uns seit unserem Amtsantritt mit dem Phantom der Oper aufband, zerstörte das Gleichgewicht meiner Einbildungskraft, so daß mir überall Sterne vor den Augen tanzten (was für ein Stil!), denn ich sah – lag es an der ungewöhnlichen Umgebung, an der unglaublich eindrucksvollen Stille, waren wir Spielzeug irgendeiner Halluzination, die das Scheindunkel im Saal und der Halbschatten der Loge Nr. 5 ermöglichten – im selben Augenblick wie Richard eine Gestalt in Loge Nr. 5. Richard sagte nichts; ich übrigens auch nicht. So warteten wir einige Minuten, ohne uns zu rühren, und starrten auf dieselbe Stelle: aber die Gestalt war verschwunden. Daraufhin gingen wir hinaus, teilten uns auf dem Korridor unsere Eindrücke mit und redeten über *die Gestalt*. Leider deckte sich meine Gestalt überhaupt nicht mit der Richards. Ich hatte eine Art Totenkopf gesehen, der sich auf die Logenbrüstung stützte, Richard dagegen eine alte Frau, die Ähnlichkeit mit Mama Giry aufwies. Das zeigte, daß wir wirklich Spielzeug einer Illusion gewesen waren, und aus vollem Halse lachend eilten wir zur Loge Nr. 5, in der wir keine Gestalt mehr antrafen.«

Wir befinden uns also jetzt in Loge Nr. 5.

Es ist eine Loge wie alle anderen Erste-Rang-Logen, ja sie unterscheidet sich in nichts von ihren Nachbarlogen.

Moncharmin und Richard rückten offenbar mit großem Spaß und unter lautem Gelächter die Möbel der Loge beiseite, hoben Überzüge und Fauteuils in die Höhe und untersuchten besonders sorgfältig denjenigen, auf dem *die Stimme zu sitzen pflegte.* Sie stellten fest, daß es sich um einen braven Fauteuil handelte, der keineswegs verhext wirkte. Kurzum, es war eine ganz gewöhnliche Loge mit ihrer roten Tapete, ihren Fauteuils, ihrem Teppich und ihrer Brüstung aus rotem Samt. Nachdem sie den Teppich gründlichst abgeklopft und auch dabei nichts Besonderes entdeckt hatten, gingen sie hinunter in die Parterreloge, die der Loge Nr. 5 entsprach. In der Parterreloge Nr. 5, die direkt neben dem ersten Ausgang der Orchestersitze liegt, stießen sie ebenfalls auf nichts Nennenswertes.

»Diese Leute machen sich über uns lustig«, rief Firmin Richard. »Am Samstag wird *Faust* gespielt, und wir beide wollen uns die Aufführung in Loge Nr. 5 ansehen!«

Achtes Kapitel

In dem Firmin Richard und Armand Moncharmin die Kühnheit haben, „Faust" in einem „verwünschten" Saal aufführen zu lassen, was eine Katastrophe zur Folge hat

Als die Direktoren am Samstagmorgen in ihre Arbeitszimmer kamen, fanden sie einen Doppelbrief vom Ph. d. O. folgenden Inhalts vor:

»Sehr geehrte Direktoren,
heißt das Krieg?
Falls Sie noch Wert auf Frieden legen, hier sind die vier Bedingungen meines Ultimatums:

1. Sie geben mir meine Loge zurück – und zwar fortan zu meiner freien Verfügung.

2. Heute abend singt Christine Daaé die Rolle der Margarete. Um die Carlotta brauchen Sie sich nicht zu kümmern: sie wird krank sein.

3. Ich bestehe auf den guten und treuen Diensten Madame Girys, meiner Logenschließerin, die Sie sofort wieder anstellen werden.

4. Teilen Sie mir in einem Brief mit, den Sie Madame Giry übergeben, daß Sie die Klauseln des Pachtvertrags, die sich auf mein Monatsgeld beziehen, wie Ihre Vorgänger anerkennen. Ich lasse Sie noch wissen, wie Sie mir diesen Betrag überweisen sollen.

Gehen Sie nicht darauf ein, so werden Sie heute abend Faust *in einem verwünschten Saal aufführen lassen.*

Wer Ohren hat zu hören, der höre!

Ph. d. O.«

»Der Kerl geht mir auf die Nerven«, brüllte Richard, ballte die Fäuste und ließ sie donnernd auf seinen Schreibtisch niedersausen.

Indessen trat Mercier, der Verwalter, ein.

»Lachenal möchte einen der Herren sprechen«, sagte er. »Es scheint sich um etwas Dringendes zu handeln, denn der alte Mann ist ganz außer sich.«

»Wer ist denn dieser Lachenal«, fragte Richard.

»Er ist Ihr Oberstallmeister.«

»Was? Mein Oberstallmeister?«

»Ja doch, Monsieur«, erklärte Mercier. »Es gibt mehrere Stallmeister an der Oper, die alle Monsieur Lachenal unterstehen.«

»Und was macht dieser Stallmeister?«

»Er leitet die Stallungen.«

»Was für Stallungen?«

»Ihre natürlich, Monsieur, die Stallungen der Oper.«

»Hat die Oper Stallungen? Mein Gott, davon wußte ich gar nichts! Wo sind sie denn?«

»Im Unterbau, zur Rotunde hin. Das ist ein wichtiger Dienst. Wir haben zwölf Pferde.«

»Zwölf Pferde! Zum Teufel, wozu denn?«

»Für die Aufzüge in *Die Jüdin, Der Prophet* und so weiter braucht man doch dressierte Pferde, die sich ›auf den Brettern heimisch fühlen‹. Die Stallmeister müssen sie dafür abrichten. Monsieur Lachenal ist sehr geschickt darin. Früher war er Oberstallmeister bei Franconi.«

»Na schön... Aber was will er denn von mir?«

»Das weiß ich nicht... Ich habe ihn noch nie so erregt gesehen.«

»Lassen Sie ihn hereinkommen!«

Lachenal trat ein. Er hatte eine Reitpeitsche in der Hand und schlug damit nervös gegen einen seiner Stiefel.

»Guten Tag, Monsieur Lachenal«, sagte Richard. »Was verschafft mir die Ehre Ihres Besuchs?«

»Herr Direktor, ich möchte Sie bitten, den ganzen Stall an die Luft zu setzen.«

»Was? Wir sollen unsere Pferde an die Luft setzen?«

»Aber nein doch, nicht die Pferde, sondern die Stallknechte.«

»Wieviel Stallknechte haben Sie, Monsieur Lachenal?«

»Sechs.«

»Sechs Stallknechte! Das sind mindestens zwei zuviel!«

»Es handelt sich dabei um ›Pöstchen‹«, schaltete sich Mercier ein, »die das Sekretariat des Kultusministeriums geschaffen und uns aufgezwungen hat. Günstlinge der Regierung bekleiden sie, und mit Verlaub...«

»Ich schere mich einen Dreck um die Regierung«, schrie Richard. »Wir haben höchstens vier Stallknechte für zwölf Pferde nötig.«

»Elf«, verbesserte ihn der Oberstallmeister.

»Zwölf«, wiederholte Richard.

»Elf«, wiederholte Lachenal.

»Wieso? Der Verwalter hat mir doch gesagt, daß Sie zwölf Pferde hätten!«

»Ich hatte zwölf, aber jetzt habe ich nur noch elf, denn Cäsar wurde uns gestohlen!«

Lachenal knallte mit der Peitsche gegen seinen Stiefel.

»Cäsar wurde gestohlen«, rief der Verwalter. »Cäsar, der Schimmel des *Propheten*.«

»Cäsar ist einmalig«, erklärte der Oberstallmeister trocken. »Ich war zehn Jahre bei Franconi, und ich habe unzählige Pferde gesehen. Aber Cäsar ist einmalig! Und Cäsar wurde uns gestohlen!«

»Wie denn?«

»Ach, das weiß ich nicht! Das weiß niemand! Deshalb möchte ich Sie ja bitten, den ganzen Stall an die Luft zu setzen.«

»Was sagen Ihre Stallknechte dazu?«

»Reinen Unsinn! Die einen bezichtigen die Figuranten. Die anderen behaupten, der Concierge von der Verwaltung sei es gewesen.«

»Der Concierge von der Verwaltung? Für den lege ich die Hand ins Feuer«, sagte Mercier empört.

»Aber, Herr Oberstallmeister«, rief Richard, »Sie müssen doch einen Verdacht haben!«

»Nun ja, ich habe auch einen«, erklärte plötzlich Lachenal, »und ich will Ihnen anvertrauen welchen. Für mich besteht gar kein Zweifel.« Der Oberstallmeister trat zu den Direktoren und flüsterte ihnen ins Ohr: *»Das Phantom hat es getan!«*

Richard brauste auf:

»Was? Auch Sie?«

»Wieso auch ich? Es gibt doch nichts Natürlicheres...«

»Wie das, Monsieur Lachenal? Wie das, Herr Oberstallmeister?«

»Das ist meine Meinung! Nach dem, was ich gesehen habe...«

»Was haben Sie denn gesehen, Monsieur Lachenal?«

»Ich habe so deutlich, wie ich Sie sehe, einen schwarzen Schatten gesehen, der auf einen Schimmel stieg, und dieser Schimmel glich unserem Cäsar aufs Haar.«

»Sind Sie denn nicht diesem Schimmel und diesem schwarzen Schatten nachgerannt?«

»Natürlich bin ich ihnen nachgerannt, und ich habe

sie angerufen, Herr Direktor, aber sie flohen unheimlich schnell und verschwanden im Dunkel der Galerie...«

Richard erhob sich:

»Es ist gut, Monsieur Lachenal. Sie können gehen... Wir werden eine Klage gegen *das Phantom* einreichen.«

»Und meinen Stall an die Luft setzen?«

»Selbstverständlich! Auf Wiedersehn, Monsieur!«

Lachenal verabschiedete sich und ging.

Richard schäumte vor Wut.

»Schmeißen Sie diesen Trottel raus!«

»Er ist ein Freund des Regierungsvertreters«, wagte Mercier einzuwenden.

»Und trinkt seinen Aperitif mit Lagréné, Scholl und Pertuiset, dem Löwenjäger, bei Tortini«, fügte Moncharmin hinzu. »Damit hetzen wir uns die ganze Presse auf den Hals. Er wird die Geschichte von dem Phantom erzählen, und dann lachen alle auf unsere Kosten! Wenn wir uns lächerlich machen, sind wir erledigt!«

»Also gut, reden wir nicht mehr davon«, lenkte Richard ein, der schon an etwas anderes dachte.

In diesem Augenblick öffnete sich die Tür, die zweifellos nicht wie sonst von ihrem Zerberus bewacht wurde, denn Madame Giry stürzte unangemeldet herein, schwenkte einen Brief und sprudelte hervor:

»Verzeihen Sie, Messieurs, aber ich habe heute morgen einen Brief von dem Phantom der Oper bekommen. Darin schreibt es mir, daß ich bei Ihnen vorsprechen soll, weil Sie mir höchstwahrscheinlich was zu sagen hätten und...«

Sie beendete ihren Satz nicht. Sie sah Firmin Richards Gesicht, und das bot einen fürchterlichen Anblick. Der ehrwürdige Direktor platzte vor Wut. Sein innerer Zorn äußerte sich bisher nur durch seinen hochroten Kopf und seine funkelnden Augen. Er blieb stumm. Es verschlug ihm die Sprache. Aber plötzlich setzte er sich in Bewegung. Erst packte seine linke Hand Madame Girys possierliche Gestalt und wirbelte sie unversehens in einer so raschen Pirouette um hundertachtzig Grad herum, daß sie entsetzt aufschrie, dann drückte der rechte Fuß desselben ehrwürdigen Direktors seinen Stempel ihrem schwarzen Taftrock auf, der an dieser Stelle bestimmt noch nie auf diese Art beleidigt worden war.

Das alles geschah so schnell, daß Madame Giry, als sie sich auf der Galerie wiederfand, noch ganz benommen davon war und es gar nicht richtig begreifen konnte. Plötzlich drang es aber zu ihr durch, und die Oper widerhallte von ihren empörten Schreien, heftigen Protesten und Mordandrohungen. Drei Diener waren nötig, um sie in den Hof der Verwaltung zu befördern, und zwei Polizisten, um sie auf die Straße zu schleppen.

Etwa zur selben Stunde klingelte die Carlotta, die einen kleinen Stadtpalast in der Rue Faubourg-Saint-Honoré bewohnte, ihrer Kammerzofe und ließ sich von ihr die Morgenpost bringen. Darunter befand sich ein anonymer Brief, in dem es hieß:

»Falls Sie heute abend singen, befürchte ich, daß Ihnen beim Singen ein großes Unglück zustoßen wird ... Ein Unglück schlimmer als der Tod.«

Diese Drohung war mit roter Tinte in krakeliger und abgehackter Handschrift hingekritzelt worden.

Nachdem die Carlotta den Brief gelesen hatte, verging ihr der Appetit aufs Frühstück. Sie schob das Tablett zurück, auf dem die Zofe ihr dampfenden Kakao servierte. Sie setzte sich und dachte angestrengt nach. Sie hatte schon mehrere Briefe dieser Art erhalten, aber bisher hatte noch keiner so drohend geklungen.

Sie glaubte damals, tausend Eifersüchteleien ausgesetzt zu sein, und erzählte herum, ein unbekannter Feind habe geschworen, sie zugrundezurichten. Sie behauptete, er zettele irgendein boshaftes Komplott gegen sie an, eine Kabale, die demnächst zum Ausbruch kommen werde; aber sie sei keine Frau, die sich einschüchtern lasse, fügte sie hinzu.

Wenn von einer Kabale überhaupt die Rede sein konnte, so intrigierte die Carlotta selbst gegen die arme Christine, die nichts Böses ahnte. Die Carlotta konnte es Christine einfach nicht verzeihen, daß sie, als sie für die Carlotta eingesprungen war, Triumphe gefeiert hatte.

Als die Carlotta von dem enormen Erfolg ihrer Vertreterin hörte, fühlte sie sich sofort von einer beginnenden Bronchitis und von ihrem Krach mit der Verwaltung geheilt und verspürte nicht mehr die geringste Neigung, ihren Vertrag zu kündigen. Seitdem setzte sie alles daran, ihre Rivalin »an die Wand zu spielen«, indem sie mächtige Freunde dazu bewog, ihren Einfluß bei den Direktoren geltend zu machen, damit Christine keine Gelegenheit zu einem neuen Triumph bekomme. Manche Zeitungen, die erst Christines Talent gerühmt hatten, beschäftigten sich jetzt nur noch mit Carlottas Ruhm. In der Oper selbst beleidigte die berühmte Diva Christine, wo sie nur konnte, und quälte sie nach Strich und Faden.

Die Carlotta besaß weder Herz noch Seele. Sie war nur ein Instrument. Freilich ein herrliches Instrument. Ihr Repertoire umfaßte alles, was eine ehrgeizige große Sängerin reizen kann, sowohl bei den deutschen als auch bei den italienischen und französischen Meistern. Bisher hatte die Carlotta noch nie falsch gesungen und mit ihrem Klangvolumen die schwierigsten Passagen ihrer unzähligen Partien mühelos gemeistert. Sie war kurzum ein weitgespanntes, gewaltiges und zu Recht bewundertes Instrument. Aber niemand hätte das zu der Carlotta sagen können, was Rossini zu der Krauss sagte, nachdem sie ihm auf Deutsch »Sombres forêts?...« vorgesungen hatte: »Sie singen mit Ihrer Seele, mein Kind, und Ihre Seele ist schön!«

Wo war deine Seele, Carlotta, als du in den Kneipen von Barcelona getanzt hast? Wo war sie, als du später in Paris auf jämmerlichen Varietébühnen deine zynisch-geilen Couplets zum Besten gegeben hast? Wo, als du bei einem deiner Liebhaber vor den versammelten Musikprofessoren dieses willige Instrument hast erklingen lassen, dessen Wunder darin bestand, daß es mit derselben unbeteiligten Vollkommenheit die höchste Liebe und das niedrigste Laster besang? Ach, Carlotta, wenn du je eine Seele gehabt und sie dann verloren hättest, so hättest du sie wiedergefunden, als du Juliette wurdest, als du Elvira, Ophelia und Margarete warst! Denn für andere dauerte der Aufstieg aus tiefstem Elend noch länger als für dich, aber die Kunst hat sie mit Hilfe der Liebe geläutert.

Wenn ich an all die Gemeinheiten, all die Gehässigkeiten denke, die Christine Daaé durch die Carlotta erleiden mußte, kann ich meinen Zorn nicht unterdrükken, und es erstaunt mich nicht, daß meine Empörung sich durch zugespitzte Bemerkungen über die Kunst im allgemeinen und über die des Gesangs im besonderen Luft macht, bei denen Carlottas Bewunderer bestimmt nicht auf ihre Kosten kommen.

Nachdem die Carlotta ihre Überlegungen über den anonymen Drohbrief beendet hatte, stand sie auf.

»Wir werden sehen«, sagte sie und stieß ein paar kräftige spanische Flüche aus.

Als sie die Nase aus dem Fenster steckte, erblickte sie als erstes einen Leichenwagen. Leichenwagen und Drohbrief überzeugten sie davon, daß sie heute abend in größter Gefahr schweben werde. Sie versammelte ihre Freunde und Freundesfreunde um sich, sagte ihnen, daß Christine Daaé heute abend während der Vorstellung einen Anschlag auf sie plane, und erklärte, man müsse der Kleinen einen Strich durch die Rechnung machen, indem man den Saal mit ihren, Carlottas, Bewunderern fülle. Es ließe sie doch keiner im Stich? Sie zähle auf alle, sie sollten sich bereit halten und die Störenfriede zum Schweigen bringen, wenn diese, wie sie fürchte, skandalieren würden.

Richards Privatsekretär kam, um sich nach der Gesundheit der Diva zu erkundigen, und kehrte mit der

Versicherung zurück, daß es ihr blendend gehe und sie heute abend, sogar »wenn sie im Sterben läge«, die Rolle der Margarete singen werde. Da der Sekretär im Namen seines Chefs der Diva empfohlen hatte, größte Vorsicht walten zu lassen, nicht auszugehen und sich vor Zugluft zu hüten, konnte die Carlotta, nachdem er gegangen war, nicht umhin, diese ungewöhnlichen und unerwarteten Ratschläge mit den in dem Brief enthaltenen Drohungen in Verbindung zu bringen.

Um fünf Uhr bekam sie einen zweiten anonymen Brief in derselben Handschrift wie der erste, einen kurzen, in dem nur stand: »Sie sind erkältet; wenn Sie vernünftig sind, sehen Sie ein, wie töricht es wäre, heute abend singen zu wollen.«

Die Carlotta lachte verächtlich, zuckte die Schultern, die herrlich waren, und trillerte zwei oder drei Töne, die sie völlig beruhigten.

Ihre Freunde hielten treu ihr Versprechen. Alle fanden sich abends in der Oper ein, aber sie suchten vergeblich in ihrer Umgebung jene grimmigen Verschwörer, die sie bekämpfen sollten. Abgesehen von einigen braven Spießbürgern, deren Gesichter den Vorsatz widerspiegelten, wieder einmal eine Musik zu hören, die sich schon längst ihrer Billigung erfreute, war sonst nur das Stammpublikum zugegen, dessen elegantes, friedliches und korrektes Gehaben eine Manifestation undenkbar machte. Ungewöhnlich war nur Richards und Moncharmins Anwesenheit in Loge Nr. 5. Carlottas Freunde nahmen an, daß wohl auch die Direktoren Wind von dem geplanten Skandal bekommen hatten und sich deshalb verpflichtet fühlten, im Saal zu sein, um diesen zu unterbinden, sobald er ausbrach; dabei handelte es sich, wie wir wissen, um einen Irrtum, denn Richard und Moncharmin hatten nur ihr Phantom im Kopf.

»Nichts!
Umsonst befrage ich der lichten Sterne Chor,
Dem Sinn ist stumm das Weltenall,

Und keine Stimme flüstert in mein Ohr
Des Trostes sanften Schall!...«

Kaum hatte der berühmte Bariton Carolus Fonta Doktor Fausts erste Anrufung der Höllenmächte vorgebracht, als auch schon Firmin Richard, der auf dem Fauteuil des Phantoms saß – dem Fauteuil in der ersten Reihe ganz rechts –, sich glänzend gelaunt zu seinem Teilhaber beugte und sagte:

»Hat dir schon eine Stimme was ins Ohr geflüstert?«

»Immer mit der Ruhe! Sei nicht so ungeduldig«, antwortete Armand Moncharmin gleichfalls scherzend. »Die Vorstellung hat ja gerade erst angefangen, und wie du weißt, kommt das Phantom erst in der Mitte des ersten Akts.«

Der erste Akt verlief ohne Zwischenfälle, was Carlottas Freunde nicht weiter wunderten, denn in diesem Akt singt die Margarete nicht. Als der Vorhang fiel, schauten sich die beiden Direktoren lächelnd an.

»Das wäre das«, sagte Moncharmin.

»Ja, das Phantom hat sich verspätet«, erklärte Firmin Richard.

Moncharmin fuhr spöttisch fort:

»Eigentlich ist der Saal, dafür daß er *verwünscht* ist, nicht schlecht besetzt.«

Richard ließ sich zu einem Lächeln herab. Er zeigte seinem Kompagnon eine ziemlich ordinäre, üppige, schwarzgekleidete Frau, die in der Saalmitte zwischen zwei schäbig aussehenden Männern in Alltagsgehröcken saß.

»Wer sind denn die Leute dort«, fragte Moncharmin.

»Diese Leute sind meine Concierge, ihr Bruder und ihr Mann.«

»Hast du denen etwa Freikarten gegeben?«

»Natürlich... Meine Concierge war noch nie in der Oper... Heute ist sie zum ersten Mal da... Und weil sie fortan jeden Abend herkommen soll, wollte ich ihr einen guten Platz geben, ehe sie nur noch anderen die Plätze anweist.«

Moncharmin bat Richard, sich genauer auszudrükken, und Richard erklärte ihm, daß er sich entschlossen habe, seiner Concierge, der er völlig vertraue, vorläufig Madame Girys Stelle zu geben.

»Weißt du übrigens«, sagte Moncharmin, »daß Mama Giry dich verklagen will.«

»Bei wem? Beim Phantom?«

Moncharmin hatte das Phantom fast vergessen.

Das geheimnisvolle Wesen unternahm also nichts, um sich bei den Direktoren in Erinnerung zu bringen.

Plötzlich riß der bestürzte Regisseur die Tür ihrer Loge auf.

»Was ist denn los«, fragten beide verblüfft darüber, daß er ausgerechnet in diesem Augenblick erschien.

»Christine Daaés Freunde schmieden einen Komplott gegen die Carlotta«, antwortete der Regisseur. »Und die ist darüber außer sich.«

»Was soll das schon wieder heißen«, fragte Richard und runzelte die Stirn.

Aber da hob sich der Vorhang vor der Kirmesszene, und der Direktor gab dem Regisseur einen Wink, zu gehen.

Nachdem der Regisseur verschwunden war, beugte sich Moncharmin zu Richard und flüsterte ihm ins Ohr:

»Demnach hat die Daaé doch Freunde?«

»Ja«, antwortete Richard.

»Wen denn?«

Richard zeigte auf eine Erste-Rang-Loge, in der nur zwei Herren saßen.

»Graf de Chagny?«

»Ja, er hat sie mir so warm empfohlen, daß ich, wenn ich nicht wüßte, daß er ein Freund der Sorelli ist...«

»So, so«, murmelte Moncharmin. »Und wer ist der blasse junge Mann neben ihm?«

»Sein Bruder, der Vicomte.«

»Er sollte sich lieber ins Bett legen. Er sieht krank aus.«

Die Bühne widerhallte von frohem Gesang, von in Musik gesetztem Rausch. Vom Triumph des Bechers.
»Wein und Bier.
Und Bier und Wein
Munden mir,
Drum schenkt ein!«
Studenten, Bürger, Soldaten, junge Mädchen und Matronen wirbelten übermütig vor der Herberge mit dem Schilde »Zum Gott Bacchus« herum. Siebel trat auf.

Christine wirkte bezaubernd in Männerkleidung. Ihre frische Jugendlichkeit, ihre melancholische Anmut bestrickten auf den ersten Blick. Sogleich bildeten sich Carlottas Anhänger ein, die Freunde der Daaé würden sie mit einer Ovation begrüßen, aus der sie wiederum deren Absichten ersehen könnten. Eine Ovation, die übrigens ungeschickt und taktlos gewesen wäre. Aber die Ovation blieb aus.

Im Gegenteil, nachdem Margarete ihre einzigen beiden Zeilen im ganzen zweiten Akt gesungen hatte:
»Nein, mein Herr, denn ich bin weder Fräulein noch
schön,
Drum bitt' ich, o laßt mich, kann unbegleitet nach
Hause gehn.«
und die Bühne überquerte, wurde die Carlotta mit tosendem Beifall überschüttet, was so unvorhergesehen und ungereimt war, daß die Uneingeweihten sich fragend anschauten. Aber der zweite Akt endete ohne weitere Zwischenfälle. Da sagten sich alle: »Es geht offenbar erst im nächsten Akt los.« Einige angeblich Unterrichtete behaupteten, der Krawall beginne beim »Lied vom König von Thule«, und eilten zum Eingang der Abonnenten, um die Carlotta zu warnen.

In der Pause verließen die Direktoren die Loge, um sich nach dem Komplott zu erkundigen, das der Regisseur erwähnt hatte, gingen aber bald wieder achselzuckend zu ihren Plätzen und hielten die ganze Sache für Unsinn. Bei ihrer Rückkehr erblickten sie als erstes eine Schachtel Pralinen auf der Logenbrüstung. Wer hatte sie dorthin gestellt? Sie fragten die Logenschließerin danach. Aber niemand konnte ihnen Auskunft geben. Als sie sich wieder zur Logenbrüstung umwandten, entdeckten sie neben der Schachtel Pralinen ein Opernglas. Sie blickten sich an. Ihnen war nicht mehr zum Lachen zumute. Alles fiel ihnen wieder ein, was Madame Giry erzählt hatte... und außerdem verspürten sie einen seltsamen Luftzug... Sie setzten sich stumm und tiefbeeindruckt hin.

Die Bühne zeigte Margaretens Garten.

»Blümlein traut, sprecht für mich
Recht inniglich!
Liebesgruß zu ihr traget...«

Als Christine neben dem Rosen- und Fliederbusch ihre ersten drei Zeilen sang und den Kopf hob, erblickte sie den Vicomte de Chagny in seiner Loge, und von da an klang ihre Stimme weniger sicher, rein und kristallklar wie sonst. Irgend etwas dämpfte, beschwerte ihren Gesang... Als schwänge ein angstvoller Unterton mit.

»Merkwürdiges Mädchen«, sagte ein Freund Carlottas laut auf einem Orchestersitz. »Neulich abend war sie göttlich, und heute zittert ihre Stimme. Keine Erfahrung, keine Schulung!«

»›Bist so schön‹, schmeichelnd saget...«

Der Vicomte vergrub sein Gesicht in den Händen. Er weinte. Hinter ihm kaute der Graf ungehalten an seiner Schnurrbartspitze, zuckte die Achsel und runzelte die Stirn. Er, der sich sonst so korrekt und kühl benahm, mußte sehr wütend sein, wenn er seine inneren Gefühle so deutlich zeigte – und er war es auch. Er hatte mitangesehen, wie sein Bruder in besorgniserregendem Gesundheitszustand von jener rätselhaften Blitzreise zurückkam. Da Raouls Erklärungen ihn nicht zu beruhigen vermochten und er wissen wollte, woran er war, hatte er Christine Daaé um eine Unterredung gebeten. Aber sie hatte die Unverschämtheit, ihm zu antworten, daß sie weder ihn noch seinen Bruder empfangen könne. Er hielt das für gemeine Berechnung. Er verzieh Christine nicht, daß sie Raoul leiden ließ, aber vor allem verzieh er Raoul nicht, daß er Christines wegen litt. Ach, er hatte unrecht, sich auch nur eine Sekunde lang für diese Kleine zu interessieren, deren Triumph eines Abends allen unverständlich blieb.

»Hauchet leis – ihr entgegen:
›Holde, laß dich bewegen‹...«

»Scher dich zum Teufel, kleines Luder«, brummte der Graf. Und er fragte sich, was sie wollte... was sie denn erhoffen konnte... Sie war unberührt, es hieß, daß sie keinen Freund, keinen Beschützer habe... Dieser Engel aus dem Norden mußte sehr gerissen sein!

Raoul, der seine Kindertränen hinter den Händen verbarg wie hinter einem Vorhang, dachte nur an den Brief, den er bei seiner Rückkehr nach Paris vorgefunden hatte, wohin Christine ihm heimlich wie eine Diebin von Perros vorausgeeilt war:

»Mein lieber Jugendfreund,
Sie müssen die Kraft aufbringen, mich nicht mehr zu sehen, nicht mehr mit mir zu sprechen... Wenn Sie mich ein wenig lieben, so tun Sie das für mich, die ich Sie nie vergessen werde, mein lieber Raoul. Dringen Sie vor allem nie mehr in meine Garderobe ein. Es geht um mein Leben. Es geht um Ihr Leben.

Ihre kleine Christine.«

Donnernder Applaus... Die Carlotta trat auf.
Die Szene im Garten rollte wie üblich ab.
Nachdem Margarete das Lied vom König von Thule gesungen hatte, wurde sie beklatscht; auch noch nach der Juwelen-Arie:

»Ha, welch ein Glück, mich zu sehn,
Mich hier so prächtig und schön!...«

Da sie nun ihrer selbst, ihrer Freunde im Saal, ihrer

Stimme und ihres Erfolges sicher war und nichts mehr fürchtete, gab sich die Carlotta jetzt feurig, begeistert, berauscht ganz hin. Sie legte alle Hemmungen, jede Scham ab... Sie war nicht mehr Margarete, sondern Carmen. Der Beifall schwoll an, und ihr Duett mit Faust schien ein neuer Triumph für sie zu werden – als plötzlich etwas Entsetzliches geschah.

Faust kniete vor ihr:
»Lasse mich dein holdes Antlitz schauen!
O trau' der Liebe Macht,
Laß Seel' in Seel' sich drängen,
Hab' Vertrauen in stiller Mondesnacht!«
Und Margarete erwiderte:
»Süße Lust, inn'ge Lust
Fühl' ich sanft sich regen,
Wonne füllt meine Brust!
Seine Worte mich tief bewegen,
Ich fühl' es lieb...«

In diesem Augenblick... ausgerechnet in diesem Augenblick... geschah, wie gesagt, etwas Entsetzliches.

Der ganze Saal springt wie ein Mann auf... In ihrer Loge können die beiden Direktoren einen Schreckensschrei nicht unterdrücken... Die Zuschauer sehen sich an, um bei den anderen eine Erklärung für dieses unerwartete Phänomen zu finden. Carlottas Gesicht ist von fürchterlichem Schmerz gezeichnet, in ihren Augen spiegelt sich der Wahnsinn. Die arme Frau reckt den Hals, ihr Mund steht noch – »lieb« offen, aber das »... bewußt« bleibt stecken – *und er wagt kein Wort, keinen Ton mehr zu singen*...

Denn aus diesem zum Wohlklang geschaffenen Mund, aus diesem bisher nie versagenden Instrument, aus diesem herrlichen Organ, aus dieser Quelle der schönsten Töne, schwierigsten Akkorde, sanftesten Modulationen, feurigsten Rhythmen, aus diesem sublimen menschlichen Mechanismus, dem zur Göttlichkeit nur der Himmelsfunke fehlt, der allein die Seelen entzündet und erhebt...

Aus diesem Mund schlüpft – *eine Kröte!*

Oh, eine abscheuliche, gräßliche, warzige, schleimige, geifernde, giftige, quakende Kröte!

Wo kam sie her? Wieso hockte sie auf der Zunge? Sie hatte die Schenkel gespannt, um unversehens einen möglichst hohen und weiten Satz aus dem Kehlkopf machen zu können – quak!

Quak! Quak!... Oh, dieses scheußliche Gequake!

Natürlich ist hier nur von einer sinnbildlichen Kröte die Rede. Man sah sie nicht, aber – beim Satan! – man hörte sie deutlich. Quak!

Der Saal fühlte sich wie mit Schmutz bespritzt. Kein Froschwesen hat je am Rande eines Sumpfes die Stille der Nacht mit einem entsetzlicheren Gequake zerrissen.

Natürlich kam es für jeden völlig überraschend. Die Carlotta traute noch immer nicht ihrer Kehle oder ihren Ohren. Wenn der Blitz vor ihr eingeschlagen hätte, wäre sie darüber nicht so erschrocken wie über diese quakende Kröte aus ihrem Munde...

Und er hätte sie nicht entehrt. Dagegen entehrt eine auf der Zunge hockende Kröte eine Sängerin immer. Manche traf dabei der Schlag.

Mein Gott, war es möglich?... Sie sang ihr »Ich fühl' es lieb...« so ruhig, so mühelos, als sagte sie »Guten Tag. Madame, wie geht es Ihnen?«.

Es läßt sich nicht leugnen, daß es anmaßende Sängerinnen gibt, die ihre Grenzen nicht kennen und in ihrem Ehrgeiz mit der schwachen Stimme, die ihnen der Himmel mitgegeben hat, außerordentliche Effekte erzielen und Töne hervorbringen wollen, die ihnen von Natur aus versagt sind. Dann straft sie der Himmel, indem er ihnen, ohne daß sie es wissen, eine Kröte in den Mund setzt, eine quakende Kröte. Das weiß jeder. Aber niemand konnte behaupten, daß die Carlotta, deren Stimme gut zwei Oktaven umfaßte, auch noch eine Kröte darin habe.

Jeder erinnerte sich an ihr schmetterndes Kontra-F, ihre unerhörten Stakkati in der *Zauberflöte*. An ihre

Elvira in *Don Giovanni,* als sie eines Abends ihren größten Triumph feierte, indem sie das B sang, das nicht einmal ihrer Kollegin Donna Anna gelang. Was bedeutete also dieses Gequake am Ende dieses ruhigen, friedlichen »Ich fühl' es lieb ...«?

Das war unnatürlich. Dahinter steckte Hexerei. Mit dieser Kröte stimmte etwas nicht. Arme, elende, verzweifelte, niedergeschmetterte Carlotta!

Der Tumult im Saal wuchs. Wäre einer anderen als der Carlotta dieses Mißgeschick passiert, so hätte man sie ausgepfiffen. Aber da man wußte, was für ein vollkommenes Instrument sie war, zeigte man sich ihr gegenüber nicht erbost, sondern bestürzt und entsetzt. So müssen die Leute auf die Katastrophe reagiert haben, bei der die Venus von Milo ihre Arme verlor – sie konnten den Schlag fallen sehen und es begreifen ...

Doch diese Kröte blieb unbegreiflich!

So unbegreiflich, daß die Carlotta sich nach einigen Sekunden fragte, ob sie tatsächlich diesen Ton aus ihrem Munde gehört habe – war es ein Ton, konnte man diesen Laut so nennen? Ein Ton ist noch Musik –, und sie wollte sich einreden, daß dieses Höllengeräusch nie erklungen sei, daß nicht ihre Stimme sie verraten, sondern ihr Ohr sie nur getäuscht habe.

Hilfesuchend schaute sie sich nach einem Halt, ja nach einem spontanen Freispruch für ihre Stimme um. Ihre Finger klammerten sich schützend und empört um ihren Hals. Nein, nein! Dieses Gequake kam nicht aus ihr! Und Carolus Fonta, der sie mit einem Ausdruck kindlicher Verblüffung ansah, schien ihre Meinung zu teilen. Schließlich war er nicht von ihrer Seite gewichen. Vielleicht konnte er ihr sagen, wie so etwas möglich war. Nein, er konnte es nicht. Seine Augen starrten gebannt auf Carlottas Mund wie Kinderaugen auf den unerschöpflichen Hut eines Zauberkünstlers. Wie konnte nur in einem so kleinen Mund ein so großes Quaken stecken?

All das, was ich ausführlich geschildert habe – Kröte,

Gequake, Aufregung, Schreckensrufe im Saal, Durcheinander auf der Bühne und hinter den Kulissen, aus denen einige Komparsen die Köpfe steckten –, spielte sich in wenigen Sekunden ab.

In wenigen fürchterlichen Sekunden, die vor allem den beiden Direktoren in Loge Nr. 5 endlos vorkamen. Moncharmin und Richard waren leichenblaß geworden. Dieser unerhörte und unerklärliche Vorfall ängstigte sie um so mehr, als sie seit kurzem selber unter dem rätselhaften Einfluß des Phantoms standen.

Sie spürten seinen Atem, der ein paar Haare Moncharmins zu Berge stehen ließ ... Richard wischte sich mit dem Taschentuch den Schweiß von der Stirn ... Ja, es war da ... bei ihnen, hinter ihnen, neben ihnen ... Sie fühlten es, ohne es zu sehen! ... Sie hörten seinen Atem ... ganz nahe! ... *Man weiß, ob jemand da ist.* Jetzt wußten sie es: *sie waren in der Loge zu dritt* ... Sie zitterten ... Sie wollten fliehen ... Sie wagten es nicht ... Sie wagten sich nicht zu rühren, kein Wort zu wechseln, aus dem das Phantom hätte ersehen können, daß sie es in ihrer Nähe wußten! ... Was würde geschehen? Was würde eintreten?

Das Gequake! Ihr Doppelschrei des Entsetzens übertönte den Lärm im Saal. *Sie fühlten sich den Schlägen des Phantoms ausgesetzt.* Sie beugten sich aus der Loge und stierten die Carlotta wie eine Fremde an. Diese Tochter der Hölle hatte durch ihr Gequake das Signal zu irgendeiner Katastrophe gegeben. Sie warteten auf die Katastrophe. Das Phantom hatte sie ihnen versprochen! Der Saal war verwünscht! Ihre direktoriale Doppelbrust keuchte unter der Last der Katastrophe. Man hörte Richards erstickte Stimme, die der Carlotta zurief: »Singen Sie doch weiter!«

Nein, die Carlotta sang nicht weiter ... Sie fing zwar wieder die fatale Strophe an, an deren Ende die Kröte erschienen war.

Eine beängstigende Stille folgte dem Lärm. Nur Carlottas Stimme erfüllte von neuem das Haus.

»Seine Worte mich tief bewegen...«
– Auch ihre Worte bewegten den Saal tief –
»... Ich – quak – fühl' es – quak – lieb ... quakquak!«
Auch die Kröte hatte wieder angefangen.

Das Publikum schlug einen Heidenkrach. Die beiden Direktoren waren auf ihre Fauteuils zurückgesunken und wagten sich nicht einmal umzudrehen: es fehlte ihnen die Kraft dazu. Das Phantom lachte ihnen in den Nacken! Schließlich hörten sie in ihrem rechten Ohr deutlich seine Stimme, die unmögliche Stimme, die mundlose Stimme, die sagte:

»Heute abend hält nicht einmal der Lüster ihren Gesang aus!«

Beide blickten gleichzeitig zur Decke und stießen einen entsetzten Schrei aus. Der Lüster, der riesige Lüster löste sich bei den Worten der teuflischen Stimme von seinem Haken, kam von der Höhe des Saals herunter und landete klirrend in der Mitte der Orchestersitze. Eine Panik entstand, und jeder versuchte sich zu retten. Ich möchte diese historische Stunde hier nicht in allen Einzelheiten heraufbeschwören. Neugierige brauchen nur die damaligen Zeitungen aufzuschlagen. Es gab zahlreiche Verletzte und eine Tote.

Der Lüster zerschmetterte der Unglücklichen den Kopf, die an jenem Abend zum ersten Mal in ihrem Leben in der Oper war und die Richard zur Vertreterin von Madame Giry, der Logenschließerin des Phantoms, ausersehen hatte. Sie war auf der Stelle tot, und am nächsten Tag lautete die Schlagzeile einer Zeitung: ZWEIHUNDERTTAUSEND KILO AUF DEM KOPF EINER CONCIERGE! Das war der einzige Nachruf.

Neuntes Kapitel

Die geheimnisvolle Kutsche

Dieser tragische Abend hatte für alle böse Folgen. Die Carlotta erkrankte. Christine war seit der Aufführung verschwunden. Vierzehn Tage vergingen, ohne daß sie sich in der Oper oder außerhalb der Oper blicken ließ.

Man darf dieses erste Verschwinden, das kein besonderes Aufsehen erregte, nicht mit der berüchtigten Entführung verwechseln, die etwas später unter rätselhaften und tragischen Umständen stattfinden sollte.

Vor allem Raoul konnte sich die Abwesenheit der Diva nicht erklären. Er hatte ihr an Madame Valerius' Adresse geschrieben, ohne eine Antwort zu erhalten. Anfangs wunderte er sich nicht darüber, da er ihre Gemütsverfassung und ihren Entschluß kannte, sämtliche Beziehungen mit ihm abzubrechen, obwohl er den Grund dafür nicht ahnte.

Sein Schmerz wuchs, und schließlich beunruhigte es ihn, den Namen der Sängerin auf keinem Spielplan mehr zu sehen. *Faust* wurde ohne sie aufgeführt. Eines Nachmittags gegen fünf Uhr erkundigte er sich bei der Direktion nach der Ursache für Christines Verschwinden. Er traf die Direktoren äußerst besorgt an. Sogar ihre Freunde erkannten sie nicht wieder: sie hatten jegliche Lust, jeglichen Unternehmungsgeist verloren. Sie schlichen mit gesenktem Kopf, bewölkter Stirn und blassen Wangen durch die Oper, als verfolgte sie irgendeine schreckliche Vorstellung oder als hätte sich ihrer ein tückisches Schicksal bemächtigt, das sein Opfer packt und nicht mehr losläßt.

Der Sturz des Lüsters warf manche Fragen auf, aber es war schwer, von den Direktoren Aufschlüsse darüber zu erhalten.

Die Untersuchung entschied auf einen Unfall infolge der abgenutzten Befestigung, wies aber darauf hin, daß die alte und die neue Direktion die Pflicht gehabt hätte, diese Abnutzung festzustellen und zu beheben, ehe sie zu der Katastrophe führte.

Richard und Moncharmin machten tatsächlich einen so veränderten Eindruck und benahmen sich so mysteriös, daß viele Abonnenten vermuteten, ein noch schlimmeres Ereignis als der Sturz des Lüsters habe den Stimmungsumschwung der Direktoren bewirkt.

In ihrem täglichen Umgang zeigten sie sich ungehalten, nur nicht Madame Giry gegenüber, die wieder ihre alte Stelle bekleidete. Man kann sich ausmalen, wie sie den Vicomte de Chagny empfingen, als er sich nach Christine erkundigte. Sie beschränkten sich darauf, ihm zu antworten, sie sei in Urlaub. Er fragte, für wie lange, und sie erwiderten trocken, Christine Daaé habe aus Gesundheitsgründen um unbegrenzten Urlaub gebeten.

»Demnach ist sie krank«, rief Raoul. »Was fehlt ihr denn?«

»Das wissen wir nicht.«

»Haben Sie denn nicht den Theaterarzt zu ihr geschickt?«

»Nein, sie hat nicht danach verlangt, und da wir ihr vertrauen, zweifelten wir nicht an ihren Worten.«

Die Sache kam Raoul unnatürlich vor. In düsteren Gedanken verließ er die Oper und beschloß, was auch immer geschehen möge, Mama Valerius um Auskunft zu bitten. Er hatte keineswegs das strenge Verbot aus Christines Brief vergessen, irgendetwas zu unternehmen, um sie zu sehen. Aber das, was er in Perros erlebt, was er hinter der Garderobentür erlauscht, was Christine ihm am Rande der Heide erzählt hatte, ließ ihn einen wenn auch nicht gerade teuflischen, so doch zumindest unmenschlichen Anschlag befürchten. Christines exaltierte Phantasie, ihre zarte und gläubige Seele, die primitive Erziehung, die ihre Kindheit mit einem Legendenkreis umgab, das sehnsüchtige Denken an ihren toten Vater und vor allem der Zustand höchster Ekstase, in den sie neuerdings die Musik unter besonderen Umständen versetzte – hatte er sich nicht selbst bei der Szene auf dem Friedhof ein Urteil darüber bilden können? –, all das schien den bösen Absichten einer rätselhaften und skrupellosen Person den Weg zu ebnen. Wessen Opfer war Christine? Diese höchst vernünftige Frage stellte sich Raoul, während er zu Mama Valerius eilte.

Der Vicomte besaß gesunden Menschenverstand. Gewiß war er Dichter, liebte gute Musik und die alten bretonischen Märchen, in denen die Korrigane tanzen, und überdies jene kleine Fee aus dem Norden, die Christine Daaé hieß, aber deshalb glaubte er noch nicht an das Übernatürliche, außer auf dem Gebiet der Religion, und nicht einmal die phantastischste Geschichte auf der Welt hätte ihn vergessen lassen können, daß zwei und zwei vier ist.

Was würde er wohl von Mama Valerius erfahren? Ihm bangte davor, als er an der Tür der kleinen Wohnung in der Rue Notre-Dame-des-Victoires klingelte.

Die Kammerjungfer, die er eines Abends aus Christines Garderobe hatte kommen sehen, machte ihm auf. Er fragte, ob er Madame Valerius sprechen könne. Sie antwortete ihm, Madame Valerius sei bettlägerig und könne niemanden empfangen.

»Bringen Sie ihr bitte meine Karte«, sagte er.

Er brauchte nicht lange zu warten. Die Kammerjungfer kam zurück und führte ihn in einen schummerigen, spärlich möblierten Salon, an dessen Wänden sich die Bilder von Professor Valerius und Vater Daaé gegenüber hingen.

»Madame läßt sich bei Monsieur le Vicomte entschuldigen«, sagte sie, »ihn nur in ihrem Zimmer empfangen zu können, doch ihre armen Beine versagen ihr den Dienst.«

Fünf Minuten später trat Raoul in ein fast dunkles Zimmer, wo er im Halbschatten eines Alkovens das gütige Gesicht von Christines Wohltäterin sofort erkannte. Mama Valerius hatte inzwischen schlohweißes

Haar, aber ihre Augen waren nicht gealtert: im Gegenteil, noch nie war ihr Blick so klar, rein und kindlich gewesen.

»Monsieur de Chagny«, sagte sie erfreut und streckte dem Gast beide Hände entgegen. »Ach, der Himmel schickt Sie zu mir!... Nun können wir über *sie* sprechen.«

Der letzte Satz klang verhängnisvoll in den Ohren des jungen Mannes. Er fragte hastig:

»Madame... wo ist Christine?«

Die alte Dame antwortete ruhig:

»Sie ist natürlich bei ihrem *guten Geist!*«

»Welchem guten Geist?« rief der arme Raoul.

»*Dem Engel der Musik* natürlich.«

Entgeistert sank Vicomte de Chagny in einen Sessel. Demnach war Christine bei *dem Engel der Musik.* Aus ihrem Bett lächelte Mama Valerius ihn an, legte den Finger auf ihren Mund, um ihm Schweigen zu gebieten, und fügte hinzu:

»Aber verraten Sie das keinem Menschen!«

»Sie können sich auf mich verlassen«, erwiderte Raoul, ohne recht zu wissen, was er sagte, denn seine bereits wirren Gedanken über Christine verwirrten sich immer mehr, und alles um ihn herum, das Zimmer, die gütige Dame mit dem weißen Haar und den himmelblauen Augen schien sich zu drehen... »Sie können sich auf mich verlassen...«

»Ich weiß, ich weiß«, sagte sie glücklich lächelnd. »Aber kommen Sie doch näher, wie als kleines Kind. Geben Sie mir Ihre Hände wie damals, als Sie mir Vater Daaés Geschichte von der kleinen Lotte wiedererzählten. Wie Sie wissen, habe ich Sie gern, Monsieur Raoul. Und Christine hat Sie auch gern!«

»Sie hat mich gern«, seufzte der junge Mann, der seine Gedanken kaum sammeln konnte, denn sie kreisten um Mama Valerius' *guten Geist, den Engel,* über den Christine so seltsam gesprochen hatte, *den Totenkopf,* von dem er in einer Art Albtraum auf den Stufen des Hochaltars von Perros einen Blick erhascht hatte, und auch um *das Phantom der Oper,* dessen Ruf ihm eines Tages zu Ohren gekommen war, als er hinter den Kulissen wartete und hörte, wie zwei Schritte neben ihm eine Gruppe Bühnenarbeiter die makabre Beschreibung wiederholten, die der erhängte Joseph Buquet kurz vor seinem mysteriösen Tod von diesem Phantom gegeben hatte.

Leise fragte er:

»Madame, wieso glauben Sie, daß Christine mich gern hat?«

»Sie redet tagein, tagaus von Ihnen!«

»Wirklich? Und was sagt sie Ihnen?«

»Sie hat mir gesagt, Sie hätten ihr eine Liebeserklärung gemacht!«

Die alte Dame brach in Lachen aus und entblößte dabei ihre Zähne, die sie eifersüchtig gehütet hatte. Raoul stand mit hochrotem Kopf und von Schmerz zerrissen auf.

»Wohin wollen Sie denn gehen? ... Setzen Sie sich doch wieder ... Meinen Sie etwa, ich ließe Sie so gehen? ... Wenn Sie mir böse sind, weil ich gelacht habe, so bitte ich Sie um Verzeihung ... Sie wußten es ja nicht ... Sie sind noch jung ... Sie glaubten, daß Christine noch frei sei ...«

»Ist Christine schon verlobt«, fragte der unglückliche Raoul mit erstickter Stimme.

»Nein, nein! Sie wissen genau, daß Christine, auch wenn sie wollte, nicht heiraten kann!«

»Was? Davon weiß ich überhaupt nichts! Warum kann denn Christine nicht heiraten?«

»Wegen *des guten Geistes der Musik natürlich!* ...«

»Schon wieder der!«

»Ja, er verbietet es ihr!«

»Er verbietet es ihr?! Der gute Geist der Musik verbietet ihr, zu heiraten?!«

Raoul beugte sich mit vorgeschobenem Kinn über Mama Valerius, als wollte er sie beißen. Selbst wenn er wirklich versessen darauf gewesen wäre, sie in Stücke zu reißen, hätte er sie nicht grimmiger anstarren können. Es gibt Augenblicke, in denen allzu große Naivität so ungeheuerlich wirkt, daß sie hassenswert wird. Raoul fand Mama Valerius äußerst naiv.

Sie übersah den grimmigen Blick, der sie durchbohrte, und fuhr ungezwungen fort:

»Ja, er verbietet es ihr ... ohne es ihr zu verbieten. Er sagt ihr nur, daß sie ihn nicht mehr hören wird, wenn sie heiratet! Sonst nichts! Und daß er sie dann für immer verlassen wird! Sie werden sicherlich verstehen, daß sie *den guten Geist der Musik* nicht gehen lassen will. Das ist doch natürlich.«

»Ja, ja«, seufzte Raoul, »das ist ganz natütlich.«

»Ich dachte übrigens, daß Christine Ihnen das alles erzählt hätte, als Sie Ihnen in Perros begegnet ist, wohin sie mit ihrem *guten Geist* fuhr.«

»So! Sie fuhr mit ihrem guten Geist nach Perros?«

»Das heißt, er hat sich mit ihr auf dem Friedhof von Perros an Daaés Grab verabredet! Er versprach, ihr dort *La Résurrection de Lazare* auf der Geige ihres Vaters vorzuspielen!«

Raoul de Chagny erhob sich und heischte energisch:

»Madame, sagen Sie mir jetzt, wo dieser gute Geist wohnt!«

Diese taktlose Forderung schien die alte Dame nicht zu überraschen. Sie schaute nach oben und antwortete:

»Im Himmel!«

So viel Einfalt brachte ihn aus der Fassung. Ein so schlichter und blinder Glaube an einen Geist, der Abend für Abend vom Himmel herabstieg, um Sängerinnen in ihrer Garderobe aufzusuchen, verschlug ihm die Sprache.

Jetzt wurde ihm klar, in welcher Gemütsverfassung sich wohl ein junges Mädchen befand, das ein abergläubischer Fiedler und eine »erleuchtete« Frau erzogen hatten, und es lief ihm kalt über den Rücken, als er sich die Folgen davon ausmalte.

»Christine ist doch noch unberührt?« entschlüpfte es ihm unversehens.

»Das schwöre ich bei meinem Seelenheil«, rief die alte Dame diesmal empört. »Wenn Sie daran zweifeln, Monsieur, so weiß ich wirklich nicht, was Sie hier zu suchen haben!«

Raoul ergriff seine Handschuhe.

»Wie lange kennt sie schon diesen guten Geist?«

»Ungefähr drei Monate! Ja, seit gut drei Monaten gibt er ihr Unterricht!«

Der Vicomte schlug verzweifelt die Hände über dem Kopf zusammen und ließ sie dann verzweifelt sinken.

»Der gute Geist gibt ihr also Unterricht! Wo denn?«

»Da sie augenblicklich mit ihm verreist ist, kann ich Ihnen das nicht sagen, aber bis vor vierzehn Tagen fand der Unterricht in Christines Garderobe statt. In dieser kleinen Wohnung wäre es unmöglich gewesen. Das ganze Haus hätte sie gehört. In der Oper ist dagegen um acht Uhr morgens noch niemand da. Dann stört sie keiner ... Verstehen Sie? ...«

»Ja, ich verstehe, ich verstehe«, rief der Vicomte und verabschiedete sich hastig von der alten Dame, die sich im stillen fragte, ob der Vicomte nicht ein wenig spinne.

Beim Durchqueren des Salons traf Raoul die Kammerjungfer und spielte mit dem Gedanken, sie auszufragen, als er ein leises Lächeln auf ihren Lippen zu entdecken vermeinte. Er fühlte sich verspottet und flüchtete. Wußte er nicht schon genug? Er hatte Auskünfte erhalten wollen – was konnte er noch mehr verlangen? In mitleiderregendem Zustand ging er zu Fuß zur Wohnung seines Bruders zurück.

Er hätte sich am liebsten ausgepeitscht, sich den Kopf an der Wand wundgestoßen! An so viel Unschuld, so viel Reinheit zu glauben! Eine Zeitlang alles mit Naivität, Einfalt, Unverdorbenheit erklären zu wollen! Der Geist der Musik! Den kannte er jetzt! Sicherlich handelte es sich um irgendeinen schmalzigen Tenor, einen Beau, der sein Herz auf der Zunge trug! Er kam sich lächerlich und zugleich bedauernswert vor. »Ach, was für ein elender, unbedeutender, törichter, jämmerlicher junger Mann ist doch Vicomte de Chagny«, sagte Raoul sich wütend. »Und was für ein freches und teuflisches Luder ist sie!«

Immerhin hatte ihm der Heimweg durch die Straßen gutgetan und seinen glühenden Kopf etwas abgekühlt. Als er in sein Zimmer trat, wollte er sich einfach auf sein Bett werfen, um sein Schluchzen in den Kissen zu ersticken. Aber sein Bruder war da, und Raoul sank wie ein Baby in seine Arme. Der Graf tröstete ihn väterlich, ohne irgendwelche Erklärungen zu verlangen; Raoul hätte übrigens gezögert, ihm die Geschichte von *dem guten Geist der Musik* zu erzählen. Während es einerseits Dinge gibt, mit denen man sich nicht brüstet, gibt es andererseits Dinge, die einen so demütigen, daß man kein Mitgefühl erwarten darf.

Der Graf nahm seinen Bruder zum Abendessen in ein Kabarett mit. Wahrscheinlich hätte Raoul in seiner Verzweiflung jede Einladung abgelehnt, wenn der Graf ihm nicht, um ihn umzustimmen, erzählt hätte, er sei gestern abend in einer Allee des Bois de Boulogne der Dame seines Herzens in Begleitung eines Kavaliers begegnet. Anfangs wollte der Vicomte das nicht glauben, aber genaue Einzelheiten überzeugten ihn schließlich doch davon. Konnte man sich eine banalere Affäre vorstellen? Der Graf hatte sie in einem Coupé erblickt, dessen Fenster heruntergelassen war. Sie atmete die eisige Nachtluft tief ein. Der Mond schien so hell, daß er sie deutlich erkannt hatte. Ihren Begleiter hatte er dagegen nur als undeutliche Silhouette im Schatten gesehen. Die Kutsche fuhr im Schritt durch die Allee hinter den Tribünen von Longchamp.

Raoul zog sich in rasender Eile um, denn er wollte seinen Kummer im Wirbel des Vergnügens ertränken. Leider war er ein schlechter Gesellschafter, der den Grafen schon früh verließ und gegen zehn Uhr abends in einer Mietsdroschke hinter die Tribünen von Longchamp fuhr.

Es herrschte Hundekälte. Der Mond beleuchtete die verlassene Straße. Raoul befahl dem Kutscher, an der Ecke einer Seitenallee auf ihn zu warten, und vertrat sich die Beine, wobei er möglichst Deckung suchte.

Er hatte sich noch keine halbe Stunde dieser gesunden Tätigkeit gewidmet, als ein Wagen aus der Richtung von Paris in die Straße einbog und im Schritttempo auf ihn zurollte.

Sofort dachte er: »Das ist sie!« Und sein Herz begann dumpf zu pochen wie damals, als er die Männerstimme hinter der Garderobentür hörte. Mein Gott, wie liebte er sie!

Der Wagen kam immer näher, während er sich nicht von der Stelle rührte. Er wartete ... Sollte sie es sein, so wollte er den Pferden unbedingt in die Zügel fallen! Er war fest entschlossen, um jeden Preis Rechenschaft von dem Engel der Musik zu fordern!

Noch wenige Schritte, und das Coupé befand sich mit ihm auf gleicher Höhe. Er zweifelte nicht daran, daß sie es war. Tatsächlich steckte eine Frau den Kopf aus dem Wagenfenster.

Plötzlich umgab der Mond sie mit einem blassen Strahlenkranz.

»Christine!«

Der geliebte Name sprudelte ihm aus dem Herzen über die Lippen. Er konnte ihn nicht zurückhalten! Er sprang ihm nach, um ihn zurückzureißen, denn dieser in die Nacht geschleuderte Name schien das erwartete Alarmsignal für die Equipage zu sein, die an ihm vorbeisauste, ohne daß er Zeit hatte, seinen Plan auszuführen. Die Scheibe des Wagenfensters war hochgezogen worden, das Gesicht der jungen Frau verschwunden, das Coupé, dem er nachrannte, nur noch ein schwarzer Punkt auf der weißen Straße.

Er rief nochmals: »Christine!« Keine Antwort. Er blieb, von Stille umgeben, stehen.

Er warf einen verzweifelten Blick gen Himmel, zu den Sternen; er hämmerte mit den Fäusten auf seine brennende Brust; er liebte und wurde nicht wiedergeliebt.

Traurig betrachtete er die verlassene und kalte Straße, die bleiche und tote Nacht. Nichts war so tot und kalt wie sein Herz: er hatte einen Engel geliebt und verachtete nun eine Frau.

Raoul, wie übel hat dir die kleine Fee aus dem Norden mitgespielt! Was nützt es denn, eine so blühende Wange, eine so schüchterne und stets zu schamhaftem Erröten bereite Stirn zu haben, wenn man die einsame Nacht im Luxuscoupé mit einem mysteriösen Liebhaber verbringt? Sollten der Heuchelei und Lüge nicht heilige Grenzen gesetzt sein? Darf man kindlich-reine Augen haben, wenn man die Seele einer Hure besitzt?

Sie war vorbeigefahren, ohne seinen Ruf zu erwidern ...

Warum hatte er sich ihr auch in den Weg gestellt?

Mit welchem Recht hatte er sich plötzlich vor ihr aufgepflanzt, die ihn doch angefleht hatte, sie zu vergessen, die ihm seine Anwesenheit zum Vorwurf machte?

Geh! ... Verschwinde! ... Du zählst nicht mit!

Er dachte ans Sterben, und das mit zwanzig Jahren! Am nächsten Morgen überraschte sein Diener ihn, wie er noch völlig angezogen auf seinem Bett saß, und befürchtete beim Anblick seines zerrütteten Gesichts, daß ihm ein Unglück zugestoßen sei. Raoul riß ihm die Post, die er brachte, aus der Hand, denn er erkannte einen Brief, ein Papier, eine Handschrift. Christine schrieb ihm:

»Lieber Freund,
seien Sie übermorgen auf dem Maskenball in der Oper um Mitternacht in dem kleinen Salon, der hinter dem Kamin des großen Foyers liegt. Stellen Sie sich an die Tür, die zur Rotunde führt. Sagen Sie keinem Men-

schen etwas von dieser Verabredung. Ziehen Sie einen weißen Domino an und tragen Sie eine Maske. Ich beschwöre Sie bei meinem Leben – lassen Sie sich nur nicht erkennen!

Christine.«

Zehntes Kapitel

Auf dem Maskenball

Das völlig verschmutzte Kouvert hatte keine Marke. »Monsieur le Vicomte Raoul de Chagny« und die Adresse standen mit Bleistift darauf. Offenbar war es in der Hoffnung auf die Straße geworfen worden, daß jemand es finden und an seinen Bestimmungsort bringen möchte. Tatsächlich hatte es jemand gefunden und im Haus des Grafen abgegeben. Raoul las den Brief nochmals durch.

Dabei regte sich wieder Hoffnung in ihm. Das düstere Bild, das er einen Augenblick von einer pflichtvergessenen Christine entworfen hatte, wich der ursprünglichen Vorstellung eines unglücklichen, unschuldigen Kindes, das seiner Unbesonnenheit und Überempfindsamkeit zum Opfer fiel. Bis zu welchem Punkt war sie bisher wirklich ein Opfer? Wer hielt sie gefangen? In welchen Abgrund hatte man sie gezogen? Er stellte sich diese Fragen mit quälender Besorgnis, aber diese Qual dünkte ihn erträglich im Vergleich zu dem Gedanken, der ihn wahnsinnig machte, nämlich daß Christine eine Heuchlerin und Lügnerin sei! Was war geschehen? Unter wessen Einfluß stand sie? Welches Scheusal hatte sie geraubt, und mit welchen Mitteln? Doch wohl nur mit Mitteln der Musik. Ja, ja, je mehr er darüber nachdachte, desto klarer wurde ihm, daß er nur in dieser Richtung die Wahrheit entdecken könnte. Klang ihm denn nicht noch der Ton in den Ohren, mit dem sie ihm in Perros erzählt hatte, der himmlische Bote habe sie besucht? Mußte ihm nicht Christines eigene Geschichte in letzter Zeit helfen, Licht in das Dunkel zu bringen, in dem er herumtappte? Hatte er die Verzweiflung unterschätzt, der sie nach dem Tode ihres Vaters verfallen war, und ihren damaligen Widerwillen gegen das Leben, ja, gegen ihre Kunst? Das Konservatorium durchlief sie wie eine seelenlose Singmaschine. Und plötzlich erwachte sie, als hätte sie ein göttlicher Atem gestreift. Der Engel der Musik war gekommen! Sie singt die Margarete aus *Faust* und triumphiert!... Der Engel der Musik!... Wer gibt sich nur in ihren Augen als dieser gute Geist aus? Wer mißbraucht das schöne Märchen des alten Daaé, um das junge Mädchen zu einem Instrument in seinen Händen zu machen, auf dem er nach Belieben spielen kann?

Raoul sagte sich, daß so etwas schon vorgekommen sei. Er erinnerte sich an die Prinzessin Belmonte, die durch die Verzweiflung über den Tod ihres Gemahls stumpfsinnig geworden war. Einen Monat lang konnte die Prinzessin weder sprechen noch weinen. Diese körperliche und seelische Lähmung verschlimmerte sich von Tag zu Tag, und die Geistesschwäche führte allmählich zur Abtötung des Lebens. Abend für Abend trug man die Kranke in ihre Gärten, aber sie schien nicht einmal zu wissen, wo sie war. Raff, der bedeutende deutsche Sänger, der durch Neapel reiste, wollte die wegen ihrer Schönheit berühmten Gärten besichtigen. Eine Hofdame der Prinzessin bat den großen Künstler, sich hinter dem Boskett, unter dem die Prinzessin lag, zu verstecken und etwas zu singen. Raff willigte ein und sang ein einfaches Lied, das die Prinzessin in der ersten Zeit ihrer Ehe aus dem Munde ihres Gemahls gehört hatte. Es war ein inniges und ergreifendes Lied. Der Melodie, dem Text und der wundervollen Stimme des Sängers ist es zu verdanken, die Seele der Prinzessin tief gerührt zu haben. Tränen quollen aus ihren Augen: sie weinte, wurde gerettet und glaubte felsenfest, daß ihr Gemahl an jenem Abend vom Himmel herabgestiegen sei, um ihr dieses Lied von einst vorzusingen!

»Ja ... an jenem Abend ... an diesem einen Abend«, dachte jetzt Raoul, »aber der schöne Trug hätte sich nicht endlos wiederholen lassen ... Die schwärmerische und leidende Prinzessin hätte Raff schließlich hinter dem Boskett entdeckt, wenn sie drei Monate lang Abend für Abend dorthin gekommen wäre.«

Seit drei Monaten gab der Engel der Musik Christine Unterricht. Ach, er war ein gewissenhafter Lehrer! Und jetzt führte er sie im Bois de Boulogne aus!

Raoul strich sich mit verkrampften Fingern über die Brust, in der sein eifersüchtiges Herz pochte, und zerkratzte sie. In seiner Unerfahrenheit fragte er sich entsetzt, welches Spiel Mademoiselle wohl beim bevorstehenden Maskenball mit ihm vorhabe. Bis zu welchem Punkt sich eine Operndirne über einen zum ersten Mal verliebten jungen Mann lustig machen könne. Er fühlte sich hundeelend.

So fielen Raouls Gedanken von einem Extrem ins andere. Er wußte nicht mehr, ob er Christine bedauern oder verfluchen sollte, und tat abwechselnd beides. Immerhin besorgte er sich einen weißen Domino.

Schließlich nahte die Stunde des Stelldicheins. Der Vicomte kam sich hinter der weißen Gesichtsmaske mit dem langen undurchsichtigen Spitzenschleier und in diesem weißen Domino lächerlich vor. Ein feiner Herr verkleidet sich nicht beim Opernball. Das war einfach lachhaft. Freilich tröstete sich Raoul mit dem Gedanken, daß ihn so bestimmt niemand erkennen würde! Kostüm und Maske hatten noch einen weiteren Vorteil: Raoul konnte sich darin »wie zu Hause fühlen«, das heißt, sich ungestört der Verwirrung seiner Seele und der Trauer seines Herzens überlassen. Er brauchte sich nicht zu verstellen, keine Maske aufzusetzen: die trug er schon!

Dieser Ball fand bereits vor Fastnacht anläßlich des

Geburtstags eines berühmten Zeichners statt, eines Nachahmers von Gavarni, dessen Bleistift die Hanswürste und die Rückkehr der Masken nach Paris am Aschermittwoch verewigt hatte. Es ging dabei auch wesentlich ausgelassener, lärmender, bohèmehafter zu als bei den üblichen Maskenbällen. Zahlreiche Künstler waren mit ihren Modellen und Malergesellen erschienen, die es gegen Mitternacht bereits toll trieben.

Raoul stieg um fünf vor zwölf die große Treppe hinauf, wobei er sich nicht bei dem Schauspiel der bunten Masken aufhielt, das sich ihm auf den Stufen in einer der prächtigsten Umgebungen der Welt bot, sich mit keiner drolligen Maske einließ, kein Scherzwort erwiderte und bereits allzu angeheiterte, aufdringliche Paare abwimmelte. Nachdem er das große Foyer durchquert hatte und einem Farandol entschlüpft war, der ihn kurz eingefangen hatte, trat er in den von Christine bezeichneten Salon. In dem kleinen Raum wimmelte es von Leuten, denn dort begegneten sich diejenigen, die in der Rotunde soupieren wollten, und diejenigen, die zurückströmten, um sich ein neues Glas Champagner zu holen. Es ging dort hoch und heiter her. Raoul sagte sich, daß Christine diesen Tumult irgendeinem stillen Winkel vorgezogen habe, da man darin hinter der Maske am wenigsten zu erkennen sei.

Er lehnte sich an die Tür und wartete. Nicht lange. Ein vorbeigleitender schwarzer Domino drückte ihm flüchtig die Hand. Er begriff, daß sie es war.

Er folgte ihr.

»Sind Sie es, Christine?« raunte er ihr zu.

Der Domino drehte sich hastig um und legte den Finger auf den Mund, um Raoul zu bedeuten, ihren Namen nicht mehr zu nennen.

Raoul folgte ihr schweigend weiter.

Er hatte Angst, sie zu verlieren, nachdem er sie unter diesen seltsamen Umständen wiedergefunden hatte. Er zweifelte sogar nicht mehr daran, daß »sie sich nichts vorzuwerfen habe«, so absurd und rätselhaft ihr

Benehmen auch wirkte. Er war zu jeder Milde, Verzeihung, Nachsicht bereit. Er liebte sie. Sicher erklärte sie ihm gleich ihr eigentümliches Versteckspiel.

Der schwarze Domino schaute sich von Zeit zu Zeit nach dem weißen Domino um.

Als Raoul hinter ihm nochmals das große Foyer durchquerte, fiel ihm in dem Gewühl eine Gruppe auf, die sich um eine Gestalt drängte, deren originelle, makabre Verkleidung Aufsehen erregte...

Diese Gestalt war ganz in Scharlachrot gehüllt und trug einen riesigen Federhut auf einem Totenkopf, der vortrefflich nachgeahmt war. Die Malergesellen beglückwünschten die Gestalt dazu und fragten, welcher Meister, welches Atelier, welcher Hoflieferant Plutos den hervorragenden Totenkopf entworfen und ausgeführt habe. Freund Hein müsse persönlich dazu Modell gesessen haben!

Um die Schultern des Mannes mit dem Totenkopf, dem Federhut und dem scharlachroten Gewand hing ein weiter Mantel aus rotem Samt, dessen lange Schleppe über das Parkett schleifte und auf dem eine Devise in Goldbuchstaben gestickt war, die jeder las und laut wiederholte: »Rührt mich nicht an! Ich bin der rote Tod, der umgeht!«

Jemand wollte ihn berühren, da schnellte eine Knochenhand aus dem roten Ärmel und packte den Frechen beim Handgelenk, der bei dem festen Griff den Eindruck hatte, daß der Tod ihn nie mehr loslassen werde, und vor Schmerz und Entsetzen aufschrie. Als der rote Tod ihm schließlich doch die Freiheit schenkte, flüchtete er wie ein Rasender in das Maskentreiben. In diesem Augenblick kreuzte Raoul die furchterregende Gestalt, die zufällig gerade in seine Richtung schaute. Fast wäre ihm entschlüpft: »Das ist ja der Totenkopf von Perros-Guirec!« Er hatte ihn wiedererkannt! Er vergaß Christine und wollte sich darauf stürzen, doch der schwarze Domino, der gleichfalls höchst erregt zu sein schien, nahm ihn beim Arm und zerrte ihn mit sich aus dem Foyer, nur weg von der dämonischen Menge, in der der rote Tod umging.

Alle Augenblicke drehte sich der schwarze Domino um, und zweimal gewahrte er offenbar etwas Furchteinjagendes, denn er beschleunigte seine und Raouls Schritte, als verfolge sie jemand.

So stiegen sie zwei Stockwerke höher. Dort waren die Treppen und Korridore so gut wie menschenleer. Der schwarze Domino stieß die Tür einer Loge auf und gab dem weißen Domino ein Zeichen, hinter ihm einzutreten. Christine – denn sie war es, er erkannte sie an ihrer Stimme – schloß sofort die Logentür und befahl ihm leise, im Hintergrund der Loge zu bleiben und sich ja nicht sehen zu lassen. Raoul setzte seine Maske ab. Christine behielt ihre auf. Als der junge Mann die Sängerin gerade bitten wollte, auch ihre abzulegen, sah er zu seiner Verblüffung, daß sie das Ohr an die Zwischenwand preßte und aufmerksam horchte, was nebenan geschah. Dann machte sie die Logentür einen Spalt auf, warf einen Blick in den Korridor und flüsterte: »Er muß nach oben gegangen sein, in die ›Loge der Blinden‹!« Plötzlich rief sie: »Er kommt wieder herunter!«

Sie wollte die Tür schließen, aber Raoul hinderte sie dran, denn er sah, wie sich auf die oberste Stufe der Treppe zum nächsten Stockwerk *ein roter Fuß* setzte, dann ein zweiter ... und langsam, majestätisch floß das Gewand des roten Todes herab. Er erblickte wieder den Totenkopf von Perros-Guirec.

»Das ist er«, rief er. »Diesmal entgeht er mir nicht!« Er wollte sie beiseite schieben ...

Aber Christine schlug ihm die Tür vor der Nase zu.

»Wer denn«, fragte sie mit völlig veränderter Stimme. »Wer soll Ihnen nicht entgehen?«

Gewaltsam versuchte der junge Mann Christines Widerstand zu brechen, aber sie stieß ihn mit ungeahnter Kraft zurück. Da ging ihm ein Licht auf, oder er glaubte es wenigstens, und er geriet darüber in Wut.

»Wer denn?« schrie er. »Er natürlich! Der Mann, der sich hinter dieser schaurigen Totenmaske verbirgt! Der böse Geist des Friedhofs von Perros! Der rote Tod! Kurzum Ihr Freund, Mademoiselle! *Ihr Engel der Musik*! Aber ich werde ihm die Maske vom Gesicht reißen, und dann stehen wir uns Auge in Auge ohne Lug und Trug gegenüber, dann werde ich wissen, wen Sie lieben und wer Sie liebt!«

Er lachte wie wahnsinnig auf, während Christine hinter ihrer Maske gequält stöhnte.

Sie breitete theatralisch die Arme aus und versperrte die Tür.

»Bei unserer Liebe, Raoul, gehen Sie nicht hinaus!«

Er hielt inne. Was hatte sie gesagt? Bei unserer Liebe! Noch nie hatte sie ihm gesagt, daß sie ihn liebe. Dabei hatte es ihr wirklich nicht an Gelegenheiten gefehlt! Sie hatte ihn schon unglücklich, weinend, vergeblich um ein Wort der Hoffnung bettelnd vor sich gesehen. Sie hatte ihn krank, halbtot vor Entsetzen und Kälte nach der Nacht auf dem Friedhof in Perros gesehen. Wäre sie doch nur an seiner Seite geblieben, als er sie so nötig hatte! Aber nein, sie floh! Und jetzt behauptete sie, ihn zu lieben! Sie sagte: »Bei unserer Liebe!« Unsinn! Ihr kam es nur darauf an, ihn einige Sekunden aufzuhalten, um dem roten Tod Zeit zur Flucht zu lassen. Ihre Liebe? Sie log!

Er sagte es ihr mit kindlichem Haß.

»Sie lügen, Mademoiselle, denn Sie lieben mich nicht, Sie haben mich nie geliebt! Man muß ein armer unglücklicher junger Mann wie ich sein, um so mit sich spielen, um sich so an der Nase herumführen zu lassen! Warum haben Sie mir denn durch Ihr Benehmen, durch die Freude in Ihren Augen, ja noch durch Ihr Schweigen bei unserer ersten Begegnung in Perros Hoffnung gemacht? Ehrliche Hoffnung, Mademoiselle, denn ich bin ein ehrlicher Mann und ich hielt Sie für eine ehrliche Frau, während Sie es nur darauf anlegten, Spott mit mir zu treiben! Ja, mit der ganzen Welt

Spott zu treiben! Sie haben sogar das arglose Herz Ihrer Wohltäterin schändlich mißbraucht, die weiter an Ihre Aufrichtigkeit glaubt, obwohl Sie sich auf dem Opernball mit dem roten Tod amüsieren! Ich verachte Sie!«

Er brach in Tränen aus. Sie ließ sich von ihm beschimpfen. Sie dachte nur an eins: ihn zurückhalten!

»Eines Tages werden Sie mich wegen all dieser bösen Worte um Verzeihung bitten, und dann werde ich sie Ihnen verzeihen!«

»Nein, nein! Sie haben mir den Kopf verdreht! Wenn ich daran denke, daß ich nur noch ein Lebensziel hatte: meinen Namen einer Opernsängerin zu geben!«

»Raoul! Sie Unseliger!

»Ich muß vor Schande sterben!«

»Lassen Sie das«, sagte Christine mit ernster, veränderter Stimme. »Leben Sie wohl!«

»Leben Sie wohl, Christine!«

»Leben Sie wohl, Raoul!«

Der junge Mann wankte auf sie zu und sagte sarkastisch:

»Sie werden mir doch gestatten, Ihnen von Zeit zu Zeit Beifall zu spenden.«

»Ich werde nie mehr singen, Raoul!«

»Wirklich nicht?« fügte er noch ironischer hinzu. »Das haben Sie also nicht mehr nötig – mein Kompliment! Aber sicher sehen wir uns eines Abends im Bois wieder!«

»Wir werden uns weder im Bois noch sonstwo wiedersehen, Raoul!«

»Dürfte ich wenigstens erfahren, in welche Finsternis Sie sich zurückziehen? Zu welcher geheimnisvollen Hölle Sie aufbrechen, Mademoiselle – oder zu welchem Paradies?«

»Das wollte ich Ihnen eigentlich heute abend sagen, aber ich kann es nicht mehr. Sie glauben mir nicht! Sie haben Ihr Vertrauen zu mir verloren, Raoul. Es ist aus!«

Diese drei letzten Wörter sagte sie so verzweifelt, daß der junge Mann zusammenfuhr und sich in ihm Gewissensbisse wegen seiner Grausamkeit regten.

»Nun gut«, rief er. »Aber verraten Sie mir, was das alles zu bedeuten hat! Sie sind frei, ungebunden, Sie kutschieren in der Stadt herum. Sie verkleiden sich als Domino und gehen zum Ball. Warum kehren Sie nicht nach Hause zurück?... Was soll die ganze Geschichte mit dem Engel der Musik, die Sie Mama Valerius erzählt haben? Jemand hat Sie betrogen, Ihre Leichtgläubigkeit ausgenutzt! In Perros war ich selbst Zeuge davon!... Aber jetzt wissen Sie woran Sie sind... Christine, ich halte Sie für einen vernünftigen Menschen... Sie wissen, was Sie tun... Aber trotzdem wartet Mama Valerius auf Sie und schwört auf Ihren ›guten Geist‹!... Erklären Sie sich doch, Christine, ich bitte Sie darum! Sonst werden auch noch andere betrogen! Was soll die ganze Komödie?«

Christine setzte die Maske ab und sagte nur:

»Es ist eine Tragödie, mein Freund.«

Da sah Raoul ihr Gesicht und konnte einen Ausruf des Erstaunens und der Bestürzung nicht unterdrücken. Die frischen Farben von früher waren daraus gewichen. Tödliche Blässe breitete sich über die Züge, die er so strahlend und sanft in Erinnerung hatte, die einst friedliche Anmut und ein ruhiges Gewissen widerspiegelten. Wie verhärmt wirkten sie jetzt! Sie waren von Schmerz gefurcht, und ihre Augen, die früher den klaren Seen glichen, die der kleinen Lotte als Augen dienten, hatten heute abend dunkle, geheimnisvolle, unergründliche Tiefe und waren von erschreckender Traurigkeit umrandet.

»Meine Freundin! Meine Freundin«, stöhnte er und streckte die Arme aus. »Sie haben versprochen, mir zu verzeihen!«

»Vielleicht... eines Tages vielleicht«, sagte sie, setzte ihre Maske wieder auf, verließ die Loge und verwehrte ihm mit der Hand, ihr zu folgen.

Trotzdem wollte er ihr nacheilen, aber sie drehte sich um und wiederholte so gebieterisch ihre Abschiedsgeste, daß er keinen Schritt mehr zu machen wagte.

Er blickte ihr nach, bis sie verschwunden war. Dann ging auch er nach unten und mischte sich wieder unter die Menge, ohne recht zu wissen, was er tat. Seine Schläfen pochten, sein Herz war zerrissen. In einem Saal, den er durchquerte, erkundigte er sich, ob man nicht den roten Tod habe vorbeikommen sehen. Man erwiderte ihm: »Wer ist denn der rote Tod?« Er antwortete: »Ein verkleideter Herr mit einem Totenkopf und einem weiten roten Mantel.« Daraufhin erfuhr er, daß der rote Tod gerade mit seiner majestätischen Schleppe vorbeigeschritten sei, aber Raoul konnte ihn nirgends finden und kehrte gegen zwei Uhr morgens zu dem Korridor hinter der Bühne zurück, der zu Christine Daaés Garderobe führte.

Seine Schritte lenkten ihn zu dem Ort, wo sein Leiden begonnen hatte. Er klopfte an die Tür. Keine Antwort. Er trat wie damals ein, als er überall *die Männerstimme* gesucht hatte. Die Garderobe war leer. Eine Nachtlampe brannte. Auf dem kleinen Schreibtisch lag Briefpapier. Er dachte daran, Christine einen Brief zu schreiben, als er im Korridor Schritte hörte. Mit knapper Not konnte er sich in dem Boudoir verstecken, das nur ein einfacher Vorhang von der Garderobe trennte. Eine Hand stieß die Garderobentür auf. Es war Christine!

Er hielt den Atem an. Er wollte es sehen! Wollte es wissen! Etwas in ihm sagte ihm, daß er einen Teil des Geheimnisses miterleben sollte, damit es sich ihm endlich nach und nach enthülle.

Christine trat ein, setzte müde ihre Maske ab und warf sie auf den Tisch. Sie seufzte, vergrub ihren schönen Kopf in den Händen... Woran dachte sie?... An ihn, Raoul?... Nein, denn er hörte sie murmeln: »Armer Erik!«

Erst glaubte er, sie falsch verstanden zu haben. Erst

war er überzeugt davon, daß nur er, Raoul, zu bedauern sei. Was war natürlicher, als daß sie nach dem, was sich gerade zwischen ihnen abgespielt hatte, seufzte: »Armer Raoul!« Aber sie wiederholte kopfschüttelnd: »Armer Erik!« Wer war denn dieser Erik, der Christine Seufzer entlockte, und warum beklagte die kleine Fee aus dem Norden Erik, während sich doch Raoul so unglücklich fühlte?

Sie setzte sich hin und begann so gelassen und ruhig zu schreiben, daß Raoul, in dem die dramatische Trennung noch nachzitterte, sich darüber empörte. ›Was für eine Kaltblütigkeit‹, sagte er sich. So schrieb sie zwei, drei, vier Bogen voll. Plötzlich hob sie den Kopf und versteckte die Blätter in ihrem Mieder. Sie schien zu lauschen... Raoul lauschte auch... Woher kam dieses merkwürdige Geräusch, dieser ferne Rhythmus? Gedämpfter Gesang schien aus den Wänden zu kommen. Ja, man hätte meinen können, daß die Wände sangen. Das Lied wurde deutlicher, der Text verständlicher, man erkannte eine Stimme, eine sehr schöne, weiche, fesselnde Stimme, aber sie blieb trotz ihrer Weichheit männlich, so daß man annehmen durfte, daß sie keiner Frau gehörte. Die Stimme kam immer näher, sie drang durch die Wand, sie war da, die Stimme befand sich jetzt in Christines Garderobe. Christine stand auf und sprach mit der Stimme so wie mit jemandem neben ihr.

»Ich bin fertig, Erik«, sagte sie. »Sie haben sich verspätet, mein Freund.«

Raoul, der vorsichtig hinter dem Vorhang vorlugte, traute seinen Augen nicht, denn außer Christine sah er niemanden.

Christines Gesicht klärte sich auf. Ein Lächeln legte sich auf ihre blutleeren Lippen, das Lächeln Genesender, wenn sie wieder Hoffnung schöpfen, daß ihre Krankheit sie nicht hinraffen wird.

Die körperlose Stimme begann wieder zu singen, und Raoul hatte so etwas noch nie gehört: eine Stimme, die alle Extreme in sich vereinigte, in einem Atemzug heroisch-weich, siegreich-nachgiebig, kraftvoll-zart, kurzum unwiderstehlich und triumphierend war. Es gab tragende Grundtöne, deren Anhören allein schon in Sterblichen, die Musik lieben und nachempfinden, verwandte Saiten zum Schwingen bringen mußte. Es gab eine reine und stille Quelle der Harmonie, aus der Gläubige mit der frommen Gewißheit trinken durften, daß die Gnade der Musik ihnen zuteil und daß ihre Kunst durch die göttliche Berührung plötzlich verwandelt wurde. Raoul lauschte dieser Stimme mit wachsender Erregung, und es dämmerte ihm allmählich, wieso Christine Daaé eines Abends, zweifellos noch unter dem Einfluß ihres mysteriösen und unsichtbaren Lehrers, durch Klänge von ungekannter Schönheit, übermenschlicher Exaltation das Publikum in Entzücken versetzen konnte! Er begriff nun diesen Vorgang um so besser, als diese Stimme keineswegs etwas Außergewöhnliches sang: sie machte einfach aus nichts alles. Der banale Text und die abgedroschene Melodie wurden schön durch den Atem, der sie auf den Flügeln der Leidenschaft bis in den Himmel erhob. Denn diese Engelsstimme verherrlichte einen heidnischen Gesang: »Die Brautnacht« aus *Roméo et Juliette*.

Raoul sah, daß Christine der Stimme die Arme entgegenstreckte wie auf dem Friedhof von Perros der unsichtbaren Geige, die *La Résurrection de Lazare* spielte.

Nichts vermochte die Leidenschaft wiederzugeben, mit der die Stimme sang:

»Das Schicksal kettet dich unlösbar an mich...«

Es durchbohrte Raoul das Herz, und indem er gegen den Zauber ankämpfte, der ihm jeglichen Willen, jegliche Kraft, ja den Verstand zu rauben drohte, den er doch gerade jetzt so nötig hatte, gelang es ihm, den Vorhang zurückzuziehen, hinter dem er sich versteckt hielt, und sich Christine zu nähern. Sie schritt gerade zu dem großen Spiegel, der die ganze hintere Garderobenwand einnahm und ihr Bild zurückwarf, konnte

Raoul aber nicht sehen, denn er folgte ihr so, daß sie ihn völlig verdeckte.

»Das Schicksal kettet dich unlösbar an mich! ...«

Christine ging noch immer auf das Spiegelbild zu, das ihr entgegenkam. Die beiden Christinen – Körper und Bild – berührten sich schließlich, wurden eins, und Raoul streckte den Arm aus, um beide auf einmal zu erhaschen.

Aber durch irgendeine Hexerei taumelte er jäh zurück, während ein eisiger Wind sein Gesicht streifte; er sah nicht mehr zwei, sondern vier, acht, zwanzig Christinen, die beschwingt um ihn herum wirbelten, ihn narrten und so schnell entwichen, daß seine Hand keine von ihnen zu fangen vermochte. Schließlich wurde alles wieder unbeweglich, und er erblickte sein eigenes Bild im Spiegel. Christine war aber verschwunden.

Er stürzte sich auf den Spiegel. Er stieß gegen die Wand. Niemand! Aber noch immer widerhallte die Garderobe von fernem, leidenschaftlichem Gesang:

»Das Schicksal kettet dich unlösbar an mich! ...«

Er preßte die Hände gegen seine schweißbedeckte Stirn, tastete seinen zitternden Leib ab, tappte durch das Halbdunkel und drehte die Gasflamme ganz auf. Er war sicher, daß er nicht träumte. Er war in ein ungeheuerliches körperliches und seelisches Spiel geraten, das er nicht entschlüsseln konnte und das ihn zu zermalmen drohte. Er kam sich irgendwie als abenteuersuchender Prinz vor, der die verbotene Grenze des Feenreichs überschritten hat und der sich nicht wundern darf, wenn er das Opfer von Zaubereien wird, denen er in seiner Unbesonnenheit getrotzt und die er aus Liebe entfesselt hat.

Wohin war Christine verschwunden?

Woher kehrte sie zurück?

Kehrte sie je zurück? Ach, hatte sie ihm nicht selbst gesagt, daß alles aus sei? Und wiederholte die Wand nicht: »Das Schicksal kettet dich unlösbar an mich?« An mich? An wen?

Erschöpft, geschlagen, benommen glitt er auf den Stuhl, auf dem Christine soeben noch gesessen hatte. Wie sie vergrub er den Kopf in den Händen. Als er ihn wieder hob, rannen ihm Tränen übers Gesicht, echte, dicke Tränen wie die eifersüchtiger Kinder, Tränen, die ein keineswegs eingebildetes Unglück beweinten, sondern eines, das alle Verliebten auf der Welt kennen und das er laut in den Worten zusammenfaßte:

»Wer ist Erik?«

Elftes Kapitel

Sie müssen den Namen der „Männerstimme" vergessen

Am Tage, nachdem Christine sich vor seinen Augen in irgendeinem Blendwerk aufgelöst hatte, das ihn immer noch an seinem Verstand zweifeln ließ, ging Vicomte de Chagny zu Mama Valerius, um Neues zu erfahren. Dort bot sich ihm ein reizender Anblick.

Am Kopfende des Bettes, in dem die alte Dame saß und strickte, klöppelte Christine Spitzen. Nie hatte sich ein anmutigeres Gesichtsoval, eine reinere Stirn, ein sanfterer Blick über die Handarbeit gebeugt. Die frischen Farben waren in die Wangen des jungen Mädchens zurückgekehrt, die Augenränder verschwunden. Raoul konnte die Sorgenfalten vom Vorabend nicht mehr entdecken. Ohne den Schleier der Melancholie, der sich über die schönen Gesichtszüge breitete und den Raoul als letzten Anflug des Dramas betrachtete, mit dem dieses rätselhafte Kind fertig werden mußte, hätte er Christine bestimmt nicht für dessen unbegreifliche Hauptfigur gehalten.

Als er eintrat, erhob sie sich ohne sichtliche Erregung und reichte ihm die Hand. Aber Raouls Verblüffung war so groß, daß er wie gebannt stehenblieb und kein Wort sagen konnte.

»Nun, Monsieur de Chagny«, rief Mama Valerius, »erkennen Sie denn nicht unsere Christine? Ihr *guter Geist* hat sie uns zurückgegeben!«

»Mama«, unterbrach Christine sie schroff, während sie einen hochroten Kopf bekam, »Mama, ich dachte, wir wollten nie mehr darüber reden! Du weißt genau, daß es keinen Engel der Musik gibt!«

»Meine Tochter, er hat dich immerhin drei Monate unterrichtet!«

»Mama, ich habe dir versprochen, dir demnächst alles zu erklären, das hoffe ich wenigstens, aber bis dahin hast du mir Schweigen gelobt und wolltest mich nicht mehr danach fragen!«

»Unter der Bedingung, daß du mich nie mehr verläßt! Aber hast du mir das versprochen, Christine?«

»Mama, das interessiert Monsieur de Chagny wohl kaum.«

»Da irren Sie sich, Mademoiselle«, warf der junge Mann ein und bemühte sich vergeblich, seiner zitternden Stimme einen festen und entschlossenen Klang zu verleihen. »Alles, was Sie angeht, interessiert mich mehr, als Sie ahnen können. Ich möchte Ihnen nicht vorenthalten, daß es mich ebenso erstaunt wie erfreut, Sie wieder bei Ihrer Adoptivmutter zu sehen, denn das, was sich gestern zwischen uns abgespielt hat, was Sie mir anvertrauen konnten und was ich erraten mußte, ließ mich nicht mit einer so schnellen Rückkehr rechnen. Ich wäre allen voran darüber beglückt, wenn Sie nicht beharrlich ein Geheimnis hüteten, das vielleicht fatal für Sie enden wird. Ich bin schon zu lange Ihr Freund, um mir nicht wie Madame Valerius Sorgen über ein gefährliches Abenteuer zu machen, das Sie weiterhin bedroht und dessen Opfer Sie schließlich werden, wenn es uns nicht gelingt, es aufzudecken.«

Bei diesen Worten richtete sich Mama Valerius erschrocken in ihrem Bett auf.

»Was heißt das?« rief sie. »Schwebt denn Christine in Gefahr?«

»Ja, Madame«, erklärte Raoul trotz Christines Wink kühn.

»Mein Gott«, stöhnte die brave und naive Frau. »Du mußt mir alles sagen, Christine! Warum wiegst du mich in Sicherheit? Um welche Gefahr handelt es sich denn, Monsieur de Chagny?«

»Ein Betrüger mißbraucht Christines guten Glauben!«

»Ist der Engel der Musik ein Betrüger?«

»Sie hat Ihnen selbst gesagt, daß es keinen Engel der Musik gibt!«

»Um Himmels willen, was denn?« flehte die Kranke. »Sie bringen mich noch um!«

»Madame, es gibt in unserer, in Ihrer, in Christines Umgebung ein irdisches Geheimnis, das wir wesentlich mehr fürchten müssen als sämtliche Phantome und Geister!«

Mama Valerius wandte ihr entsetztes Gesicht Christine zu, aber Christine eilte bereits zu ihrer Adoptivmutter und umarmte sie.

»Glaub ihm nicht, liebe Mama! Glaub ihm nicht«, wiederholte sie, und sie versuchte durch Zärtlichkeiten die alte Dame zu trösten, die herzzerreißend seufzte.

»Dann versprich mir, daß du mich nie mehr verläßt«, bettelte sie.

Christine schwieg, doch Raoul setzte hinzu:

»Das müssen Sie versprechen, Christine. Nur das kann uns, Ihre Mutter und mich, beruhigen! Wir verpflichten uns, nicht mehr nach der Vergangenheit zu fragen, wenn Sie uns versprechen, künftig unter unserer Obhut zu bleiben.«

»Diese Verpflichtung verlange ich gar nicht von Ihnen, und dieses Versprechen gebe ich Ihnen nicht«, sagte das junge Mädchen stolz. »Ich kann tun und lassen, was ich will, Monsieur de Chagny. Sie haben keinerlei Recht, mich zu überwachen, und ich bitte Sie, fortan davon abzusehen. Nur ein einziger Mensch hätte das Recht, Rechenschaft darüber zu fordern, was ich in den letzten vierzehn Tagen getan habe, nämlich mein Mann! Aber ich habe keinen Mann, und ich werde nie heiraten!«

Sie sagte das so energisch und streckte dabei zur Bekräftigung ihrer Worte die Hand so streng gegen Raoul aus, daß er erbleichte, nicht nur wegen der Worte an sich, sondern auch, weil er an Christines Finger einen goldenen Ring erblickte.

»Sie haben zwar keinen Mann, und doch tragen Sie einen Ehering.«

Er wollte ihre Hand ergreifen, aber Christine zog sie hastig zurück.

»Das ist ein Geschenk«, sagte sie und errötete bei dem vergeblichen Versuch, ihre Verwirrung zu verbergen, nur noch stärker.

»Christine, da Sie keinen Mann haben, kann bloß derjenige, der es zu werden hofft, Ihnen diesen Ring geschenkt haben! Warum täuschen Sie uns weiter? Warum quälen Sie mich weiter? Dieser Ring ist ein Versprechen, und Sie haben dieses Versprechen akzeptiert!«

»Das habe ich ihr auch gesagt«, rief die alte Dame.

»Und was hat sie Ihnen geantwortet, Madame?«

»Was mir beliebte«, rief Christine verzweifelt. »Finden Sie nicht, Monsieur, daß dieses Verhör lange genug gedauert hat? Ich persönlich ...«

Raoul, der verhindern wollte, daß sie das Wort der endgültigen Trennung aussprach, unterbrach sie erregt:

»Verzeihen Sie mir, daß ich so mit Ihnen zu reden wage, Mademoiselle. Aber Sie wissen genau, aus welch ehrlichen Gefühlen ich mich augenblicklich in die Dinge mische, die mich eigentlich nichts angehen. Doch gestatten Sie mir, zu erzählen, was ich gesehen habe. Und ich habe wesentlich mehr gesehen, als Sie glauben, Christine, oder vermeinte es wenigstens zu sehen, denn, ehrlich gestanden, traut man bei einem solchen Vorfall kaum noch seinen eigenen Augen.«

»Was haben Sie denn gesehen, Monsieur, oder zu sehen vermeint?«

»Ich habe Sie *beim Klang der Stimme* in Ekstase gesehen, Christine, der Stimme, die aus der Wand kam oder aus einer Garderobe, einem Raum nebenan... Ja, *Sie waren in Ekstase!* Und darüber war ich Ihretwegen entsetzt! Sie erliegen einem höchst gefährlichen Zauber! Dabei scheint Ihnen klar geworden zu sein, daß es sich um einen Betrug handelt, denn Sie haben vorhin selbst gesagt, *daß es keinen Engel der Musik gibt!* Warum sind Sie ihm auch diesmal gefolgt, Christine? Warum haben Sie sich mit verzücktem Gesicht erhoben, als hörten Sie tatsächlich die Engel singen? Ach, diese Stimme ist höchst gefährlich, Christine, denn sogar ich berauschte mich so daran als ich ihr lauschte, daß Sie aus meinen Augen verschwanden, ohne daß ich sagen konnte, wohin! Christine! Christine! Sagen Sie uns, Ihrer Wohltäterin und mir, doch im Namen Gottes, im Namen Ihres Vaters, der im Himmel ist und der Sie und mich so geliebt hat, wem diese Stimme gehört! Dann werden wir Sie auch gegen Ihren Willen retten! Heraus mit dem Namen dieses Mannes, Christine! Dieses Mannes, der die Frechheit hatte, Ihnen einen goldenen Ring an den Finger zu stecken!«

»Monsieur de Chagny«, erklärte das junge Mädchen kühl, »den werden Sie nie erfahren!«

Daraufhin ertönte die scharfe Stimme Mama Valerius', die plötzlich Christines Partei ergriff, als sie sah, wie feindselig ihre Adoptivtochter den Vicomte behandelte:

»Monsieur le Vicomte, wenn sie diesen Mann liebt, so geht Sie das überhaupt nichts an!«

»Leider, Madame«, sagte Raoul unterwürfig und konnte seine Tränen nicht zurückhalten. »Leider. Ich glaube, daß Christine ihn wirklich liebt... Alles beweist es mir, aber nicht nur darüber bin ich verzweifelt, sondern auch, weil ich befürchte, daß derjenige, den Christine liebt, ihrer Liebe nicht würdig ist!«

»Das kann nur ich beurteilen«, sagte Christine, wobei sie Raoul gereizt ansah.

»Wenn man«, fuhr Raoul fort, dessen Kräfte erlahmten, »um ein junges Mädchen zu verführen, zu solchen romantischen Mitteln greift...«

»Muß entweder der Mann ein Schuft oder das junge Mädchen schön dumm sein, nicht wahr?«

»Christine!«

»Raoul, warum verdammen Sie einen Mann, den Sie nie gesehen haben, den niemand kennt und von dem Sie selbst nichts wissen?«

»Doch, Christine! Doch! Ich kenne zumindest seinen Namen, den Sie für immer vor mir geheimhalten wollten. Ihr Engel der Musik, Mademoiselle, heißt Erik!«

Christine verriet sich sofort. Diesmal wurde sie weiß wie eine Altardecke. Sie stammelte:

»Wer hat Ihnen den gesagt?«

»Sie selber!«

»Wieso?«

»Indem Sie ihn am Abend des Opernballs bedauerten. Haben Sie etwa nicht, als Sie in Ihre Garderobe kamen, ›Armer Erik‹ gesagt? Christine, nun stand aber irgendwo ein armer Raoul, der Sie gehört hat.«

»Zum zweiten Mal haben Sie an der Tür gehorcht, Monsieur de Chagny!«

»Nein, nicht an der Tür! Ich war in der Garderobe, in Ihrem Boudoir, Mademoiselle.«

»Sie Unseliger«, stöhnte das junge Mädchen entsetzt. »Sie Unseliger! Wollen Sie denn umgebracht werden?«

»Vielleicht!«

Raoul sagte dieses »Vielleicht« so verliebt und verzweifelt, daß Christine einen Schluchzer nicht unterdrücken konnte.

Sie ergriff seine Hände und schaute ihn so zärtlich an, daß der junge Mann spürte, wie seine Qual unter diesem Blick nachließ.

»Raoul«, sagte sie, »Sie müssen *die Männerstimme*

vergessen, Sie dürfen nicht einmal ihren Namen behalten und nichts mehr unternehmen, um hinter das Geheimnis *der Männerstimme* zu kommen.«

»Es ist also ein schreckliches Geheimnis?«

»Es gibt kein grauenhafteres auf Erden.«

Raoul war niedergeschmettert.

Dann beharrte sie: »Schwören Sie, daß Sie nichts unternehmen werden, um es zu ergründen! Schwören Sie, daß Sie nie mehr in meine Garderobe eindringen, ohne daß ich Sie gerufen habe!«

»Versprechen Sie mir, mich manchmal zu rufen, Christine?«

»Ich verspreche es Ihnen.«

»Wann?«

»Morgen.«

»Dann schwöre ich es Ihnen!«

Er küßte ihr die Hände und verabschiedete sich, wobei er im stillen Erik verwünschte und sich selber Geduld predigte.

Zwölftes Kapitel

Über den Falltüren

Anderntags sah er sie in der Oper wieder. Sie trug immer noch den goldenen Ring am Finger. Sie war sanft und gütig. Sie unterhielt sich mit ihm über seine Zukunftspläne, über seine Laufbahn.

Er erzählte ihr, daß die Abreise der Polarexpedition vorverlegt worden sei und daß er in drei Wochen, spätestens in einem Monat Frankreich verlassen werde.

Sie ermutigte ihn dazu, sich auf diese Fahrt zu freuen und sie als eine Etappe auf dem Wege zum Ruhm zu betrachten. Als er erwiderte, der Ruhm ohne Liebe könne ihn nicht verlocken, behandelte sie ihn wie ein Kind, dessen Kummer schnell verfliegt.

Er sagte:

»Christine, wie können Sie nur so leichtfertig über so ernste Dinge reden? Vielleicht sehen wir uns nie wieder! Ich kann auf dieser Expedition umkommen!«

»Ich inzwischen auch«, sagte sie schlicht.

Sie lächelte und scherzte nicht mehr. Sie schien über etwas nachzudenken, das ihr gerade eingefallen war. Ihre Augen begannen zu leuchten.

»Woran denken Sie, Christine?«

»Ich denke daran, daß wir uns nie wiedersehen werden.«

»Strahlen Sie deshalb so?«

»Und daß wir uns in einem Monat für immer Lebewohl sagen müssen!«

»Es sei denn, wir verloben uns, Christine, und warten ewig aufeinander.«

Sie legte ihm die Hand auf den Mund:

»Schweigen Sie, Raoul! Davon kann keine Rede sein, das wissen Sie genau! Und wir werden nie heiraten! Das haben wir abgesprochen!«

Sie schien plötzlich vor Freude überzusprudeln. Sie klatschte mit kindlicher Ausgelassenheit in die Hände. Raoul betrachtete sie besorgt und verstand sie nicht.

»Doch, doch«, sagte sie und reichte ihm die Hände wie ein Geschenk, zu dem sie sich auf einmal entschlossen hatte. »Wenn wir uns schon nicht heiraten dürfen, so können wir uns doch wenigstens verloben! Außer uns wird niemand etwas davon erfahren, Raoul. Es gibt heimliche Ehen, warum also keine heimlichen Verlobungen?! Mein Freund, wir sind für einen Monat verlobt! In einem Monat reisen Sie ab, und dann kann mich die Erinnerung an diesen einen Monat mein Leben lang glücklich machen!«

Sie begeisterte sich für diese Idee. Plötzlich wurde sie wieder ernst.

»*Das ist ein Glück*«, sagte sie, »*das niemandem wehtut.*«

Raoul begriff. Er stürzte sich auf diesen Einfall. Er

wollte ihn sofort in die Tat umsetzen. Er verbeugte sich demütig vor Christine und sagte:

»Mademoiselle, ich habe die Ehre, Sie um Ihre Hand zu bitten!«

»Sie haben doch schon beide, mein geliebter Verlobter! Ach Raoul, wie glücklich werden wir sein! Wir werden Braut und Bräutigam spielen!«

Raoul sagte sich: ›Die Unbesonnene! Ich werde einen Monat Zeit haben, sie *das Geheimnis der Männerstimme* vergessen zu lassen oder es zu ergründen und zu zerstören. In einem Monat willigt dann Christine ein, meine Frau zu werden. Bis dahin: auf zum Spiel!‹

Es wurde das hübscheste Spiel auf der Welt, und es machte ihnen kindlichen Spaß. Ach, sie sagten sich die wunderbarsten Dinge, tauschten ewige Schwüre! Die Vorstellung, daß nach Ablauf eines Monats keiner mehr da sein würde, um die Schwüre zu halten, erfüllte sie mit einem Schauer, den sie zwischen Lachen und Tränen auskosteten. Am achten Tag des ›Spiels‹ tat Raouls Herz sehr weh, und er brach die Partie mit den überspannten Worten ab:

»Ich fahre nicht mehr zum Nordpol!«

Christine, die in ihrer Unschuld nie an diese Möglichkeit gedacht hatte, erkannte plötzlich die Gefahr dieses Spiels und machte sich darüber bittere Vorwürfe. Sie entgegnete Raoul nichts und ging nach Hause.

Das geschah eines Nachmittags in der Garderobe der Sängerin, wo sie sich immer mit ihm verabredete und wo beide mit drei Keksen, zwei Gläsern Portwein und einem Veilchensträußchen lustige »Puppenmahlzeiten« abhielten.

Abends sang sie nicht. Auch empfing er nicht ihren üblichen Brief, obwohl sie übereingekommen waren, sich in diesem Monat täglich zu schreiben. Am nächsten Morgen eilte er zu Mama Valerius, die ihm eröffnete, daß Christine zwei Tage fort sei. Sie sei gestern abend um fünf Uhr abgereist und habe gesagt, sie werde erst übermorgen zurückkehren. Er haßte Mama Valerius, die ihm diese Neuigkeit mit erschreckender Ruhe mitteilte. Er versuchte, Näheres von ihr zu erfahren, aber offensichtlich wußte die brave Frau nicht mehr. Sie antwortete auf die stürmischen Fragen des jungen Mannes nur:

»Das ist Christines Geheimnis!«

Bei diesen salbungsvollen Worten hob sie den Finger, um ihn zur Verschwiegenheit zu ermahnen und ihn gleichzeitig zu beruhigen.

»Ach«, rief Raoul wütend aus, während er die Treppe hinunterraste, »bei dieser Mama Valerius sind junge Mädchen wirklich gut aufgehoben!«

Wo konnte Christine nur sein? Zwei Tage... Zwei Tage, die von ihrem doch schon so kurzen Glück abgingen! Und das durch seine Schuld! War es nicht vereinbart gewesen, daß er abreisen müsse? Warum hatte er nur seinen festen Entschluß, nicht abzureisen, schon so früh erwähnt? Er warf sich seine Ungeschicklichkeit vor und hielt sich in den achtundvierzig Stunden bis zu Christines Rückkehr für den unglücklichsten Menschen der Welt.

Sie kehrte triumphierend zurück. Sie hatte wie an jenem Galaabend wieder unerhörten Erfolg. Seit dem Zwischenfall mit der »Kröte« konnte Carlotta nicht mehr auftreten. Die Angst vor einem neuen »Gequake« erfüllte sie und lähmte ihre Fähigkeiten; außerdem haßte sie die Stätte ihrer unbegreiflichen Niederlage. Sie fand Mittel und Wege, ihren Vertrag zu lösen. Die Daaé wurde gebeten, Carlottas Platz einzunehmen. Begeisterter Beifall überschüttete sie in *Die Jüdin*.

Der Vicomte litt an diesem Abend natürlich als einziger unter dem tausendfachen Beifall ihres neuen Triumphs, denn er bemerkte, daß Christine immer noch den goldenen Ring trug. Eine ferne Stimme flüsterte dem jungen Mann ins Ohr: »Auch heute abend trägt sie noch den goldenen Ring, den nicht du ihr geschenkt hast. Auch heute abend gibt sie ihre Seele, aber nicht für dich.«

Die Stimme fuhr fort: »Wenn sie dir nicht sagen will, was sie in den beiden letzten Tagen getan hat... wenn sie dir nicht ihr Versteck verraten will, dann mußt du Erik danach fragen!«

Er eilte hinter die Bühne. Sie erblickte ihn sogleich, denn sie hielt nach ihm Ausschau, und sagte: »Schnell! Schnell! Kommen Sie!« Sie zog ihn in ihre Garderobe, ohne sich um ihre neuen Bewunderer zu kümmern, die vor der geschlossenen Tür murrten: »So ein Skandal!«

Raoul warf sich ihr zu Füßen, schwor ihr, daß er abreisen werde, und flehte sie an, keine einzige Stunde mehr von dem erträumten Glück abzuziehen, das sie ihm verheißen habe. Sie ließ ihren Tränen freien Lauf. Sie umarmten sich wie verzweifelte Geschwister, die gemeinsam einen Toten beweinten.

Plötzlich riß sie sich aus der sanften und zaghaften Umarmung des jungen Mannes los, schien auf irgend etwas zu horchen... und schickte dann Raoul fort. Als er auf der Schwelle stand, sagte sie so leise zu ihm, daß der Vicomte ihre Worte mehr erriet als verstand:

»Bis morgen, mein geliebter Verlobter! Seien Sie glücklich, Raoul, heute abend habe ich für Sie gesungen!«

Anderntags kam er wieder.

Aber leider hatte Christines Abwesenheit den Zauber ihrer schönen Lüge gebrochen. In der Garderobe schauten sie sich betrübt und stumm an. Raoul unterdrückte nur mühsam den Ausruf: »Ich bin eifersüchtig! Ich bin schrecklich eifersüchtig!« Sie hörte ihn dennoch.

Schließlich sagte sie: »Lassen Sie uns spazierengehen, mein Freund, die Luft wird uns guttun.«

Raoul glaubte, sie schlage ihm einen Ausflug aufs Land vor, weit weg von diesem Gebäude, das er wie ein Gefängnis haßte und in dem er wutentbrannt die Schritte des Gefangenenwärters zu hören vermeinte – des Gefangenenwärters Erik! Aber sie führte ihn auf die Bühne und setzte sich mit ihm in der Friedlichkeit und zweifelhaften Frische eines bereits für die nächste

Aufführung aufgestellten Dekors auf den Rand eines hölzernen Brunnens; ein andermal nahm sie ihn bei der Hand und irrte mit ihm durch die Laubengänge eines Gartens, dessen Kletterpflanzen die geschickten Hände des Bühnenbildners bereits ausgeschnitten hatten, als wären der echte Himmel, die echten Blumen, die echte Erde ihr für immer versagt und als hätte das Schicksal sie dazu verdammt, nur noch die Theaterluft zu atmen! Der junge Mann wagte ihr keine Fragen zu stellen, denn er spürte im voraus, daß sie nicht darauf antworten könnte, und fürchtete, sie unnötig zu verletzen. Von Zeit zu Zeit kam ein Feuerwehrmann vorbei, der ihre melancholische Idylle aus einigem Abstand beobachtete. Mitunter versuchte sie mutig, sich und ihn über die trügerische Schönheit dieser zur Illusion der Menschen geschaffenen Umgebung hinwegzutäuschen. Ihre lebhafte Phantasie schmückte die Scheinwelt mit prächtigeren Farben aus, als – wie Christine sagte – die Natur sie je hervorbringen könne. Sie geriet in Begeisterung, während Raoul ihre fiebernde Hand leise drückte: »Sehen Sie nur Raoul, diese Mauern, diese Wälder, diese Lauben, diese bemalten Leinwände haben alle die höchste Liebe gesehen, denn hier wird sie von Dichtern erdacht, die andere Menschen bei weitem überragen. Sagen Sie mir doch, daß unsere Liebe hier gut aufgehoben ist, mein Raoul, denn auch sie wurde erdacht und ist leider nur eine Illusion!«

Er antwortete aus Verzweiflung nicht. Sie fuhr fort: »Unsere Liebe ist auf Erden zu traurig. Kommen Sie, sie soll sich im Himmel ergötzen!... Sehen Sie, wie leicht das hier geht!«

Sie führte ihn über die Wolken hinaus in das herrliche Durcheinander des Schnürbodens, und es machte ihr Spaß, sein Schwindelgefühl zu erwecken, indem sie über die wackligen Stege zwischen tausend und abertausend Schnüren vorauslief, die an Flaschenzügen, Winden und Walzen inmitten eines in der Luft schwebenden Waldes von Rahen und Masten befestigt waren.

Wenn er zauderte, verzog sie den Mund und sagte schmollend: »Und Sie wollen ein Seemann sein!«

Dann stiegen sie wieder auf die feste Erde hinab, das heißt in irgendeinen Korridor, der sie in die Tanzschule führte: »Geschmeidiger, Mesdemoiselles!... Achten Sie auf die Spitzen!« Es war die Klasse der Mädchen zwischen sechs und zehn. Sie trugen schon das ausgeschnittene Leibchen, den kurzen Tüllrock, das weiße Höschen und die rosa Strümpfe. Sie rackerten sich auf ihren schmerzenden kleinen Füßen ab in der Hoffnung, Corpstänzerinnen, Koryphäen, Primaballerinen zu werden und sich dann mit vielen Diamanten zu schmücken. Inzwischen verteilte Christine Bonbons unter sie.

Ein andermal nahm sie ihn in ihren Waffensaal voller Flittergold, Ritterrüstungen, Lanzen, Schilde und Helmbüsche mit, und sie schritten die Front der unbeweglichen und verstaubten Krieger ab. Sie schenkte ihnen ein gutes Wort, versprach ihnen glanzvolle Abende und Paraden bei schmetternder Marschmusik vor der dröhnenden Rampe.

So führte sie ihn durch ihr zwar künstliches, aber riesiges Reich, das vom Erdgeschoß bis zum First siebzehn Stockwerke umfaßte und in dem ein Heer von Untertanen lebte. Sie bewegte sich zwischen ihnen wie eine volkstümliche Königin, spornte sie zur Arbeit an, setzte sich in die Magazine, gab Schneiderinnen gute Ratschläge, wenn deren Hände zögerten, die wertvollen Stoffe zuzuschneiden. Die Bevölkerung dieses Landes übte sämtliche Berufe aus. Es gab Schuhflicker und Goldschmiede. Alle gewannen sie lieb, denn sie interessierte sich für die kleinen Sorgen und Eigenarten eines jeden. Sie kannte selbst die versteckten Winkel, in denen sich die Ältesten heimlich eingenistet hatten.

Sie klopfte an ihre Tür und stellte ihnen Raoul als Märchenprinzen vor, der um ihre Hand angehalten habe, und beide setzten sich auf irgendein wurmstichiges Requisit und lauschten den Legenden der Oper wie einst in ihrer Kindheit den alten bretonischen Sagen. Diese Alten erinnerten sich an nichts anderes mehr als an die Oper. Sie wohnten dort schon seit unzähligen Jahren. Längstverschwundene Verwaltungen hatten sie vergessen; Palastrevolutionen waren spurlos an ihnen vorübergegangen; draußen vollzog sich die Geschichte Frankreichs, ohne daß sie es auch nur merkten.

So verstrichen die kostbaren Tage, und Raoul und Christine bemühten sich, durch das übertriebene Interesse, das sie für Äußerlichkeiten heuchelten, den einzigen Gedanken voreinander zu verbergen, der sie innerlich beschäftigte. Allerdings wurde Christine, die sich bisher als die Stärkere gezeigt hatte, plötzlich unbeschreiblich nervös. Auf ihren Streifzügen rannte sie auf einmal ohne ersichtlichen Grund los oder blieb jäh stehen, während ihre im Nu eiskalt gewordene Hand den jungen Mann zurückhielt. Manchmal schienen ihre Augen imaginären Schatten zu folgen. Sie rief: »Hier!«, dann: »Dort!«, dann: »Nein, da!«, wobei sie in gehetztes Lachen ausbrach, das oft mit Tränen endete. Bei solchen Gelegenheiten wollte Raoul mit ihr reden, sie trotz seiner Versprechen, seiner Verpflichtungen ausfragen. Aber ehe er die Worte gefunden hatte, antwortete sie ihm schon: »Es ist nichts! Ich schwöre Ihnen, es ist nichts!«

Einmal, als sie auf der Bühne an einer halboffenen Falltür vorbeikamen, beugte sich Raoul über das dunkle Loch und sagte: »Christine, Sie haben mir zwar die Oberwelt Ihres Reiches gezeigt, aber man erzählt sich seltsame Geschichten über dessen Unterwelt. Wollen wir nicht hinabsteigen?« Bei diesen Worten nahm sie ihn in die Arme, als fürchtete sie, ihn in der schwarzen Tiefe verschwinden zu sehen, und flüsterte mit bebender Stimme: »Niemals! Ich verbiete Ihnen, je hinabzusteigen! Außerdem ist es nicht mein Reich. *Alles, was unter der Erde liegt, gehört ihm!*«

Raoul sah ihr fest in die Augen und sagte scharf: »Demnach wohnt *er* dort unten?!«

»Das habe ich nicht gesagt. Wer hat Ihnen so etwas gesagt? Kommen Sie! Raoul, manchmal frage ich mich, ob Sie nicht verrückt sind. Sie hören immer solche unmöglichen Dinge! Kommen Sie! Kommen Sie schon!«

Sie zerrte ihn buchstäblich mit, denn er wollte bei der Falltür verharren: dieses Loch lockte ihn.

Plötzlich wurde die Falltür so hastig geschlossen, daß sie bestürzt zusammenfuhren, zumal sie keine Hand dabei gesehen hatten.

»Das war vielleicht *er*«, sagte Raoul nach einer Weile.

Sie zuckte die Achseln, schien aber keineswegs beunruhigt zu sein.

»Nein! Nein! Das sind die ›Falltürschließer‹, die sich irgendwie beschäftigen müssen... Sie öffnen und schließen die Falltüren ohne Sinn und Verstand. Sie müssen sich mit irgend etwas die Zeit vertreiben!«

»Und wenn *er* es war, Christine?«

»Aber nein! *Er* hat sich eingeschlossen. Er arbeitet.«

»Er arbeitet? Wirklich?«

»Ja, *er* kann doch nicht die Falltüren öffnen und schließen, wenn er arbeitet. Wir brauchen uns keine Sorgen zu machen.«

Bei diesen Worten fröstelte sie.

»Woran arbeitet *er* denn?«

»Ach, an etwas Fürchterlichem! Aber wir brauchen uns wirklich keine Sorgen zu machen! Wenn *er* daran arbeitet, hört und sieht *er* nichts mehr, dann ißt und trinkt und atmet *er* nicht mehr, dann ist *er* ein lebender Leichnam und hat keine Zeit, mit Falltüren herumzuspielen!«

Sie erschauerte innerlich, beugte sich über die Falltür und horchte. Raoul beobachtete sie schweigend. Er fürchtete, daß der Klang seiner Stimme sie nachdenklich stimmen, den spärlichen Fluß ihrer Bekenntnisse stauen könnte.

Sie hielt ihn immer noch in den Armen und seufzte nun selbst:

»Wenn *er* es war!«

Raoul fragte schüchtern:

»Haben Sie Angst vor *ihm*?«

Sie antwortete:

»Warum sollte ich!«

Unbewußt spielte sich der junge Mann als ihr Tröster auf, wie man es bei einem empfindsamen Wesen tut, das gerade aus einem bösen Traum erwacht ist. Seine Haltung schien auszudrücken: »Seien Sie unbesorgt, ich bin ja bei Ihnen!« Auch machte er unwillkürlich eine drohende Geste. Christine staunte über so viel Stärke und Mut, schätzte aber im stillen den wahren Wert seiner überflüssigen und tapferen Ritterlichkeit ab. Sie küßte den armen Raoul wie eine Schwester, die in einer zärtlichen Aufwallung ihren kleinen Bruder dafür belohnen möchte, daß er die Faust geballt hat, um sie vor den Gefahren des Lebens zu schützen.

Raoul erkannte das und errötete vor Scham. Er fand sich genauso schwach wie sie. Er sagte sich: ›Sie tut so, als hätte sie keine Angst, aber zitternd drängt sie uns von der Falltür fort.‹ Das stimmte. In den nächsten Tagen verlegten sie ihr seltsames und keusches Liebesspiel möglichst weit von den Falltüren weg, ja fast in den Dachstuhl. Christines Erregung wuchs in dem Maße, wie die Stunden verflossen. Eines Nachmittags kam sie sehr spät, und durch unverkennbare Verzweiflung war ihr Gesicht so blaß, ihre Augen so gerötet, daß Raoul sich zum äußersten entschloß und ihr unumwunden sagte, er fahre nicht zum Nordpol, wenn sie ihm nicht das Geheimnis der Männerstimme anvertraue.

»Schweigen Sie! Um Himmels willen schweigen Sie, Raoul! Wenn *er* Sie hört, Sie Unglücklicher!«

Verstört schaute sie sich um.

»Ich entreiße Sie seiner Macht, Christine, das schwöre ich Ihnen! Dann werden Sie nicht mehr an ihn denken.«

»Ist das denn möglich?«

Sie äußerte diesen Zweifel, der ihn nur noch mehr anspornte, während sie zum obersten Stockwerk der Oper hinaufstiegen, zum »Olymp«, wo man am weitesten von den Falltüren entfernt ist.

»Ich verstecke Sie in einem verborgenen Erdenwinkel, wo *er* sie niemals finden wird.«

Christine ergriff Raouls Hände und drückte sie mit inniger Begeisterung. Aber plötzlich drehte sie sich wieder ängstlich um.

»Höher!« sagte sie nur. »Noch höher!« Sie zog ihn mit sich zum Dachstuhl.

Er konnte ihr kaum folgen. Bald gelangten sie auf den Dachboden, in das Labyrinth des Gebälks. Sie glitt durch die Strebepfeiler, Sparren, Stützbalken, Schrägen; sie eilten von Balken zu Balken wie in einem Wald von Stamm zu Stamm.

Obwohl sich Christine ständig furchtsam umschaute, sah sie den Schatten nicht, der ihr wie ihr eigener Schatten folgte, der stehenblieb, wenn sie stehenblieb, der weiterging, wenn sie weiterging, und der lautlos war, wie es sich einem Schatten ziemt. Raoul bemerkte nichts, denn da er Christine vor sich hatte, kümmerte er sich nicht darum, was hinter ihm geschah.

Dreizehntes Kapitel

Apollos Leier

So gelangten sie aufs Dach. Sie glitt so leicht darüber wie eine Schwalbe, die sich dort auskennt. Zwischen den drei Kuppeln und dem dreieckigen Giebel öffnete sich der weite Raum vor ihnen. Sie atmete tief und beobachtete das rege Treiben in den Straßenschluchten von Paris. Sie sah Raoul vertrauensvoll an. Sie rief ihn zu sich, und zusammen gingen sie durch die Straßen aus Zinn, durch die Alleen aus Gußeisen; sie betrachteten ihr Doppelbild im spiegelglatten Wasser der riesigen Reservoirs, die im Sommer den Ballettschülern, einem guten Dutzend kleiner Jungen, als Schwimmbassin dienen. Der Schatten, der ihnen weiter auf den Fersen folgte, erschien, schmiegte sich an die Dächer, wurde mit seinen flatternden schwarzen Flügeln an den Kreuzungen der eisernen Gassen länger, huschte um die Becken, schlich lautlos um die Kuppeln – und die unglücklichen jungen Leute ahnten nicht seine Anwesenheit, als sie sich schließlich zuversichtlich unter dem hohen Schutz Apollos hinsetzten, der mit bronzenem Arm seine Leier in den entflammten Frühlingshimmel streckte.

Die untergehende Sonne tauchte die jungen Leute in einen Gold- und Purpurschimmer. Christine sagte zu Raoul: »Bald ziehen wir schneller als die Wolken bis ans Ende der Welt, und dort verlassen Sie mich, Raoul. Wenn aber der Augenblick der Flucht gekommen ist und ich mich sträube, Ihnen zu folgen, dann müssen Sie mich gewaltsam entführen, Raoul!«

Sie schien sich diese Worte abringen zu müssen, während sie sich nervös an ihn klammerte. Der junge Mann sah sie betroffen an.

»Haben Sie denn Angst, daß Sie Ihre Meinung ändern könnten, Christine?«

»Ich weiß es nicht«, sagte sie und schüttelte ratlos den Kopf. »Er ist ein Dämon!«

Sie zuckte zusammen und schmiegte sich seufzend in seine Arme.

»Jetzt graut mir davor, zu ihm zurückzukehren: unter die Erde!«

»Wer zwingt Sie denn dazu, Christine?«

»Wenn ich nicht zu ihm zurückkehre, geschehen vielleicht schreckliche Dinge! Aber ich kann nicht mehr! Ich kann einfach nicht mehr! Ich weiß genau, daß man Mitleid mit Menschen haben muß, die ›unter der Erde‹ leben. Aber der da ist fürchterlich! Doch die Stunde rückt näher – mir bleibt nur noch ein Tag. Und wenn ich nicht komme, wird er mich mit seiner Stimme suchen. Er wird mich zu sich unter die Erde ziehen und mit seinem Totenkopf vor mir niederknien! Er wird mir sagen, daß er mich liebe! Und weinen! Ach, diese Tränen, Raoul, diese Tränen in den beiden schwarzen Augenhöhlen des Totenkopfs! Ich kann den Anblick dieser fließenden Tränen nicht mehr ertragen!«

Sie rang verzweifelt die Hände, während Raoul, den ihre Verzweiflung ansteckte, sie an seine Brust drückte: »Nein! Nein! Sie werden ihn nie mehr sagen hören, daß er Sie liebe! Sie werden seine Tränen nie mehr fließen sehen! Lassen Sie uns fliehen. Lassen Sie uns sofort fliehen, Christine!« Und schon wollte er sie mit sich ziehen.

Aber sie hielt ihn zurück.

»Nein, nein«, sagte sie, und schüttelte schmerzlich den Kopf. »Nicht jetzt! Das wäre zu grausam. Lassen Sie ihn morgen zum letzten Mal meinem Gesang lauschen. Dann fliehen wir. Holen Sie mich um Mitternacht in meiner Garderobe ab: um punkt zwölf. Zu dieser Zeit wartet er auf mich im Speisezimmer am See. Wir werden frei sein, und Sie nehmen mich mit! Auch wenn ich mich sträube, das müssen Sie mir schwören, Raoul. Denn ich spüre genau, daß ich, wenn ich diesmal zu ihm zurückkehre, wohl nie mehr wiederkommen werde.«

Und nachdenklich fügte sie hinzu:

»Das können Sie nicht verstehen!«

Sie stieß einen Seufzer aus, den, wie ihr schien, hinter ihr ein Seufzer erwiderte.

»Haben Sie nichts gehört?«

Sie klapperte mit den Zähnen.

»Nein«, beruhigte Raoul sie, »ich habe nichts gehört.«

»Es ist entsetzlich«, gestand sie, »dauernd so zittern zu müssen! Dabei laufen wir hier keine Gefahr. Wir sind zu Hause, im Himmel, im Freien, am hellichten Tag. Die Sonne steht in Flammen, und Nachtvögel scheuen den Anblick der Sonne! Ich habe *ihn* noch nie bei Tageslicht gesehen. Das muß grauenhaft sein«, stammelte sie und schaute dabei Raoul verstört an. »Ach, als ich ihn zum ersten Mal sah, dachte ich, ich würde sterben!«

»Warum dachten Sie das?« fragte Raoul tief erschrocken über diese seltsamen und ungeheuerlichen Bekenntnisse.

»Weil ich ihn gesehen habe!!!«

Diesmal drehten sich Raoul und Christine gleichzeitig um.

»Hier ist jemand, der leidet«, sagte Raoul. »Vielleicht ein Verletzter. Haben Sie es gehört?«

»Das kann ich nicht mit Sicherheit sagen«, antwortete Christine, *»denn auch wenn er nicht da ist, habe ich immer seine Seufzer im Ohr.* Wenn Sie allerdings etwas gehört haben.«

Sie standen auf und schauten sich um. Sie waren auf dem riesigen Bleidach ganz allein. Sie setzten sich wieder, und Raoul fragte:

»Wie haben Sie ihn zum ersten Mal gesehen?«

»Drei Monate hörte ich ihn, ohne ihn zu sehen. Als ich ihn das erste Mal hörte, glaubte ich wie Sie, daß diese Stimme, die plötzlich *an meiner Seite* zu singen begann, in einem Nebenraum sang. Ich ging hinaus und sah nach. Wie Sie wissen, liegt meine Garderobe allein, und ich konnte außerhalb meiner Garderobe die Stimme nirgends entdecken, während sie in meiner Garderobe anhielt. Und zwar sang sie nicht nur, sondern sie redete auch mit mir, beantwortete meine Fragen wie eine echte Männerstimme, allerdings mit dem Unterschied, daß sie rein wie eine Engelsstimme klang. Wie läßt sich so ein unglaubliches Phänomen erklären? Ich hatte nie aufgehört, von dem ›Engel der Musik‹ zu träumen, den mir mein Vater gleich nach seinem Tod zu schicken versprochen hatte. Ich wage Ihnen diese Kinderei zu gestehen, Raoul, weil Sie meinen Vater gekannt haben, der Sie liebte, und weil Sie als kleiner

Junge genau wie ich an den ›Engel der Musik‹ glaubten, so daß ich sicher sein darf, daß Sie mich nicht auslachen und sich nicht über mich lustig machen. Ich hatte, mein Freund, das zarte und gläubige Gemüt der kleinen Lotte bewahrt, das bei Mama Valerius bestimmt gut aufgehoben war. Ich trug nun meine Seele auf meinen naiven Händen und brachte sie arglos der Männerstimme dar, die ich für einen Engel hielt. Nicht ganz ohne Schuld war dabei meine Adoptivmutter, der ich das unerklärliche Phänomen nicht verheimlichte. Sie sagte mir als erste: ›Das muß der Engel sein. Auf alle Fälle kannst du ihn danach fragen.‹ Das tat ich auch, und die Männerstimme antwortete mir, daß sie tatsächlich die Engelsstimme sei, die ich erwarte und die mein Vater auf seinem Sterbelager mir zu schicken versprochen habe. Von diesem Augenblick bahnte sich eine große Vertraulichkeit zwischen der Stimme und mir an, denn ich schenkte ihr blindes Vertrauen. Sie sagte mir, sie sei auf die Erde hinabgestiegen, um mich in die höchsten Freuden der Kunst einzuweihen, und bat mich um die Erlaubnis, mir täglich Gesangunterricht zu geben. Ich willigte eifrig ein und versäumte keine Verabredung mit ihr in meiner Garderobe, wo wir uns von Anfang an trafen, weil niemand uns in diesem abgelegenen Winkel der Oper störte. Wie soll ich Ihnen diese Stunden schildern? Können Sie sich, da Sie selbst die Stimme gehört haben, kein Bild davon machen?«

»Nein, ich kann mir wirklich kein Bild davon machen«, sagte der junge Mann. »Womit hat er Sie denn begleitet?«

»Mit einer Musik, die ich nicht kenne, die aus der Wand kam und unvergleichlich rein klang. Man hätte meinen können, mein Freund, daß die Stimme genau wußte, an welchem Punkt mein Vater durch seinen Tod meine Ausbildung abbrechen mußte, und auch, welch einfache Methode er angewandt hatte. Indem ich mich, oder genauer mein Organ sich an alle vergangenen Stunden erinnerte und aus den jetzigen sofort Nutzen zog, machte ich erstaunliche Fortschritte, zu denen ich unter anderen Umständen Jahre gebraucht hätte! Mein Freund, bedenken Sie, daß ich recht zart bin und daß meine Stimme anfangs nicht besonders ausgeprägt war; die tieferen Register waren kaum entwickelt, die hohen Töne ziemlich hart und die Mittellage verschleiert. All diese Mängel hatte mein Vater bekämpft und auch vorübergehend überwunden, aber die Stimme überwand sie nun endgültig. Allmählich vergrößerte ich mein Klangvolumen in einem Maße, wie ich es bei meiner früheren schwachen Konstitution nicht erhoffen durfte: ich lernte meine Atmung möglichst weit auszudehnen. Vor allem vertraute mir die Stimme das Geheimnis an, die Brusttöne zu einem Sopran zu entwickeln. Das alles umgab sie mit dem heiligen Feuer der Inspiration, sie erweckte in mir ein glühendes, verzehrendes, gesteigertes Leben. Die Stimme hatte die Macht, mich durch ihren Gesang zu sich emporzuziehen. Die Seele der Stimme ging in meinen Mund ein und strömte Harmonie aus!

Nach einigen Wochen erkannte ich mich selber nicht wieder, wenn ich sang! Ich war sogar darüber entsetzt, ich hatte einen Augenblick Angst, daß irgendeine Hexerei dahinter steckte. Aber Mama Valerius beruhigte mich. Sie wisse, sagte sie, daß ich zu unschuldig sei, um einem Dämon in die Hände zu fallen.

Auf ausdrücklichen Befehl der Stimme blieben meine Fortschritte ein Geheimnis zwischen Mama Valerius und mir. Merkwürdigerweise sang ich außerhalb der Garderobe mit meiner Alltagsstimme, so daß niemand etwas merkte. Ich gehorchte der Stimme in allem. Sie sagte: ›Warte noch! Dann wirst du sehen, daß wir ganz Paris in Staunen versetzen.‹ Und ich wartete. Ich lebte wie in einem ekstatischen Traum, in dem die Stimme befahl. Indessen erblickte ich Sie eines Abends in der Oper. Ich freute mich so darüber, daß ich, als ich in meine Garderobe zurückkehrte, es nicht einmal zu verbergen versuchte. Zu unserem Unglück war die Stimme schon dort und sah mir an, daß sich etwas ereignet hatte. Sie fragte mich, ›was mit mir los sei‹, und ich fand nichts dabei, ihr unsere harmlose Geschichte zu erzählen und ihr auch zu sagen, welchen Platz Sie in meinem Herzen einnahmen. Daraufhin verstummte die Stimme. Ich rief sie, aber sie antwortete nicht. Wahnsinnige Angst ergriff mich, daß sie für immer verschwunden sei. Wäre es nur so gewesen, mein Freund! Ich ging an diesem Abend verzweifelt nach Hause. Ich warf mich Mama Valerius an den Hals und sagte: ›Stell dir vor, die Stimme ist fort! Vielleicht kommt sie nie mehr wieder!‹ Sie erschrak darüber genauso wie ich und fragte nach dem Grund. Ich erzählte ihr alles. Da sagte sie: ›Mein Gott! Die Stimme ist eifersüchtig!‹ Bei diesen Worten dämmerte mir allmählich, daß ich Sie liebte, mein Freund.«

An dieser Stelle hielt Christine kurz inne. Sie legte den Kopf an Raouls Brust, und so verharrten sie einen Augenblick still umschlungen. Ihre Erregung war so groß, daß sie nicht bemerkten, wie einige Schritte von ihnen entfernt der Schatten zweier großer schwarzer Flügel über die Dächer auf sie zu huschte und ihnen so nahe kam, daß diese sich nur hätten zu schließen brauchen, um sie zu ersticken.

»Am nächsten Tag«, fuhr Christine mit einem tiefen Seufzer fort, »ging ich nachdenklich in meine Garderobe. Die Stimme war da. Ach, mein Freund, sie war voller Trauer. Sie erklärte unmißverständlich, daß ihr, wenn ich mein Herz auf Erden verschenken wolle, nichts anderes übrigbleibe, als in den Himmel zurückzukehren. Sie sagte das mit einem so schmerzlichen *menschlichen* Ton, daß ich da schon Verdacht hätte schöpfen und erkennen müssen, daß ich das Opfer einer Sinnestäuschung war. Aber mein Glaube an die mit der Erinnerung an meinen Vater so eng verknüpfte Erscheinung der Stimme war noch unangetastet. Ich konnte mir nichts Schlimmeres vorstellen, als sie nie mehr zu hören. Andererseits dachte ich über die Gefühle nach, die mich zu Ihnen hinzogen, und ich wollte jede unnötige Gefahr vermeiden, zumal ich nicht einmal wußte, ob Sie sich noch an mich erinnerten. Auf alle Fälle verbot mir Ihr gesellschaftlicher Stand, je an eine Heirat zu denken. Ich schwor der Stimme, daß Sie für mich wie ein Bruder seien, daß ich Sie nie als etwas anderes betrachten werde und daß mein Herz keine irdische Liebe kenne. Deshalb wandte ich mich ab, wenn Sie auf der Bühne oder in den Korridoren meine Aufmerksamkeit auf sich zu lenken versuchten, mein Freund. Deshalb erkannte ich Sie scheinbar nicht! Deshalb übersah ich Sie! Indessen versetzten mich die Gesangstunden der Stimme in göttliches Entzücken. Noch nie hatte mich die Schönheit der Klänge so hingerissen, und eines Tages sagte die Stimme: ›Christine Daaé, geh jetzt und bringe den Menschen himmlische Musik!‹

Wieso an jenem Galaabend die Carlotta nicht in der Oper erschien, wieso man mich rief, um für sie einzuspringen, weiß ich nicht. Aber ich sang, ich sang mit neuempfundener Begeisterung. Ich fühlte mich so leicht, als hätte ich Flügel. Ich glaubte einen Augenblick, daß meine entflammte Seele meinen Körper verlassen hätte!«

»Ach, Christine«, sagte Raoul, dessen Augen bei dieser Erinnerung feucht wurden, »an diesem Abend schwang mein Herz bei jedem Ton Ihrer Stimme. Ich sah die Tränen über Ihre Wangen rinnen und weinte mit. Wie konnten Sie weinen und zugleich singen?«

»Meine Kräfte verließen mich«, sagte Christine, »und ich machte die Augen zu. Als ich sie wiederaufschlug, erblickte ich Sie an meiner Seite! Aber auch die Stimme war da, Raoul! Ich hatte Angst um Sie und wollte Sie deshalb auch diesmal nicht wiedererkennen. Darum lachte ich, als Sie mich daran erinnerten, daß Sie meine Schärpe aus dem Meer gefischt hätten!

Leider läßt sich die Stimme nicht täuschen! Sie erkannte Sie! In den nächsten beiden Tagen machte sie mir fürchterliche Szenen. Sie sagte: ›Du liebst ihn! Wenn du ihn nicht liebtest, würdest du ihm nicht ausweichen, sondern ihm als altem Freund wie jedem anderen die Hand geben! Wenn du ihn nicht liebtest, hättest du keine Angst, mit ihm und mir allein in der Garderobe zu sein! Wenn du ihn nicht liebtest, würdest du ihn nicht fortschicken!‹

›Das reicht‹, entgegnete ich der Stimme aufgebracht. ›Morgen muß ich zum Grabe meines Vaters in Perros fahren. Ich habe Monsieur Raoul de Chagny gebeten, mich zu begleiten.‹

›Wie du willst‹, erwiderte die Stimme, ›aber wisse, daß auch ich in Perros sein werde, denn wo du bist, Christine, da bin auch ich, und wenn du meiner noch würdig bist, wenn du nicht gelogen hast, werde ich dir zur Mitternacht am Grabe deines Vaters *La Résurrection de Lazare* auf seiner Geige vorspielen.‹

Ich schrieb Ihnen also den Brief, mein Freund, der Sie bewog, nach Perros zu fahren. Wie konnte ich mich nur so täuschen lassen? Wieso kam mir bei der rein persönlichen Sorge der Stimme nie der Verdacht, daß es sich um einen Betrug handeln könnte? Leider hatte ich mich selber nicht mehr in der Hand: ich war ihr verfallen! Und die Mittel, die der Stimme zur Verfügung standen, konnten ein Kind wie mich leicht hinters Licht führen!«

»Aber schließlich«, unterbrach Raoul Christine, als sie mit allzu unschuldigen Tränen ihre ›Dummheit‹ beweinte, »aber schließlich sind Sie doch hinter die Wahrheit gekommen! Wieso haben Sie dann nicht sofort diesem schrecklichen Spuk den Rücken gekehrt?«

»Hinter die Wahrheit gekommen! Mein armer Freund, er begann für mich ja erst richtig an dem Tage, an dem ich hinter die Wahrheit gekommen bin! Schweigen Sie! Schweigen Sie! Ich habe Ihnen nichts gesagt! Bedauern Sie mich, Raoul, wenn wir jetzt vom Himmel wieder zur Erde hinabsteigen! Bedauern Sie mich!

Eines Abends, wissen Sie, an jenem fatalen Abend, an dem ein Unglück dem anderen folgte, an dem Abend, an dem die Carlotta den Eindruck haben konnte, in eine gräßliche Kröte verwandelt worden zu sein, und Laute ausstieß, als hätte sie ihr Leben im Sumpf verbracht, an dem Abend, an dem es im Saal plötzlich stockfinster wurde und der Lüster donnernd im Parkett zerschellte, an dem Abend, an dem es Tote und Verwundete gab und die Oper von Schmerzensschreien widerhallte, an dem Abend galt mein erster Gedanke nach der Katastrophe gleichzeitig Ihnen und der Stimme, denn damals gehörte Ihnen beiden je eine Hälfte meines Herzens. Um Sie brauchte ich mich schon bald nicht mehr zu sorgen, denn ich erblickte Sie in der Loge Ihres Bruders und wußte, daß Ihnen dort keine Gefahr drohte. Um die Stimme, die mir gesagt hatte, sie wolle der Aufführung beiwohnen, hatte ich dagegen Angst, ja, echte Angst, als wäre sie ›ein gewöhnlicher Sterblicher‹. Ich sagte mir: ›Mein Gott, vielleicht hat der Lüster die Stimme zermalmt!‹ Ich stand so entgeistert auf der Bühne, daß ich im Begriff war, in den Saal zu eilen, um zwischen den Toten und Verwundeten die Stimme zu suchen, als mir einfiel, daß sie, wenn ihr nichts zugestoßen wäre, schon in meiner Garderobe sein müßte. Ich rannte hin. Die Stimme war nicht da. Ich schloß mich in der Garderobe ein und flehte die Stimme mit Tränen in den Augen an, sich mir zu offenbaren, wenn sie noch am Leben sei. Sie antwortete mir nicht, aber ich hörte plötzlich einen langen, wunderbaren Seufzer, den ich gut kannte. Es war die Klage des Lazarus, als er auf Jesu Geheiß die Augen langsam aufschlägt und wieder das Tageslicht erblickt. Es war das Schluchzen der Geige meines Vaters. Ich erkannte seinen Bogenstrich wieder, denselben, Raoul, der uns einst auf den Wegen von Perros innehalten ließ, denselben, der die Nacht auf dem Friedhof ›verzauberte‹. Dann erklang auf dem unsichtbaren und jetzt jubelnden Instrument der Freudenruf des Lebens, und die Stimme sang die gewaltigen und großartigen Worte: ›Komm heraus und glaube an mich! Wer an mich glaubet, der wird leben, ob er gleich stürbe; und wer da lebet und glaubet an mich, der wird nimmermehr sterben!‹ Ich kann Ihnen nicht sagen, wie tief mich diese Musik beeindruckte, die das ewige Leben verkündigte, während in unserer Nähe die von dem Lüster Zerschmetterten ihren Geist aufgaben. Mir war es, als befehle die Stimme auch mir, aufzustehen und zu ihr zu kommen. Sie entfernte sich, und ich folgte ihr. ›Komm und glaube an mich!‹ Ich glaubte an sie und ging, ging weiter, und merkwürdigerweise schien sich die Garderobe vor meinen Schritten zu verlängern, immer länger zu werden. Sicher handelte es sich um einen Spiegeleffekt, denn ich ging auf den Spiegel zu. Und auf einmal hatte ich meine Garderobe verlassen, ohne zu wissen, wie.«

Raoul unterbrach brüsk das junge Mädchen: »Was heißt hier: ohne zu wissen wie? Christine, Christine, Sie müssen versuchen, nicht mehr zu träumen!«

»Ach, mein armer Freund, ich habe nicht geträumt! Ich verließ meine Garderobe! Sie, der Sie mich eines Abends aus meiner Garderobe verschwinden sahen, können mir das vielleicht erklären – ich aber kann es nicht! Ich kann Ihnen nur eines sagen: als ich vor dem Spiegel stand, sah ich ihn plötzlich nicht mehr vor mir und suchte ihn hinter mir, aber da war kein Spiegel, keine Garderobe mehr. Ich befand mich in einem finsteren Gang. Ich hatte Angst und schrie!

Um mich herum war es stockdunkel; nur in der Ferne beleuchtete ein schwacher roter Schimmer einen Mauervorsprung, eine Ecke. Ich schrie und schrie. Nur meine Stimme widerhallte von den Wänden, Gesang und Geige waren verstummt. Da legte sich im Dunkel plötzlich eine Hand auf meine Hand, oder genauer, etwas Knochiges und Eisiges umklammerte mein Handgelenk und ließ mich nicht mehr los. Ich schrie. Ein Arm faßte mich um die Taille und hob mich hoch.

Ich sträubte mich erst entsetzt. Meine Finger glitten über die feuchten Steine, ohne einen Halt zu finden. Dann rührte ich mich nicht mehr. Ich glaubte, vor Schreck sterben zu müssen. Man trug mich zu dem schwachen roten Schimmer. Wir gelangten in den Lichtkreis, und da sah ich, daß ich mich in den Händen eines Mannes befand, der in einen weiten schwarzen Mantel gehüllt war und dessen ganzes Gesicht eine Maske bedeckte. Ich machte eine letzte Anstrengung: ich straffte die Glieder und öffnete den Mund, um mein Grauen hinauszubrüllen, aber seine Hand schloß ihn mir, eine Hand, die ich auf meinen Lippen, meiner Haut spürte und die – nach Tod roch! Ich sank in Ohnmacht.

Wie lange ich die Besinnung verlor, weiß ich nicht. Als ich die Augen wieder aufschlug, befanden wir uns immer noch im Dunkeln. Das gedämpfte Licht einer auf dem Boden stehenden Laterne fiel auf eine Quelle. Das aus der Wand sprudelnde Wasser versickerte gleich wieder in der Erde, auf der ich der Länge nach lag. Mein Kopf ruhte auf dem Knie des Mannes mit dem schwarzen Mantel und der schwarzen Maske, der mir stumm die Schläfen mit einer Sorgfalt, Aufmerksamkeit und Zurückhaltung kühlte, die ich noch fürchterlicher fand als die brutale Entführung. Seine zarten Hände rochen immer noch nach Tod. Ich stieß sie kraftlos zurück und fragte tonlos: ›Wer sind Sie? Wo ist die Stimme?‹ Nur ein Seufzer antwortete mir. Plötzlich streifte ein heißer Atem mein Gesicht, und ich erkannte im Dunkel neben der schwarzen Gestalt undeutlich eine weiße Gestalt. Die schwarze Gestalt hob mich auf die weiße Gestalt. Da drang sogleich ein frohes Wiehern in meine verblüfften Ohren, und ich murmelte: ›Cäsar!‹ Das Tier zitterte. Mein Freund, ich lag halb auf einem Sattel, und ich hatte den Schimmel des Propheten wiedererkannt, den ich so oft mit Zuckerwürfeln verwöhnt hatte. Eines Abends wurde nun im Theater gemunkelt, daß dieses Tier verschwunden, daß es von dem Phantom der Oper gestohlen worden sei. Ich glaubte zwar an die Stimme, aber ich hatte nie an das Phantom geglaubt. Jetzt fragte ich mich freilich voller Grauen, ob ich etwa die Gefangene des Phantoms sei! Ich rief in meinem Herzen die Stimme zu Hilfe, denn mir wäre nie der Gedanke gekommen, daß die Stimme und das Phantom eins seien! Haben Sie schon von dem Phantom der Oper gehört, Raoul?«

»Ja«, antwortete der junge Mann. »Aber, Christine, erzählen Sie mir, was mit Ihnen geschah, als Sie auf dem Schimmel des Propheten lagen.«

»Ich rührte mich nicht und ließ mich führen. Allmählich wich die Angst und der Schreck, in die mich dieses infernale Abenteuer versetzt hatte, einer merkwürdigen Benommenheit. Die schwarze Gestalt hielt mich fest, und ich unternahm nichts mehr, um ihr zu entfliehen. Ein seltsamer Friede breitete sich über mich, und ich dachte, irgendein Elixier übe einen wohltuenden Einfluß auf mich aus. Ich war bei vollem Bewußtsein. Meine Augen gewöhnten sich an die Dunkelheit, die übrigens von flüchtigen Lichtstrahlen unterbrochen wurde. Ich meinte, daß wir uns in einer schmalen kreisförmigen Galerie befanden, vermutlich in der, die um die Oper führt, denn deren Umfang unter der Erde ist riesig. Einmal, mein Freund, ein einziges Mal war ich in diesen ungeheuren Unterbau hinabgestiegen, aber nur bis zur dritten Etage, dann wagte ich mich nicht tiefer in die Erde. Immerhin hätte man schon in den zwei Etagen, die sich zu meinen Füßen öffneten, eine ganze Stadt unterbringen können. Aber die Gestalten, die mir dort erschienen, trieben mich in die Flucht. Es gibt dort Dämonen, ganz in Schwarz, vor den Kesseln, sie hantieren mit Schaufeln und Gabeln, schüren die Glut, entfachen die Flammen, drohen einem, wenn man sich ihnen nähert, indem sie vor einem plötzlich die roten Rachen der Öfen aufreißen! Während mich nun Cäsar in dieser grauenvollen Nacht ruhig auf seinem Rücken trug, erblickte ich auf einmal in weiter Ferne und ganz winzig – so wie durch ein umgedrehtes Opernglas – die schwarzen Dämonen vor der roten Glut ihrer Heizkessel. Sie tauchten auf, verschwanden, tauchten wieder auf. Schließlich verschwanden sie endgültig. Die Gestalt des Mannes hielt mich noch immer fest, und Cäsar trabte, ohne mit dem Zügel gelenkt zu werden, sicher weiter. Ich kann Ihnen nicht einmal annähernd sagen, wie lange unser Ritt durch die Nacht dauerte; ich hatte nur das Gefühl, daß wir uns im Kreis drehten, immer im Kreis, daß wir uns auf einer festen Spirale bis in das Erdinnere hinabschlängelten. Oder drehte sich mir nur der Kopf? Nein, ich hatte einen erstaunlich klaren Kopf! Plötzlich blähte Cäsar die Nüstern, schnaubte Luft ein und beschleunigte seine Schritte. Ich spürte Feuchte, dann blieb Cäsar stehen. Die Nacht wurde heller. Ein bläulicher Schimmer umgab uns. Ich schaute mich um, wo wir waren. Wir befanden uns am Ufer eines Sees, dessen bleiernes Wasser sich in der Ferne, im Dunkel verlor, aber das blaue Licht beleuchtete dieses Ufer, und ich erblickte einen kleinen Kahn, der an einen Eisenring gekettet war.

Ich wußte zwar, daß alles wirklich war und daß der Anblick dieses Sees und dieses Boots unter der Erde nichts Übernatürliches an sich hatte. Aber bedenken Sie die außergewöhnlichen Umstände, unter denen ich zu diesem Ufer gelangte. Die Seelen der Toten dürften kaum mehr Unruhe verspürt haben, wenn sie zum Styx kamen. Charon war bestimmt nicht schauerlicher oder schweigsamer als die Gestalt des Mannes, die mich in den Kahn trug. Hatte die Wirkung des Elixiers nachgelassen? Genügte die frische Luft, mich wieder ganz zu mir zu bringen? Jedenfalls schwand meine Benommenheit, und ich machte einige Bewegungen, die mein wieder erwachendes Entsetzen ankündigten. Mein finsterer Begleiter muß es gemerkt haben, denn mit schnellem Wink schickte er Cäsar fort, der in das Dunkel der Galerien davongaloppierte und dessen vier Hufeisen ich die Stufen einer Treppe hinaufklappern hörte. Dann sprang der Mann in den Kahn und löste dessen Kette. Er ergriff die Ruder und legte sich tüchtig in die Riemen. Er wandte die Augen hinter der Maske nicht von mir ab; das Gewicht ihrer unbeweglichen Pupillen lastete auf mir. Das Wasser rings um uns machte kein Geräusch. Wir glitten durch den bläulichen Schimmer, von dem ich Ihnen schon erzählt habe, dann wurde es wieder dunkel und wir landeten. Der Kahn stieß gegen etwas Hartes. Von neuem wurde ich auf den Armen getragen. Inzwischen hatte ich Kraft gesammelt und schrie. Aber plötzlich verstummte ich, von Licht geblendet! Ja, einem hellen Licht, in das man mich gebracht hatte. Ich sprang auf. Alle Schwäche war von mir gewichen. In der Mitte eines Salons, der nur mit Blumen geschmückt zu sein schien, herrlichen Blumen und wegen der um die Körbe gebundenen Seidenbänder lächerlich wirkenden Blumen, wie man sie in den Boulevardgeschäften kauft, überzüchteten Blumen, wie ich sie nach jeder Premiere in meiner Garderobe vorzufinden pflegte, inmitten dieses typisch pariserischen Wohlgeruchs stand die schwarze Gestalt des maskierten Mannes mit verschränkten Armen – und sprach:

›Beruhige dich, Christine, dir droht keine Gefahr.‹
Es war die Stimme.

Meine Wut konnte es mit meiner Verblüffung aufnehmen. Ich stürzte mich auf die Maske und wollte sie herunterreißen, um das Gesicht der Stimme zu sehen. Da sagte die Männergestalt zu mir:

›Dir droht keine Gefahr, wenn du nicht an meine Maske kommst!‹

Sie zwang mich, indem sie sanft meine Handgelenke umfaßte, zum Sitzen.

Dann kniete sie vor mir nieder und schwieg!

Diese demütige Geste verlieh mir neuen Mut. Das Licht, das alles um mich herum hervortreten ließ, brachte mich in die Wirklichkeit zurück. Das Abenteuer umgab sich jetzt, so seltsam es auch sein mochte, mit irdischen Dingen, die ich sehen und berühren konnte. Die Tapete, die Möbel, die Leuchter, die Vasen und die Blumen, von denen ich fast hätte sagen können, woher sie in ihren vergoldeten Körben stammten und wieviel sie gekostet hatten, sperrten meine Phantasie in einen Salon ein, der genauso banal war wie viele andere, die zu ihrer Entschuldigung wenigstens anführen konnten, nicht im Unterbau der Oper zu liegen. Zweifellos hatte ich es mit irgendeinem abscheulichen Kauz zu tun, der sich aus mysteriösen Gründen im Keller eingenistet hatte, wie mancher andere aus Notwendigkeit und mit dem stummen Einverständnis der Verwaltung eine feste Unterkunft auf dem Dachboden dieses modernen Turms von Babel gefunden hatte, wo man eifrig intrigierte, in allen Sprachen sang und sich in allen Dialekten gefiel.

Die Stimme, die ich trotz ihrer Maske wiedererkannte, die Stimme zu meinen Füßen war also ein Mann!

Ich dachte nicht mehr an meine schreckliche Lage, ich fragte mich nicht mehr, was aus mir werden sollte und in welcher dunklen, kaltblütigen, tyrannischen Absicht ich zu diesem Salon entführt worden war, so wie man einen Gefangenen in den Kerker wirft oder eine Sklavin in den Harem. Nein! Nein! Nein! Ich sagte mir: ›Die Stimme ist also ein Mann!‹ Und ich begann zu weinen.

Der Mann zu meinen Füßen begriff wohl den Sinn meiner Tränen, denn er sagte:

›Es ist wahr, Christine! Ich bin weder ein Engel, noch ein guter Geist, noch ein Phantom. Ich bin Erik!‹«

Auch an dieser Stelle wurde Christines Erzählung unterbrochen. Den jungen Leuten schien es, als wiederholte ein Echo hinter ihnen: ›Erik!‹ Welches Echo? Sie drehten sich um und sahen, daß es Abend geworden war. Raoul wollte aufstehen, aber Christine hielt ihn zurück: »Bleiben Sie! *Hier* sollen Sie alles erfahren!«

»Warum hier, Christine? Ich habe Angst, daß Sie sich in der Abendluft erkälten werden.«

»Wir brauchen nur Angst vor den Falltüren zu haben, mein Freund, und hier liegen die Falltüren am anderen Ende der Welt. Denn ich darf Sie nicht außerhalb der Oper treffen. Jetzt ist nicht der Augenblick, dagegen zu protestieren. Möge er nur keinen Verdacht schöpfen!«

»Christine, Christine, irgend etwas sagt mir, daß es falsch von uns ist, bis morgen abend zu warten, daß wir sofort fliehen sollten!«

»Ich habe Ihnen doch schon gesagt, daß er unendlich leiden muß, wenn er mich morgen abend nicht singen hört.«

»Es ist schwierig, Erik nicht leiden zu lassen und ihn für immer zu verlassen...«

»Da haben Sie ganz recht, Raoul. Denn wenn ich ihn verlasse, wird er sterben.«

Das junge Mädchen fügte tonlos hinzu:

»Allerdings setzen wir dasselbe aufs Spiel. Denn wir laufen Gefahr, daß er uns töten wird.«

»Liebt er Sie denn so?«

»Bis zum Verbrechen!«

»Aber seine Wohnung ist nicht unauffindbar. Man wird ihn dort aufsuchen. Solange Erik kein Phantom ist, kann man ihn verhören und sogar zum Sprechen zwingen!«

Christine schüttelte den Kopf:

»Nein! Nein! Man kann Erik nichts anhaben! Man kann nur vor ihm fliehen!«

»Warum sind Sie, da Sie fliehen konnten, zu ihm zurückgekehrt?«

»Weil es sein mußte! Sie werden das begreifen, wenn ich Ihnen erzähle, wie ich ihn verließ.«

»Oh, ich hasse ihn«, rief Raoul. »Und Sie, Christine? Sagen Sie es mir! Ich muß es wissen, um mir ruhiger die Fortsetzung dieser merkwürdigen Liebesgeschichte anhören zu können. Christine, hassen Sie ihn?«

»Nein«, antwortete Christine schlicht.

»Wozu dann die vielen Worte! Sicher lieben Sie ihn! Ihre Angst, Ihr Entsetzen, all das ist Teil der köstlichen Liebe. Der Liebe, die man sich nicht eingesteht«, sagte Raoul bitter. »Der Liebe, die einen erschaudern läßt, wenn man an sie denkt. Man stelle sich nur vor: ein Mann, der in einem unterirdischen Palast lebt!«

Er lächelte spöttisch.

»Sie wollen also, daß ich zu ihm zurückkehre«, unterbrach ihn das junge Mädchen schroff. »Hüten Sie sich, Raoul, ich habe Ihnen bereits gesagt, daß ich dann nie wieder zurückkomme!«

Es entstand eine schreckliche Stille zwischen den dreien – den beiden, die miteinander redeten, und dem Schatten, der hinter ihnen zuhörte.

»Ehe ich darauf antworte«, sagte Raoul schließlich nachdenklich, »möchte ich wissen, welches Gefühl *er* Ihnen einflößt, da Sie ihn nicht hassen.«

»Entsetzen«, antwortete sie. Sie stieß dieses Wort so laut hervor, daß es die Seufzer der Nacht übertönte.

»Das ist das Schreckliche an diesem steigenden Fieber«, fuhr sie fort. »Er flößt mir Entsetzen ein, aber ich verabscheue ihn nicht. Wie sollte ich ihn hassen, Raoul? Stellen Sie sich doch Erik zu meinen Füßen in der unterirdischen Wohnung vor! Er beschuldigt sich, er verwünscht sich, er fleht mich um Verzeihung an!

Er gibt seinen Betrug zu. Er liebt mich. Er legt mir eine ungeheure und tragische Liebe zu Füßen. Er hat mich aus Liebe entführt! Er hat mich aus Liebe bei sich unter der Erde eingesperrt. Aber er verehrt mich, er erniedrigt sich, er stöhnt, er weint! Ich stehe auf, Raoul, ich sage ihm, daß ich ihn nur verachten könne, wenn er mir nicht auf der Stelle meine Freiheit wiedergebe, die er mir geraubt habe – und da geschieht das Unglaubliche: er schenkt sie mir. Ich brauche nur zu gehen, er ist bereit, mir den geheimen Weg zu zeigen. Allerdings ist auch er aufgestanden, und ich werde gezwungen, daran zu denken, daß er zwar weder ein Phantom, noch ein Engel, noch ein guter Geist, aber immerhin die Stimme ist. Denn er beginnt zu singen!...

Ich höre zu – und bleibe!

An diesem Abend sprachen wir kein Wort mehr. Er hatte die Harfe ergriffen und sang mir mit Menschen-, mit Engelsstimme die Romanze der Desdemona vor. Bei der Erinnerung, daß ich sie selbst einmal gesungen hatte, errötete ich vor Scham. Meinem Freund wohnt eine Macht inne, die uns alles um uns herum vergessen läßt, bis auf die Klänge, die unser Herz bewegen. Ich dachte nicht mehr an mein ungewöhnliches Abenteuer. Für mich gab es nur noch die Stimme, und ich folgte ihr berauscht. Ich gehörte zu Orpheus' Schar! Sie führte mich in den Schmerz und in die Freude, in das Leid, die Verzweiflung, die Heiterkeit, in den Tod und in das Eheglück. Ich lauschte. Sie sang. Sie sang mir unbekannte Melodien vor. Sie ließ mich eine neue Musik hören, die in mir ein seltsames Gefühl der Sanftheit, Trägheit, Ruhe erweckte – eine Musik, die, nachdem sie meine Seele erst beflügelt hatte, sie nun allmählich einwiegte und bis zur Schwelle des Traums führte. Ich schlief ein.

Als ich aufwachte, lag ich allein auf einer Chaiselongue in einem kleinen einfachen Zimmer, in dem nur ein banales Mahagonibett stand, die Wände mit gewirktem Tuch bespannt waren, eine Lampe auf der Marmorplatte einer Louis-Philippe-Kommode Licht spendete. Was sollte diese neue Umgebung bedeuten? Ich fuhr mir mit der Hand über die Stirn, als wollte ich einen bösen Traum verscheuchen. Leider erkannte ich schon bald, daß ich nicht geträumt hatte! Ich war gefangen und konnte von meinem Zimmer nur in ein luxuriöses Badezimmer gehen: fließendes warmes und kaltes Wasser nach Belieben. Als ich in mein Zimmer zurückkehrte, entdeckte ich auf der Kommode einen mit roter Tinte geschriebenen Zettel, der mich über meine trübe Lage restlos aufklärte, und, falls das noch nötig gewesen wäre, auch meine letzten Zweifel an der Wirklichkeit der Ereignisse zerstreute: ›Meine liebe Christine‹, stand darauf, ›mach Dir keine Sorgen über Dein Schicksal. Du hast auf der ganzen Welt keinen besseren und respektvolleren Freund als mich. Augenblicklich bist Du allein in dieser Wohnung, die Dir gehört. Ich bin ausgegangen, um Dir die nötige Wäsche zu besorgen.‹

›Offenbar bin ich einem Irren in die Hände gefallen‹, rief ich. ›Was soll nur aus mir werden? Wie lange gedenkt mich dieser Elende hier eingesperrt zu halten?‹

Wie besessen rannte ich in meiner kleinen Wohnung herum und suchte vergeblich einen Ausweg. Ich warf mir meinen albernen Aberglauben bitter vor und verspottete mit schmerzlichem Eifer die blinde Unschuld, mit der ich die Stimme des Engels der Musik durch die Wände hindurch willkommen geheißen hatte. Wenn man so töricht ist, darf man sich nicht über die schlimmsten Katastrophen wundern, denn man hat sie alle verdient! Am liebsten hätte ich mich selbst geohrfeigt, und ich begann gleichzeitig über mich zu lachen und zu weinen. In dieser Verfassung fand mich Erik.

Nachdem er dreimal kurz an die Wand geklopft hatte, trat er gelassen durch eine Tür ein, die ich nicht zu entdecken vermocht hatte, und ließ sie hinter sich auf. Er war mit Schachteln und Paketen beladen, die er in aller Gemütsruhe auf mein Bett legte, während ich ihn mit Beschimpfungen überschüttete und ihn aufforderte, seine Maske abzusetzen, wenn sich dahinter angeblich das Gesicht eines Ehrenmannes verberge.

Er erwiderte mit feierlichem Ernst:

›Du wirst Eriks Gesicht nie erblicken.‹

Dann tadelte er mich, daß ich meine Toilette noch nicht gemacht hätte, es sei doch schon zwei Uhr mittags. Er lasse mir eine halbe Stunde, um sie zu beenden. Bei diesen Worten stellte er meine Uhr und zog sie auf. Daraufhin lud er mich in das Speisezimmer ein, wo, wie er verkündete, ein ausgezeichnetes Mahl auf uns warte. Ich hatte großen Hunger, schlug ihm die Tür vor der Nase zu und ging ins Badezimmer. Ich nahm ein Bad, nachdem ich eine gewaltige Schere neben mich gelegt hatte, mit der ich mich umbringen wollte, falls Erik aus seiner bisherigen Narrenrolle fallen und sich nicht mehr als Ehrenmann aufführen sollte. Das frische Wasser tat mir gut, und als ich mich zu Erik gesellte, hatte ich den klugen Entschluß gefaßt, ihn weder zu beschimpfen noch zu kränken, sondern ihm, wenn es sein mußte, sogar zu schmeicheln, um möglichst bald meine Freiheit wiederzuerlangen. Er fing an, von dem, was er mit mir vorhatte, zu sprechen, und zwar, wie er sagte, um mich zu beruhigen. Er genieße meine Gesellschaft zu sehr, um sofort darauf zu verzichten, wozu er am Vorabend angesichts meines entsetzten Ausdrucks eigentlich bereit gewesen sei. Jetzt müsse ich aber zur Einsicht gekommen sein, daß ich keine Veranlassung mehr habe, über seine Gegenwart entsetzt zu sein. Er liebe mich, wolle es mir aber nur so oft sagen, wie ich es ihm erlaube, und die übrige Zeit solle der Musik gewidmet werden.

›Was verstehen Sie unter der übrigen Zeit‹, fragte ich.
›Fünf Tage.‹
›Und danach werde ich frei sein?‹
›Ja, du wirst frei sein, Christine, denn nach Ablauf der fünf Tage wirst du gelernt haben, mich nicht mehr zu fürchten, und dann besuchst du den armen Erik von Zeit zu Zeit!‹

Mich rührte der Ton, mit dem er die letzten Worte sagte. Mir schien eine so echte, so beklagenswerte Verzweiflung daraus zu sprechen, daß ich freundlich zu der Maske aufsah. Ich konnte nur die Augen hinter der Maske erkennen, was an sich nicht das seltsame Unbehagen abschwächte, das einen befiel, wenn man dieses geheimnisvolle Viereck aus schwarzer Seide ansah. Aber unter dem Stoff, am unteren Rand der Maske, rannen Tränen hervor.

Schweigend bot er mir den Platz an der anderen Seite des kleinen Tisches an, der in der Mitte des Zimmers stand, in dem er mir am Vorabend auf der Harfe vorgespielt hatte, und ich setzte mich verwirrt hin. Aber ich aß mit großem Appetit einige Krebsschwänze, einen Hühnerschlegel und trank dazu etwas Tokaier, den er, wie er erzählte, aus den Weinkellern von Königsberg mitgebracht habe, in denen Falstaff ein Stammkunde gewesen sei. Er selbst aß und trank nichts. Ich fragte ihn nach seiner Nationalität, und ob der Name Erik nicht skandinavischen Ursprungs sei. Er antwortete mir, daß er weder Namen noch Vaterland besitze und den Namen Erik *zufällig* angenommen habe. Ich fragte ihn, warum er, wenn er mich liebe, kein anderes Mittel gefunden habe, es mich wissen zu lassen, als das, mich zu entführen und bei sich unter der Erde einzusperren.

›Es ist recht schwierig‹, sagte ich, ›Liebe in einer Gruft zu gewinnen.‹

›Man trifft sich eben dort, wo man kann‹, antwortete er in sonderbarem Ton.

Dann stand er auf und reichte mir die Hand, denn er wolle mir, sagte er, seine Wohnung zeigen, aber ich zog meine Hand heftig zurück und stieß einen Schrei aus. Was ich nämlich berührt hatte, war zugleich feucht und knochig, und ich erinnerte mich, daß seine Hände nach Tod rochen.

›O Verzeihung‹, seufzte er. Er hielt mir die Tür auf.

›Das ist mein Zimmer‹, sagte er. ›Es ist recht merkwürdig. Wenn du es dir ansehen willst?‹

Ich zögerte nicht. Mir schien, daß ich in ein Sterbezimmer eindrang. Die Wände waren von oben bis unten schwarz behangen, aber statt der weißen Perlen, die gewöhnlich eine Trauerausstattung ergänzen, sah man auf riesigen Notenlinien die sich wiederholende Tonfolge des *Dies irae*. In der Mitte des Raumes stand ein Baldachin mit Vorhängen aus rotem Brokat und darunter ein offener Sarg.

Bei diesem Anblick schrak ich zurück.

›Darin schlafe ich‹, sagte Erik. ›Im Leben muß man sich an alles gewöhnen, sogar an die Ewigkeit.‹

Ich wandte den Kopf ab, so unheimlich war ich davon berührt. Da fiel mein Blick auf die Klaviatur einer Orgel, die eine ganze Wandfläche einnahm. Auf dem Notenpult stand ein mit roten Noten vollgekritzeltes Heft. Ich fragte, ob ich es mir ansehen dürfe, und las auf der ersten Seite: *Don Juans Triumph*.

›Ja‹, sagte er, ›gelegentlich komponiere ich. Dieses Werk habe ich vor zwanzig Jahren begonnen. Wenn es fertig ist, nehme ich es mit in diesen Sarg, und dann werde ich nicht mehr erwachen.‹

›Dann müssen Sie möglichst selten daran arbeiten‹, sagte ich.

›Manchmal arbeite ich vierzehn Tage und Nächte hintereinander daran, in denen ich ganz für die Musik lebe, und dann ruhe ich mich jahrelang aus.‹

›Wollen Sie mir nicht etwas aus Ihrem *Don Juans Triumph* vorspielen‹, fragte ich, um ihm eine Freude zu machen, indem ich meinen Widerwillen überwand, in diesem Sterbezimmer zu bleiben.

›Verlang das nie von mir‹, antwortete er finster. ›Dieser *Don Juan* wurde nicht nach dem Libretto eines Lorenzo Daponte geschrieben, nicht von Wein, Weibergeschichten und Laster inspiriert und schließlich von Gott bestraft. Wenn du willst, spiele ich dir Mozart vor, der deinen schönen Augen Tränen entlockt und dich zu erbaulichen Gedanken anregt. Mein *Don Juan* brennt dagegen, Christine, wenn er auch nicht von himmlischem Feuer erschlagen wird!‹

Daraufhin kehrten wir in den Salon zurück. Ich stellte fest, daß es in der ganzen Wohnung keinen Spiegel gab, und wollte schon eine Bemerkung darüber machen. Aber Erik hatte sich ans Klavier gesetzt und sagte:

›Weißt du, Christine, es gibt eine so schreckliche Musik, daß sie alle verzehrt, die sich ihr nähern. Zum

Glück bist du noch nicht bei dieser Musik angelangt, denn sonst verlörest du deine frische Farbe, und keiner würde dich bei deiner Rückkehr nach Paris wiedererkennen. Laß uns Opern singen, Christine Daaé.‹

Dieses ›Laß uns Opern singen‹ schleuderte er mir wie eine Beleidigung ins Gesicht.

Aber ich hatte keine Zeit, mich bei seinem Tonfall aufzuhalten. Wir stimmten sofort das Duett aus *Othello* an, und schon schwebte die Katastrophe über uns. Diesmal hatte er mir die Partie der Desdemona überlassen, die ich bisher noch nie mit so echter Verzweiflung und Todesangst gesungen hatte. Die Gegenwart eines solchen Partners vernichtete mich nicht, sondern flößte mir herrliches Entsetzen ein. Die Ereignisse, deren Opfer ich war, brachten mich der Vorstellung des Dichters ungewöhnlich nahe, und ich fand Töne, die den Komponisten mit Begeisterung erfüllt hätten. Eriks Stimme klang donnernd, jeder Ton offenbarte seine rachsüchtige Seele und steigerte deren Macht. Liebe, Eifersucht, Haß machten sich in herzzerreißenden Schreien Luft. Eriks schwarze Maske erinnerte mich an das Gesicht des Mohren von Venedig. Erik und Othello wurden eins. Ich glaubte, er würde mich erschlagen, ich würde unter seinen Hieben zu Boden stürzen. Aber ich versuchte nicht zu fliehen, um wie die furchtsame Desdemona seinem Zorn zu entrinnen. Im Gegenteil, ich trat auf ihn zu, wurde von ihm angezogen, fasziniert, ja in solcher Leidenschaft kam der Tod mir sogar reizvoll vor. Aber vor dem Sterben wollte ich, um mit dem letzten Blick ein erhabenes Bild mitzunehmen, jene unbekannten Züge kennenlernen, die vom Feuer der ewigen Kunst verklärt sein mußten. Ich wollte *das Gesicht der Stimme* sehen, und instinktiv rissen meine Finger, über die ich keine Gewalt mehr hatte, denn ich war wie in Trance, rasch die Maske herunter.

Oh, Grauen! – Grauen! – Grauen!«

Christine hielt bei dieser Vision inne, die sie noch

immer mit zitternden Händen abzuwehren schien, während die Echos der Nacht, die bereits den Namen Erik wiederholt hatten, auch diesen Aufschrei wiederholten. Raoul und Christine sahen, durch die schreckliche Erzählung noch enger aneinandergeschmiegt, zu den Sternen empor, die an einem klaren und friedlichen Himmel funkelten.

Raoul sagte:

»Wie seltsam, Christine, daß die sanfte, stille Nacht von so vielen Seufzern erfüllt ist. Man könnte meinen, sie klage mit uns!«

Sie antwortete:

»Wenn Sie nun das Geheimnis erfahren, werden Ihre Ohren wie meine eigenen voller Klagen sein.«

Sie ergriff Raouls schützende Hände und fuhr nach einem langen Schauder fort:

»Ach, auch wenn ich hundert Jahre alt würde, klänge mir sein unmenschlicher Aufschrei immer in den Ohren, der Aufschrei seines Höllenschmerzes und seiner teuflischen Wut, während *es* sich meinen vor Entsetzen geweiteten Augen offenbarte und ich den Mund aufgerissen ließ, ohne einen Laut hervorbringen zu können.

Ach, wie sollte ich *es* auch nicht mehr sehen, wenn meine Ohren für immer von seinen Schreien erfüllt sind und sein Gesicht meine Augen für immer heimsucht! Was für ein Anblick! Wie sollte ich ihn nicht mehr sehen, wie kann ich ihn nur Ihnen vor Augen führen? Raoul, Sie haben schon Totenköpfe gesehen, die von Jahrhunderten gebleicht worden sind, und vielleicht sogar seinen Totenkopf in der Nacht von Perros, falls Sie nicht das Opfer eines Albdrucks waren. Außerdem haben Sie auf dem letzten Maskenball ›den roten Tod‹ umgehen sehen! Aber all diese Totenköpfe bewegten sich nicht, ihr stummes Grauen lebte nicht! Stellen Sie sich, wenn Sie es können, nun vor, daß ein Totenkopf plötzlich zum Leben erwacht, um mit den vier schwarzen Löchern seiner Augen, seiner

Nase, seines Mundes seine heftige Wut, seinen dämonischen Zorn auszudrücken, *während die Augenhöhlen blicklos sind,* denn wie ich später erfuhr, sieht man seine glühenden Augen nur in tiefer Nacht. Ich muß, an die Wand gepreßt, das Entsetzen in Person gewesen sein – und er die Abscheulichkeit in Person!

Da trat er, mit seinen lippenlosen Zähnen fürchterlich knirschend, auf mich zu und überschüttete mich, die ich in die Knie sank, haßerfüllt mit sinnlosen Worten und wahnwitzigen Verwünschungen. Ach, Gott weiß mit was allem!

Über mich gebeugt, rief er:

›Schau hin! Du hast es sehen wollen! Sieh es dir an! Weide deine Augen, berausche deine Seele an meiner verfluchten Häßlichkeit! Betrachte Eriks Gesicht! Jetzt kennst du das Gesicht der Stimme! Es genügte dir wohl nicht, mich nur zu hören, was? Du wolltest auch wissen, wie ich beschaffen bin! Ihr seid alle zu neugierig, ihr Frauen!‹

Er stieß ein Lachen aus und wiederholte: ›Ihr seid alle zu neugierig, ihr Frauen!‹ Ein donnerndes, heiseres, schäumendes, gewaltiges Lachen. Er sagte noch andere Dinge wie:

›Bist du jetzt zufrieden? Ich bin schön, wie? Wenn eine Frau mich so gesehen hat wie du, gehört sie mir. Dann liebt sie mich immer und ewig! Ich bin der Typ des Don Juan.‹

Er richtete sich in seiner ganzen Größe auf, stemmte die Faust in die Seite, wackelte mit der Scheußlichkeit auf seinen Schultern, die sein Kopf war, und brüllte:

›Sieh mich an! *Ich bin der triumphierende Don Juan!*‹

Als ich den Kopf abwandte und um Gnade flehte, packte er ihn mit seinen Knochenfingern bei den Haaren und zog ihn wieder zu sich herum.«

»Genug! Genug!« unterbrach Raoul sie. »Ich bringe ihn um! Ich bringe ihn um! Christine, sag mir um Himmels willen, wo *das Speisezimmer am See* ist! Ich muß ihn umbringen!«

»Schweig doch, Raoul, wenn du es wissen willst!«

»Ja, ich will wissen, wieso und warum du dorthin zurückgekehrt bist! Das ist mir rätselhaft, Christine! Aber so oder so: ich bringe ihn um!«

»Ach, mein Raoul, hör doch zu, hör mich doch an, wenn du es wissen willst! Er zog mich an den Haaren, und dann ... dann ... Oh, das ist noch schrecklicher.«

»So sag es schon«, rief Raoul grimmig. »Na los!«

»Dann zischte er mir zu: ›Was? Ich jage dir Angst ein? Das kann sein! Du meinst wohl, daß ich noch immer eine Maske trage, wie? Daß dies hier, daß mein Kopf eine Maske ist? Nun gut‹, brüllte er, ›reiß ihn ab wie die andere! Komm schon! Komm schon! Her mit den Händen! Her damit! Gib mir deine Hände! Wenn sie dir nicht genügen, leih ich dir noch meine, und dann wollen wir zu zweit die Maske herunterreißen.‹

Ich warf mich ihm zu Füßen, aber er ergriff meine Hände, Raoul, und drückte sie an sein fürchterliches Gesicht. Mit meinen Nägeln zerkratzte er sich die Haut, die grauenvolle Totenhaut!

›Wisse‹, stieß er aus dem Blasebalg seiner Kehle hervor, ›wisse, daß ich ganz aus Tod bestehe, vom Scheitel bis zur Sohle. Daß ein Kadaver dich liebt, dich anbetet, dich nie und nimmer verläßt! Ich werde den Sarg vergrößern lassen, Christine, für später, wenn wir am Ende unserer Liebe sind! Sieh doch, ich lache nicht mehr, ich weine, ich weine um dich, Christine, die du mir die Maske heruntergerissen hast und mich deshalb nie mehr verlassen kannst! Solange du mich für schön halten konntest, Christine, konntest du zurückkommen! Ich weiß, daß du zurückgekommen wärst. Aber jetzt kennst du meine Abscheulichkeit, und deshalb willst du für immer fliehen. Ich halte dich aber zurück! Warum wolltest du mich nur sehen? Du warst wahnsinnig, Christine, mich sehen zu wollen! Denn mein Vater sah mich nie, meine Mutter schenkte mir, um mich nicht mehr sehen zu müssen, weinend die erste Maske!‹

Schließlich ließ er mich los und wand sich ächzend

am Boden. Dann kroch er wie ein Reptil aus dem Salon in sein Zimmer, dessen Tür er hinter sich schloß, und ich blieb mit meinem Grauen und meinen Gedanken allein, wenn auch von seinem Anblick befreit. Eine tiefe Stille, eine Grabesstille folgte dem Sturm, und ich konnte an die schrecklichen Folgen denken, die das Herunterreißen der Maske mit sich brachte. Die letzten Worte des Scheusals ließen darüber keinen Zweifel. Ich hatte mich selbst für immer zur Gefangenen gemacht, und meine Neugier lag meinem ganzen Unglück zugrunde. Er hatte mich zur Genüge gewarnt. Mehrmals hatte er gesagt, mir drohe keine Gefahr, solange ich nicht an seine Maske komme, und doch hatte ich sie heruntergerissen! Ich verwünschte meine Unbesonnenheit, mußte mir aber schaudernd eingestehen, daß das Scheusal im Recht war. Ja, ich wäre zurückgekommen, wenn ich sein Gesicht nicht gesehen hätte. Er hatte mich schon so gerührt, interessiert, ja durch die Tränen hinter seiner Maske mein Mitleid erweckt, daß ich seiner Bitte gegenüber nicht taub geblieben wäre. Schließlich war ich nicht undankbar, und sein unmögliches Benehmen konnte mich nicht vergessen lassen, daß er die Stimme war und mich durch sein Genie beflügelt hatte. Ich wäre zurückgekommen! Sollte es mir jedoch jetzt gelingen, aus dieser Katakombe herauszugelangen, so würde ich bestimmt nicht mehr zurückkommen. Man kommt nicht zurück, um sich mit einem Kadaver, von dem man geliebt wird, in eine Gruft einzusperren.

An der rasenden Art, wie er während dieser Szene seine blicklosen schwarzen Augenhöhlen auf mich gerichtet hatte, war mir das Ausmaß seiner Leidenschaft deutlich geworden. Daß er mich nicht in die Arme nahm, als ich ihm keinen Widerstand mehr zu leisten vermochte, setzte voraus, daß auch ein Engel diesem Scheusal innewohnte, ja, daß Erik vielleicht trotz allem ein wenig der Engel der Musik war und es ganz gewesen wäre, wenn Gott ihn, statt mit Fäulnis zu behaften, mit Schönheit ausgestattet hätte!

Verstört durch den Gedanken an das mir bevorstehende Schicksal, voller Furcht, daß die Tür des Sargzimmers sich öffnen und ich das Gesicht des Scheusals ohne Maske wiedersehen würde, war ich in mein eigenes Zimmer geschlichen und hatte die Schere ergriffen, die meinem fürchterlichen Los ein Ende machen konnte – als Orgelklänge ertönten.

Da, mein Freund, begann ich Eriks Worte über das zu verstehen, was er mit einer für mich verblüffenden Verachtung als ›Opernmusik‹ bezeichnete. Was ich hörte, hatte nichts mehr mit dem zu tun, was mich bisher begeisterte. Sein *Don Juans Triumph* – denn ich zweifelte nicht daran, daß er sich auf sein Meisterwerk gestürzt hatte, um mich das Grauen von soeben vergessen zu lassen –, sein *Don Juans Triumph* schien mir zuerst nur ein langer, herzzerreißender und großartiger Seufzer zu sein, in den der arme Erik sein ganzes verwünschtes Elend gelegt hatte.

Ich sah wieder das Heft mit den roten Noten vor mir, und der Gedanke lag nicht mehr fern, daß er diese Musik mit seinem Blut geschrieben hatte. Sie führte mich durch alle Phasen des Martyriums, sie deckte mir alle Winkel des Abgrunds auf, in dem ein *häßlicher Mann* haust, sie zeigte mir, wie Erik mit seinem abscheulichen Kopf gegen die makabre Wand der Hölle rannte und darin Zuflucht suchte, um durch seinen Anblick andere Leute nicht zu entsetzen. Ich lauschte keuchend, elend und niedergeschlagen der Entfaltung jener gigantischen Akkorde, die *den Schmerz* verewigten. Dann stiegen die Töne in einem gewaltigen und bedrohlichen Schwarm aus dem Abgrund zum Himmel empor wie ein Adler zur Sonne, und eine Symphonie schien eine Welt so triumphal in Brand zu setzen, daß ich begriff, daß das Werk vollendet war und die von Liebe beflügelte Häßlichkeit es gewagt hatte, der Schönheit ins Angesicht zu schauen! Ich fühlte mich wie berauscht. Die Tür, die mich von Erik trennte, gab unter meinem Druck nach. Erik war aufgestanden, als er mich hörte, *wagte es aber nicht, sich umzudrehen.*

›Erik‹, rief ich, ›zeigen Sie mir ruhig Ihr Gesicht. Ich schwöre Ihnen, daß Sie der schmerzensreichste und erhabenste aller Menschen sind, und wenn Christine Daaé fortan bei Ihrem Anblick erschaudert, so wird sie an Ihr wunderbares Genie denken!‹

Da drehte sich Erik um, denn er glaubte mir – und ich war leider auch guten Glaubens. Er hob seine befreiten Hände gen Himmel, sank mir zu Füßen und stammelte Liebesbeteuerungen.

Liebesbeteuerungen aus seinem Totenmund... und die Musik war verstummt.

Er küßte den Saum meines Kleides, er sah nicht, daß ich die Augen schloß.

Was soll ich Ihnen noch sagen, mein Freund? Jetzt kennen Sie die Tragödie. Sie wiederholte sich vierzehn Tage lang, vierzehn Tage, in denen ich ihn anlog. Meine Lüge war so monströs wie das Scheusal, das sie mir eingab, und nur zu diesem Preis konnte ich meine Freiheit wiedererlangen. Ich verbrannte seine Maske. Ich verstellte mich so gut, daß er, auch wenn er nicht sang, es wagte, einen Blick von mir zu erbetteln wie ein verängstigter Hund, der um seinen Herrn herumschwänzelt. So wich er nicht von meiner Seite und überschüttete mich wie ein treuer Sklave mit tausend Aufmerksamkeiten. Allmählich flößte ich ihm solches Vertrauen ein, daß er mit mir am Ufer *des Totensees* spazierenging und mich auf dessen bleiernem Wasser in einem Kahn herumruderte; in den letzten Tagen meiner Gefangenschaft öffnete er mir sogar nachts das Gittertor, das den Unterbau zur Rue Scribe hin abschließt. Dort wartete eine Equipage auf uns, mit der wir in den Bois fuhren.

Die Nacht, in der wir Ihnen dort begegneten, wäre für mich fast tragisch abgelaufen, denn seine Eifersucht auf Sie war so groß, daß ich ihn nur zu besänftigen vermochte, indem ich ihm versicherte, Sie würden demnächst abreisen. Nach jenen vierzehn Tagen, in denen ich von Mitleid, Begeisterung, Verzweiflung und Entsetzen hin und hergerissen wurde, glaubte er mir schließlich, als ich ihm sagte: ›*Ich komme zurück!*‹«

»Und Sie sind zurückgekommen, Christine«, seufzte Raoul.

»Ja, und ich muß Ihnen gestehen, daß es nicht seine fürchterlichen Drohungen bei meiner Freilassung waren, die mich bewogen, mein Wort zu halten, sondern das herzzerreißende Schluchzen, in das er auf der Schwelle seines Grabes ausbrach.

Ach, dieses Schluchzen«, wiederholte Christine und schüttelte traurig den Kopf, »fesselte mich stärker an den Unglücklichen, als ich es selbst im Augenblick des Abschieds ahnte. Armer Erik! Armer Erik!«

»Christine«, sagte Raoul, während er aufstand, »Sie behaupten zwar, daß Sie mich lieben, aber seit Ihrer Freilassung waren erst wenige Stunden verstrichen, als Sie schon wieder zu Erik zurückkehrten! Erinnern Sie sich an den Maskenball!«

»So war es abgemacht. Und Raoul, Sie erinnern sich doch, daß ich diese wenigen Stunden mit Ihnen verbracht habe, was uns beide großer Gefahr aussetzte.«

»In diesen wenigen Stunden zweifelte ich daran, daß Sie mich liebten.«

»Zweifeln Sie immer noch daran, Raoul? So wissen Sie, daß jede Rückkehr zu Erik meine Abscheu vor ihm vergrößert, denn jede Rückkehr besänftigt ihn nicht etwa, wie ich es erhofft hatte, sondern macht ihn noch liebestoller! Und ich habe Angst! Angst! Schreckliche Angst!«

»Sie haben Angst, aber lieben Sie mich? Würden Sie mich lieben, wenn Erik schön wäre, Christine?«

»Unseliger! Warum fordern Sie das Schicksal heraus? Warum fragen Sie mich Dinge, die ich wie eine Sünde in der Tiefe meines Gewissens verberge?«

Sie erhob sich und schlang bebend ihre schönen Arme um den Kopf des jungen Mannes und sagte:

»Oh, mein Bräutigam eines Tages, würde ich Ihnen meine Lippen reichen, wenn ich Sie nicht liebte? Hier sind sie zum ersten und letzten Mal!«

Er küßte sie, aber die Nacht um sie herum wurde so heftig zerrissen, daß sie wie vor einem nahenden Gewitter flohen, und ihre aus Angst vor Erik geweiteten Augen zeigten ihnen, ehe sie im Wald der Giebel verschwanden, hoch über ihren Köpfen einen riesigen Nachtvogel, der sich an die Saiten der Leier Apollos zu klammern schien und sie aus glühenden Augen anfunkelte.

Vierzehntes Kapitel

Ein Meisterstreich des Falltürfachmanns

Raoul und Christine rannten und rannten. Sie flohen über das Dach, wo sie die glühenden Augen gesehen hatten, die nur in tiefer Nacht sichtbar werden; sie machten bei ihrem Abstieg auf die Erde erst im achten Stockwerk halt. An diesem Abend hatte keine Vorstellung stattgefunden, und die Korridore der Oper waren leer.

Plötzlich versperrte eine bizarre Silhouette den beiden jungen Leuten den Weg.

»Nein! Nicht hier entlang!«

Und die Silhouette zeigte ihnen einen anderen Korridor, durch den sie hinter die Kulissen gelangen sollten.

»Na los! Eilt euch«, befahl die undeutliche Gestalt, die einen weiten Überrock und eine spitze Mütze trug.

Christine zog Raoul schon weiter, zwang ihn, wieder seine Schritte zu beschleunigen.

»Wer ist denn das«, fragte der junge Mann.

Christine antwortete:

»Das ist *der Perser*!«

»Was hat der denn hier zu suchen?«

»Das weiß keiner genau. Er ist immer in der Oper!«

»Christine, Sie zwingen mich zur Ehrlosigkeit«, sagte Raoul hitzig. »Sie zwingen mich zum ersten Mal in meinem Leben zur Flucht!«

»Ach was«, erwiderte Christine, die sich allmählich beruhigte, »ich glaube, wir sind vor dem Schatten unserer eigenen Phantasie geflohen!«

»Wenn wir tatsächlich Erik erblickt haben sollten, so wäre es meine Pflicht gewesen, ihn an Apollos Leier festzunageln, so wie man Fledermäuse an die Mauern unserer bretonischen Bauernhöfe nagelt, und damit wäre die Sache erledigt gewesen.«

»Mein lieber Raoul, dann hätten Sie erst auf Apollos Leier hinaufklettern müssen, und das ist gar nicht so einfach.«

»Die glühenden Augen waren aber da!«

»Ach, Sie sind schon genau wie ich und sehen ihn überall, aber wenn man es recht bedenkt, waren es sicher nur goldene Nägel oder zwei Sterne, die durch die Saiten der Leier auf die Stadt hinabsahen.«

Christine ging noch einen Stock tiefer. Raoul folgte ihr und sagte:

»Da Sie fest entschlossen sind fortzugehen, Christine, versichere ich Ihnen nochmals, daß es bestimmt besser ist, sofort zu fliehen. Warum wollen Sie bis morgen warten? Wer weiß, ob er uns heute nicht belauscht hat!«

»Nein! Er arbeitet an seinem *Don Juan* und kümmert sich nicht um uns.«

»Ganz sicher sind Sie dessen aber nicht, denn Sie schauen sich dauernd um.«

»Lassen Sie uns in meine Garderobe gehen.«

»Wir sollten lieber die Oper verlassen.«

»Das erst im Augenblick unserer Flucht! Es bringt uns Unglück, wenn ich mein Wort nicht halte. Ich habe ihm versprochen, mich mit Ihnen nur hier zu treffen.«

»Ich muß mich wirklich glücklich schätzen, daß er

Ihnen wenigstens das gestattet hat«, sagte Raoul bitter. »Wissen Sie, daß es sehr verwegen von Ihnen war, sich mit mir auf dieses Verlobungsspiel einzulassen.«

»Aber, mein Lieber, darüber weiß er Bescheid. Er hat mir gesagt: ›Ich habe Vertrauen zu dir, Christine. Monsieur Raoul de Chagny ist in dich verliebt und muß bald abreisen. Möge er vor seiner Abreise genauso unglücklich sein wie ich!‹«

»Und was soll das heißen?«

»Das muß ich Sie fragen, mein Freund? Ist man denn unglücklich, wenn man liebt?«

»Ja, Christine, wenn man liebt und nicht sicher ist, wiedergeliebt zu werden.«

»Meinen Sie damit Erik?«

»Erik und mich«, antwortete der junge Mann, wobei er nachdenklich und verzweifelt den Kopf schüttelte.

Sie gelangten zu Christines Garderobe.

»Wieso fühlen Sie sich in dieser Garderobe sicherer als sonstwo in der Oper«, fragte Raoul. »Da Sie ihn durch die Wand gehört haben, kann er uns vielleicht auch belauschen.«

»Nein! Er hat mir sein Wort gegeben, sich nie mehr hinter die Wand meiner Loge zu stellen, und ich glaube ihm. Meine Garderobe und mein Zimmer *in der Wohnung am See* gehören ausschließlich mir und sind ihm heilig.«

»Wie gerieten Sie nur aus der Garderobe in den dunklen Gang, Christine? Ist es Ihnen recht, wenn wir Ihre Bewegungen wiederholen?«

»Das ist zu gefährlich, mein Freund, denn der Spiegel könnte mich wieder entführen, und dann wäre ich, statt zu fliehen, gezwungen, dem Geheimgang bis zum See zu folgen und dort Erik zu rufen.«

»Hört er Sie dann?«

»Von wo aus ich ihn auch rufe, er hört mich immer. Das hat er mir selbst gesagt, das ist eine seltsame Gabe. Raoul, Sie dürfen nicht glauben, daß er ein gewöhnlicher Mensch ist, der zu seinem Vergnügen unter der

Erde wohnt. Er vollbringt Dinge, zu denen kein anderer imstande ist. Er weiß Dinge, die den übrigen Sterblichen unbekannt sind.«

»Hüten Sie sich, Christine, sonst machen Sie wieder ein Phantom daraus.«

»Nein, er ist kein Phantom, sondern ein Mensch des Himmels und der Erde, weiter nichts.«

»Ein Mensch des Himmels und der Erde – weiter nichts! Wie reden Sie denn! Sind Sie immer noch fest entschlossen, zu fliehen?«

»Ja, morgen.«

»Soll ich Ihnen sagen, warum ich es lieber hätte, wenn Sie noch heute abend fliehen würden?«

»Sagen Sie es nur, mein Freund.«

»Weil Sie morgen zu nichts mehr entschlossen sein werden!«

»Dann müssen Sie mich gewaltsam entführen, Raoul! Haben wir das nicht abgesprochen?«

»Morgen abend werde ich also hier in Ihrer Garderobe sein«, sagte der junge Mann düster. »Was auch immer geschehen mag, ich halte mein Versprechen. Sie sagen doch, daß er Sie, nachdem er sich die Vorstellung angesehen hat, *im Speisezimmer am See* erwartet, nicht wahr?«

»Ja, dort hat er sich mit mir verabredet.«

»Wie gelangen Sie denn dorthin, Christine, wenn Sie nicht den Ausgang aus Ihrer Garderobe ›durch den Spiegel‹ kennen?«

»Indem ich auf dem direkten Weg zum See gehe.«

»Durch den ganzen Unterbau? Über die Treppen und durch die Korridore, die von den Bühnenarbeitern und sonstigen Angestellten benutzt werden? Dann können Sie doch Ihr Vorhaben nicht geheimhalten? Dann würden doch alle Christine Daaé folgen und sie massenweise bis zum See begleiten?«

Christine holte einen großen Schlüssel aus einem Kästchen und zeigte ihn Raoul.

»Was ist denn das?« fragte er.

»Der Schlüssel zum Unterbau für das Gittertor in der Rue Scribe.«

»Ich verstehe, Christine. Damit kommen Sie direkt zum See. Geben Sie mir bitte diesen Schlüssel.«

»Niemals«, erwiderte sie energisch. »Das wäre Verrat!«

Plötzlich sah Raoul, daß Christine erbleichte: Leichenblässe breitete sich über ihr Gesicht.

»O mein Gott«, rief sie. »Erik! Erik! Haben Sie Mitleid mit mir!«

»Schweigen Sie«, befahl der junge Mann. »Haben Sie mir nicht selbst gesagt, daß er Sie hören kann!«

Doch die Sängerin benahm sich immer befremdlicher. Sie rieb die Finger aneinander und wiederholte verstört:

»O mein Gott! Mein Gott!«

»Was ist denn los«, fragte er.

»Der Ring!«

»Was für ein Ring? Ich bitte Sie, Christine, fassen Sie sich!«

»Der goldene Ring, den er mir geschenkt hat!«

»Aha! Erik hat Ihnen demnach den goldenen Ring geschenkt!«

»Das wissen Sie genau, Raoul! Was Sie aber nicht wissen, ist, daß er, als er ihn mir schenkte, sagte: ›Ich gebe dir deine Freiheit wieder, Christine, aber nur unter der Bedingung, daß dieser Ring immer an deinem Finger steckt. Solange du ihn bewahrst, schützt er dich vor jeder Gefahr, und Erik bleibt dein Freund. Aber wehe dir, wenn du dich je von ihm trennst, denn dann rächt sich Erik!‹ Mein Freund, der Ring steckt nicht mehr an meinem Finger! Wehe uns beiden!«

Vergeblich suchten sie den Ring. Christine konnte sich nicht beruhigen.

»Während ich Ihnen dort oben unter Apollos Leier erlaubte, mich zu küssen«, versuchte sie zitternd den Verlust zu erklären, »muß der Ring von meinem Finger geglitten und hinab auf die Straße gefallen sein!

Wie sollen wir ihn je wiederfinden? Oh, was für ein Unheil droht uns jetzt, Raoul! Lassen Sie uns fliehen!«

»Ja, sofort«, drängte Raoul nochmals.

Sie zögerte. Schon glaubte er, daß sie ja sagen werde. Dann trübten sich ihre klaren Augen, und sie sagte: »Nein, morgen!«

Völlig verstört stürzte sie davon, wobei sie immer noch die Finger aneinanderrieb, sicherlich in der Hoffnung, dadurch den Ring wieder herbeizuzaubern.

Tief beeindruckt von dem, was er erfahren hatte, ging Raoul nach Hause.

»Wenn ich sie nicht aus den Händen dieses Scharlatans rette«, sagte er beim Zubettgehen laut vor sich hin, »ist sie verloren – aber ich werde sie retten!«

Er machte die Lampe aus und hatte im Dunkeln das Bedürfnis, Erik zu beleidigen. Dreimal rief er: »Scharlatan!... Scharlatan!... Scharlatan!«

Plötzlich stützte er sich auf seinen Ellbogen auf. Kalter Schweiß rann ihm über die Schläfen. Am Fußende seines Bettes flammten zwei glühende Augen wie Kohlenbecken auf. Sie starrten ihn durch die Nacht fürchterlich an.

Trotz seiner Tapferkeit zitterte Raoul. Seine unsichere Hand tastete sich zum Nachttisch. Er fand eine Schachtel Streichhölzer und zündete das Licht an. Die Augen verschwanden.

Er dachte, keineswegs beruhigt:

»Sie hat mir gesagt, daß *seine* Augen nur im Dunkeln sichtbar werden. Die Augen sind zwar durch das Licht verschwunden, aber *er selbst* ist vielleicht noch da.«

Er stand auf und suchte alles sorgfältig ab. Er schaute unter dem Bett nach – wie ein Kind. Dann kam er sich lächerlich vor und sagte laut:

»Was ist an diesem Märchen wahr, was nicht? Wo hört die Wirklichkeit auf und wo fängt die Phantasie an? Was hat sie gesehen? Was hat sie sich eingebildet, zu sehen?«

Er fügte schaudernd hinzu:

»Was habe ich gesehen? Habe ich soeben tatsächlich die glühenden Augen gesehen? Haben sie nicht nur in meiner Phantasie gefunkelt? Ich bin meiner selbst nicht mehr sicher! Auf diese Augen würde ich keinen Eid leisten.«

Er legte sich wieder hin und machte das Licht aus.

Die Augen erschienen wieder.

»Oh«, seufzte Raoul.

Er richtete sich auf und starrte sie nun seinerseits möglichst tapfer an. Nach einer Stille, in der er seinen ganzen Mut zusammenraffte, rief er plötzlich:

»Bist du es, Erik? Mensch, Geist oder Phantom! Bist du es?«

Er dachte:

›Wenn er es ist ... dann steht er auf dem Balkon!‹

Dann eilte er im Nachthemd zu seiner Schublade, aus der er tastend einen Revolver holte. So bewaffnet riß er die Glastür auf. Die Nacht war kühl, so daß Raoul beim Schein einer inzwischen angezündeten Kerze nur einen kurzen Blick auf den Balkon warf, ohne etwas Verdächtiges zu entdecken. Dann kehrte er ins Zimmer zurück und schloß die Tür hinter sich. Fröstelnd legte er sich wieder hin, den Revolver in Reichweite auf dem Nachttisch.

Erneut blies er die Kerze aus.

Noch immer glühten die Augen am Fußende seines Bettes. Waren sie nun zwischen Bett und Glasscheibe oder hinter der Glasscheibe, also doch auf dem Balkon?

Das wollte Raoul wissen. Er wollte auch wissen, ob diese Augen einem Menschen gehörten, er wollte alles wissen.

Geduldig, kaltblütig, *ohne Licht zu machen*, ergriff der junge Mann seinen Revolver und zielte.

Er zielte etwas über die beiden Sterne. Denn wenn diese Sterne Augen waren, wenn sich darüber eine Stirn befand und wenn Raoul sich nicht allzu ungeschickt anstellte ...

Der Knall widerhallte im friedlich schlafenden Haus. Während Schritte durch die Korridore herbeieilten, saß Raoul, den Arm immer noch schußbereit ausgestreckt, im Bett und spähte.

Diesmal waren die beiden Sterne verschwunden.

Licht, Leute, Graf Philippe höchst besorgt.

»Was ist denn los, Raoul?«

»Ich glaube, ich habe geträumt«, antwortete der junge Mann. »Ich habe auf zwei Sterne geschossen, die mich vom Schlafen abhielten.«

»Phantasierst du? Du bist krank, Raoul, sag mir bitte, was passiert ist.« Der Graf nahm den Revolver.

»Nein! Nein! Ich phantasiere nicht! Übrigens werden wir das gleich wissen!«

Er stand auf, zog einen Schlafrock an, schlüpfte in seine Pantoffel, nahm einem Diener die Kerze aus der Hand, öffnete die Glastür und trat wieder auf den Balkon.

Der Graf stellte fest, daß eine Kugel die Scheibe in Kopfhöhe eines Menschen durchbohrt hatte. Raoul bückte sich und leuchtete mit der Kerze auf den Boden des Balkons.

»Oh! Oh! Blut«, rief er. »Blut! Hier... und dort... Blut! Desto besser! Ein Phantom, das blutet, ist weniger gefährlich«, höhnte er.

»Raoul! Raoul! Raoul!«

Der Graf schüttelte ihn heftig, als wollte er einen Mondsüchtigen aus seinem gefährlichen Schlaf reißen.

»Mein Bruder, ich schlafe doch nicht«, protestierte Raoul ungehalten. »Du kannst das Blut genau so deutlich sehen wie jeder andere. Ich glaubte zu träumen und auf zwei Sterne zu schießen. Es waren aber Eriks Augen, und das hier ist sein Blut!«

Er fügte plötzlich besorgt hinzu:

»Vielleicht war es doch falsch von mir zu schießen, denn Christine ist imstande, es mir nie zu verzeihen! All das wäre nicht passiert, wenn ich vor dem Zubettgehen die Vorhänge zugezogen hätte.«

»Raoul, bist du verrückt geworden? Wach auf!«

»Laß das endlich! Mein Bruder, du solltest mir lieber helfen, Erik zu suchen! Denn schließlich muß ein Phantom, das blutet, zu finden sein!«

»Es stimmt, Monsieur, auf dem Balkon ist Blut.«

Ein Diener brachte eine Lampe, bei deren Schein man alles untersuchen konnte. Die Blutspur folgte dem Balkongeländer bis zu einer Dachrinne, die sie dann hinaufstieg.

»Mein lieber Freund«, sagte Graf Philippe, »du hast auf eine Katze geschossen.«

»Schade«, höhnte Raoul erneut, was den Grafen peinlich berührte. »Das kann sein. Bei Erik weiß man nie, woran man ist. War es Erik? Oder eine Katze? Oder das Phantom? War es ein Wesen aus Fleisch und Blut oder ein Schatten? Nein, nein, bei Erik weiß man nie, woran man ist!«

Raoul begann noch mehr Ungereimtheiten zu sagen, die einerseits dem Wesen nach genau seiner Gemütsverfassung entsprachen und von den seltsamen, zugleich wirklichen und übernatürlichen Bekenntnissen der Christine Daaé herrührten, anderseits aber viele dazu veranlaßten, den jungen Mann für geistesgestört zu halten. Der Graf selbst vertrat diese Meinung, und später kam der Untersuchungsrichter zum gleichen Schluß, nachdem er das Protokoll des Polizeikommissars gelesen hatte.

»Wer ist Erik«, fragte der Graf und drückte seinem Bruder die Hand.

»Mein Rivale! Und wenn er nicht tot ist – desto schlimmer!«

Mit einem Wink schickte er die Dienerschaft fort.

Die beiden Brüder blieben allein, aber die Leute entfernten sich nicht so schnell von der geschlossenen Tür, als daß der Kammerdiener des Grafen nicht hörte, wie Raoul nachdrücklich und unmißverständlich sagte:

»Heute abend entführe ich Christine Daaé.«

Der Untersuchungsrichter Faure erfuhr später diesen Satz. Aber es wurde nie genau bekannt, welche Worte sonst noch zwischen den beiden Brüdern fielen.

Die Diener erzählten, daß die beiden sich in dieser Nacht nicht zum ersten Mal eingeschlossen hätten, weil sie sich zankten.

Durch die Wände hörten sie heftige Worte, und es war dauernd die Rede von einer Sängerin namens Christine Daaé.

Beim Frühstück, das der Graf in seinem Arbeitszimmer einzunehmen pflegte, befahl Philippe, man solle seinen Bruder holen. Raoul erschien finster und wortkarg. Die Szene war kurz.

Der Graf: »Lies das!« (*Philippe reicht seinem Bruder eine Zeitung:* L'Epoque. *Mit dem Finger zeigt er auf einen* Artikel.)

Der Vicomte (liest unwillig):
»Große Neuigkeit im Faubourg: Mademoiselle Christine Daaé, Opernsängerin, hat sich mit Monsieur le Vicomte Raoul de Chagny verlobt. Wenn wir dem Geflüster hinter den Kulissen glauben dürfen, so hat Graf Philippe geschworen, daß ein Chagny zum ersten Mal sein Wort nicht halten werde. Da die Liebe an der Oper wie auch anderswo allmächtig ist, fragen wir uns, über welche Mittel Graf Philippe wohl verfügt, um den Vicomte davon abzuhalten, *die neue Margarete* zum Traualtar zu führen. Es heißt, daß die beiden Brüder sich sehr zugetan sind, aber der Graf täuscht sich sehr, wenn er hofft, daß die Bruderliebe sich stärker erweist als diese neuerwachte Leidenschaft.«

Der Graf (traurig): »Siehst du, Raoul, du machst uns lächerlich! Diese Kleine hat dir mit ihren Gespenstergeschichten völlig den Kopf verdreht.«
(*Demnach hat der Vicomte seinem Bruder Christines Geschichte weitererzählt.*)

Der Vicomte: »Adieu, mein Bruder!« (*Er geht.*)

Der Untersuchungsrichter bekam diese Szene von

dem Grafen persönlich geschildert, der seinen Bruder nur noch einmal wiedersehen sollte, nämlich am gleichen Abend in der Oper, einige Minuten vor Christines Verschwinden.

Raoul widmete den ganzen Tag den Vorbereitungen zur Entführung.

Pferde, Wagen, Kutscher, Proviant, Gepäck, das nötige Geld, die Reiseroute – er wollte nicht die Eisenbahn benutzen, um das Phantom von ihrer Spur abzubringen –, all das beschäftigte ihn bis neun Uhr abends.

Um neun Uhr stellte sich eine Berline, deren Wagenschlaggardinen zugezogen waren, in der Reihe bei der Rotunde auf. Zwei Pferde im Geschirr, das Gesicht ihres Kutschers kaum zu erkennen, denn ein Schal verdeckte es fast ganz. Vor der Berline standen drei Wagen. Bei der Untersuchung erwies es sich, daß es sich um die Coupés der plötzlich nach Paris zurückgekehrten Carlotta, der Sorelli und bei dem an der Spitze um das des Grafen Philippe de Chagny handelte. Aus der Berline stieg niemand aus. Der Kutscher blieb auf dem Bock sitzen, ebenso wie die drei anderen Kutscher.

Ein in einen weiten schwarzen Mantel gehüllter Schatten mit einem schwarzen Schlapphut schlich zwischen der Rotunde und den Equipagen über das Trottoir. Er schien die Berline aufmerksam zu mustern. Er trat auf die Pferde und den Kutscher zu, dann entfernte er sich wortlos. Die Untersuchung nahm später an, dieser Schatten sei Vicomte Raoul de Chagny gewesen; ich glaube das dagegen nicht, denn Vicomte Chagny trug an jenem Abend wie an allen anderen Abenden einen Zylinder, der übrigens gefunden wurde. Ich vermute eher, daß dieser Schatten das Phantom war, das über alles Bescheid wußte, wie wir gleich sehen werden.

Es wurde – ein Zufall? – *Faust* gegeben. Das Publikum war ausgezeichnet, der Faubourg großartig vertreten. In dieser Zeit überließen die Abonnenten ihre

Logen weder den Finanz- und Handelskreisen noch anderen Fremden. Heutzutage behält zwar eine Loge den Namen des Marquis Soundso, weil er laut Vertrag ihr Titular ist, aber in dieser Loge kann sich, sagen wir, Metzgermeister Soundso mit seiner Familie breitmachen – und das ist sein gutes Recht, denn er bezahlt die Loge des Marquis. Früher kannte man diese Gepflogenheiten kaum. Die Opernlogen waren Salons, in denen man so gut wie sicher feine Leute treffen konnte, die zuweilen sogar die Musik liebten.

Die große Gesellschaft kannte sich gegenseitig, ohne daß man unbedingt miteinander verkehrte. Man wußte, welcher Name zu welchem Gesicht gehörte, und Graf de Chagny war eine der markantesten Erscheinungen.

Der Bericht in der Morgenausgabe der *Epoque* mußte schon seine ersten Auswirkungen haben, denn die Augen aller richteten sich auf die Loge, in der Graf Philippe, nach außen hin völlig gelassen und unbekümmert, allein saß. Die Weiblichkeit unter dem glänzenden Publikum schien besonders neugierig zu sein, und die Abwesenheit des Vicomtes gab Anlaß zu vielstimmigem Getuschel hinter den Fächern. Christine Daaé wurde recht kühl empfangen. Diese erlesenen Zuschauer verziehen ihr nicht, daß sie so hoch hinaus wollte.

Die Diva spürte die Feindseligkeit im Saal, was sie verwirrte.

Das Stammpublikum, das angeblich Bescheid wußte über die Liebesaffäre des Vicomtes, konnte sich bei manchen Passagen der Margarete eines Lächelns nicht erwehren. So schaute es ostentativ zu Philippe de Chagnys Loge hinauf, als Christine sang:

»Ich gäb' was drum, wenn ich nur wüßt',
Wer heut' der Herr gewesen ist.«

Der Graf, der das Kinn auf die Hand stützte, nahm keine Notiz von dieser Sympathiekundgebung. Er wirkte geistesabwesend.

Christine verlor ihre Sicherheit immer mehr. Sie zitterte. Eine Katastrophe bahnte sich an. Carolus Fonta fragte sich, ob sie krank sei, ob sie wohl bis zum Ende des Aktes im Garten auf der Bühne bleiben könne. Im Saal erinnerte man sich an das Unglück, das der Carlotta am Ende dieses Akts zugestoßen war, an das ›Gequake‹, durch das sie ihre Karriere in Paris hatte abbrechen müssen.

In diesem Augenblick hielt die Carlotta ihren sensationellen Einzug in einer Mittelloge. Die arme Christine hob die Augen, um den Grund für diese neue Störung festzustellen. Sie erkannte ihre Rivalin. Sie glaubte, sie höhnisch lächeln zu sehen. Das rettete sie. Sie vergaß alles um sich herum, um ein weiteres Mal zu triumphieren.

Nun sang sie mit ganzer Seele. Sie versuchte, alles bisher Erreichte zu übertreffen, und es gelang ihr. Im letzten Akt, als sie die Engel anzuflehen und sich von der Erde zu lösen begann, riß sie den ganzen Saal mit, so daß jeder hätte meinen können, ihm wären Flügel gewachsen.

Bei diesem übermenschlichen Anruf stand in der Mitte des Parketts ein Mann auf, schaute die Sängerin an und schien mit ihr die Erde zu verlassen. Es war Raoul.

»Engelchor! Himmlische Schar,
Meine Seele gnädig bewahr'!«

Christine streckte die Arme aus, während ihr die glänzenden Haare über die nackten Schultern fielen, und sandte aus voller Brust ihr wunderbares Stoßgebet empor:

»O Gott, schenke mir Erbarmen!«

Da wurde es plötzlich stockfinster. Es geschah so schnell, daß die Zuschauer kaum Zeit hatten, einen bestürzten Schrei auszustoßen, denn schon wurde die Bühne wieder hell.

Aber Christine Daaé war nicht mehr da! Was war mit ihr geschehen? Was hatte dieses Wunder zu bedeuten? Alle sahen sich verständnislos an, und rasch erreichte die Aufregung ihren Höhepunkt, nicht nur im Saal, sondern auch auf der Bühne. Man stürzte aus den Kulissen zu der Stelle, wo soeben noch Christine gesungen hatte. In großem Durcheinander wurde die Aufführung unterbrochen.

Wohin war Christine verschwunden? Wohin nur? Welche Zauberei hatte sie Tausenden begeisterter Zuschauer und sogar Carolus Fontas Armen entrissen? Man konnte sich wirklich fragen, ob Gott sich nicht tatsächlich ihrer erbarmt und die himmlische Schar sie mit Leib und Seele zu sich genommen habe.

Raoul, der immer noch im Parkett stand, hatte einen Schrei ausgestoßen. Graf Philippe hatte sich in seiner Loge erhoben. Man betrachtete die Bühne, man betrachtete den Grafen, man betrachtete Raoul, und man fragte sich, ob dieser seltsame Vorfall nicht mit dem Bericht in der Morgenzeitung zusammenhänge. Aber Raoul verließ hastig seinen Platz, der Graf verschwand aus seiner Loge, und während der Vorhang fiel, eilten die Abonnenten zum Kulisseneingang. Das Publikum wartete lärmend auf eine Ansage. Alle redeten durcheinander. Jeder behauptete, alles erklären zu können. Die einen sagten: »Sie ist durch eine Falltür gestürzt.« Die anderen: »Sie wurde in den Bühnenhimmel gezogen. Die Unglückliche ist vielleicht das Opfer eines Tricks der neuen Direktion.« Wieder andere: »Es ist ein hinterlistiger Anschlag, was schon daraus hervorgeht, daß ihr Verschwinden mit der plötzlichen Dunkelheit zusammenfiel.«

Schließlich hob sich langsam der Vorhang, Carolus Fonta trat an die Rampe und verkündete mit ernster Stimme:

»Meine Damen und Herren, es ist etwas Unerhörtes geschehen, das uns in große Unruhe versetzt. Unsere Kollegin, Christine Daaé, ist vor unseren eigenen Augen verschwunden, ohne daß wir wissen, wie es vor sich ging!«

Fünfzehntes Kapitel

Die seltsame Rolle einer Sicherheitsnadel

Auf der Bühne herrscht ein unbeschreibliches Durcheinander. Darsteller, Bühnenarbeiter, Tänzerinnen, Statisten, Figuranten, Choristen, Abonnenten fragen, schreien, drängeln. – »Was ist aus ihr geworden?« – »Sie ließ sich entführen!« – »Vicomte de Chagny hat sie entführt!« – »Nein, nicht er, sondern der Graf!« – »Da steckt die Carlotta dahinter!« – »Nein, das Phantom hat es getan!«

Einige lachen, zumal die sorgfältige Untersuchung der Falltüren und Böden einen Unfall ausschloß.

In diesem lärmenden Gewühl bemerkt man eine Gruppe von drei Personen, die sich leise unterhalten und dabei verzweifelte Gesten machen. Es sind Gabriel, der Gesangmeister, Mercier, der Verwalter, und Rémy, der Sekretär. Sie haben sich zum Fuß der Wendeltreppe zurückgezogen, die sich von der Bühne zu dem breiten Korridor des Foyer de la Danse windet. Dort reden sie hinter riesigen Requisiten miteinander.

»Ich habe geklopft! Sie haben nicht geantwortet! Sie sind vielleicht nicht mehr in ihrem Arbeitszimmer. Das läßt sich nicht genau feststellen, denn sie haben die Schlüssel mitgenommen.«

So spricht Sekretär Rémy, und zweifellos meint er damit die Direktoren. Sie gaben in der letzten Pause strenge Anweisungen, unter keinem Vorwand gestört zu werden. »Sie seien für niemanden zu sprechen.«

»Immerhin«, ruft Gabriel, »passiert es nicht alle Tage, daß eine Sängerin von der Bühne entführt wird!«

»Haben Sie ihnen das zugerufen«, fragt Mercier.

»Ich gehe nochmal hin«, sagt Rémy und eilt davon.

Da erscheint der Regisseur.

»Nun kommen Sie schon, Monsieur Mercier! Was haben Sie beide denn hier zu suchen? Sie werden gebraucht, Herr Verwalter.«

»Bevor der Kommissar eintrifft, will ich weder etwas unternehmen, noch etwas wissen«, erklärt Mercier. »Ich habe Mifroid rufen lassen. Wenn er da ist, werden wir weitersehen!«

»Ich sage Ihnen aber, daß wir sofort in den Schaltraum hinunter müssen.«

»Nicht bevor der Kommissar hier ist.«

»Ich bin schon im Schaltraum gewesen.«

»So? Und was haben Sie da entdeckt?«

»Ich habe niemanden entdeckt! Hören Sie: niemanden!«

»Was soll ich also dort tun?«

»Da haben Sie recht«, antwortet der Regisseur, der sich nervös durch die Mähne fährt. »Völlig recht! Aber wenn jemand im Schaltraum war, könnte er uns vielleicht erklären, warum es auf der Bühne plötzlich stockdunkel wurde. Allerdings ist Mauclair nirgends zu finden, verstehen Sie?«

Mauclair war der Beleuchtungsmeister, von dem es abhing, ob auf der Bühne Tag oder Nacht herrschte.

»Mauclair ist nirgends zu finden?« wiederholt Mercier bestürzt. »Und seine Helfer?«

»Weder Mauclair noch seine Helfer! Niemand von der Beleuchtung, sage ich Ihnen! Sie können sich doch vorstellen«, schreit der Regisseur, »daß die Kleine nicht von selbst verschwunden ist! Das war ein abgekartetes Spiel, das wir aufdecken müssen! Sind die Direktoren nicht da? Ich habe einen Feuerwehrmann vor der Tür des Schaltraums postiert, damit niemand hinein kann. War das richtig?«

»Ja, ja, absolut richtig. Und jetzt wollen wir auf den Kommissar warten.«

Achselzuckend entfernt sich der Regisseur und verwünscht murmelnd die ›Waschlappen‹, die unbekümmert in ihrer Ecke hocken bleiben, wenn die ganze Oper auf dem Kopf steht.

Unbekümmert waren Gabriel und Mercier keineswegs. Sie hatten nur eine Anweisung erhalten, die sie lähmte. Die Direktoren durften unter keinem Vorwand gestört werden. Rémy hatte sich darüber hinweggesetzt und doch nichts damit erreicht.

Gerade kommt er von seinem zweiten Gang zurück. Er sieht verstört aus.

»Na, haben Sie mit Ihnen gesprochen«, fragte Mercier.

Rémy antwortet:

»Moncharmin hat mir schließlich aufgemacht. Die Augen quollen ihm aus dem Kopf. Ich dachte, er wollte mich schlagen. Ich brachte kein Wort heraus, und wissen Sie, was er mir zuschrie: ›Haben Sie eine Sicherheitsnadel?‹ – ›Nein.‹ – ›Dann lassen Sie mich gefälligst in Ruhe!‹ Ich versuchte einzuwenden, daß etwas Unerhörtes in der Oper passiert sei. Aber er schnauzte nur: ›Eine Sicherheitsnadel! Besorgen Sie mir sofort eine Sicherheitsnadel!‹ Ein Büroangestellter, der ihn gehört hatte – denn er brüllte wie ein Stier –, eilte mit einer Sicherheitsnadel herbei, gab sie ihm, und Moncharmin schlug mir die Tür vor der Nase zu. Das war alles!«

»Sie haben ihm also nicht sagen können, daß Christine Daaé...«

»Ich hätte Sie an meiner Stelle sehen mögen! Er tobte! Er hatte nur seine Sicherheitsnadel im Kopf. Ich glaube, ihn hätte der Schlag getroffen, wenn sie ihm nicht sofort gebracht worden wäre! Jedenfalls ist das alles nicht normal. Unsere Direktoren scheinen überzuschnappen!«

Sekretär Rémy ist gekränkt und macht kein Hehl daraus.

»So kann das nicht weitergehen! Ich bin nicht gewohnt, so behandelt zu werden!«

Plötzlich flüstert Gabriel:

»Das ist ein neuer Streich des Phantoms der Oper.«

Rémy lacht verächtlich. Mercier seufzt und will offenbar etwas gestehen, schweigt aber, nachdem Gabriel ihm bedeutet hat, den Mund zu halten.

Schließlich erträgt es Mercier, der spürt, daß seine Verantwortung von Minute zu Minute wächst, da sich die Direktoren nicht blicken lassen, nicht länger und erklärt:

»Ich will sie selber aufsuchen!«

Gabriel, der plötzlich düster und ernst dreinschaut, versucht ihn daran zu hindern.

»Überlegen Sie gut, was Sie tun, Mercier! Wenn die Direktoren in ihrem Arbeitszimmer bleiben, sind sie vielleicht dazu gezwungen. Das Phantom hat mehr als einen Streich auf Lager!«

Aber Mercier schüttelt den Kopf.

»Desto schlimmer! Ich gehe hin! Wenn man auf mich gehört hätte, dann wäre die Polizei schon längst von allem unterrichtet worden!«

Er geht.

»Von was allem?« schaltet sich Rémy ein. »Wovon wäre die Polizei unterrichtet worden? Oh, Sie schweigen, Gabriel. Demnach sind Sie auch ins Vertrauen gezogen worden! Nun gut, aber Sie täten gut daran, auch mich ins Vertrauen zu ziehen, sonst verkünde ich laut, daß Sie alle verrückt geworden sind! Ja, völlig verrückt!«

Gabriel verdreht seine Glotzaugen und tut so, als habe er den ungebührlichen Ausfall des Privatsekretärs nicht gehört.

»Was für ein Vertrauen meinen Sie?« murmelt er. »Ich weiß wirklich nicht, wovon Sie reden.«

Rémy ist erbittert.

»Heute abend haben sich Richard und Moncharmin hier an dieser Stelle in der Pause wie die Irren aufgeführt.«

»Ich habe nichts bemerkt«, brummt Gabriel.

»Dann sind Sie der einzige! Glauben Sie etwa, ich hätte keine Augen im Kopf? Monsieur Parabise, der Direktor der Kreditbank, hätte nichts bemerkt? Monsieur de la Borderie, der Botschafter, wäre mit Blindheit geschlagen gewesen? Ich bitte Sie, Herr Gesangmeister, alle Abonnenten haben mit Fingern auf unsere Direktoren gezeigt!«

»Was haben denn unsere Direktoren getan«, fragt Gabriel einfältig.

»Was sie getan haben? Das wissen Sie besser als sonst jemand! Sie waren dabei! Sie haben sie beobachtet, Sie und Mercier! Und Sie beide haben als einzige nicht gelacht!«

»Das verstehe ich nicht!«

Äußerst kühl und ›zugeknöpft‹ breitet Gabriel die Arme aus und läßt sie sinken, womit er offenbar ausdrücken will, daß die ganze Sache ihn nicht interessiere.

Rémy fährt fort:

»Was ist das denn für eine neue Manie? *Jetzt wollen sie nicht mehr, daß man ihnen zu nahe kommt!*«

»Wie bitte? Sie wollen nicht mehr, daß man ihnen zu nahe kommt?«

»*Sie wollen nicht mehr, daß man sie berührt!*«

»Haben Sie tatsächlich bemerkt, daß sie nicht mehr berührt werden wollen? Das ist wirklich absurd!«

»Na, geben Sie es endlich zu? *Und sie gehen rückwärts!*«

»Rückwärts? Haben Sie festgestellt, daß unsere Direktoren rückwärts gehen? Ich dachte immer, das tun nur Krebse.«

»Lachen Sie nicht, Gabriel, lachen Sie nicht!«

»Ich lache überhaupt nicht«, protestierte Gabriel, der seine feierlich-ernste Miene bewahrt.

»Gabriel, können Sie als vertrauter Freund der Direktion mir bitte erklären, warum Moncharmin während der Pause vor der ›Gartenszene‹ im Foyer mir, als ich Richard die Hand geben wollte, hastig zuflüsterte: ›Entfernen Sie sich! Entfernen Sie sich! Berühren Sie vor allem nicht den Herrn Direktor!‹ Bin ich etwa ein Aussätziger?«

»Unglaublich!«

»Und haben Sie, als kurz danach Monsieur de la Borderie, der Botschafter, auf Richard zuging, nicht gesehen, wie Moncharmin rasch zwischen beide trat, haben Sie nicht gehört, wie er ausrief: ›Herr Botschafter, ich beschwöre Sie, berühren Sie nicht den Herrn Direktor!‹?«

»Entsetzlich! Und was tat Richard indessen?«

»Was er tat? Das haben Sie genau gesehen! Er machte eine halbe Drehung, *verbeugte sich in diese Richtung, obwohl dort niemand stand und zog sich rückwärts zurück!*«

»Rückwärts?«

»Und Moncharmin machte hinter Richard ebenfalls eine halbe Drehung, beschrieb also hinter Richard schnell einen Halbkreis, und zog sich auch *rückwärts* zurück! *So* gingen sie bis zur Treppe des Verwaltungskomplexes – *rückwärts!* Wenn sie nicht verrückt sind, so erklären Sie mir bitte, was das zu bedeuten hat!«

»Sie probten vielleicht eine Ballettfigur«, sagt Gabriel ohne Überzeugung.

Sekretär Rémy fühlt sich durch diesen schlechten Witz in einem so hochdramatischen Augenblick beleidigt. Er runzelt die Stirn und beißt sich auf die Lippen. Dann flüstert er Gabriel ins Ohr:

»Spielen Sie nicht den Narren, Gabriel! Hier gehen Dinge vor, für die man Sie und Mercier teilweise verantwortlich machen könnte.«

»Was denn?«

»Christine ist nicht die einzige, die heute abend plötzlich verschwunden ist.«

»Ach was!«

»Hier gibt es kein ›ach was‹! Können Sie mir verraten, warum Mercier, als Mama Giry vorhin ins Foyer herunterkam, sie bei der Hand nahm und eilig mit sich zog?«

»So?« sagt Gabriel. »Das habe ich nicht bemerkt.«

»Und ob Sie es bemerkt haben, Gabriel! Denn Sie folgten Mercier und Mama Giry bis zu Merciers Büro. Seitdem hat man zwar Sie und Mercier wiedergesehen, aber nicht mehr Mama Giry!«

»Glauben Sie etwa, daß wir sie aufgefressen haben?«

»Nein, aber Sie haben sie in das Büro gesperrt und das zweimal abgeschlossen! Wissen Sie, was man hört, wenn man an der Tür des Büros vorbeikommt? Man hört die Worte: ›O diese Banditen! O diese Banditen!‹«

An dieser Stelle des merkwürdigen Gesprächs erscheint Mercier völlig außer Atem.

»Da haben wir's«, sagt er düster. »Das geht doch wirklich zu weit! Ich habe ihnen zugerufen: ›Es ist sehr ernst! Machen Sie auf! Ich bin es, Mercier.‹ Ich höre Schritte. Die Tür öffnet sich, und Moncharmin steht vor mir. Er ist sehr blaß. Er fragt mich: ›Was wollen Sie?‹ Ich antworte: ›Christine Daaé ist entführt worden.‹ Und wissen Sie, was er darauf erwidert? ›Desto besser für sie!‹ Dann macht er die Tür wieder zu, nachdem er mir noch das in die Hand gedrückt hat.«

Mercier öffnet die Hand; Rémy und Gabriel schauen hinein.

»Die Sicherheitsnadel«, ruft Rémy.

»Sonderbar! Höchst sonderbar«, murmelt Gabriel, dem es kalt über den Rücken läuft.

Plötzlich läßt eine Stimme alle drei herumfahren.

»Pardon, Messieurs, könnten Sie mir bitte sagen, wo Christine Daaé ist?«

Trotz der ernsten Lage hätte diese Frage sie zweifellos zum Lachen gebracht, wenn das traurige Gesicht vor ihnen nicht sogleich ihr Mitleid erweckt hätte. Es war Vicomte Raoul de Chagny.

Sechzehntes Kapitel

Christine! Christine!

Raouls erster Gedanke nach Christine Daaés phantastischem Verschwinden war, Erik dafür verantwortlich zu machen. Er zweifelte nicht mehr an der fast übernatürlichen Macht des Engels der Musik innerhalb der Oper, in der er sein teuflisches Reich errichtet hatte.

Voller Verzweiflung und Liebe stürzte Raoul auf die Bühne. »Christine! Christine!« stöhnte er wie von Sinnen, so wie sie ihn wohl aus der finsteren Tiefe rufen mußte, in die das Scheusal sie als Beute geschleppt hatte, während sie noch vor göttlicher Verzückung bebte und in das weiße Leichentuch gehüllt war, in dem sie sich den Engeln des Paradieses darbot.

»Christine! Christine!« wiederholte Raoul, und er vermeinte die Schreie des jungen Mädchens durch den dünnen Boden zu hören, der sie trennte! Er bückte sich und horchte. Er irrte wie besessen auf der Bühne herum. Hinabsteigen, nichts als hinabsteigen in die Finsternis, zu der man ihm sämtliche Zugänge verwehrt!

Ach, dieses leichte Hindernis, das sich sonst mühelos beseitigen läßt, um ihm den Abgrund zu zeigen, in den es ihn sehnsüchtig drängt. Diese Bretter, die unter seinen Füßen knarren und durch den riesigen Hohlraum der Versenkungen unter seinem Gewicht hallen, diese Bretter scheinen heute abend unnachgiebig zu sein, als wären sie nie von der Stelle bewegt, nie verrückt worden. Und die Treppen dort, die zur Unterbühne führen, sind alle abgesperrt.

»Christine! Christine!« Man stößt ihn lachend zurück. Man macht sich über ihn lustig. Man glaubt, er, der arme Verlobte, habe den Verstand verloren.

In welcher tollen Jagd durch die finsteren Geheimgänge, die nur ihm selber bekannt sind, hat Erik die Unschuldige zum Schlupfwinkel des Louis-Philippe-Zimmers verschleppt, dessen Tür sich zum See der Unterwelt öffnet? »Christine! Christine! Du antwortest nicht! Bist du wenigstens noch unter den Lebenden, Christine? Oder hast du schon im Augenblick unmenschlichen Entsetzens deinen Geist unter dem glühenden Atem des Scheusals ausgehaucht?«

Schreckliche Gedanken züngeln wie Blitze durch Raouls fieberheißen Kopf.

Offenbar muß Erik hinter ihr Geheimnis gekommen sein und gewußt haben, daß Christine ihn verraten hatte! Sein wird jetzt die Rache sein!

Wovor schreckt dieser in seinem Stolz verletzte Engel der Musik nun noch zurück? Christine ist in den Armen dieses allmächtigen Scheusals verloren!

Raoul denkt an die beiden goldenen Sterne, die nachts auf seinem Balkon umherwanderten und die seine machtlose Waffe nicht auszulöschen vermochte.

Gewiß gibt es außergewöhnliche Menschenaugen, die sich im Dunkeln weiten und wie Sterne oder Katzenaugen funkeln. (Manche Albinos, die tagsüber rote Kaninchenaugen haben, bekommen nachts Katzenaugen – das weiß jeder!)

Ja, ja, Raoul hatte bestimmt auf Erik geschossen! Warum hatte er ihn nicht getötet? Das Scheusal floh über die Dachrinne wie Katzen und Zuchthäusler, die – was auch jeder weiß – senkrecht an einer Dachrinne hinaufklettern können.

Zweifellos führte Erik damals etwas Entscheidendes gegen den jungen Mann im Schilde, aber er wurde verwundet und rettete sich, um seinen Zorn an der armen Christine auszulassen.

Solche grausamen Gedanken hat Raoul, während er zur Garderobe der Sängerin eilt.

»Christine! Christine!« Bittere Tränen brennen in den Augen des jungen Mannes, der auf den Möbeln die Kleider erblickt, die seine schöne Verlobte auf ihrer gemeinsamen Flucht zu tragen beabsichtigte! Ach, warum hat sie nur nicht eher fliehen wollen? Warum zögerte sie so lange? Warum spielte sie mit der drohenden Katastrophe? Mit dem Herzen des Scheusals? Warum wollte sie aus erhabenem Mitleid dieser Dämonenseele als letzte Wegzehrung den paradiesischen Gesang mitgeben:

»Engelchor! Himmlische Schar,
Meine Seele gnädig bewahr'!
O Gott, schenke mir Erbarmen!«

Raoul tastet unter Schluchzen, Flüchen und Beschimpfungen mit ungeschickten Händen den großen Spiegel ab, der sich an jenem Abend vor ihm öffnete, um Christine zu ihrem unterirdischen Aufenthaltsort hinabsteigen zu lassen. Er drückt, stößt, sucht, aber offenbar gehorcht der Spiegel nur Erik. Vielleicht bedarf es bei einem solchen Spiegel gar keiner Gesten? Vielleicht genügen gewisse Worte? Man hatte ihm als Kind erzählt, es gebe Dinge, die darauf hörten!

Plötzlich fallen Raoul Christines Worte ein: »Ein Gittertor an der Rue Scribe. Ein unterirdischer Gang, der vom See direkt zur Rue Scribe führt.« Ja, das hat sie ihm gesagt! Und obwohl er feststellt, daß der große Schlüssel nicht mehr in dem Kästchen liegt, eilt er zur Rue Scribe.

Dort gleiten seine zitternden Hände über die zyklopischen Steine. Er sucht Zugänge, stößt auf Gitterstäbe. Sind es diese hier, oder jene dort? Oder ist es dieses Kellerloch? Mit ohnmächtigen Blicken späht er durch die Stäbe. Was für eine Finsternis herrscht dahinter! Er horcht. Was für eine Stille! Er geht um das Gebäude herum. Oh, diese dicken Stäbe! Dieses riesige Gitter! Es ist das Tor zum Hof der Verwaltung!

Raoul eilt zu der Concierge: »Pardon, Madame, können Sie mir eine Gittertür zeigen, eine Tür mit Eisenstäben – an der Rue Scribe –, die zum See führt. Sie wissen doch, zu dem See ... ja, zu dem See, der unter der Erde liegt ... unter der Oper.«

»Monsieur, ich weiß zwar, daß es einen See unter der Oper gibt, aber ich weiß nicht, durch welche Tür man hingelangt. Persönlich bin ich nie dort gewesen!«

»Sind Sie auch nie in der Rue Scribe gewesen, Madame?«

Sie lacht. Sie platzt vor Lachen! Raoul flieht stöhnend, er springt die Treppe hinauf und hinunter, durchquert den ganzen Verwaltungskomplex und landet wieder auf der beleuchteten Bühne.

Er hält inne. Sein Herz hämmert so, als wollte es

seine keuchende Brust sprengen. Vielleicht hat man Christine inzwischen wiedergefunden. Da steht eine Gruppe. Er geht hin und fragt:

»Pardon, Messieurs, haben Sie nicht Christine Daaé gesehen?«

Nur mühsam unterdrückt man ein Lachen.

Da gerät die Bühne erneut in Aufruhr, denn inmitten einer Menge Befrackter, die fuchtelnd auf ihn einreden, erscheint ein Mann, der selbst ganz ruhig wirkt und ein gutmütiges, pausbäckiges Gesicht, gekräuseltes Haar und zwei heiterblitzende blaue Augen hat. Verwalter Mercier führt den Neuankömmling zu Vicomte de Chagny und sagt zu diesem:

»Das ist der Mann, Monsieur, an den Sie Ihre Fragen künftig richten müssen. Gestatten Sie, daß ich Ihnen Polizeikommissar Mifroid vorstelle.«

»Oh, Vicomte de Chagny! Es freut mich, Sie kennenzulernen, Monsieur«, sagt der Kommissar. »Wenn Sie vielleicht die Güte hätten, mir zu folgen. Wo stecken nur die Direktoren?«

Da der Verwalter schweigt, übernimmt es Sekretär Rémy, dem Kommissar mitzuteilen, daß die Direktoren sich in ihrem Arbeitszimmer eingeschlossen hätten und noch nichts von dem Vorfall wüßten.

»Ist das denn möglich?! Auf zu ihrem Arbeitszimmer!«

Mifroid, dessen Gefolge wächst, bricht zum Verwaltungskomplex auf. Mercier benutzt den Tumult, um Gabriel einen Schlüssel zuzustecken:

»Alles geht schief«, murmelt er. »Laß Mama Giry frei...«

Gabriel verschwindet.

Rasch gelangt man zur Tür des Direktionszimmers. Vergeblich bittet Mercier um Einlaß: die Tür bleibt zu.

»Öffnen Sie im Namen des Gesetzes«, befiehlt Mifroids klare Stimme mit einiger Besorgnis.

Endlich öffnet sich die Tür. Man drängt sich hinter dem Kommissar in das Direktionszimmer.

Raoul will als letzter eintreten. Da legt sich ihm eine Hand auf die Schulter, und jemand flüstert ihm ins Ohr:

»*Eriks Geheimnisse gehen keinen Menschen etwas an!*«

Raoul dreht sich um und unterdrückt einen Schrei. Die Hand, die auf seiner Schulter gelegen hat, schließt jetzt den Mund eines Mannes mit ebenholzschwarzer Haut, Jadeaugen und einer Astrachanmütze auf dem Kopf: der Perser!

Der Fremde gebietet noch eindringlicher Schweigen, und als der verblüffte Vicomte ihn nach dem Grund für seine geheimnisvolle Einmischung fragen will, grüßt er und verschwindet.

Siebzehntes Kapitel

Mama Girys erstaunliche Enthüllungen über ihre persönlichen Beziehungen zu dem Phantom der Oper

Ehe wir Polizeikommissar Mifroid zu den Direktoren folgen wollen, möchte ich dem Leser die ungewöhnlichen Vorgänge schildern, die sich in dem Arbeitszimmer abspielten, in das Sekretär Rémy und Verwalter Mercier vergeblich zu gelangen versuchten und in dem sich Richard und Moncharmin hermetisch eingeschlossen hatten, und zwar aus Gründen, die der Leser noch nicht kennt, die ich ihm aber als gewissenhafter Historiker nicht länger verheimlichen darf.

Ich habe bereits erwähnt, wie sehr sich die Laune der beiden Direktoren in letzter Zeit verschlechtert hatte, und zu verstehen gegeben, daß nicht nur der Sturz des Lüsters unter den bekannten Umständen die Ursache dafür war.

Der Leser möge also erfahren – obwohl die Direktoren größten Wert darauf gelegt hätten, daß es niemals zu Tage käme –, daß das Phantom in aller Gemütsruhe seine ersten zwanzigtausend Francs einstrich! Da nützten keine Tränen des Zorns und kein Zähneknirschen! Die Sache ging ganz einfach vonstatten:

Eines Morgens fanden die Direktoren ein vorbereitetes Kouvert auf ihrem Schreibtisch. Die Anschrift lautete: *Monsieur Ph. d. O. (durch Überbringer)*, und es lag ein kleiner Zettel vom Ph. d. O. selbst bei: »Der Augenblick der Vertragserfüllung ist gekommen: stecken Sie zwanzig Tausend-Francs-Scheine in dieses Kouvert, versiegeln Sie es mit Ihrem eigenen Siegel und übergeben Sie es Madame Giry, die für alles Weitere sorgen wird.«

Das ließen sich die Direktoren nicht zweimal sagen. Ohne sich zu überlegen, wie dieser teuflische Auftrag in ihr Arbeitszimmer gelangt war, das sie immer sorgfältig abschlossen, hielten sie die Gelegenheit für günstig, den rätselhaften Meistererpresser endlich in ihre Gewalt zu bekommen. Nachdem sie Gabriel und Mercier alles unter dem Siegel der Verschwiegenheit anvertraut hatten, steckten sie die zwanzigtausend Francs in das Kouvert und übergaben es kommentarlos Mama Giry, die wieder ihren alten Posten bekleidete. Die Logenschließerin zeigte keinerlei Erstaunen. Ich brauche wohl kaum zu sagen, daß sie überwacht wurde. Übrigens ging sie schnurstracks in die Loge des Phantoms und legte das wertvolle Kouvert auf das Tischchen der Brüstung. Die beiden Direktoren, sowie Gabriel und Mercier hatten sich so versteckt, daß sie das Kouvert während der Vorstellung keine Sekunde aus den Augen ließen, und sogar nicht einmal danach, denn da sich das Kouvert nicht von der Stelle gerührt hatte, rührten sich seine Wächter auch nicht von der Stelle. Das Theater leerte sich, und Mama Giry verschwand, während die Direktoren, Gabriel und Mercier weiter ausharrten. Schließlich wurden sie der Sache überdrüssig und öffneten das Kouvert, nachdem sie geprüft hatten, daß die Siegel unversehrt waren.

Auf den ersten Blick meinten Richard und Moncharmin, daß sich die Scheine noch darin befanden, aber auf den zweiten Blick stellten sie fest, daß es sich nicht mehr um dieselben handelte. Die zwanzig echten Scheine waren gegen zwanzig ›Blüten‹ ausgewechselt worden!

»Das ist noch toller als bei Robert Houdin«, rief Gabriel.

»Ja«, erwiderte Richard, »und kostspieliger!«

Moncharmin wollte den Kommissar holen lassen; Richard war dagegen. Er hatte einen Plan und sagte: »Wir wollen uns nicht lächerlich machen und dem Spott von ganz Paris aussetzen! Das Phantom hat zwar die erste Partie gewonnen, aber wir gewinnen die zweite.« Er hatte zweifellos die nächste Monatsrate im Sinn.

Immerhin waren sie so gründlich hereingelegt worden, daß sie sich in den folgenden Wochen einer gewissen Niedergeschlagenheit nicht erwehren konnten. Und das ist verständlich! Wenn sie den Kommissar nicht gleich hinzuzogen, so darf man dabei nicht vergessen, daß die Direktoren diese absurde Angelegenheit in ihrem Innern weiterhin für einen üblen Streich hielten, den sicherlich ihre Vorgänger ihnen spielten und der erst bekannt werden durfte, wenn ›das letzte Wort gefallen war‹. Andererseits regte sich bei Moncharmin der Verdacht, daß Richard selbst dahinter stecken könnte, der manchmal die verrücktesten Einfälle hatte. So warteten sie, auf alle Eventualitäten vorbereitet, die Dinge ab, während sie Mama Giry überwachten und überwachen ließen, die auf Richards Anweisungen hin von allem nichts erfuhr.

»Wenn sie Komplizin ist«, sagte er, »dann sind die Scheine schon längst über alle Berge. Ich persönlich finde sie aber zu beschränkt dafür.«

»Es gibt viele Beschränkte in dieser Sache«, erwiderte Moncharmin nachdenklich.

»Konnte man das ahnen?« stöhnte Richard. »Aber

nur keine Bange, das nächste Mal werde ich meine Vorsichtsmaßnahmen getroffen haben.«

Das nächste Mal kam. Es fiel auf den Tag, an dem Christine verschwinden sollte.

Morgens erinnerte ein Zettel des Phantoms sie an den Zahlungstermin. »Machen Sie es wie beim letzten Mal«, empfahl ihnen Ph. d. O. »*Es hat ausgezeichnet geklappt.* Übergeben Sie das Kouvert mit den zwanzigtausend Francs der höchst zuverlässigen Madame Giry.«

Dem Zettel lag das übliche Kouvert bei. Es brauchte nur gefüllt zu werden.

Die Operation sollte am gleichen Abend eine halbe Stunde vor der Vorstellung stattfinden. Ungefähr eine halbe Stunde, ehe sich der Vorhang zu der berüchtigten Aufführung des *Faust* hebt, geht das Folgende im Direktionszimmer vor sich. Richard zeigt Moncharmin das Kouvert, zählt dann zwanzigtausend Francs ab und steckt sie in das Kouvert, ohne es zu versiegeln.

»Und jetzt rufe man Madame Giry«, sagt er.

Man holt die Alte. Sie tritt ein und macht einen tiefen Knicks. Sie trägt immer noch ihr schwarzes Taftkleid, das ins Rostrote und Violette verblaßt, und ihren braunen Federhut. Sie scheint gutgelaunt zu sein und sagt ohne Umschweife:

»Guten Abend, Messieurs! Sicher handelt es sich wieder um das Kouvert?«

»Ja, Madame Giry«, sagt Richard äußerst liebenswürdig, »ganz richtig, um das Kouvert. Aber auch noch um etwas anderes.«

»Zu Ihren Diensten, Herr Direktor, immer zu Ihren Diensten! Um was handelt es sich bitte noch?«

»Erst einmal möchte ich Ihnen eine kleine Frage stellen, Madame Giry.«

»Stellen Sie nur Ihre Frage, Herr Direktor. Mama Giry ist ja dazu da, sie Ihnen zu beantworten.«

»Stehen Sie immer noch so gut mit dem Phantom?«

»Bestens, Herr Direktor, bestens!«

»Oh, das freut uns sehr. Sagen Sie einmal, Madame Giry«, raunte Richard, als vertraue er ihr etwas Wichtiges an. »Unter uns darf man das ja aussprechen – Sie sind doch nicht dumm.«

»Aber, Herr Direktor«, ruft die Logenschließerin und stellt das freundliche Nicken der beiden schwarzen Federn auf ihrem Hut ein. »Ich versichere Ihnen, daß daran noch kein Mensch gezweifelt hat!«

»Das ist auch unsere Meinung, und wir werden uns bestimmt verstehen. Die Geschichte mit dem Phantom ist ein Scherz, nicht wahr? Und unter uns – er hat lange genug gedauert!«

Mama Giry starrt die Direktoren an, als redeten sie Chinesisch mit ihr. Sie tritt zu Richards Schreibtisch und fragt unsicher:

»Was wollen Sie damit sagen? Ich verstehe Sie nicht!«

»Oh, Sie verstehen uns sehr gut. Jedenfalls müssen Sie uns verstehen. Erst einmal werden Sie uns sagen, wie er heißt!«

»Wer denn?«

»Derjenige, dessen Komplizin Sie sind, Madame Giry!«

»Ich soll die Komplizin des Phantoms sein? Ich? Bei was?«

»Sie tun, was er will.«

»Ach, wissen Sie, er verlangt nicht viel.«

»Und er gibt Ihnen immer Trinkgelder!«

»Ich kann mich nicht beklagen!«

»Wieviel gibt er Ihnen für das Überbringen dieses Kouverts?«

»Zehn Francs.«

»Das nenne ich spottbillig!«

»Wieso denn?«

»Das sage ich Ihnen nachher, Madame Giry. Augenblicklich möchte ich wissen, aus welchem, nun ja, außergewöhnlichen Grund Sie sich lieber dem Phantom mit Leib und Seele verschrieben haben als irgendeinem anderen. Denn, Madame Giry, Freundschaft und Ergebenheit sind nicht für hundert Sous oder zehn Francs zu kaufen.«

»Das stimmt! Und, mein Gott, ich kann Ihnen den Grund dafür sagen, Herr Direktor. Daran ist bestimmt nichts Anrüchiges! Ganz im Gegenteil!«

»Das bezweifeln wir keineswegs, Madame Giry.«

»Na schön, obwohl das Phantom es eigentlich nicht leiden kann, wenn ich seine Geschichten weitererzähle.«

»So, so«, höhnt Richard.

»Aber die hier geht nur mich etwas an«, fährt die Alte fort. »Also eines Abends finde ich in Loge Nr. 5 einen Brief für mich, einen mit roter Tinte geschriebenen Zettel. Diesen Zettel brauche ich Ihnen nicht vorzulesen, Herr Direktor. Den kann ich auswendig, den vergesse ich nie, auch nicht, wenn ich hundert werde!«

Mama Giry sagt gerührt den Brief auf:

»Madame,
1825 wurde Mademoiselle Ménétrier, Solotänzerin, Marquise de Cussy. – 1832 wurde Mademoiselle Maria Taglioni, Tänzerin, Gräfin Gilbert des Voisins. – 1846 heiratete La Sota, Tänzerin, einen Bruder des Königs von Spanien. – 1847 heiratete Lola Montez, Tänzerin, morganatisch König Ludwig von Bayern und wurde Gräfin von Landsfeld. – 1848 wurde Mademoiselle Maria, Tänzerin, Baronin d'Hermeville. – 1870 heiratete Therese Hessler, Tänzerin, Don Fernando, den Bruder des Königs von Portugal ...«

Richard und Moncharmin hören der Alten zu, die bei der merkwürdigen Aufzählung dieser glanzvollen Vermählungen immer mehr in Fahrt gerät, den Kopf hebt, kühner wird und schließlich wie eine erleuchtete Sibylle an ihrem Dreifuß mit stolzer Stimme den letzten Satz dieses prophetischen Briefes hinausschmettert:

»*1885 wird Meg Giry Kaiserin!*«

Durch diese letzte Steigerung erschöpft, sinkt die Logenschließerin auf einen Stuhl und keucht: »Messieurs, der Brief war unterzeichnet mit: *Das Phantom der Oper!* Ich hatte schon von dem Phantom gehört, glaubte aber nur halb daran. Doch seit dem Tag, an dem es mir verkündet hat, daß meine kleine Meg, meine leibliche Tochter, Kaiserin werden soll, glaube ich ganz fest daran.«

Man braucht Mama Girys verzücktes Gesicht nicht lange zu betrachten, um zu begreifen, was man bei diesem einfältigen Wesen nicht alles mit jenen beiden Wörtern ›Phantom‹ und ›Kaiserin‹ erreichen konnte.

Aber wer hielt die Fäden dieser Marionette? Wer?

»Glauben Sie, obwohl Sie es nie gesehen haben, alles, was es Ihnen sagt«, fragt Moncharmin.

»Ja. Erst einmal verdanke ich ihm, daß meine kleine Meg Solotänzerin wurde. Ich habe zu dem Phantom gesagt: ›Wenn sie 1885 Kaiserin werden soll, dürfen Sie keine Zeit mehr verlieren, sondern müssen sie gleich zur Solotänzerin machen.‹ Er hat mir erwidert: ›Selbstverständlich.‹ Er brauche Monsieur Poligny nur ein Wort zu sagen ...«

»Wissen Sie, ob Monsieur Poligny es gesehen hat?«

»Nein, aber er hat es gehört! Das Phantom hat ihm etwas ins Ohr geflüstert, Sie wissen schon! Am Abend, als er so blaß Loge Nr. 5 verließ.«

Moncharmin stößt einen Seufzer aus.

»Was für eine Geschichte«, stöhnt er.

»Ach«, erwidert Mama Giry, »ich dachte mir immer schon, daß das Phantom und Monsieur Poligny Geheimnisse miteinander hätten. Alles, was das Phantom von Monsieur Poligny verlangte, bewilligte er ihm. Monsieur Poligny hat dem Phantom nie etwas abgeschlagen.«

»Hörst du das, Richard: Poligny hat dem Phantom nie etwas abgeschlagen.«

»Ja, ja, ich höre«, erklärt Richard. »Monsieur Poligny ist ein Freund des Phantoms! Und da Madame Giry eine Freundin von Monsieur Poligny ist, haben wir den Salat«, fügte er grob hinzu. »Aber Monsieur Poligny geht mich nichts an ... Ich mache kein Hehl daraus, daß mich nur eine Person interessiert, und das ist Madame Giry! Madame Giry, wissen Sie, was in diesem Kouvert ist?«

»Mein Gott, nein!« sagt sie.

»Dann schauen Sie einmal hinein!«

Mama Giry wirft einen schüchternen Blick in das Kouvert, doch dann strahlt sie.

»Tausend-Francs-Scheine!« ruft sie.

»Ja, Madame Giry! Ganz richtig, Tausend-Francs-Scheine! Und das haben Sie genau gewußt!«

»Ich, Herr Direktor? Ich schwöre Ihnen...«

»Schwören Sie nicht, Madame Giry! Und jetzt will ich Ihnen noch das andere sagen, weswegen ich Sie hierher zitiert habe: ich werde Sie verhaften lassen!«

Die beiden schwarzen Federn auf ihrem Hut, die gewöhnlich die Form zweier Fragezeichen haben, richten sich plötzlich zu zwei Ausrufezeichen auf; der Hut selbst wackelt drohend auf dem empörten Chignon. Verblüffung, Entrüstung, Protest und Schrecken setzen sich bei der Mutter der kleinen Meg in eine Art ›eingesprungene‹ Pirouette gekränkter Unschuld um, so daß sie mit einem Satz vor der Nase des Direktors landet, der in seinem Sessel zurückfährt.

»Mich verhaften lassen?«

Der Mund, der das hervorstößt, scheint seine noch verbliebenen drei Zähne Richard ins Gesicht spucken zu wollen.

Richard benimmt sich wie ein Held. Er weicht nicht weiter zurück. Mit ausgestrecktem Zeigefinger weist er den imaginären Polizisten die Schließerin der Loge Nr. 5 an.

»Ich lasse Sie als Diebin verhaften, Madame Giry!«

»Sagen Sie das nochmal!«

Und Mama Giry ohrfeigt Direktor Richard, ehe Direktor Moncharmin dazwischentreten kann. Wahrhaftig eine schlagfertige Antwort. Aber die dürre Hand der zornigen Alten trifft nicht die direktoriale Backe, sondern das Kouvert, die Ursache des ganzen Skandals, das Zauberkouvert, das sich öffnet und die Geldscheine wie Riesenschmetterlinge herausflattern läßt.

Die beiden Direktoren schreien auf und werfen sich, vom gleichen Gedanken durchzuckt, auf die Knie, um in fieberhafter Eile die kostbaren Papiere einzusammeln.

»Sind es noch die echten?« schreit Moncharmin.

»*Sind es noch die echten?*« schreit Richard.

»Es sind noch die echten!!!« seufzen beide erleichtert.

Über ihnen knirscht Mama Giry mit ihren drei Zähnen und stößt dabei gräßliche Beschimpfungen aus.

»Ich, und eine Diebin! . . . Ich, und eine Diebin!«

Sie ringt nach Luft.

Sie brüllt:

»Ich bin ruiniert!«

Plötzlich springt sie wieder Richard vor die Nase.

»Jedenfalls«, kreischt sie, »sollten Sie, Monsieur Richard, besser wissen als ich, wo die zwanzigtausend Francs hingekommen sind!«

»Ich«, fragt Richard verdutzt. »Woher soll ich das wissen?«

Unverzüglich verlangt Moncharmin besorgt und streng eine nähere Erklärung von der Frau.

»Was soll das heißen«, fragt er. »Madame Giry, warum behaupten Sie, daß Monsieur Richard besser wissen müsse als Sie, wo die zwanzigtausend Francs hingekommen sind?«

Richard, der spürt, daß er unter Moncharmins Blick rot wird, packt Mama Giry bei der Hand und schüttelt sie heftig. Seine Stimme ahmt den Donner nach. Sie dröhnt, poltert . . . und fährt herab.

»Warum sollte ich besser wissen als Sie, wo die zwanzigtausend Francs hingekommen sind? Warum?«

»Weil sie in Ihrer Tasche verschwunden sind«, haucht die Alte und starrt ihn an, als wäre er der leibhaftige Satan.

Diesmal ist Richard wie vom Donner gerührt, erstens durch die unerwartete Antwort, zweitens durch Moncharmins immer argwöhnischeren Blick. Auf einen

Schlag verläßt ihn die Kraft, die er in diesem peinlichen Augenblick nötig gehabt hätte, um eine so niederträchtige Bezichtigung zurückzuweisen.

So wirken die Unschuldigsten, deren Gemütsruhe gestört wird und die durch den Schlag, der sie trifft, erbleichen oder erröten, taumeln oder erstarren, sich ducken oder aufbegehren, schweigen, wenn sie reden sollten, oder reden, wenn sie schweigen sollten, denen der Schweiß nicht ausbricht, wenn er sie entlastet, oder denen der Schweiß ausbricht, wenn er sie belastet, so wirken die Unschuldigsten plötzlich wie Schuldige.

Moncharmin hält Richard zurück, der unschuldig ist und sich rachsüchtig auf Mama Giry stürzen will, und bemüht sich, diese möglichst ermutigend und freundlich auszufragen:

»Wieso haben Sie meinen Mitarbeiter Richard verdächtigen können, die zwanzigtausend Francs in seine Tasche gesteckt zu haben?«

»Das habe ich nicht behauptet«, erklärt Mama Giry. »Denn ich selbst habe die zwanzigtausend Francs Monsieur Richard in die Tasche gesteckt.«

Leise fügte sie hinzu:

»Das hätte ich hinter mir! Möge das Phantom mir verzeihen!«

Da Richard wieder zu brüllen beginnen will, befiehlt ihm Moncharmin energisch, den Mund zu halten:

»Bitte, bitte, bitte! Die Frau soll die Sache erklären! Überlaß mir das Fragen!« Und er fügt hinzu:

»Ich finde es merkwürdig, daß du diesen Ton anschlägst. Wir stehen kurz vor des Rätsels Lösung! Und du bist wütend! Das ist falsch. Ich amüsiere mich großartig!«

Wie eine Märtyrerin hebt Mama Giry das Gesicht, das Glaube und Unschuld verklären.

»Sie sagen, daß zwanzigtausend Francs in dem Kouvert waren, das ich Monsieur Richard in die Tasche gesteckt habe, aber ich wiederhole, daß ich davon nichts gewußt habe. Monsieur Richard übrigens auch nicht!«

»Aha«, sagt Richard und wirft sich in die Brust, was Moncharmin mißfällt. »Ich habe auch nichts davon gewußt! Sie haben mir zwanzigtausend Francs in die Tasche gesteckt, und ich habe nichts davon gewußt! Dann bin ich ja beruhigt, Madame Giry.«

»Ja«, bestätigt die fürchterliche Person, »das stimmt! Weder Sie noch ich haben etwas davon gewußt! Aber Sie müssen es doch schließlich gemerkt haben.«

Richard hätte Mama Giry bestimmt in Stücke gerissen, wenn Moncharmin nicht dabei gewesen wäre! Denn Moncharmin beschützt sie. Er setzt mehr Dampf hinter das Verhör.

»Was für ein Kouvert haben Sie denn Monsieur Richard in die Tasche gesteckt? Doch sicher nicht dasjenige, das wir Ihnen gegeben und das Sie vor unseren Augen in Loge Nr. 5 gebracht haben, obwohl nur das zwanzigtausend Francs enthielt.«

»Verzeihung! Eben dasjenige, das mir der Herr Direktor gegeben hat, habe ich dem Herrn Direktor in die Tasche gesteckt«, erklärt Mama Giry. »Während ich ein anderes Kouvert, das genauso aussah, das ich fix und fertig in meinem Ärmel verbarg und das mir das Phantom gegeben hatte, in die Loge des Phantoms gelegt habe!«

Bei diesen Worten zieht Mama Giry ein Kouvert aus dem Ärmel, das demjenigen völlig gleicht, das die zwanzigtausend Francs enthält. Die Direktoren reißen es ihr aus der Hand. Sie untersuchen es und stellen fest, daß es mit ihrem eigenen Direktorensiegel versiegelt ist. Sie öffnen es: es enthält zwanzig Tausend-Francs-Blüten wie die, mit denen man sie schon vor einem Monat angeführt hat.

»Wie simpel«, sagt Richard.

»Wie simpel«, wiederholt Moncharmin feierlicher denn je.

»Die besten Tricks«, erwidert Richard, »sind immer die simpelsten gewesen. Dabei ist nur ein Helfershelfer nötig ...«

»Oder eine Helfershelferin«, ergänzt Moncharmin trocken und fährt fort, wobei er Mama Giry anstarrt, als wollte er sie hypnotisieren: »Es war also das Phantom, das Ihnen dieses Kouvert ausgehändigt und Ihnen gesagt hat, Sie sollten es gegen das austauschen, das wir Ihnen gaben? Es war also das Phantom, das Ihnen gesagt hat, Sie sollten letzteres Monsieur Richard in die Tasche stecken?«

»Ja, es war das Phantom!«

»Madame, können Sie uns vielleicht eine Probe Ihrer Fingerfertigkeit geben? Hier ist das Kouvert. Tun Sie so, als hätten wir keine Ahnung.«

»Ganz zu Ihren Diensten, Messieurs!«

Mama Giry nimmt das Kouvert an sich und wendet sich zur Tür, um hinauszugehen.

»O nein! O nein! Uns legt man nicht mehr herein! Davon haben wir die Nase voll! Wir wollen nicht von vorne anfangen!«

»Pardon, Messieurs, pardon«, entschuldigt sich die Alte. »Aber Sie haben mir gesagt, ich solle so tun, als hätten Sie keine Ahnung! Na, und wenn Sie keine Ahnung hätten, würde ich mit Ihrem Kouvert hinausgehen!«

»Wie würden Sie es denn anstellen, es mir in die Tasche zu stecken«, fragt Richard, den Moncharmin nicht aus dem linken Auge läßt, während sein rechtes auf Mama Giry ruhen bleibt – ein schwieriger Blickwinkel, doch Moncharmin ist zu allem bereit, was zur Entdeckung der Wahrheit führt.

»Ich muß es Ihnen in dem Augenblick in die Tasche stecken, in dem Sie es am wenigsten erwarten, Herr Direktor. Sie wissen ja, daß ich im Laufe des Abends immer eine kleine Runde hinter den Kulissen mache, und oft begleite ich, was mein gutes Recht als Mutter ist, meine Tochter zum Foyer de la Danse. Ich bringe ihr in der Pause ihre Tanzschuhe oder sogar ihren Parfumsprüher. Kurzum, ich gehe dort nach Belieben ein und aus. Auch die Abonnenten kommen hin. Auch Sie,

Herr Direktor! Dann gehe ich hinter Ihnen vorbei und stecke das Kouvert in die Tasche Ihrer Rockschöße. Das ist doch keine Hexerei!«

»Nein, das ist keine Hexerei«, donnert Richard und rollt die Augen wie der Blitze schleudernde Jupiter, »das ist keine Hexerei! Aber ich ertappe Sie bei einer Lüge, Sie alte Hexe!«

Diese Beleidigung trifft die brave Frau weniger als der Angriff auf ihre Ehrlichkeit. Sie richtet sich widerborstig auf und bleckt ihre drei Zähne.

»Wieso?«

»Weil ich den ganzen Abend in Loge Nr. 5 verbracht habe, um das falsche Kouvert zu bewachen, das Sie dorthin gelegt hatten. Ich bin überhaupt nicht in das Foyer de la Danse hinuntergegangen!«

»Aber, Herr Direktor, ich habe Ihnen das Kouvert ja auch nicht an diesem Abend zugesteckt! Sondern erst bei der nächsten Vorstellung. Warten Sie, es war der Abend, an dem der Unterstaatssekretär des Kultusministeriums...« Richard fällt Mama Giry ins Wort:

»Ja, das stimmt«, sagt er nachdenklich, »ich erinnere mich... ich erinnere mich jetzt! Der Unterstaatssekretär kam hinter die Kulissen. Er ließ mich rufen. Ich ging kurz in das Foyer de la Danse hinunter. Ich stand auf den Stufen des Foyers... Der Unterstaatssekretär und sein Ressortchef befanden sich im Foyer selbst... Plötzlich drehte ich mich um... Madame Giry, Sie gingen gerade hinter mir vorbei... Mir schien, daß Sie mich gestreift hatten... Außer Ihnen war niemand hinter mir... Ja, ich sehe Sie noch vor mir!«

»Ja, so ist es, Herr Direktor! So ist es! Ich hatte gerade die Kleinigkeit mit Ihrer Tasche erledigt. Ihre Tasche eignet sich ausgezeichnet dazu, Herr Direktor!«

Und Mama Giry setzt nochmals ihr Wort in die Tat um. Sie schlüpft hinter Richard und steckt so schnell, daß es sogar Moncharmin verblüfft, der nun mit beiden Augen zuschaut, das Kouvert dem Direktor in die Tasche eines seiner Rockschöße.

»Ohne Zweifel«, ruft Richard, der erblaßt ist. »Das ist wirklich ein starkes Stück von dem Phantom! Sein Problem war, jeden gefährlichen Vermittler zwischen demjenigen, der die zwanzigtausend Francs gibt, und demjenigen, der sie entgegennimmt, auszuschalten! Er hätte sich gar nichts Klügeres ausdenken können, als sie mir aus der Tasche zu ziehen, ohne daß ich es merkte, denn ich wußte ja nicht, daß sie sich dort befanden. Ist das nicht bewundernswert?«

»Ja, unbedingt bewundernswert«, entgegnet Moncharmin. »Aber Richard, du vergißt dabei, daß ich zu diesen zwanzigtausend Francs zehntausend beigesteuert habe, und mir hat niemand etwas in die Tasche gesteckt!«

Achtzehntes Kapitel

Die seltsame Rolle einer Sicherheitsnadel
(Fortsetzung)

Aus Moncharmins letztem Satz sprach allzu deutlich der Verdacht, den er fortan gegen seinen Kompagnon hegte, als daß nicht auf der Stelle eine heftige Auseinandersetzung folgte, an deren Ende vereinbart wurde, daß Richard sich Moncharmin in allem fügte, was zur Entlarvung des Elenden führte, der ihnen so übel mitspielte.

So gelangen wir zur Pause vor der Gartenszene, in der Sekretär Rémy, dem nichts entgeht, neugierig das sonderbare Benehmen seiner Direktoren beobachtet hat, und uns ist es jetzt ein Leichtes, den Grund für ihr groteskes und vor allem ihrer Direktorenwürde keineswegs entsprechendes Verhalten zu erkennen.

Es wurde nämlich ganz und gar von den Enthüllungen bestimmt, die Mama Giry ihnen gerade gemacht hatte: 1. Richard sollte sich genauso verhalten wie an dem Abend, an dem die ersten zwanzigtausend Francs verschwunden waren. 2. Moncharmin sollte Richards Rockschoßtasche, in die Mama Giry die zweiten zwanzigtausend Francs stecken sollte, keine Sekunde aus den Augen lassen.

Richard nimmt denselben Platz ein, an dem er den Unterstaatssekretär damals begrüßt hat, und Moncharmin stellt sich ein paar Schritte hinter ihm auf.

Mama Giry streift Richard im Vorbeigehen, steckt ihm die zwanzigtausend Francs in die Rocktasche und verschwindet...

Oder genauer: man läßt sie verschwinden. Denn laut der Anweisung, die Moncharmin ihm kurz vor der Rekonstruktion der Szene gegeben hat, sperrt Mercier die brave Frau in das Verwaltungsbüro ein, um ihr dadurch die Möglichkeit zu nehmen, sich mit dem Phantom in Verbindung zu setzen. Und Mama Giry wehrt sich nicht, denn sie ist nur noch ein armes gerupftes Geschöpf, das wie ein aufgescheuchtes Huhn die Augen unter dem zerzausten Kamm vor Schreck aufreißt, weil sie im Korridor schon die schweren Schritte des Kommissars zu hören vermeint, der sie zu verhaften droht, und sie stößt Seufzer aus, die die Säulen der großen Treppe hätten erweichen können.

Indessen verbeugt sich Richard, macht seinen Bückling, grüßt und geht rückwärts, als stünde der hohe und mächtige Unterstaatssekretär des Kultusministeriums vor ihm.

Solche Höflichkeitsbezeigungen hätten keinerlei Verwunderung erweckt, wenn der Unterstaatssekretär tatsächlich vor dem Direktor gestanden hätte, so aber befremdeten sie, wie man sich ausmalen kann, die Zuschauer dieser an sich natürlichen, aber ihnen unbegreiflichen Szene in höchstem Maße, denn vor dem Direktor stand kein Mensch.

Richard grüßte ins Leere, er verbeugte sich vor dem Nichts und entfernt sich rückwärts gehend. Einige Schritte hinter ihm folgt Moncharmin seinem Beispiel.

Dabei stieß er Rémy zurück und bat Monsieur de la Borderie, den Botschafter, sowie den Direktor der Kreditbank, »nur nicht den Herrn Direktor zu berühren«.

Moncharmin, der seine eigenen Ansichten hatte, kümmerte sich nicht um das, was Richard ihm gerade über die verschwundenen zwanzigtausend Francs zugeflüstert hatte: »Vielleicht steckt der Botschafter dahinter oder der Direktor der Kreditbank oder sogar Sekretär Rémy.«

Dies um so weniger, als Richard selbst zugegeben hatte, daß er beim ersten Mal in diesem Teil des Theaters niemandem begegnet sei, nachdem Mama Giry ihn gestreift habe. Warum sollte er also, frage ich Sie, da man alles genauso wiederholte, heute dort jemandem begegnen?

Richard setzte, nachdem er anfangs grüßend rückwärts gegangen war, aus Vorsicht diese Gangart bis zum Korridor des Verwaltungskomplexes fort. So wurde er von hinten durch Moncharmin bewacht, während er selbst vor allen eventuellen ›Annäherungsversuchen‹ von vorne auf der Hut war.

Diese neue Gangart der Direktoren der Académie nationale de Musique hinter den Kulissen konnte nicht unbeachtet bleiben. Sie blieb es, wie gesagt, auch nicht.

Richard und Moncharmin hatten das Glück, daß die meisten Ballettratten in ihren Garderoben waren. Denn die Direktoren hätten mit ihrem Auftritt Lachsalven bei den jungen Dingern ausgelöst.

Sie dachten freilich nur an ihre zwanzigtausend Francs.

Als sie in den halbdunklen Korridor des Verwaltungskomplexes gelangten, sagte Richard leise zu Moncharmin:

»Ich bin sicher, daß mich niemand berührt hat. Halte dich jetzt also möglichst weit hinter mir und beobachte mich heimlich bis zur Tür meines Arbeitszimmers. Wir dürfen niemanden kopfscheu machen, dann werden wir sehen, was geschieht.«

Moncharmin entgegnete jedoch:

»Nein, Richard! Nein! Geh vor mir her. Ich folge dir *auf den Fersen!* Ich lasse dich keinen Schritt allein!«

»Aber dann kann uns doch keiner die zwanzigtausend Francs entwenden«, rief Richard.

»Das will ich hoffen«, erklärte Moncharmin.

»Dann ist alles, was wir tun, absurd!«

»Wir tun genau das Gleiche wie beim letzten Mal. Beim letzten Mal habe ich dich von der Bühne bis zur Ecke dieses Korridors begleitet – und zwar bin ich dabei *hinter dir* gegangen!«

»Das stimmt allerdings«, seufzte Richard kopfschüttelnd und fügte sich Moncharmin.

Zwei Minuten später schlossen sich die beiden Direktoren in ihrem Arbeitszimmer ein.

Moncharmin steckte den Schlüssel in seine Tasche.

»So haben wir uns auch das letzte Mal eingeschlossen«, sagte er, »bis zu diesem Augenblick, da du die Oper verlassen hast, um nach Hause zu gehen.«

»Das stimmt! Und dabei hat uns doch niemand gestört?«

»Nein, niemand.«

»Demnach muß ich«, fragte Richard, während er sich an alles zu erinnern versuchte, »zwischen der Oper und meinem Haus bestohlen worden sein.«

»Nein«, sagte Moncharmin trockener denn je, »nein, das kann nicht sein. Denn ich habe dich in meinem Wagen nach Hause gebracht. Die zwanzigtausend Francs *sind bei dir zu Hause verschwunden,* das steht für mich außer Zweifel.« Dieser Gedanke hatte sich inzwischen bei Moncharmin festgesetzt.

»Das ist doch die Höhe«, protestierte Richard. »Meine Dienerschaft ist absolut zuverlässig! ... Und wenn es einer von ihnen getan hätte, wäre er danach verschwunden.«

Moncharmin zuckte mit den Achesln, als wollte er damit sagen, daß er sich nicht auf solche Nebensächlichkeiten einzulassen beabsichtige.

»217«

Richard fand, daß Moncharmin sich allmählich einen unerträglichen Ton anmaße.

»Moncharmin, jetzt reicht es aber!«

»Ja, Richard, mehr als das!«

»Wagst du mich etwa zu verdächtigen?«

»Ja, eines bedauerlichen Scherzes!«

»Mit zwanzigtausend Francs scherzt man nicht!«

»Ganz meine Meinung«, erklärte Moncharmin und schlug eine Zeitung auf, in die er sich vertiefte.

»Was machst du denn da«, fragte Richard. »Liest du jetzt Zeitung?«

»Ja, Richard, bis es so weit ist, dich nach Hause zu fahren!«

»Wie das letzte Mal?«

»Wie das letzte Mal.«

Richard riß Moncharmin die Zeitung aus den Händen. Moncharmin fuhr gereizter denn je hoch. Vor ihm stand ein äußerst erregter Richard, der, die Arme auf der Brust verschränkt – seit Weltbeginn eine Geste unverschämter Herausforderung –, zu ihm sagte:

»Mir fällt gerade ein, *was ich denken könnte*, wenn du mich, nachdem wir den Abend zusammen verbracht haben, nach Hause führest und ich beim Abschied entdeckte, daß die zwanzigtausend Francs aus meiner Rocktasche verschwunden wären – wie das letzte Mal.«

»Und was könntest du denken?« rief Moncharmin und lief puterrot an.

»Ich könnte denken, daß, da du dich an meine Fersen geheftet hast und deinem Wunsch gemäß wie beim letzten Mal als einziger in meine Nähe gekommen bist, daß die zwanzigtausend Francs, wenn sie nicht mehr in meiner Tasche stecken, höchstwahrscheinlich in deine gewandert sind!«

Bei dieser Mutmaßung sprang Moncharmin auf.

»Oh«, brüllte er, »eine Sicherheitsnadel!«

»Was willst du denn mit einer Sicherheitsnadel?«

»Dich festmachen! Eine Sicherheitsnadel! Eine Sicherheitsnadel!«

»Du willst mich mit einer Sicherheitsnadel festmachen?«

»Ja, dich an die zwanzigtausend Francs festmachen! Damit du auf dem Heimweg genau spürst, wenn eine Hand an deiner Tasche zieht. Dann wirst du sehen, ob es meine ist, Richard! Ach, jetzt verdächtigst du mich! Eine Sicherheitsnadel!«

Daraufhin riß Moncharmin die Tür zum Korridor auf und schrie: »Eine Sicherheitsnadel! Wer hat eine Sicherheitsnadel für mich?«

Wir wissen, daß in diesem Augenblick Sekretär Rémy, der keine Sicherheitsnadel hatte, vor Moncharmin stand, während ein Büroangestellter die sehnlichst gewünschte Sicherheitsnadel herbeischaffte.

Dann geschah das Folgende:

Nachdem Moncharmin die Tür wieder geschlossen hatte, kniete er sich hinter Richard hin.

»Ich hoffe«, sagte er, »daß die zwanzigtausend Francs noch da sind.«

»Ich auch«, sagte Richard.

»Und zwar die echten«, sagte Moncharmin, der unbedingt verhindern wollte, diesmal ›ausgenommen zu werden‹.

»Schau nach! Ich fasse sie nicht an«, erklärte Richard.

Moncharmin zog das Kouvert aus Richards Tasche und holte mit zitternder Hand die Scheine heraus, denn diesmal hatten sie, um deren Vorhandensein ständig nachprüfen zu können, das Kouvert weder versiegelt, noch zugeklebt. Erleichtert stellte er fest, daß alle noch da und echt waren. Er schob das Bündel wieder in die Rocktasche und steckte es sorgfältig fest.

Danach setzte er sich hinter den Rockschoß, den er nicht aus den Augen ließ, während Richard an seinem Schreibtisch ausharrte.

»Noch ein wenig Geduld, Richard«, befahl Moncharmin, »es sind nur noch ein paar Minuten. Gleich schlägt die Uhr Mitternacht. Das letzte Mal sind wir beim zwölften Schlag gegangen.«

»Oh, ich habe schon die nötige Geduld!«

Die Zeit verstrich langsam, träge, geheimnisvoll, erdrückend. Richard versuchte zu lächeln.

»Ich werde schließlich doch noch an die Allmacht des Phantoms glauben«, sagte er. »Findest du nicht, daß in diesem Zimmer augenblicklich eine irgendwie beunruhigende, unbehagliche, beängstigende Stimmung herrscht?«

»Ja«, gestand Moncharmin wahrheitsgemäß.

»Das Phantom«, fuhr Richard leise fort, als fürchtete er, von unsichtbaren Ohren belauscht zu werden. »Das Phantom! Wenn es doch das Phantom war, das neulich dreimal kurz auf diesen Tisch klopfte, was wir deutlich gehört haben ... das die Zauberkouverts darauf legte ... das in Loge Nr. 5 sprach ... das Joseph Buquet tötete ... das den Lüster aushakte ... das uns bestiehlt. Denn schließlich sind nur wir beide hier, du und ich! Und wenn die Scheine verschwinden, ohne daß wir es verhindern können, weder du noch ich, dann muß man wohl an das Phantom glauben, ja, an das Phantom.«

In diesem Augenblick klickte die Pendeluhr auf dem Kaminsims, und der erste Mitternachtsschlag erklang.

Den beiden Direktoren lief es kalt über den Rücken. Eine Angst bemächtigte sich ihrer, für die sie keinen Grund hätten nennen können und gegen die sie vergeblich ankämpften. Schweiß rann ihnen über die Stirn, und der zwölfte Schlag dröhnte sonderbar in ihren Ohren.

Als die Pendeluhr verstummte, stießen sie einen Seufzer aus und standen auf.

»Ich glaube, wir können jetzt gehen«, sagte Moncharmin.

»Ja, das glaube ich auch«, pflichtete Richard ihm bei.

»Gestattest du, daß ich nochmal in deine Tasche schaue, ehe wir gehen?«

»Aber natürlich, Moncharmin! Das muß sein!«

Dann fragte Richard Moncharmin, der ihn abtastete:
»Na und?«
»Ich kann die Nadel noch fühlen.«
»Zweifellos kann man uns, wie du es so trefflich ausgedrückt hast, nicht mehr bestehlen, ohne daß ich es merke.«
Aber Moncharmin, dessen Hände weiter an der Tasche herumfummelten, schrie auf:
»Ich kann zwar immer noch die Nadel fühlen, aber ich fühle nicht mehr die Scheine!«
»Mach keine Witze, Moncharmin!... Dazu ist nicht der geeignete Augenblick!«
»Fühl doch selbst!«
Richard zog hastig seinen Rock aus. Die Direktoren drehten hastig die Tasche um – *sie war leer!*
Seltsamerweise steckte die Nadel noch immer an derselben Stelle.
Richard und Moncharmin wurden blaß. An Hexerei konnte nicht mehr gezweifelt werden.
»Das Phantom«, murmelte Moncharmin.
Aber da stürzte sich Richard auf seinen Kompagnon.
»Nur du bist an meine Tasche gekommen! Gib mir meine zwanzigtausend Francs zurück! Gib mir meine zwanzigtausend Francs zurück!«
»Bei meiner Seele«, stöhnte Moncharmin, der einer Ohnmacht nahe war, »ich schwöre dir, daß ich sie nicht habe.«
Da wieder geklopft wurde, ging er fast mechanisch zur Tür, machte auf, schien Verwalter Mercier kaum zu erkennen, wechselte ein paar unzusammenhängende Worte mit ihm, verstand nicht, was der andere ihm sagte und drückte diesem treuen, völlig verdutzten Diener geistesabwesend die Sicherheitsnadel, die ihm selber ja nicht mehr nützen konnte, in die Hand...

Neunzehntes Kapitel

Polizeikommissar, Vicomte und Perser

Bei seinem Eintritt in das Direktionszimmer fragte der Polizeikommissar als erstes nach der Sängerin:

»Ist Christine Daaé nicht hier?«

Ihm folgte, wie gesagt, eine dichte Menge.

»Christine Daaé? Nein«, antwortete Richard. »Warum?«

Moncharmin hatte dagegen keine Kraft mehr, auch nur ein Wort zu sagen. Seine Gemütsverfassung war wesentlich schlimmer als die Richards, der immerhin noch Moncharmin verdächtigen konnte, während Moncharmin vor einem großen Rätsel stand, das die Menschheit seit ihrer Erschaffung erschaudern läßt – nämlich das Unbekannte.

Während die Menge und der Kommissar Richard in erwartungsvollem Schweigen musterten, fuhr dieser fort:

»Herr Kommissar, warum fragen Sie mich, ob Christine Daaé hier ist?«

»Weil man sie wiederfinden muß, meine Herren Direktoren von der Académie nationale de Musique«, erwiderte der Polizeikommissar feierlich.

»Wieso muß man sie wiederfinden? Ist sie denn verschwunden?«

»Mitten in der Vorstellung!«

»Mitten in der Vorstellung? Das ist wirklich merkwürdig!«

»Nicht wahr? Und es ist genauso merkwürdig, daß ich Sie davon unterrichten muß!«

»In der Tat«, räumte Richard ein, der den Kopf in den Händen vergrub und murmelte: »Was ist das schon wieder für eine Geschichte? Ach, man sollte lieber zurücktreten!«

Er riß sich ein paar Schnurrbarthaare aus, ohne es selber zu merken.

»Sie ist also«, sagte er wie im Traum, »mitten in der Vorstellung verschwunden.«

»Ja, sie wurde in der Kerkerszene entführt, als sie gerade den Himmel um Beistand anflehte, aber ich bezweifle, daß die Engel sie entführten.«

»Ich bin dessen sicher!«

Alle drehten sich um. Ein bleicher und zitternder junger Mann wiederholte:

»Ich bin dessen sicher!«

»Wessen sind Sie sicher«, fragte Mifroid.

»Daß Christine Daaé von einem Engel entführt wurde, Herr Kommissar, und ich könnte Ihnen sogar seinen Namen nennen!«

»So, so, Vicomte de Chagny, Sie behaupten also, daß Mademoiselle Christine Daaé von einem Engel entführt wurde, von einem Engel der Oper, nicht wahr?«

Raoul schaute sich um. Offenbar suchte er jemanden. Es hätte ihn jetzt, da er die Hilfe der Polizei bei der Errettung seiner Verlobten für so wichtig hielt, beglückt, jenen geheimnisvollen Fremden wiederzusehen, der ihn soeben zum Schweigen ermahnt hatte. Aber er entdeckte ihn nirgends. Also mußte er sprechen! Aber es widerstrebte ihm, alles vor dieser Menschenmenge zu erklären, die ihn mit schamloser Neugier angaffte.

»Ja, Monsieur, von einem Engel der Oper«, antwortete er Mifroid, »und ich werde Ihnen sagen, wo er wohnt, sobald wir allein sind.«

»Sie haben recht, Monsieur.«

Der Polizeikommissar forderte Raoul auf, neben ihm Platz zu nehmen, und schickte alle bis auf die beiden Direktoren hinaus, die freilich nicht dagegen protestiert hätten, denn nichts konnte sie mehr erschüttern.

Daraufhin raffte Raoul sich zusammen:

»Herr Kommissar, dieser Engel heißt Erik, er wohnt in der Oper und ist ›der Engel der Musik‹!«

»›Der Engel der Musik‹? Das ist wirklich sonderbar! . . . ›Der Engel der Musik‹!«

Polizeikommissar Mifroid wandte sich zu den beiden Direktoren und fragte:

»Messieurs, wohnt dieser Engel bei Ihnen?«

Richard und Moncharmin schüttelten den Kopf, denn ihnen war es keineswegs zum Lachen zumute.

»Oh«, sagte der Vicomte, »diese Herren haben aber schon von dem Phantom der Oper gehört. Und ich versichere nun, daß das Phantom der Oper und der Engel der Musik ein und dieselbe Person sind. In Wirklichkeit heißt er Erik.«

Mifroid stand auf und musterte Raoul scharf.

»Pardon, Monsieur, haben Sie vor, sich über die Polizei lustig zu machen?«

»Ich?« empörte sich Raoul, und im stillen dachte er bitter: ›Noch einer, der mir nicht glaubt!‹

»Was faseln Sie also da von Ihrem Phantom der Oper?«

»Ich habe nur gesagt, daß diese Herren schon davon gehört haben.«

»Messieurs, offenbar kennen Sie das Phantom der Oper?«

Richard sprang auf und hielt die letzten Haare seines Schnurrbarts in der Hand.

»Nein, Herr Kommissar, nein, wir kennen es nicht. Aber wir möchten es gern kennenlernen! Denn es hat uns erst heute abend zwanzigtausend Francs gestohlen!«

Richard warf Moncharmin einen fürchterlichen Blick zu, als wollte er damit sagen: ›Gib mir die zwanzigtausend Francs zurück, oder ich erzähle alles!‹ Moncharmin begriff ihn und bedeutete ihm heftig: ›Ach, erzähl ruhig alles!‹

Mifroid betrachtete abwechselnd die Direktoren und Raoul, wobei er sich fragte, ob er nicht versehentlich in eine Irrenanstalt geraten sei. Er fuhr sich durchs Haar.

»Ein Phantom«, sagte er, »das am selben Abend eine Sängerin entführt und zwanzigtausend Francs stiehlt, muß alle Hände voll zu tun haben. Wenn es Ihnen recht ist, wollen wir die Probleme der Reihe nach behandeln. Erst die Sängerin, dann die zwanzigtausend Francs! Monsieur de Chagny, lassen Sie uns versuchen, ernsthaft miteinander zu reden. Sie glauben, daß Mademoiselle Christine Daaé von einem Individuum namens Erik entführt wurde. Demnach kennen Sie dieses Individuum, oder? Haben Sie es schon gesehen?«

»Ja, Herr Kommissar.«

»Wo denn?«

»Auf einem Friedhof.«

Mifroid fuhr auf, musterte nochmals Raoul und sagte:

»Natürlich! Dort pflegt man ja Phantome zu treffen. Und was hatten Sie auf diesem Friedhof zu suchen?«

»Monsieur«, erwiderte Raoul, »ich bin mir über meine wunderlichen Antworten und über deren Auswirkungen auf Sie im klaren. Aber ich versichere Ihnen, daß ich alle meine Sinne beisammen habe. Es geht um die Rettung der Person, die mir neben meinem geliebten Bruder Philippe am teuersten auf der Welt ist. Ich möchte Sie in kurzen Zügen davon überzeugen, denn die Zeit drängt und jede Minute ist kostbar. Leider werden Sie mir diese seltsame Geschichte nicht glauben, wenn ich Sie Ihnen nicht von Anfang an erzähle. Ich will Ihnen alles sagen, was ich von dem Phantom der Oper weiß. Leider ist das nicht viel, Herr Kommissar.«

»Erzählen Sie! Erzählen Sie schon«, riefen Richard und Moncharmin plötzlich voller Interesse. Ihre Hoffnung, irgendeine Spur von ihrem Betrüger zu entdecken, wurde jedoch bald getrogen, denn sie mußten zu dem traurigen Schluß kommen, daß Raoul de Chagny den Verstand verloren hatte. Die ganze Geschichte von Perros-Guirec, den Totenköpfen und der Zaubergeige konnte nur dem Gehirn eines vor Liebe Geistesgestörten entspringen.

Offenbar teilte Mifroid immer mehr ihre Ansicht,

und der Polizeikommissar hätte diese sinnlose Erzählung, die wir im ersten Teil dieses Buches wiedergegeben haben, bestimmt abgebrochen, wenn sie nicht durch die Umstände selbst beendet worden wäre.

Die Tür öffnete sich nämlich, und eine merkwürdige Gestalt in einem weiten schwarzen Redingote und mit einem schäbig-glänzenden Zylinder, der bis zu den Ohren herabrutschte, trat ein. Sie eilte auf den Kommissar zu und flüsterte ihm etwas ins Ohr. Es war ein Geheimagent, der irgendeinen dringenden Bericht zu erstatten hatte.

Währenddessen ließ Mifroid Raoul nicht aus den Augen. Schließlich sagte er zu ihm:

»Monsieur, genug vom Phantom. Wir wollen uns jetzt ein wenig mit Ihnen selbst befassen, wenn es Ihnen recht ist? Hatten Sie vor, Mademoiselle Christine Daaé heute abend zu entführen?«

»Ja, Herr Kommissar.«

»Beim Theaterausgang?«

»Ja, Herr Kommissar.«

»Der Wagen, mit dem Sie gekommen sind, sollte Sie beide fortbringen. Der Kutscher war eingeweiht, die Reiseroute vorher festgelegt worden. Ja, mehr noch! An jedem Etappenziel sollten frische Pferde bereit stehen.«

»Das stimmt, Herr Kommissar.«

»Wußten Sie, daß vor Ihrem Wagen drei andere warteten?«

»Ich habe nicht darauf geachtet.«

»Und zwar der von Mademoiselle Sorelli, der im Hof der Verwaltung keinen Platz finden konnte. Der der Carlotta und der Ihres Bruders, des Grafen de Chagny.«

»Das kann sein.«

»Das ist so. Während nun Ihre eigene Equipage, die der Sorelli und die der Carlotta noch immer neben dem Trottoir der Rotunde stehen, ist die des Grafen de Chagny nicht mehr da.«

»Das besagt nichts, Herr Kommissar.«

»Pardon! War der Graf nicht gegen Ihre Heirat mit Mademoiselle Daaé?«

»Das ist eine reine Familienangelegenheit.«

»Das genügt mir als Antwort. Er war also dagegen. Und deshalb wollten Sie Christine Daaé entführen, um sie den eventuellen Einmischungen Ihres Bruders zu entziehen. Monsieur de Chagny, erlauben Sie mir, Ihnen mitzuteilen, daß Ihr Bruder Ihnen zuvorgekommen ist: er hat Christine Daaé entführt!«

»Ach«, stöhnte Raoul und griff sich an die Brust. »Das kann nicht sein! Sind Sie sicher?«

»Gleich nach dem Verschwinden der Diva, das er mit uns noch unbekannten Komplizen organisierte, sprang er in seinen Wagen und raste in toller Fahrt durch Paris.«

»Durch Paris?« stammelte der arme Raoul. »Was verstehen Sie unter ›durch Paris‹?«

»Und aus Paris heraus.«

»Aus Paris heraus? Auf welcher Straße?«

»Auf der nach Brüssel.«

Ein heiserer Schrei entschlüpfte dem Mund des unglücklichen jungen Mannes.

»Oh«, rief er, »ich schwöre, daß ich sie einholen werde!«

Mit zwei Sätzen verließ er das Zimmer.

»Und vergessen Sie nicht, sie uns zurückzubringen«, rief der Kommissar ihm fröhlich nach. »Na, ist diese ›Ente‹ nicht der vom Engel der Musik gewachsen?!«

Daraufhin wandte sich Mifroid seinen verblüfften Zuhörern zu und erklärte ihnen diesen ehrenhaften und keineswegs kindischen Polizeitrick:

»Ich habe keine Ahnung, ob tatsächlich Graf de Chagny Christine Daaé entführt hat. Aber ich muß es wissen, und augenblicklich eignet sich niemand besser dazu als der Vicomte, sein Bruder, um es für mich ausfindig zu machen. Jetzt eilt er ihm nach, fliegt förmlich! Er ist mein Haupthelfer! Messieurs, das ist die

Kunst der Polizei, die kompliziert aussieht, aber ganz einfach ist, sobald man entdeckt hat, daß sie darin besteht, Leute, die nicht der Polizei angehören, Polizei spielen zu lassen!«

Polizeikommissar Mifroid wäre freilich weniger selbstzufrieden gewesen, wenn er gewußt hätte, daß sein Eilbote schon im ersten Korridor, in dem sich die Neugierigen inzwischen verlaufen hatten, so daß er menschenleer aussah, aufgehalten wurde.

Ein großer Schatten versperrte Raoul den Weg.

»Wohin so eilig, Monsieur de Chagny«, fragte der Schatten.

Ungeduldig hob Raoul den Kopf und erkannte die Astrachanmütze von vorhin. Er blieb stehen.

»Immer noch Sie«, rief er fieberhaft. »Sie, der Sie Eriks Geheimnisse kennen und nicht wollen, daß ich darüber rede! Wer sind Sie denn?«

»Das wissen Sie genau! Ich bin der Perser«, sagte der Schatten.

Zwanzigstes Kapitel

Vicomte und der Perser

Raoul fiel ein, daß sein Bruder ihm eines Abends in der Oper diese seltsame Gestalt gezeigt hatte, von der man nur wußte, daß es der Perser war, der eine kleine Wohnung in der Rue de Rivoli bewohnte.

Der Mann mit der ebenholzfarbenen Haut, den Jadeaugen und der Astrachanmütze beugte sich zu Raoul:

»Ich hoffe, Monsieur de Chagny, daß Sie Eriks Geheimnis nicht verraten haben.«

»Warum sollte ich denn zögern, dieses Scheusal zu verraten, Monsieur?« sagte Raoul von oben herab und versuchte den Zudringlichen abzuwimmeln. »Ist er etwa Ihr Freund?«

»Ich hoffe, daß Sie nichts von Erik erzählt haben, Monsieur, denn Eriks Geheimnis ist auch Christine Daaés Geheimnis! Und wer über das eine redet, redet auch über das andere!«

»O Monsieur«, sagte Raoul immer ungehaltener, »Sie scheinen über viele Dinge Bescheid zu wissen, die mich interessieren, aber leider habe ich jetzt keine Zeit, sie mir anzuhören!«

»Nochmals, Monsieur de Chagny – wohin wollen Sie so eilig?«

»Können Sie das nicht erraten? Ich eile Christine Daaé zu Hilfe!«

»Dann sollten Sie hier bleiben, Monsieur! Denn Christine Daaé ist hier!«

»Mit Erik?«

»Bei Erik!«

»Woher wissen Sie das?«

»Ich habe der Vorstellung beigewohnt, und es gibt nur einen Erik auf der Welt, der eine solche Entführung zuwege bringen kann! Ach«, seufzte er, »ich erkannte darin das Werk des Scheusals!«

»Kennen Sie es demnach?«

Der Perser antwortete nicht, aber Raoul hörte nochmals einen Seufzer.

»Monsieur«, sagte Raoul, »ich weiß nicht, was Sie vorhaben. Aber können Sie etwas für mich tun? Das heißt für Christine Daaé?«

»Ich glaube schon, Monsieur de Chagny. Deshalb habe ich Sie ja angesprochen.«

»Was denn?«

»Ich kann versuchen, Sie zu ihr zu führen – und zu ihm!«

»Monsieur, das ist etwas, das ich den ganzen Abend schon vergeblich probiert habe. Wenn Sie mir aber einen solchen Dienst erweisen, gehört Ihnen mein Leben! Monsieur, noch etwas: der Polizeikommissar hat mir gerade eröffnet, daß Christine Daaé von meinem Bruder, Graf Philippe, entführt worden sei.«

»Ach, Monsieur de Chagny, das glaube ich nicht.«

»Das ist ausgeschlossen, nicht wahr?«

»Ich weiß nicht, ob es ausgeschlossen ist, aber es bleibt die Art der Entführung, und soviel ich weiß, hat Graf Philippe sich nie mit Zauberei beschäftigt.«

»Ihre Argumente klingen überzeugend, Monsieur, und ich bin kein Narr! Beeilen wir uns! Ich vertraue mich Ihnen bedingungslos an! Warum sollte ich Ihnen nicht glauben, da keiner außer Ihnen mir glaubt? Da Sie der einzige sind, der nicht lächelt, wenn der Name Erik fällt?«

Bei diesen Worten ergriff der junge Mann mit seinen fieberheißen Händen spontan die Hände des Persers, die eiskalt waren.

»Pst!« sagte der Perser, der stehenblieb und den fernen Geräuschen im Theater, dem leisesten Knarren in den nahen Wänden und Korridoren lauschte. »Sprechen wir diesen Namen nicht mehr aus! Lassen Sie uns ›er‹ sagen, dann ist die Aussicht größer, daß wir seine Aufmerksamkeit nicht auf uns lenken.«

»Glauben Sie denn, daß er in unserer Nähe ist?«

»Alles ist möglich, Monsieur ... wenn er augenblicklich nicht mit seinem Opfer in der Wohnung am See ist.«

»Kennen Sie demnach diese Wohnung auch?«

»Wenn er nicht in dieser Wohnung ist, kann er in dieser Wand, diesem Fußboden, dieser Decke sein! Was weiß ich? Sein Auge hinter diesem Schlüsselloch! Sein Ohr in diesem Balken!« Der Perser bat Raoul, die Schritte zu dämpfen, und zog ihn durch Gänge, die der junge Mann noch nie gesehen hatte, nicht einmal auf seinen Streifzügen mit Christine.

»Wenn nur Darius schon da ist«, sagte der Perser.

»Wer ist denn Darius«, fragte der junge Mann, während sie weitereilten.

»Darius ist mein Diener.«

Sie befanden sich gerade in der Mitte eines riesigen verlassenen Raums, den nur ein Lichtstummel schwach beleuchtete. Der Perser hielt Raoul an und fragte so leise, daß Raoul ihn kaum noch verstehen konnte:

»Was haben Sie eigentlich dem Kommissar gesagt?«

»Ich habe ihm gesagt, der Engel der Musik, also das Phantom der Oper habe Christine Daaé entführt und sein richtiger Name sei ...«

»Pst! Hat der Kommissar Ihnen geglaubt?«

»Nein.«

»Hat er Ihren Worten keinerlei Bedeutung beigemessen?«

»Keinerlei.«

»Hat er Sie für verrückt gehalten?«

»Ja.«

»Desto besser«, seufzte der Perser erleichtert auf, und sie eilten weiter.

Nachdem sie mehrere Raoul unbekannte Treppen hinauf und hinunter gegangen waren, gelangten die beiden Männer zu einer Tür, die der Perser mit einem kleinen Dietrich öffnete, den er aus seiner Westentasche gezogen hatte. Natürlich waren der Perser und Raoul im Frack. Aber während Raoul einen Zylinder trug, hatte der Perser seine Astrachanmütze auf. Das verstieß zwar gegen die hinter den Kulissen gültige Etikette, die einen Zylinder verlangt, aber selbstverständlich billigt man in Frankreich Fremden Narrenfreiheit zu: so dürfen Engländer Reisekappen und Perser Astrachanmützen tragen.

»Monsieur«, sagte der Perser, »Ihr Zylinder wird Ihnen auf unserer geplanten Expedition hinderlich sein. Sie lassen ihn besser in der Garderobe.«

»In welcher Garderobe«, fragte Raoul.

»Natürlich in Christine Daaés Garderobe!«

Der Perser hielt Raoul die gerade geöffnete Tür auf und zeigte ihm die vor ihnen liegende Garderobe der Sängerin.

Raoul wußte nicht, daß man auf einem anderen Weg als dem, den er zu benutzen pflegte, zu Christine gelangen konnte. Er befand sich also am Ende des

Korridors, den er gewöhnlich von der anderen Seite her durchquerte, ehe er an Christines Garderobentür klopfte.

»O Monsieur, Sie kennen sich aber gut in der Oper aus!«

»Nicht so gut wie *er*«, erwiderte der Perser bescheiden.

Er schubste den jungen Mann in Christines Garderobe.

Sie war unverändert, seit Raoul sie vorhin verlassen hatte.

Der Perser machte die Tür hinter sich zu und wandte sich zu einer dünnen Wand, die eine Rumpelkammer von der Garderobe trennte. Er horchte und hustete dann laut.

Sogleich rührte sich etwas in der Rumpelkammer nebenan, und einige Sekunden später wurde an die Garderobentür geklopft.

»Herein«, sagte der Perser.

Ein Mann trat ein, der ebenfalls eine Astrachanmütze und einen langen weiten Mantel trug. Er grüßte und holte unter seinem Mantel einen reich ziselierten Kasten hervor. Den stellte er auf den Toilettentisch, grüßte nochmals und wandte sich wieder zur Tür.

»Hat dich jemand hereinkommen sehen, Darius?«

»Nein, mein Herr.«

»Paß auf, daß dich niemand hinausgehen sieht!«

Der Diener warf einen vorsichtigen Blick in den Korridor und huschte davon.

»Monsieur«, sagte Raoul, »ich fürchte, daß wir hier leicht überrascht werden können, was uns doch sicher nicht lieb wäre. Der Kommissar wird diese Garderobe bestimmt bald untersuchen.«

»Ach was! Vor dem Kommissar brauchen wir keine Angst zu haben!«

Der Perser hatte den Kasten aufgemacht. Darin lag ein Paar herrlich gearbeiteter und verzierter langläufiger Pistolen.

»Sofort nach Christine Daaés Entführung habe ich diese Waffen von meinem Diener holen lassen. Ich bin seit langem mit ihnen vertraut und kenne keine zuverlässigeren.«

»Wollen Sie sich duellieren«, fragte der junge Mann erstaunt angesichts dieses Arsenals.

»Tatsächlich gehen wir zu einem Duell, Monsieur«, antwortete der Perser, während er den Zünder seiner Pistolen prüfte. »Und zu was für einem Duell!«

Dann reichte er Raoul eine Pistole und fügte hinzu:

»In diesem Duell stehen zwei gegen einen: seien Sie aber auf alles gefaßt, Monsieur, denn ich will Ihnen nicht verhehlen, daß wir es mit dem schrecklichsten Gegner zu tun haben, den man sich vorstellen kann. Aber Sie lieben doch Christine Daaé?«

»Und wie, Monsieur! Warum setzen Sie aber Ihr Leben für sie aufs Spiel, ohne daß Sie sie lieben? Sicherlich hassen Sie Erik!«

»Nein«, entgegnete der Perser traurig, »ich hasse ihn nicht. Wenn ich ihn hassen würde, hätte er schon längst nicht mehr sein Unwesen getrieben.«

»Hat er Ihnen Böses zugefügt?«

»Das Böse, das er mir zugefügt hat, habe ich ihm verziehen.«

»Es ist wirklich sonderbar«, sagte der junge Mann, »Sie so von diesem Mann reden zu hören. Sie behandeln ihn als Scheusal, Sie erzählen von seinen Verbrechen, er hat Ihnen Böses zugefügt, und doch finde ich bei Ihnen das gleiche unbegreifliche Mitleid, das mich schon bei Christine zur Verzweiflung gebracht hat.«

Der Perser antwortet nicht. Er hatte einen Schemel an die dem großen Spiegel gegenüberliegende Wand gerückt. Dann war er daraufgestiegen und suchte, die Nase an der Tapete, offenbar irgend etwas.

»Nun, Monsieur«, sagte Raoul, der vor Ungeduld fast platzte. »Ich warte auf Sie! Lassen Sie uns gehen!«

»Wohin denn«, fragte der Perser, ohne sich umzudrehen.

»Natürlich zu dem Scheusal! Kommen Sie herunter! Sie haben mir doch gesagt, daß Sie den Weg kennen!«

»Ich suche ihn gerade.«

Die Nase des Persers wanderte immer noch die Wand entlang.

»Oh«, sagte der Mann mit der Pelzmütze plötzlich, »da ist es!« Sein Finger drückte über seinem Kopf auf eine Stelle des Tapetenmusters.

Dann drehte er sich um und sprang vom Schemel herunter.

»In einer halben Minute«, sagte er, »sind wir zu ihm unterwegs!«

Er durchquerte die Garderobe und tastete den großen Spiegel ab.

»Nein, er gibt noch nicht nach«, murmelte er.

»Ach so, wir gehen durch den Spiegel«, sagte Raoul, »wie Christine!«

»Wissen Sie demnach, daß Christine durch den Spiegel hinausgegangen ist?«

»Vor meinen Augen, Monsieur! Ich hatte mich dort hinter dem Boudoirvorhang versteckt und sah sie nicht durch den Spiegel verschwinden, sondern im Spiegel!«

»Was haben Sie daraufhin getan?«

»Ich habe an eine Sinnestäuschung geglaubt, Monsieur, an ein Hirngespinst, an einen Traum!«

»An irgendeine neue Gaukelei des Phantoms«, höhnte der Perser. »Ach, Monsieur de Chagny«, fuhr er fort, ohne die Hand vom Spiegel zu nehmen, »wollte Gott, daß wir es nur mit einem Phantom zu tun hätten! Dann könnten wir unsere Pistolen im Kasten lassen! Setzen Sie bitte Ihren Zylinder ab! Legen Sie ihn dorthin. Und schließen Sie jetzt Ihren Frack möglichst fest um Ihre Brust... So wie ich... Falten Sie Ihre Revers übereinander... Schlagen Sie Ihren Kragen hoch... Wir müssen uns möglichst unsichtbar machen.«

Nach einer kurzen Pause, in der er sich gegen den Spiegel stemmte, fügte er hinzu:

»Wenn man von der Garderobe aus die Feder bedient, löst sich das Gegengewicht nur langsam aus. Ganz anders ist es hinter der Wand, wo man direkt auf das Gegengewicht einwirkt, so daß der Spiegel sich sofort hebt und blitzschnell dreht ...«

»Was für ein Gegengewicht?«

»Das natürlich, das die ganze Wand auf ihren Angelpunkt hebt! Sie glauben doch nicht etwa, daß sie sich von selbst bewegt, wenn man einen Zauberspruch murmelt!«

Der Perser zog mit der einen Hand Raoul ganz dicht an sich heran, während er mit der anderen – in der er die Pistole hielt – weiter gegen den Spiegel drückte.

»Wenn Sie aufpassen, werden Sie gleich sehen, wie sich der Spiegel um ein paar Millimeter hebt und sich dabei auch ein paar Millimeter von links nach rechts bewegt. Dann befindet er sich auf seinem Angelpunkt und dreht sich. Es ist unglaublich, was man alles mit einem Gegengewicht anstellen kann! Ein Kind kann mit dem kleinen Finger ein Haus umdrehen. Eine noch so schwere Wand, die durch das Gegengewicht auf ihren Angelpunkt gehoben und dabei richtig ausbalanciert wird, wiegt nicht mehr als ein Kreisel auf seiner Spitze.«

»Er dreht sich nicht«, sagte Raoul ungeduldig.

»Immer mit der Ruhe, Monsieur, Sie verlieren die Geduld zu schnell! Entweder ist der Mechanismus eingerostet oder die Feder funktioniert nicht mehr.«

Die Stirn des Persers bewölkte sich.

»Es könnte freilich noch etwas anderes sein«, sagte er.

»Was denn, Monsieur?«

»Vielleicht hat *er* einfach das Seil mit dem Gegengewicht durchgeschnitten und dadurch das ganze System außer Betrieb gesetzt.«

»Warum? *Er* weiß doch nicht, daß wir hier hinabsteigen wollen ...«

»Vielleicht vermutet *er* es, denn *er* weiß, daß ich das System kenne.«

»Hat *er* es Ihnen gezeigt?«

»Nein! Ich habe ihn gesucht, ich wollte hinter sein rätselhaftes Verschwinden kommen, und dabei bin ich darauf gestoßen! Ach, es ist das einfachste System für Geheimtüren! Der Mechanismus ist so alt wie die heiligen Paläste mit den hundert Türen in Theben, wie der Thronsaal in Ekbatana, wie die Halle mit dem Dreifuß in Delphi.«

»Er dreht sich nicht! Und Christine, Monsieur? Christine?«

Der Perser sagte kühl:

»Wir tun zwar unser Möglichstes! Aber er kann schon unsere ersten Schritte verhindern!«

»Ist er denn Herr dieser Mauern?«

»Er befiehlt Mauern, Türen, Falltüren. Aber bei uns gaben wir ihm einen Namen, der sich mit ›Falltürfachmann‹ übersetzen läßt.«

»So hat auch Christine davon gesprochen, so geheimnisvoll, und auch sie hat ihm die gleiche furchtbare Macht zugeschrieben! Aber ich hielt das alles für übertrieben! Warum gehorchen diese Mauern nur ihm allein? Er hat sie doch nicht erbaut.«

»Doch, Monsieur!«

Als Raoul ihn fragend ansah, bedeutete der Perser ihm, zu schweigen, und zeigte mit dem Finger auf den Spiegel. Der schien zu zittern. Ihr Doppelbild verzerrte sich, als kräuselte es eine Welle. Dann wurde alles wieder ruhig.

»Sie sehen selbst, Monsieur, daß er sich nicht dreht! Wir müssen einen anderen Weg wählen!«

»Heute abend gibt es keinen anderen«, erklärte der Perser düster. »Und jetzt, Vorsicht! Halten Sie sich schußbereit!«

Er selbst zielte mit seiner Pistole auf den Spiegel. Raoul folgte seinem Beispiel. Der Perser zog mit seinem freien Arm den jungen Mann an seine Brust, und plötzlich drehte sich der Spiegel grell und blendend aufblitzend wie eine Drehtür. Er riß Raoul und den Perser unwiderstehlich mit sich und warf sie aus der Helle in tiefste Finsternis.

Einundzwanzigstes Kapitel

Im Unterbau der Oper

»Halten Sie die Waffe schußbereit«, wiederholte Raouls Gefährte hastig.

Die Wand hinter ihnen drehte sich einmal um sich selbst und schloß sich dann wieder.

Die beiden Männer blieben einige Augenblicke unbeweglich stehen und hielten den Atem an.

In der Finsternis herrschte ungebrochene Stille.

Schließlich wagte der Perser sich zu rühren, und Raoul hörte, daß er auf dem Boden herumrutschte, während seine Finger nach etwas tasteten.

Plötzlich glomm der gedämpfte Schein einer kleinen Laterne vor dem jungen Mann auf, der instinktiv zurückwich, als wollte er sich der Musterung durch einen unsichtbaren Feind entziehen. Dann erkannte er, daß die Lampe dem Perser gehörte und verfolgte dessen Bewegungen. Die kleine runde Scheibe glitt sorgfältig von oben bis unten über die Wände eines Durchgangs, dessen rechte Seite eine Mauer bildete, während die linke, sowie Boden und Decke, aus Brettern bestanden. Raoul sagte sich, daß Christine hier an dem Abend vorbeigekommen sein müsse, an dem sie der Stimme *des Engels der Musik* gefolgt sei. Es mußte der Weg sein, den Erik zu benutzen pflegte, wenn er Christines Gutgläubigkeit mißbrauchte und sie in ihrer Arglosigkeit täuschte. Raoul, dem die Bemerkungen des Persers einfielen, nahm an, daß das Phantom eigenhändig diesen Geheimgang angelegt hatte. Später erfuhr er, daß Erik ihn fix und fertig für seine Zwecke vorgefunden hatte und lange Zeit als einziger dessen Vorhandensein kannte. Der Gang war zur Zeit der Pariser Kommune gebaut worden, damit die Kerkermeister ihre Gefangenen zu den in den Kellergewölben geschaffenen Zellen führen konnten, denn die Föderierten hatten das Gebäude gleich nach dem 18. März besetzt, dessen Dach in einen Abflugplatz für ihre Montgolfieren, die ihre Kampfparolen in die Departements tragen sollten, und dessen Keller in ein Staatsgefängnis umgewandelt.

Der Perser hatte sich hingekniet und seine Laterne neben sich gestellt. Er untersuchte eifrig den Boden und verhüllte plötzlich seine Lampe.

Da hörte Raoul ein leises Klicken und entdeckte im Fußboden des Ganges ein mattschimmerndes Viereck. Es war, als öffnete sich ein Fenster über dem noch beleuchteten Unterbau der Oper. Raoul konnte den Perser nicht mehr sehen, aber er fühlte ihn auf einmal an seiner Seite und spürte seinen Atem.

»Folgen Sie mir und machen Sie mir alles nach!«

Er führte Raoul zu der schimmernden Luke. Dann sah Raoul, daß der Perser sich wieder hinkniete, sich mit beiden Händen an den Rand der Luke klammerte und hinabglitt, wobei er seine Pistole zwischen den Zähnen hielt.

Es war seltsam, aber der Vicomte vertraute dem Perser bedingungslos. Obwohl er nichts von ihm wußte und dessen Bemerkungen das Abenteuer eigentlich in noch tieferes Dunkel hüllten, zweifelte er nicht, daß der Perser in dieser entscheidenden Stunde auf seiner Seite gegen Erik kämpfte. Seine Erregung hatte echt gewirkt, als er von dem ›Scheusal‹ sprach; das Interesse, das er ihm, Raoul, entgegenbrachte, schien über jeden Verdacht erhaben zu sein. Schließlich hätte der Perser ihn nicht selbst bewaffnet, wenn er etwas Böses gegen ihn im Schilde führte. Mußte er nicht außerdem um jeden Preis zu Christine gelangen? Ihm blieb gar keine andere Wahl. Wenn er gezögert hätte, sei es auch nur aus Zweifel an den guten Absichten des Persers, so wäre er sich als der größte Feigling auf der Welt vorgekommen.

Raoul kniete sich nun seinerseits hin und klammerte sich mit beiden Händen an den Rand der Luke. »Lassen Sie los!« hörte er, und er fiel in die Arme des Persers, der ihm hastig befahl, sich platt auf den Boden zu werfen, die Luke über ihren Köpfen zumachte, ohne daß Raoul zu entdecken vermochte, wie er es anstellte, und sich neben den Vicomte legte. Raoul wollte etwas fragen, aber die Hand des Persers schloß ihm den Mund, und da drang auch schon die Stimme des Polizeikommissars, der ihn vorhin verhört hatte, an sein Ohr.

Raoul und der Perser lagen hinter einem Verschlag, der sie völlig verbarg. In dessen Nähe führte eine schmale Treppe zu einer Kammer, in der der Kommissar auf und ab gehen mußte, während er seine Fragen stellte, denn man hörte nicht nur seine Stimme, sondern auch seine Schritte.

Die Lichtquelle war zwar recht schwach, doch Raoul vermochte nach der dichten Finsternis, die oben im Gang herrschte, ohne weiteres die Konturen des Raumes zu erkennen.

Er konnte einen gedämpften Schrei nicht unterdrücken, denn vor ihm lagen drei Leichen.

Die erste der Länge nach auf dem Treppenabsatz vor der Tür, hinter der der Kommissar zu hören war; die beiden anderen mit verschränkten Armen am Fuße der Treppe. Wenn Raoul die Finger durch den Bretterverschlag gesteckt hätte, wäre es ihm ohne weiteres möglich gewesen, einen dieser Unglücklichen zu berühren.

»Pst«, sagte der Perser.

Auch er hatte die hingestreckten Leichen erblickt und erklärte alles mit einem Wort:

»*Er!*«

Die Stimme des Kommissars klang jetzt lauter. Er verlangte Auskünfte über die Beleuchtungsanlage, die der Regisseur ihm gab. Demnach mußte sich der Kommissar im Schaltraum oder in dessen Nebenräumen befinden.

Damals wurde nur für ganz wenige Bühneneffekte und für die Klingelanlage Elektrizität benutzt. Das Riesengebäude und die Bühne selbst wurden noch mit Gas beleuchtet, und zwar regelte und änderte man die Beleuchtung eines Dekors mit Wasserstoff mittels eines besonderen Apparats, der zahlreiche Röhren hatte und deshalb ›Orgel‹ hieß.

Eine Nische neben dem Souffleurkasten war für den Beleuchtungsmeister reserviert, der von dort aus seinen Helfern Anweisungen erteilte und deren Ausführung überwachte. Bei allen Vorstellungen nahm Mauclair diese Nische ein.

Nun war weder Mauclair in seiner Nische noch einer seiner Helfer auf dem Posten.

»Mauclair! Mauclair!«

Die Stimme des Regisseurs hallte hohl durch den Unterbau. Aber Mauclair antwortete nicht.

Wie gesagt befand sich eine Tür oben an der Treppe, die zur zweiten Versenkung hinabführte. Der Kommissar wollte sie öffnen, aber sie ging nicht auf.

»So, so«, sagte er. »Herr Regisseur, ich kriege diese Tür nicht auf. Klemmt sie immer so?«

Der Regisseur stieß sie mit der Schulter gewaltsam auf. Da bemerkte er, daß er dabei auch einen Menschenkörper wegschob, und konnte einen Schrei nicht unterdrücken, denn er erkannte ihn sofort:

»Mauclair!«

Alle Leute, die dem Kommissar in den Schaltraum gefolgt waren, drängelten sich bestürzt vor.

»Der Unglückliche! Er ist tot«, stöhnte der Regisseur.

Aber Kommissar Mifroid, den nichts verblüffen konnte, beugte sich schon über den schweren Körper.

»Nein«, sagte er, »nur sinnlos besoffen, was nicht das Gleiche ist.«

»Das wäre das erste Mal«, erklärte der Regisseur.

»Dann hat man ihm ein Betäubungsmittel eingegeben. Das ist gut möglich.«

Mifroid richtete sich auf, ging ein paar Stufen hinunter und rief:

»Sehen Sie sich das nur an!«

Im Schein einer kleinen roten Lampe lagen die beiden anderen Körper der Länge nach am Fuße der Treppe. Der Regisseur erkannte Mauclairs Helfer. Mifroid ging die restlichen Stufen hinunter und horchte sie ab.

»Sie schlafen tief«, sagte er. »Eine merkwürdige Geschichte. Wir können nicht länger daran zweifeln, daß ein Unbekannter in den Schaltraum eingedrungen ist, und daß dieser Unbekannte offenbar mit dem Entführer unter einer Decke steckte! Aber was für eine komische Idee, eine Sängerin von der Bühne zu entführen! Ich muß schon sagen – ein tolles Stück! Rufen Sie den Theaterarzt!«

Mifroid wiederholte:

»Eine merkwürdige, sehr merkwürdige Geschichte!«

Dann kehrte er in die Kammer zurück und wandte sich an die Leute, die weder Raoul noch der Perser von ihrem Versteck aus sehen konnten.

»Was sagen Sie dazu, Messieurs«, fragte er. »Nur Sie haben sich noch nicht dazu geäußert. Inzwischen sollten Sie sich doch eine Meinung darüber gebildet haben!«

Da tauchten die beiden verstörten Gesichter der Direktoren über dem Treppengeländer in Raouls und des Persers Gesichtsfeld auf, und sie hörten Moncharmins erregte Stimme:

»Hier geschehen so viele Dinge, Herr Kommissar, die wir uns nicht erklären können.«

Die beiden Gesichter verschwanden.

»Danke für die Auskunft, Messieurs«, sagte Mifroid spöttisch.

Aber der Regisseur, der das Kinn nachdenklich auf die Hand stützte, sagte:

»Es ist nicht das erste Mal, daß Mauclair im Theater einschläft. Ich erinnere mich, daß ich ihn eines Abends in seiner Nische neben seiner Tabakdose schnarchend angetroffen habe.«

»Ist das schon lange her«, fragte Mifroid, während er sorgfältig die Gläser seines Zwickers putzte, denn der Kommissar war kurzsichtig, was ja bei den schönsten Augen der Welt vorkommt.

»Mein Gott«, sagte der Regisseur, »nein, nicht sehr lange. Warten Sie!... Es war an dem Abend... ja, wahrhaftig... an dem die Carlotta ihr berüchtigtes Gequake ausstieß! Sie wissen schon, Herr Kommissar!«

»An dem Abend, an dem der Carlotta das passierte?«

Mifroid, der inzwischen seinen Zwicker wieder aufgesetzt hatte, musterte den Regisseur scharf, als wollte er dessen Gedanken lesen.

»Mauclair schnupft wohl«, fragte er beiläufig.

»Ja, Herr Kommissar. Sehen Sie, dort auf dem Brett liegt eine Tabakdose. Oh, der ist ein leidenschaftlicher Schnupfer!«

»Ich auch«, sagte Mifroid und steckte die Tabakdose in seine Tasche.

Raoul und der Perser beobachteten, ohne daß jemand ihre Gegenwart ahnte, wie Bühnenarbeiter die drei Scheintoten abtransportierten. Der Kommissar ging hinter ihnen nach oben, die anderen folgten. Ihre Schritte verklangen auf der Bühne.

Als sie allein waren, bedeutete der Perser Raoul aufzustehen. Raoul gehorchte, aber da er dabei nicht wie der Perser die Hand wieder schußbereit in Augenhöhe hob, ermahnte ihn dieser, besagte Haltung wieder einzunehmen und zu bewahren, was auch immer geschehen möge.

»Das ermüdet meine Hand unnötig«, murmelte Raoul. »Wenn ich dann schieße, habe ich keine sichere Hand mehr.«

»Nehmen Sie doch Ihre Waffe in die andere Hand«, billigte ihm der Perser zu.

»Links kann ich überhaupt nicht schießen!«

Dem setzte der Perser eine absurde Vorschrift entgegen, die keineswegs dazu angetan war, die Sachlage im wirren Kopf des jungen Mannes zu klären:

»Es kommt nicht darauf an, mit der linken oder rechten Hand zu schießen. Es kommt darauf an, eine Ihrer Hände so zu halten, als drückten Sie im nächsten Augenblick ab, wobei Sie den Arm leicht anwinkeln. Wenn Sie das beachten, dann können Sie Ihre Pistole ruhig einstecken.«

Er fügte hinzu:

»Haben Sie es kapiert? Sonst stehe ich für nichts ein! Es geht um Leben und Tod. Jetzt kein Wort mehr! Folgen Sie mir!«

Sie befanden sich in der zweiten Versenkung. Raoul konnte beim Schein einiger in Glashüllen eingesperrter Funzeln nur einen Bruchteil jenes ungeheuren Abgrunds, der aus den Versenkungen der Oper gebildet wird, erkennen, der einerseits wie ein lustiges Kasperltheater wirkt, andererseits aber bedrohlich aufklafft.

Es gibt fünf Versenkungen von riesigen Ausmaßen. Aus ihnen kommen sämtliche Bühnenböden mit ihren Falltüren und Luken. An den Seiten sind Laufschienen angebracht. Querbalken stützen Falltüren und Luken. Pfähle auf gußeisernen oder steinernen Sockeln formen reihenweise Gerüste, mittels derer sich Wolkenhimmel und andere Kulissen heraufziehen lassen. Eisenhaken verbinden und verstärken diese Apparatur. Überall in den Versenkungen gibt es zahlreiche Winden, Walzen und Gegengewichte. Sie dienen zur Verschiebung der Dekors, dem Szenenwechsel auf offener Bühne, dem jähen Verschwinden von Märchengestalten. »In diesen Versenkungen«, heißt es in einer interessanten Abhandlung über Garniers Werk, »werden Häßliche in schöne Ritter, fürchterliche Hexen in blühende Feen verwandelt. Aus ihnen taucht der Teufel auf oder versinkt darin. Ihnen entsteigen die Höllenfeuer, und sie bieten den Dämonenchören Unterschlupf... Dort fühlen sich Phantome heimisch...«

Raoul folgte dem Perser, wobei er sich genau an dessen Anweisungen hielt, ohne daß er sie zu begreifen versuchte, denn er sagte sich, daß der Perser seine einzige Hoffnung sei.

Was sollte er ohne seinen Begleiter in diesem entsetzlichen Labyrinth anfangen?

Hätten sich kreuzende Balken und Seile ihm nicht bei jedem Schritt den Weg versperrt? Wäre er nicht rettungslos in diesem gigantischen Spinnennetz hängengeblieben? Wäre er nicht, auch wenn er sich durch das stets erneuernde Gewirr der Schnüre und Gegengewichte gekämpft hätte, Gefahr gelaufen, in eines jener Löcher zu stürzen, die sich dauernd vor seinen Füßen öffneten und deren finsteren Schlund sein Auge nicht zu erkennen vermochte?...

Sie stiegen immer tiefer hinab.

Jetzt waren sie in der dritten Versenkung. Einige ferne Lichter leuchteten ihnen unterwegs.

Je tiefer sie gelangten, desto vorsichtiger schien der Perser zu werden. Regelmäßig drehte er sich um und ermahnte Raoul, die notwendige Haltung zu bewahren, indem er ihm zeigte, wie er selber seine jetzt zwar unbewaffnete, aber scheinbar immer noch schußbereite Hand hielt.

Als plötzlich eine donnernde Stimme ertönte, blieben sie wie angewurzelt stehen. Über ihnen brüllte jemand:

»Alle Türschließer auf die Bühne! Der Polizeikommissar will sie sprechen!«

Schritte erklangen, Schatten huschten durch das Dunkel. Der Perser hatte Raoul hinter eine Kulissenstütze gezogen. Sie sahen alte Männer, deren Rücken von der Last der Jahre und der früheren Bürde der Operndekors gekrümmt waren, an sich vorbeigehen. Manche konnten sich kaum noch auf den Beinen halten, andere tasteten gebeugt und mit ausgestreckten Händen nach Türen, die sie schließen wollten.

Denn es handelte sich um die Türschließer, um alte erschöpfte Bühnenarbeiter, mit denen die Direktion Mitleid hatte. Sie ernannte sie zu Türschließern im Unter- und Oberbau. Unablässig schlossen sie über und unter der Bühne die Türen – sie wurden damals, denn ich glaube, daß sie inzwischen alle gestorben sind, auch »Zugluftjäger« genannt.

Zugluft ist nämlich, woher sie auch kommen mag, immer schädlich für die Stimme.*

Der Perser und Raoul beglückwünschten sich im stillen zu diesem Zwischenfall, der sie vor lästigen Zeugen befreite, denn manche Türschließer, die nichts Besseres zu tun oder keine richtige Unterkunft hatten, übernachteten aus Faulheit oder Notwendigkeit in der Oper. Man konnte auf sie stoßen, sie wecken, von ihnen zur Rechenschaft gezogen werden. Mifroids Verhör behütete die beiden vorübergehend vor solchen peinlichen Begegnungen.

Aber sie erfreuten sich nicht lange ihrer Einsamkeit. Andere Schatten stiegen jetzt auf demselben Weg hinab, auf dem die Türschließer hinaufgestiegen waren. Jeder dieser Schatten trug eine kleine Laterne vor sich her, die sie eifrig hoben und senkten, um alles genauestens zu prüfen.

»Der Teufel soll sie holen«, murmelte der Perser. »Ich weiß zwar nicht, was sie suchen, aber sie könnten uns dabei finden. Wir müssen fliehen und zwar schnell! Monsieur, halten Sie die Hand schußbereit! Winkeln Sie den Arm mehr an! Die Hand in Augenhöhe, als duellierten Sie sich und warteten auf den Befehl ›Feuer!‹. Lassen Sie Ihre Pistole ruhig in der Tasche! Kommen Sie rasch tiefer hinunter! (Er zog Raoul in die vierte Versenkung.) In Augenhöhe, es geht um Leben

---

* Monsieur Pedro Gailhard hat mir selbst erzählt, daß er weitere Türschließerposten für alte Bühnenarbeiter schuf, die er nicht auf die Straße setzen wollte.

und Tod! Hier entlang, über diese Treppe! (Sie gelangten in die fünfte Vertiefung.) Was für ein Duell, Monsieur, was für ein Duell!«

In der fünften Versenkung atmete der Perser auf. Er schien sich sicherer zu fühlen als soeben in der dritten Versenkung, änderte dabei freilich nicht die Haltung seiner Hand!

Raoul wunderte sich von neuem – ohne allerdings eine Bemerkung darüber zu machen, denn dazu war nicht der geeignete Zeitpunkt – über diese merkwürdige Art der Selbstverteidigung, bei der man die Pistole in der Tasche ließ, während man die Hand scheinbar schußbereit in Augenhöhe hielt.

In diesem Zusammenhang dachte Raoul auch noch: ›Ich erinnere mich genau, daß er zu mir gesagt hat: »Ich kenne keine zuverlässigeren Pistolen.«‹

Die logische Frage lag also nah: ›Was hat er schon davon, daß er keine zuverlässigeren kennt, wenn er es nicht nötig findet, sie überhaupt zu benutzen?‹

Aber der Perser unterbrach Raouls Überlegungen. Er bedeutete ihm stehenzubleiben, während er auf der Treppe, die sie gerade heruntergekommen waren, wieder ein paar Stufen hinaufstieg. Dann kehrte er rasch zu Raoul zurück.

»Wir sind schön dumm«, flüsterte er. »Die Schatten mit den Laternen sind wir bald los. Es sind nur die Feuerwehrmänner auf ihrem üblichen Rundgang.« *

Die beiden Männer blieben also mindestens fünf Minuten in Deckung, dann zog der Perser Raoul erneut zu der Treppe, die sie heruntergekommen waren. Plötzlich gebot er ihm mit einem Wink Halt.

Vor ihnen bewegte sich die Nacht...

---

* Damals hatten die Feuerwehrmänner noch die Pflicht, vor und nach Aufführungen für die Sicherheit der Oper zu sorgen. Seitdem wurde dieser Dienst abgeschafft. Als ich Monsieur Pedro Gailhard nach dem Grund dafür fragte, antwortete er mir: »Weil man befürchtete, sie könnten, da sie sich im Unterbau der Oper überhaupt nicht auskannten, selber ein Feuer entfachen.«

»Platt hinlegen«, flüsterte der Perser.

Die beiden warfen sich auf den Bauch.

Es war höchste Zeit.

Ein Schatten ohne Laterne, einfach ein Schatten huschte im Dunkeln an ihnen vorbei.

Er streifte sie fast. Sie spürten den warmen Luftzug seines Mantels auf ihren Gesichtern.

Denn so viel konnten sie erkennen: daß der Schatten einen Mantel trug, der ihn vom Scheitel bis zur Sohle einhüllte. Und auf dem Kopf trug er einen Schlapphut.

Er entfernte sich, wobei er mit dem Fuß die Wand entlang fuhr und den Ecken einen Tritt gab.

»Uff«, sagte der Perser. »Dem sind wir mit knapper Not entronnen. Dieser Schatten kennt mich und hat mich schon zweimal zum Direktionszimmer abgeführt.«

»Ist es jemand von der Theaterpolizei«, fragte Raoul.

»Noch schlimmer«, antwortete der Perser ohne jede weitere Erklärung.*

»Ist es nicht ... *er*?«

»*Er*? Wenn *er* nicht von hinten kommt, erkennen wir ihn immer an seinen glühenden Augen! Diesen Vorteil haben wir wenigstens nachts. Aber *er* kann von hinten kommen, wie ein Wolf heranschleichen, und dann sind wir tot, wenn wir unsere Hände nicht schußbereit in Augenhöhe vor uns halten!«

---

* Der Autor wird ebenso wenig wie der Perser eine nähere Erklärung über diesen Schatten abgeben. Da sich im Laufe dieser wahren Geschichte alle auch scheinbar übernatürlichen Ereignisse natürlich erklären lassen, braucht der Autor dem Leser nicht ausdrücklich klarzumachen, was der Perser mit den Worten sagen wollte: »Noch schlimmer« (als jemand von der Theaterpolizei). Der Leser wird es erraten, denn der Autor hat dem ehemaligen Operndirektor, Monsieur Pedro Gailhard, versprochen, die Identität dieses äußerst interessanten und nützlichen, im Mantel umherirrenden Schattens nicht zu verraten, der sich selbst dazu verdammt hat, im Unterbau der Oper zu leben, und der denjenigen, die sich etwa an Galaabenden bis dorthin vorwagten, überaus wichtige Dienste erwies. Ich meine damit Staatsdienste, aber mehr kann ich wirklich nicht darüber sagen.

Der Perser hatte kaum ausgesprochen, als vor den beiden Männern ein phantastisches Gesicht erschien.

Ein glühendes Gesicht – nicht nur zwei glühende Augen.

Ja, ein glühendes Gesicht, das in Kopfhöhe herankam, *aber keinen Körper hatte!*

Das Gesicht sprühte Feuer.

Es glich in der Nacht einer Flamme, die die Gestalt eines Gesichts angenommen hatte.

»Oh«, stieß der Perser zwischen den Zähnen hervor, »das sehe ich zum ersten Mal! Der Feuerwehrhauptmann hat also doch nicht gesponnen! Er hat es wirklich gesehen! Was bedeutet nur dieses Flammengesicht? Nicht *er*, aber vielleicht schickt *er* es uns! Vorsicht! Vorsicht! In Gottes Namen, die Hand in Augenhöhe! ... In Augenhöhe!«

Das Flammengesicht, diese Höllenfratze, dieser brennende Dämon ohne Körper kam in Kopfhöhe den beiden entsetzten Männern immer näher ...

»*Er* schickt uns dieses Gesicht vielleicht von vorne, damit *er* uns von hinten leichter überrumpeln kann ... oder von der Seite ... Bei ihm weiß man das nie! ... Ich kenne viele seiner Tricks ... aber den ... den da ... kenne ich noch nicht! ... Lassen Sie uns fliehen ... zu aller Sicherheit! ... Ja? ... Nur zu aller Sicherheit! ... Die Hand in Augenhöhe!«

Sie flohen durch den unterirdischen Gang, der sich vor ihnen öffnete.

Als sie nach einigen Sekunden, die sie wie endlose Minuten dünkten, an dessen Ende angelangten, blieben sie stehen.

»Dabei kommt *er* nur selten hierher«, sagte der Perser. »Diese Seite interessiert ihn nicht! Sie führt weder zum See noch zur Wohnung am See! Aber vielleicht weiß er, daß wir ihm auf den Fersen sind! Obwohl ich ihm eigentlich versprochen habe, ihn künftig in Ruhe zu lassen und mich nicht mehr um seine Angelegenheiten zu kümmern.«

Bei diesen Worten drehte er sich um; Raoul auch.

Da erblickten sie hinter sich noch immer das Flammengesicht. Es mußte ihnen sehr schnell gefolgt sein, denn der Abstand hatte sich verringert.

Gleichzeitig vernahmen sie ein Geräusch, dessen Ursprung sie nicht erraten konnten. Sie stellten nur fest, daß dieses Geräusch sich zu bewegen und mit dem Flammengesicht näher zu kommen schien. Es klang wie Zähneknirschen oder eher so, als kratzten tausend Fingernägel über eine Wandtafel, ein unerträgliches Geräusch, wie es mitunter ein Steinchen in einem Stück Kreide hervorruft.

Sie zogen sich weiter zurück, aber das Flammengesicht kam ihnen immer näher. Jetzt ließen sich seine Züge deutlich erkennen. Die Augen waren kugelrund und starr, die Nase etwas schief, der Mund breit, die halbkreisförmige Unterlippe etwas herabhängend – ähnlich den Augen, der Nase, dem Mund des blutroten Vollmonds.

Wie glitt nur dieser rote Mond ohne zumindest sichtbaren Halt oder Körper in Kopfhöhe durch die Finsternis? Wie bewegte er sich mit seinen starren Augen nur so rasch geradeaus? Und was verursachte dieses Knirschen, Kratzen, Quietschen?

Auf einmal konnten der Perser und Raoul nicht mehr zurückweichen und preßten sich an die Wand, ohne zu wissen, was bei diesem unbegreiflichen Flammengesicht und vor allem bei diesem immer lauteren, wimmelnderen, lebhafteren, ja ›zahlreichen‹ Geräusch aus ihnen werden sollte, denn es setzte sich aus Hunderten von kleinen Geräuschen zusammen, die im Dunkeln unter dem Flammengesicht ihren Ursprung hatten.

Das Flammengesicht naht!... Da ist es mit seinem Lärm!... Schon auf gleicher Höhe mit ihnen!

Die beiden platt an die Wand gedrückten Männer spüren, wie ihnen die Haare zu Berge stehen, denn sie wissen jetzt, woher diese tausend Geräusche stammen. Sie wälzen sich in Wellen durch das Dunkel heran, ja schneller als Wellen, die bei Flut über den Sand rollen, nächtliche Wellen, die sich unter dem Mond, dem lodernden Vollmondgesicht kräuseln.

Diese Wellen umspülen ihre Beine, klettern unaufhaltsam an ihren Beinen herauf. Da können Raoul und der Perser ihre Schreie des Entsetzens und des Schmerzes nicht länger unterdrücken.

Sie können auch nicht mehr ihre Hände in Augenhöhe halten, müssen also ihre Duellpose aufgeben, denn ihre Hände stoßen die glänzenden Inselchen, auf denen scharfe Spitzen stecken, diese Wellen von Pfoten, Krallen, Zähnen zurück.

Ja, Raoul und der Perser sind einer Ohnmacht nahe, genau wie der Feuerwehrhauptmann Papin. Bei ihrem Gebrüll hat sich das Flammengesicht umgedreht und sagt zu ihnen:

»Rühren Sie sich nicht! Rühren Sie sich nicht! Folgen Sie mir vor allem nicht! Ich bin der Rattenfänger! Lassen Sie mich mit meinen Ratten vorbei!«

Jäh verschwindet das Flammengesicht, wird von der Dunkelheit verschluckt, während sich der Gang vor ihm erhellt, ein Effekt, den der Rattenfänger einfach mit seiner Blendlaterne hervorruft. Bisher hat er, um die Ratten vor ihm nicht zu verscheuchen, sein eigenes Gesicht angestrahlt, jetzt beleuchtet er, um die Flucht zu beschleunigen, den dunklen Raum vor sich. Er läuft davon und zieht die ganze Flut der scharrenden und quietschenden Ratten, das ganze tausendfache Geräusch hinter sich her.

Der Perser und Raoul atmeten, wenn auch noch immer am ganzen Leibe zitternd, erleichtert auf.

»Ich hätte mich daran erinnern müssen, daß Erik mir vom Rattenfänger[*] erzählt hat«, sagte der Perser. »Dabei hat er mir allerdings verschwiegen, daß er so

---

[*] Der ehemalige Operndirektor, Monsieur Pedro Gailhard, erzählte mir einmal bei Madame Pierre Wolff auf Kap d'Ail, welchen Riesenschaden die Ratten im Unterbau anrichteten, bis die Verwaltung, übrigens zu einem recht hohen Preis, einen Mann

aussieht ... Und merkwürdigerweise bin ich ihm selbst noch nie begegnet.

Ach, ich hielt es für einen neuen Trick des Scheusals«, seufzte er. »Aber nein, das kommt nie hierher!«

»Demnach sind wir wohl noch weit vom See entfernt«, fragte Raoul. »Wann gelangen wir denn hin, Monsieur? Lassen Sie uns doch endlich zum See gehen! Dort erschüttern wir dann die Mauern mit unserem Geschrei! Christine wird uns hören! Auch *er* wird uns hören! Und da Sie ihn kennen, werden wir mit ihm reden!«

»Sie Kind«, sagte der Perser. »Über den See können wir niemals in die Wohnung am See eindringen!«

»Warum denn nicht?«

»Weil dort seine Verteidigungsanlage am stärksten ist. Mir selbst gelang es noch nie, am anderen Ufer zu landen. Am Ufer, wo sich die Wohnung befindet! Man muß erst den See überqueren – und der ist schwerbewacht! Ich fürchte, daß mehrere Leute – ehemalige Bühnenarbeiter, alte Türschließer –, die spurlos verschwunden sind, bloß versucht hatten, den See zu überqueren. Es ist schrecklich! Um ein Haar wäre es auch um mich geschehen gewesen. Wenn das Scheusal mich nicht im letzten Augenblick erkannt hätte! Ein guter Rat, Monsieur, nähern Sie sich nie dem See! Und halten Sie sich vor allem die Ohren zu, wenn Sie ›die Stimme unter Wasser‹ singen hören, die Stimme der Sirene!«

---

einstellte, der behauptete, diese Plage ausrotten zu können, indem er alle vierzehn Tage einen Rundgang durch die Keller mache.

Seitdem gibt es außer den Ballettratten keine Ratten mehr in der Oper. Monsieur Gailhard meinte, dieser Mann habe irgendein Riechmittel erfunden, das die Ratten anziehe. Dann führte er sie zu einem Keller, in dem sich die betäubten Ratten ertränkten. Wir haben gesehen, daß sogar ein Feuerwehrhauptmann (laut Monsieur Gailhard) beim Anblick dieses Flammengesichts vor Schreck fast in Ohnmacht fiel, und für mich steht es außer Zweifel, daß dasselbe Flammengesicht, das besagter Feuerwehrhauptmann erblickt hatte, auch dem Perser und Vicomte de Chagny solches Entsetzen einflößte.

»Was haben wir dann hier verloren?« sagte Raoul hitzig, ungeduldig, wütend. »Lassen Sie mich, wenn Sie nichts für Christine tun können, wenigstens für sie sterben!«

Der Perser versuchte den jungen Mann zu besänftigen.

»Wir haben nur eine Möglichkeit, Christine Daaé zu retten, das können Sie mir glauben, und zwar die: in die Wohnung zu gelangen, ohne daß das Scheusal es merkt.«

»Dürfen wir das hoffen, Monsieur?«

»Wenn ich diese Hoffnung nicht hätte, wäre ich nicht zu Ihnen gekommen!«

»Wie kann man denn in die Wohnung am See gelangen, ohne den See zu überqueren?«

»Durch die dritte Versenkung, aus der wir leider vertrieben worden sind, zu der wir aber gleich zurückkehren werden. Ich will Ihnen die genaue Stelle verraten, Monsieur«, sagte der Perser mit plötzlich veränderter Stimme. »Die genaue Stelle befindet sich zwischen einer Kulissenstütze und einem alten Dekor für *Le Roi de Lahore*, also dort, wo Joseph Buquet den Tod gefunden hat.«

»Meinen Sie den Maschinenmeister, der sich erhängt hat?«

»Ja, Monsieur«, antwortete der Perser bedeutungsvoll, »ohne daß man den Strick wiederfinden konnte. Also Mut! Und jetzt, vorwärts, marsch! Halten Sie Ihre Hand schußbereit, Monsieur! Wo sind wir eigentlich?«

Der Perser mußte seine Lampe anstecken. Er richtete den Strahl auf zwei breite Gänge, die sich im rechten Winkel schnitten und deren Gewölbe sich im Endlosen verloren.

»Wir müssen in dem Teil sein«, sagte er, »der hauptsächlich für die Wasserwerke reserviert ist. Ich sehe nämlich keine glühenden Heizkessel«.

Er ging vor Raoul her, wobei er den richtigen Weg

suchte und jäh stehenblieb, wenn er befürchtete, einem ›Hydrauliker‹ zu begegnen. Dann mußten sie dem Schein einer unterirdischen Schmiede ausweichen, deren Esse man gerade löschte und vor der Raoul jene Dämonen wiedererkannte, die Christine auf ihrem Rundgang am ersten Tag ihrer Gefangenschaft gesehen hatte.

So kehrten sie allmählich zur riesigen Unterbühne zurück.

Sie mußten jetzt auf dem Grund des Fundaments sein, in sehr großer Tiefe, wenn man bedenkt, daß man die Erde bis zu fünfzehn Meter unter der Wasserader ausgehoben hat, die früher unter diesem ganzen Stadtteil verlief. Um sich ein Bild von den heraufgepumpten Wassermassen machen zu können, muß man sich die Hoffläche des Louvre und die anderthalbfache Turmhöhe von Notre-Dame vorstellen. Trotzdem mußte ein See gelassen werden.

In diesem Augenblick berührte der Perser eine Mauer und sagte:

»Wenn ich mich nicht irre, könnte diese Mauer zur Wohnung am See gehören!«

Er klopfte gegen eine Grundmauer.

Vielleicht ist es hier angebracht, dem Leser kurz zu schildern, wie das Fundament konstruiert ist.

Um zu vermeiden, daß das Wasser, das die Konstruktion umgibt, in unmittelbaren Kontakt mit den Mauern der gesamten Unterbühne kam, deren Holzwerk, Schlosserarbeiten und Aquarellfarbenkulissen besonders vor Feuchtigkeit zu schützen sind, sah sich der Architekt gezwungen, überall Doppelwände anzubringen.

Zu deren Einrichtung brauchte man ein ganzes Jahr. Der Perser klopfte nun, als er die Wohnung am See erwähnte, an die innere Wand. Wer die Architektur dieses Gebäudes kennt, schließt also aus der Geste des Persers, daß Eriks mysteriöse Behausung in die Doppelwand eingebaut wurde, die aus einem massiven Fangdamm, einer Backsteinmauer mit einer dicken Zementschicht und einer zweiten mehrere Meter breiten Mauer besteht.

Bei den Worten des Persers hatte Raoul sich an die Mauer gelehnt und horchte angestrengt.

Aber er hörte nichts, nur ferne Schritte, die oben auf den Brettern der Bühne widerhallten.

Der Perser hatte seine Lampe wieder ausgemacht.

»Vorsicht«, sagte er. »Die Hand schußbereit! Und jetzt keinen Mucks mehr! Denn wir wollen versuchen, bei ihm einzudringen.«

Er zog Raoul zu der kleinen Treppe, die sie soeben heruntergekommen waren.

Sie gingen wieder hinauf, wobei sie auf jeder Stufe stehenblieben, um die Finsternis und Stille zu ergründen.

So gelangten sie wieder zur dritten Versenkung.

Der Perser bedeutete Raoul, sich hinzuknien; dann rutschten sie mit Hilfe einer Hand, denn die andere hielten sie wieder scheinbar schußbereit, auf den Knien zur hinteren Wand.

An dieser Wand hing ein altes Dekor für *Le Roi de Lahore*.

Und neben diesem Dekor stand eine Kulissenstütze.

Zwischen Dekor und Kulissenstütze hatte ein Mensch gerade Platz.

Und dort wurde eines Tages ein Mensch erhängt aufgefunden: Joseph Buquet.

Der Perser hielt, immer noch kniend, an und horchte.

Er schien kurz zu zögern und betrachtete Raoul, dann richtete er den Blick zur zweiten Versenkung, von der der schwache Schein einer Lampe durch eine Ritze zu ihnen drang.

Dieser Lichtstrahl störte offenbar den Perser.

Schließlich schüttelte er den Kopf und faßte einen Entschluß.

Er glitt zwischen die Kulissenstütze und den Dekor für *Le Roi de Lahore*.

Raoul heftete sich an seine Fersen.

Mit seiner freien Hand tastete der Perser die Wand ab.

Raoul sah, daß er sich mit aller Kraft dagegen stemmte – wie vorhin gegen den Spiegel in Christines Garderobe.

Ein Stein gab nach. Ein Loch öffnete sich in der Wand. Diesmal zog der Perser seine Pistole aus der Tasche und bedeutete Raoul, es ihm nachzutun. Er spannte den Hahn.

Entschlossen schlüpfte er, immer noch auf den Knien, in das durch den verschobenen Stein entstandene Loch. Raoul, der als erster hinein wollte, mußte sich damit begnügen, ihm zu folgen.

Das Loch war recht schmal. Schon bald hielt der Perser an. Raoul hörte, wie er das Gemäuer um sich herum abtastete. Dann holte er erneut seine Laterne heraus, beugte sich vor, untersuchte etwas und machte die Lampe sofort wieder aus. Raoul hörte ihn flüstern:

»Wir müssen uns ein paar Meter lautlos fallen lassen! Ziehen Sie die Schuhe aus!«

Der Perser war schon dabei und reichte seine Schuhe Raoul.

»Stellen Sie die hinter die Mauer«, sagte er. »Dann finden wir sie auf dem Rückweg wieder.«*

Danach krabbelte der Perser ein Stück vor. Dort drehte er sich, immer noch auf den Knien um, so daß er Raoul ins Gesicht blickte, und sagte:

»Ich klammere mich jetzt an den Rand dieses Steins und lasse mich in seine Behausung fallen. Folgen Sie meinem Beispiel. Nur keine Bange: ich fange Sie auf.«

Der Perser setzte sein Wort in die Tat um, und da hörte Raoul auch schon unter sich dessen dumpfen Aufprall. Der junge Mann zitterte vor Angst, daß dieses Geräusch sie verraten könnte.

---

* Diese zwei Paar Schuhe, die sie laut den Aufzeichnungen des Persers genau an der Stelle zurückließen, an der man den erhängten Joseph Buquet entdeckt hatte, wurden niemals wiedergefunden. Irgendein Bühnenarbeiter oder Türschließer muß sie mitgenommen haben.

Allerdings ängstigte die Abwesenheit jedes anderen Geräuschs Raoul noch mehr. Wieso hörten sie, wenn sie, wie der Perser behauptete, tatsächlich in das Gemäuer der Wohnung am See eingedrungen waren, Christine nicht? Kein Schrei! Kein Hilferuf! Kein Stöhnen! Großer Gott, kamen sie etwa zu spät?

Raoul rutschte zur Wand, klammerte sich nervös an den Stein und ließ sich fallen.

Da fingen ihn auch schon Arme auf.

»Pst, ich bin es«, sagte der Perser.

Sie horchten unbeweglich.

Noch nie war die Nacht um sie herum so undurchdringlich.

Noch nie lastete die Stille schwerer und unheilvoller auf ihnen.

Raoul vergrub die Nägel in seinen Lippen, um nicht aufzuschreien: ›Christine! Ich bin es! Antworte mir, wenn du noch nicht tot bist, Christine!‹

Das Spiel mit der Lampe fing von vorne an. Der Perser richtete den Strahl auf die Mauer über ihren Köpfen, um das Loch zu suchen, durch das sie gekommen waren, fand es aber nicht mehr ...

»Aha«, sagte er, »der Stein hat sich von selbst wieder geschlossen.«

Der Strahl der Lampe glitt über die Mauer bis zum Boden.

Der Perser bückte sich und hob etwas auf, eine Art Schnur, die er kurz untersuchte und dann entsetzt wegwarf.

»Die Schlinge des Pendjab«, murmelte er.

»Was ist das?« fragte Raoul.

»Das könnte«, sagte der Perser erschaudernd, »sehr gut der Strick des Erhängten sein, den man nicht wiedergefunden hat!«

Von neuer Besorgnis ergriffen, ließ er die rote Scheibe seiner Lampe über die Wände wandern. Dabei beleuchtete er, ein seltsamer Anblick, einen Baumstamm, der noch zu leben schien, denn er hatte grüne Blätter, und seine Zweige rankten sich an der Mauer empor und verloren sich in der Decke.

Da der Lichtkegel der Lampe sehr klein war, konnte man die Dinge erst kaum erkennen... man sah eine Astkrümmung... dann ein Blatt... dann noch eins... und daneben nichts... nichts außer dem Strahl, der sich widerzuspiegeln schien. Raoul streckte die Hand nach diesem Nichts aus, nach diesem Widerschein...

»Oh«, sagte er, »diese Wand ist ein Spiegel!«

»Ja, ein Spiegel«, sagte der Perser bestürzt. Und er fügte hinzu, wobei er sich mit der Hand, in der er die Pistole hatte, den Schweiß von der Stirn wischte:

»Wir sind in der Folterkammer gelandet!«

Zweiundzwanzigstes Kapitel

Interessante und lehrreiche Leidenswege eines Persers im Unterbau der Oper

Aufzeichnungen des Persers

Der Perser hat selbst geschildert, wie er bis zu jener Nacht vergeblich versuchte, über den See in die Wohnung am See einzudringen; wie er deren Eingang von der dritten Versenkung aus entdeckte und wie er sich schließlich mit Vicomte de Chagny *in der Folterkammer* gegen die teuflischen Einfälle des Phantoms wehren mußte. Hier sind die Aufzeichnungen, die er uns überlassen hat – unter Bedingungen, auf die ich später genauer eingehen werde – und an denen ich kein Wort geändert habe. Ich gebe sie in ungekürzter Form wieder, weil ich glaube, daß ich die persönlichen Erlebnisse des Daroga* in der Umgebung der Wohnung am See vor seinem Abenteuer in Raouls Gesellschaft nicht ver-

---

* Daroga: in Persien Oberbefehlshaber der Staatspolizei.

schweigen darf. Wenn dieser überaus interessante Bericht uns anfangs auch etwas von der Folterkammer zu entfernen scheint, so nur, um uns anschließend mit besserem Verständnis für recht bedeutsame Dinge und für gewisse Verhaltensweisen des Persers, aus denen wir sonst kaum klug werden könnten, zurückzuführen.

Zum ersten Mal drang ich in die Behausung am See ein, schreibt der Perser. Vergeblich hatte ich den *Falltürfachmann* – so nannte man bei uns in Persien Erik – gebeten, mir die geheimnisvollen Türen zu öffnen. Immer schlug er es mir ab. Ich, der ich einst dafür bezahlt wurde, möglichst viele seiner Geheimnisse und Tricks kennenzulernen, vermochte nicht, mir durch List Einlaß zu verschaffen. Seit ich Erik in der Oper wiederfand, die er zu seinem Wohnsitz gewählt zu haben schien, spionierte ich ihm einmal in den Korridoren des Oberbaus nach, ein andermal in den Gängen des Unterbaus, manchmal sogar am Ufer des Sees, wenn er sich unbeobachtet wähnte, in einen kleinen Kahn stieg und schnurstracks auf die gegenüberliegende Mauer zusteuerte. Doch das Dunkel, das ihn umgab, war stets so undurchdringlich, daß ich niemals genau erkennen konnte, an welcher Stelle der Mauer er seine Tür in Bewegung setzte. Die Neugier und auch die schreckliche Vorstellung, die einige Bemerkungen des Scheusals in mir hervorgerufen hatten, trieben mich eines Tages, an dem ich mich unbeobachtet wähnte, dazu, in den kleinen Kahn zu springen und auf die Stelle der Mauer zuzusteuern, an der ich Erik hatte verschwinden sehen. Da bekam ich es mit der Sirene zu tun, die diese Ufer bewacht und deren Zauber mir fast zum Verhängnis geworden wäre, wie aus dem Folgenden ersichtlich wird. Kaum hatte ich das Ufer verlassen, als die Stille, durch die ich ruderte, fast unmerklich durch eine Art singenden Hauch gebrochen wurde. Er war Atem und Musik zugleich; er stieg leise aus dem Wasser des Sees auf und hüllte mich ein, ohne daß ich seinen

Ursprung entdecken konnte. Er folgte mir bei jeder Bewegung und war so sanft, daß ich keinerlei Angst verspürte. Im Gegenteil, ich sehnte mich danach, zu der Quelle dieses einschmeichelnden und verführerischen Wohlklangs zu gelangen, und beugte mich aus meinem Kahn über das Wasser, denn ich zweifelte nicht daran, daß dieser Gesang aus dem Wasser selbst kam. Ich befand mich im Kahn mutterseelenallein mitten auf dem See. Die Stimme – denn es war nun eindeutig eine Stimme – erklang nun neben mir über dem Wasser. Ich beugte mich weiter hinaus, noch weiter ... Der See war völlig still, und ein Mondstrahl, der durch ein Kellerloch in der Rue Scribe hereinfiel, zeigte mir absolut nichts auf der spiegelglatten und pechschwarzen Oberfläche. Ich schüttelte den Kopf, um ein mögliches Ohrenklingen zu verscheuchen, aber ich mußte mir eingestehen, daß es kein so harmonisches Ohrenklingen gibt wie den singenden Hauch, der mir folgte und mich immer stärker anzog.

Wäre ich abergläubisch oder für Schwächen anfällig gewesen, so hätte ich geglaubt, es mit irgendeiner Sirene zu tun zu haben, deren Aufgabe darin bestand, den Schiffer zu betören, der so verwegen war, die Gewässer bei der Behausung am See zu befahren. Gott sei Dank stamme ich jedoch aus einem Land, in dem man das Phantastische allzu sehr liebt, um es nicht zu durchschauen, ja ich hatte es sogar eingehend studiert: jemand, der sein Handwerk kennt, kann mit den einfachsten Tricks dem armen Menschenverstand alles vorgaukeln.

Ich zweifelte also nicht, daß ich gegen eine neue Erfindung Eriks ankämpfen mußte, aber auch diesmal war sie so vollkommen, daß ich, während ich mich aus dem Kahn beugte, weniger ihren Kniff entdecken, als ihren Zauber genießen wollte.

Ich beugte mich weiter und weiter vor und wäre fast gekentert.

Plötzlich streckten sich zwei Riesenarme aus dem

Wasser, umklammerten meinen Hals und zogen mich unwiderstehlich in die Tiefe. Ich wäre verloren gewesen, wenn ich nicht gerade noch Zeit gehabt hätte, einen Schrei auszustoßen, an dem mich Erik erkannte.

Denn er war es, und statt mich zu ertränken, was er gewiß vorhatte, schwamm er mit mir zum Ufer, an das er mich behutsam legte.

»Siehst du jetzt, wie unvorsichtig du bist«, sagte er und pflanzte sich, von diesem höllischen Wasser triefend, vor mir auf. »Warum versuchst du auch, in meine Wohnung einzudringen! Ich habe dich nicht eingeladen. Ich will dort weder dich noch sonst jemanden sehen! Hast du mir das Leben gerettet, um es mir unerträglich zu machen? So groß auch der Dienst ist, den du mir erwiesen hast, es könnte der Tag kommen, an dem Erik ihn vielleicht doch vergißt, und du weißt, daß dann nichts Erik zurückhalten kann, nicht einmal Erik selbst!«

Ich hörte kaum hin, denn ich hatte nur noch den Wunsch, *den Trick mit der Sirene* kennenzulernen. Erik erklärte sich gern bereit, meine Neugier zu befriedigen, denn einerseits ist er ein richtiges Scheusal – und ich kann das beurteilen, da ich ihn leider in Persien an der Arbeit gesehen habe –, andererseits eigentlich noch ein eingebildetes und eitles Kind, und nichts macht ihm größeren Spaß, als seiner Umwelt, die er erst in Erstaunen gesetzt hat, seine wirklich bewundernswerte Genialität zu beweisen.

Er brach in Lachen aus und zeigte mir ein langes Schilfrohr.

»Saudumm«, sagte er, »aber sehr bequem, um unter Wasser zu atmen und zu singen! Diesen Trick habe ich von den Piraten in Tongking gelernt, die sich damit stundenlang auf dem Grund ihrer Flüsse versteckt halten können.« *

---

* Ein Verwaltungsbericht aus Tongking, der Ende Juli 1900 in Paris eintraf, schildert, wie der berüchtigte Bandenchef De Tham

Ich redete ihm ins Gewissen.

»Mit diesem Trick hättest du mich fast umgebracht«, sagte ich. »Vielleicht ist er schon anderen zum Verhängnis geworden!«

Er antwortete mir nicht, sondern richtete sich vor mir nur mit jener kindlich drohenden Gebärde auf, die ich so gut an ihm kannte.

Ich ließ mich nicht davon einschüchtern und sagte unumwunden:

»Du weißt, was du mir versprochen hast, Erik! Keine Verbrechen mehr!«

»Habe ich denn«, fragte er mit Unschuldsmiene, »wirklich Verbrechen begangen?«

»Du Unseliger«, rief ich. »Hast du denn die ›rosa Stunden von Mazenderan‹ vergessen?«

»Ach«, antwortete er plötzlich traurig, »ich wollte, ich hätte sie vergessen, aber ich habe immerhin die kleine Sultanin zum Lachen gebracht.«

»Das alles«, erklärte ich, »gehört der Vergangenheit an, aber jetzt befinden wir uns in der Gegenwart. Und du bist mir Rechenschaft für die Gegenwart schuldig, denn sie existierte nicht für dich, wenn ich es nicht gewollt hätte. Erinnere dich daran, Erik: ich habe dir das Leben gerettet!«

Ich nutzte die Wendung aus, die das Gespräch genommen hatte, um ihn etwas zu fragen, das mich in letzter Zeit oft beschäftigt hatte:

»Erik«, fragte ich, »Erik schwörst du mir...«

»Was denn?« sagte er. »Du weißt genau, daß ich meine Schwüre nicht halte. Schwüre dienen nur dazu, Dummköpfe an der Nase herumzuführen.«

»Sag mir... Mir kannst du es doch sagen?«

»Na los!«

»Also schön: der Lüster, Erik, der Lüster?«

»Was meinst du mit dem Lüster?«

dank diesem Schilfrohrtrick unseren Soldaten entkommen konnte, nachdem sie ihn schon mit seinen Piraten in die Enge getrieben hatten.

»Das weißt du genau!«

»Ach so«, lachte er, »*der* Lüster! Das sage ich dir gern. Das lag am Lüster, nicht an mir! Der war sehr altersschwach.«

Wenn Erik lachte, war er noch schrecklicher. Er sprang in den Kahn und lachte so unheilvoll, daß es mir kalt über den Rücken lief.

»Sehr altersschwach, lieber Daroga! Sehr altersschwach! Er ist ganz von selbst heruntergefallen. Er hat bumm gemacht! Und jetzt gebe ich dir einen guten Rat, Daroga. Zieh dir etwas Trockenes an, wenn du dir keinen Schnupfen holen willst! Und steig nie mehr in meinen Kahn! Und probier vor allem nie mehr, in mein Haus einzudringen! Ich bin nicht immer gleich zur Stelle, Daroga! Und es täte mir unendlich leid, ausgerechnet dir meine ›Totenmesse‹ widmen zu müssen!«

Lachend stand er hinten in seinem Kahn und ruderte mit affenartiger Geschwindigkeit davon. Er glich dem Unheil in Person, was durch seine glühenden Augen noch betont wurde. Dann sah ich nur noch seine Augen, und schließlich verschwand er gänzlich auf dem finsteren See.

Von diesem Tag an verzichtete ich darauf, über den See in seine Wohnung einzudringen! Offenbar wurde der Eingang von dieser Seite zu gut bewacht, vor allem seit er wußte, daß ich dessen Vorhandensein entdeckt hatte. Aber ich nahm an, daß es noch einen anderen geben müsse, denn mehrmals sah ich Erik, als ich ihm nachspionierte, in der dritten Versenkung verschwinden, ohne mir erklären zu können, wie er es wohl anstellte. Ich kann gar nicht oft genug wiederholen, daß ich, seit ich Erik in der Oper wiederfand, in schrecklicher Angst vor seinen fürchterlichen Einfällen lebte, zwar nicht in Angst um mich, sondern um andere.* Wenn ein Unglück, wenn irgend etwas Fatales

---

* Hier hätte der Perser zugeben müssen, daß Eriks Schicksal ihn auch aus persönlichen Gründen interessierte, denn er wußte genau,

passierte, sagte ich mir immer: »Das ist vielleicht Erik!«, so wie die Leute um mich herum sagten: »Das ist das Phantom!« Wie oft habe ich nicht beobachtet, daß diese Leute es scherzhaft sagten! Die Unseligen! Wenn sie gewußt hätten, daß dieses Phantom aus Fleisch und Blut bestand und auf ganz andere Art entsetzlich war als der nichtige Schatten, den sie heraufbeschworen, dann wäre ihnen das Lachen rasch vergangen! Wenn sie nur gewußt hätten, wozu Erik imstande war! Wenn sie nur gewußt hätten, wie tief meine Befürchtungen wurzelten!

Ich hatte kein ruhiges Leben mehr! Trotz Eriks feierlicher Versicherung, er habe sich grundlegend geändert und sei nun die Tugend in Person, seit er um seiner selbst willen geliebt werde – eine Behauptung, die mich vor den Kopf stieß –, konnte ich nur noch voller Grauen an das Scheusal denken. Seine gräßliche, einzigartige und abstoßende Häßlichkeit schloß ihn aus der Menschheit aus, und oft hatte ich den Eindruck, daß er sich aus diesem Grunde ihr gegenüber nicht mehr verpflichtet fühlte. Die Art, wie er mir von seiner Liebe erzählte, erhöhte nur meine Besorgnis, denn ich sah voraus, daß das, womit er prahlte, was ich ja von ihm kannte, nur zu neuen und schrecklicheren Tragödien als bisher führen konnte. Ich wußte, in welche verheerende Verzweiflung der Schmerz Erik zu stürzen vermochte, und seine Äußerungen – jene Vorboten entsetzlichen Unheils – gingen mir dauernd durch den Kopf.

Andererseits entdeckte ich, daß sich eine merkwürdig moralische Beziehung zwischen dem Scheusal und

daß die Regierung von Teheran ihm seine bescheidene Pension als ehemaligem Daroga gestrichen hätte, wenn sie dahintergekommen wäre, daß Erik noch lebte. Es ist übrigens nur recht und billig, hinzuzufügen, daß der Perser ein edles und großzügiges Herz hatte, und wir zweifeln nicht im geringsten daran, daß ihn die Katastrophen, die er für andere befürchtete, sehr beschäftigten. Das beweist sein Verhalten in der ganzen Angelegenheit, das über jedes Lob erhaben ist, zur Genüge.

Christine Daaé anbahnte. Ich belauschte, in der Rumpelkammer neben der Garderobe der jungen Diva versteckt, diese wunderbaren Musikstunden, die Christine offenbar in höchste Ekstase versetzten, aber ich glaubte trotzdem nicht, daß Eriks Stimme – die nach Belieben zu Donner anschwoll oder zart wie die eines Engels wurde – sie seine Häßlichkeit vergessen lassen konnte. Mir wurde alles klar, als ich entdeckte, daß Christine ihn noch nie gesehen hatte! Bei günstiger Gelegenheit drang ich in die Garderobe ein, rief mir Eriks Lehren von einst ins Gedächtnis und fand mühelos den Trick, durch den sich die Spiegelwand drehte, sowie den Schalltrichter aus Hohlziegeln, durch den Christine Erik so hören konnte, als stünde er neben ihr. Dabei entdeckte ich auch den Weg, der zur Quelle und zum Kerker der Kommune führte, sowie die Falltür, durch die Erik direkt in die Unterbühne gelangen konnte.

Ich traute kaum meinen eigenen Augen und Ohren, als ich einige Tage danach das Scheusal dabei überraschte, wie es sich über die kleine unterirdische Quelle beugte, die am äußersten Ende des Kommunardenwegs entspringt, und mit deren Wasser der ohnmächtigen Christine Daaé die Stirn benetzte. Ein Schimmel, der Schimmel des *Propheten,* der aus den Ställen im Unterbau der Oper gestohlen worden war, stand ruhig neben ihnen. Ich trat hervor. Da erfolgte etwas Fürchterliches. Die glühenden Augen des Scheusals sprühten Funken, und ehe ich den Mund aufmachen konnte, traf mich ein Schlag mitten vor die Stirn, der mir das Bewußtsein raubte. Als ich wieder zu mir kam, waren Erik, Christine und der Schimmel verschwunden. Ich zweifelte nicht daran, daß die Unglückliche in der Wohnung am See gefangen gehalten wurde. Ohne zu zögern, beschloß ich, trotz der damit verbundenen Gefahr, zum Ufer zurückzukehren. Vierundzwanzig Stunden lauerte ich, am schwarzen Steilufer versteckt, auf das Erscheinen des Scheusals, denn ich nahm an, daß es gezwungen sei, irgendwann einkaufen zu gehen.

In diesem Zusammenhang muß ich erwähnen, daß Erik, wenn er sich in Paris oder sonstwo in der Öffentlichkeit zu zeigen wagte, sein schauriges Nasenloch durch eine Papiermachénase mit Schnurrbart verdeckte, die ihm zwar sein makabres Aussehen nicht völlig nahm, denn wenn er vorbeiging, sagte man hinter seinem Rücken: »Du, da geht Gevatter Tod!«, aber seinen Anblick einigermaßen – ich betone einigermaßen – erträglich machte.

Ich lag also am Ufer des Sees – des Totensees, wie er in meiner Gegenwart manchmal scherzhaft genannt wurde – auf der Lauer und verlor schon die Geduld, so daß ich mir sagte: ›Sicher hat er eine andere Tür benutzt, vermutlich die zur dritten Versenkung‹, als ich in der Dunkelheit ein leises Plätschern hörte und zwei Augen wie Schiffslaternen leuchten sah. Bald danach legte der Kahn an. Erik sprang ans Ufer und kam auf mich zu.

»Schon vierundzwanzig Stunden hockst du hier«, sagte er. »Du störst mich! Das nimmt bestimmt noch ein böses Ende! Aber du willst es ja nicht anders! Denn meine Geduld mit dir grenzt ans Wunderbare! Du bildest dir ein, mir zu folgen, du Hornochse (wörtlich) – dabei folge ich dir, und ich weiß alles, was du hier unten von mir weißt! Gestern habe ich dich auf *meinem* Kommunardenweg verschont! Aber laß dich hier nicht mehr blicken! Du bist sehr unvorsichtig! Ja, ich frage mich, ob du eine Warnung überhaupt noch verstehst!«

Er war so wütend, daß ich mich schön hütete, ihn zu unterbrechen. Nachdem er wie eine Robbe geprustet hatte, sprach er seine fürchterlichen Gedanken aus, die sich mit meinen Befürchtungen deckten:

»Ja, du mußt ein für allemal verstehen – ich wiederhole, ein für allemal! –, was eine Warnung bedeutet! Bei deiner Unvorsichtigkeit – denn du hast dich ja schon zweimal von dem Schatten mit dem Schlapphut erwischen lassen, der nicht wußte, was du im Unterbau zu suchen hast, und der dich zu den Direktoren brachte, die dich für einen phantasievollen Perser hielten, der sich für Zaubertricks und Theaterkulissen interessiert – ich war dabei. Ja, ich war in ihrem Arbeitszimmer. Du weißt genau, daß ich überall bin! – bei deiner Unvorsichtigkeit wird man sich schließlich fragen, was du hier tatsächlich suchst, man wird schließlich herausbekommen, daß du Erik suchst. Und dann will man auch Erik suchen, und entdeckt die Wohnung am See. Desto schlimmer, mein Alter, desto schlimmer! Ich stehe für nichts mehr ein!«

Er prustete nochmals wie eine Robbe.

»Für nichts mehr! Wenn Eriks Geheimnisse nicht Eriks Geheimnisse bleiben – desto schlimmer für viele dieses Menschengezüchts! Das ist alles, was ich dir zu sagen habe, und wenn du kein Hornochse (wörtlich) bist, sollte dir das genügen! Es sei denn, du verstehst keine Warnung mehr!«

Er hatte sich auf das Heck des Kahns gesetzt und trommelte mit den Hacken gegen dessen Holz, während er auf meine Antwort wartete. Ich sagte nur:

»Ich suche hier nicht Erik!«

»Wen denn sonst?«

»Das weißt du genau: Christine Daaé!«

Er entgegnete:

»Ich habe das Recht, sie bei mir zu empfangen. Ich werde um meiner selbst willen geliebt.«

»Das stimmt nicht«, sagte ich. »Du hast sie entführt und hältst sie gefangen!«

»Hör zu«, sagte er. »Versprichst du mir, dich nicht mehr in meine Angelegenheiten zu mischen, wenn ich dir beweise, daß ich um meiner selbst willen geliebt werde?«

»Ja, das verspreche ich dir«, antwortete ich, ohne zu zögern, denn ich dachte, daß ein solches Scheusal so etwas nie beweisen könne.

»Nun gut, das ist ganz einfach! Christine kann nach Belieben ausgehen – und sie wird zurückkommen! Ja, sie wird aus freien Stücken zurückkommen! Sie wird von sich aus zurückkommen, weil sie mich um meiner selbst willen liebt!«

»Ich bezweifle, daß sie zurückkommt! Aber es ist deine Pflicht, sie gehen zu lassen!«

»Meine Pflicht, du Hornochse! Mein freier Wille, nichts als mein freier Wille, sie gehen zu lassen, und sie wird zurückkommen! Denn sie liebt mich! Das alles, sage ich dir, endet mit einer Hochzeit. Einer Hochzeit in der Madeleine. Glaubst du mir endlich! Meine Hochzeitsmesse ist fertig. Du wirst über dieses *Kyrie* staunen!«

Er trommelte mit den Hacken eine Art Rhythmus gegen das Holz des Kahns, zu dem er halblaut sang: »*Kyrie!* ... *Kyrie!* ... *Kyrie eleison!* Über diese Messe wirst du staunen!«

»Hör zu«, sagte ich, »ich glaube dir, wenn ich Christine deine Wohnung verlassen und sie freiwillig dorthin zurückkehren sehe!«

»Und dann mischst du dich nicht mehr in meine Angelegenheiten? Nun gut, du sollst es heute abend sehen. Komm auf den Maskenball. Christine und ich werden dort einen kurzen Rundgang machen. Versteck dich dann in der Rumpelkammer. Von dort aus wirst du sehen, daß Christine, sobald sie ihre Garderobe betritt, nichts lieber tut, als unverzüglich den Kommunardenweg einzuschlagen.«

»Abgemacht!«

Wenn ich das tatsächlich sähe, bliebe mir nichts anderes übrig, als mich zu beugen, denn schließlich hat die schönste Person das Recht, das häßlichste Scheusal zu lieben, besonders wenn es wie dieses hier über die Verführungskünste der Musik verfügt und diese Person ausgerechnet eine berühmte Sängerin ist.

»Und jetzt verschwinde! Denn ich muß meine Einkäufe erledigen!«

Ich ging, weiterhin um Christine besorgt, aber innerlich noch besorgter über die fürchterliche Vorstellung, die seine Bemerkungen über meine Unvorsichtigkeit von neuem in mir hervorgerufen hatten.

Ich sagte mir: ›Wie wird das alles enden?‹ Obwohl ich ziemlich fatalistisch veranlagt bin, konnte ich mich nicht einer unbestimmten Angst vor der unglaublichen Verantwortung erwehren, die ich einst auf mich lud, indem ich das Scheusal am Leben ließ, das jetzt das Leben ›vieler dieses Menschengezüchts‹ bedrohte.

Zu meinem ungeheuren Erstaunen traf alles ein, was Erik mir vorausgesagt hatte. Christine Daaé verließ mehrmals die Wohnung am See und kehrte ohne ersichtlichen Zwang dorthin zurück. Ich wollte mir daraufhin dieses Geheimnis der Liebe aus dem Sinn schlagen, aber es fiel mir – eben wegen jener fürchterlichen Vorstellung – besonders schwer, nicht mehr an Erik zu denken. Aus Vorsicht mied ich immerhin das Seeufer und den Kommunardenweg. Aber da mir die Geheimtür in der dritten Versenkung keine Ruhe ließ, ging ich mehrmals ohne Umschweife hin, denn ich wußte, daß sich dort tagsüber niemand aufhielt. Wie oft drehte ich nicht die Daumen in meinem Versteck hinter dem Dekor für *Le Roi de Lahore,* den man – ich weiß nicht warum – dort abgestellt hatte, denn *Le Roi de Lahore* wurde kaum noch gespielt. So viel Geduld mußte belohnt werden. Eines Tages sah ich das Scheusal auf den Knien in meine Richtung kommen. Ich war sicher, daß es mich nicht bemerkt hatte. Es rutschte zwischen dem Dekor und einer Kulissenstütze bis zur Wand und bediente an einer Stelle, die mir von weitem einprägte, eine Feder, die einen Stein bewegte und ihm so einen Durchgang verschaffte. Es verschwand darin, und der Stein schloß sich hinter ihm. Jetzt kannte ich das Geheimnis des Scheusals, ein Geheimnis, dank dem ich, wann ich wollte, in die Wohnung am See eindringen konnte.

Um mich dessen zu vergewissern, wartete ich über eine halbe Stunde und bediente dann selbst die Feder. Alles verlief genauso wie bei Erik. Aber ich hütete mich, in das Loch zu schlüpfen, denn ich wußte ja, daß Erik zu Hause war. Andererseits fiel mir bei dem Gedanken, daß Erik mich hier überraschen könnte, Joseph Buquets Tod ein, und da ich eine solche, vielleicht einmal nützliche Entdeckung nicht aufs Spiel setzen wollte, verließ ich die Unterbühne, nachdem ich den Stein durch einen Mechanismus, der mir aus Persien vertraut war, wieder sorgfältig an seinen Platz gerückt hatte.

Natürlich interessierte mich die Liebesgeschichte zwischen Erik und Christine sehr, aber nicht aus krankhafter Neugier, sondern, wie gesagt, wegen jener fürchterlichen Vorstellung, die mir nicht aus dem Sinn kam. ›Wenn Erik‹, dachte ich, ›entdeckt, daß er nicht um seiner selbst willen geliebt wird, können wir uns auf alles gefaßt machen!‹ Auf meinen vorsichtigen Streifzügen durch die Oper erfuhr ich bald die Wahrheit über Eriks unglückliche Liebe. Durch Terror eroberte er zwar Christines Verstand, aber das Herz der Sanftmütigen gehörte ganz dem Vicomte Raoul de Chagny. Während die beiden im Oberbau der Oper unschuldige Verlobte spielten – und vor dem Scheusal flohen –, ahnten sie nicht, daß jemand über sie wachte. Ich war zu allem entschlossen: wenn es sein mußte, auch dazu, das Scheusal zu töten und mich danach vor Gericht zu verantworten. Aber Erik zeigte sich nicht – was mich freilich nicht beruhigte.

Ich muß meine ganze Berechnung aufdecken: Ich glaubte, die Eifersucht triebe das Scheusal aus seiner Wohnung, so daß ich ohne Gefahr durch den Eingang in der dritten Versenkung in die Behausung am See eindringen könnte. Im Interesse aller lag mir sehr viel daran zu erfahren, was es dort wohl gab! Eines Tages, als ich des Wartens auf eine günstige Gelegenheit müde war, verschob ich durch den Druck auf die Feder den Stein und hörte sofort dröhnende Musik. Das Scheusal arbeitete bei offenen Türen an seinem *Don Juans Triumph*. Ich wußte, daß es sein Lebenswerk war. Unbeweglich verharrte ich in meinem dunklen Loch. Er unterbrach kurz sein Spiel und rannte wie besessen durch seine Wohnung. Er sagte laut und deutlich: »Alles muß vorher fertig sein! Fix und fertig!« Dieser Ausspruch beruhigte mich keineswegs, und da die Musik wieder erklang, schloß ich leise den Stein. Trotz des geschlossenen Steins hörte ich noch einen fernen, sehr fernen Gesang, der aus dem Erdinnern aufstieg wie der Gesang der Sirene aus dem Wasser. Da fielen mir die Worte einiger Bühnenarbeiter bei Joseph Buquets Tod ein, über die man gelächelt hatte: »Den Erhängten umgab ein Geräusch, das wie eine Totenklage klang.«

Am Abend, an dem Christine Daaé entführt wurde, kam ich erst spät in die Oper und befürchtete das Schlimmste. Ich hatte einen fürchterlichen Tag hinter mir, denn nach der Lektüre des Artikels über die bevorstehende Heirat zwischen Christine und Vicomte de Chagny fragte ich mich unentwegt, ob es nicht doch besser sei, das Scheusal anzuzeigen. Aber mein Verstand sagte mir, daß ich dadurch die mögliche Katastrophe nur beschleunigen würde.

Als mein Wagen mich vor der Oper absetzte, betrachtete ich das Gebäude so, als wunderte ich mich darüber, daß es noch stand.

Aber wie alle guten Orientalen bin ich recht fatalistisch, ging also hinein und war auf alles gefaßt!

Christine Daaés Entführung während der Kerkerszene, die natürlich alle überrumpelte, traf mich nicht unvorbereitet. Zweifellos hatte Erik sie weggezaubert, wie es sich ihm als König der Gaukler ziemte. Diesmal dachte ich freilich, das sei Christines Ende und vielleicht das Ende aller.

Ich glaubte es so fest, daß ich mir einen Augenblick ernsthaft überlegte, ob ich nicht den Leuten, die noch in der Oper herumtrödelten, raten sollte, sich schnellstens ins Freie zu retten. Doch wieder ließ ich den Gedanken, Erik zu verraten, fallen, denn man hätte mich bestimmt für einen Irren gehalten. Schließlich wußte ich, daß ich, wenn ich etwa »Feuer! Feuer!«

riefe, um die Leute hinauszujagen, womöglich eine Katastrophe – Erdrückungen, Zertrampelungen, wilde Kämpfe auf der panischen Flucht – verursacht hätte, die schlimmer gewesen wäre als die Katastrophe selbst.

Jedenfalls entschloß ich mich, unverzüglich zu handeln. Der Augenblick schien mir übrigens günstig zu sein. Es bestand große Aussicht, daß Erik sich jetzt nur um seine Gefangene kümmerte. Das mußte ich ausnutzen, um von der dritten Versenkung aus in seine Wohnung einzudringen, und ich forderte den armen verzweifelten Vicomte auf, mich zu begleiten, wozu er sich sofort bereit erklärte und sich mir so blindlings anvertraute, daß es mich tief rührte. Ich hatte meinen Diener beauftragt, meine Pistolen zu holen. Darius brachte den Kasten in Christines Garderobe. Ich gab dem Vicomte eine Pistole und empfahl ihm, sich genau wie ich schußbereit zu halten, denn Erik könnte uns ja hinter der Wand auflauern. Wir mußten den Kommunardenweg durch die Falltür wählen.

Der junge Vicomte fragte mich beim Anblick der Pistolen, ob wir uns duellieren wollten. »Gewiß, und in was für einem Duell«, sagte ich ihm. Aber ich hatte natürlich keine Zeit, ihm Näheres zu erklären. Der junge Vicomte ist zwar tapfer, aber er kannte seinen Gegner kaum! Das war auch besser!

Was ist ein Duell mit dem gefährlichsten Raufbold im Vergleich zu dem Kampf mit dem genialsten Zauberkünstler? Ich selbst gewöhnte mich nur schwer an den Gedanken, mich auf einen Waffengang mit einem Mann einzulassen, der sich, wenn er will, unsichtbar machen kann, hingegen alles um sich herum sieht, während die Dinge für einen selbst im Dunkel bleiben. Mit einem Mann, der sich dank seiner abwegigen Kenntnis, Schlauheit, Phantasie und Geschicklichkeit sämtlicher Naturkräfte bedienen kann, um einen ins Verderben zu stürzen, indem er Augen und Ohren etwas vorgaukelt! Und das auch noch im Unterbau der Oper, das heißt im Reich der Phantasmagorie selbst! Kann man sich das ausmalen, ohne daß es einem dabei kalt über den Rücken läuft? Kann man sich überhaupt ein Bild von dem machen, was sich alles abspielen könnte, wenn man in dem fünfstöckigen Unter- und dem fünfundzwanzigstöckigen Oberbau der Oper einen grausamen, aber auch zu Späßen aufgelegten Robert Houdin eingesperrt hätte, der einen einmal narrt, ein andermal mit Haß verfolgt, einmal die Taschen leerplündert, ein andermal ermordet? Stellen Sie sich nun vor, was es bedeutet, den Falltürfachmann zu bekämpfen! Mein Gott, wie viele drehbare Falltüren – und das sind die besten – hat er nicht in unseren sämtlichen Palästen angelegt! Was es bedeutet, den *Falltürfachmann* im Reich der Falltüren zu bekämpfen! ...

Obwohl ich hoffte, daß er in der Wohnung am See, wohin er die ohnmächtige Christine gebracht haben mußte, geblieben sei, hatte ich doch Angst, daß er uns irgendwo mit seinem *Lasso des Pendjab* auflauere.

Keiner kann das Lasso des Pendjab so trefflich werfen wie er, denn er ist nicht nur der König der Zauberkünstler, sondern auch der Fürst der Würger. Als er zur Zeit der ›rosa Stunden von Mazenderan‹ die kleine Sultanin nicht mehr zum Lachen bringen konnte, bat sie ihn, sie zu ihrer Belustigung das Gruseln zu lehren. Dazu eigne sich, fand er, das Spiel mit dem Lasso des Pendjab am besten. Erik war in Indien gewesen und von dort mit einer unglaublichen Fingerfertigkeit im Erwürgen zurückgekehrt. Er ließ sich in einen Hof einsperren, in den ein Krieger geführt wurde – meistens ein zum Tode Verurteilter –, der mit einer langen Lanze und einem breiten Schwert bewaffnet war. Erik hatte hingegen nur sein Lasso. Wenn dann der Krieger meinte, er könne Erik mit einem wuchtigen Streich niederstrecken, sauste das Lasso durch die Luft. Mit einem Ruck zog Erik die dünne Schlinge um den Hals seines Gegner zu und schleifte ihn vor die kleine Sultanin und ihre Frauen, die von einem Fenster aus zuschauten und Beifall spendeten. Die kleine

Sultanin lernte selbst, das Lasso des Pendjab zu werfen, und tötete damit mehrere ihrer Frauen, sowie einige ihrer Freundinnen, die sie besuchten. Aber ich lasse jetzt lieber das entsetzliche Thema der ›rosa Stunden von Mazenderan‹ fallen. Ich schnitt es überhaupt nur an, weil ich Vicomte de Chagny im Unterbau der Oper vor der stets drohenden Gefahr, erwürgt zu werden, schützen mußte. Meine Pistolen nützten uns, sobald wir uns im Unterbau befanden, natürlich nichts mehr, denn ich war überzeugt davon, daß Erik sich nicht mehr blicken ließe, nachdem er sich uns nicht gleich auf dem Kommunardenweg entgegengestellt hatte. Aber erwürgen konnte er uns immer noch! Ich hatte keine Zeit, dies alles dem Vicomte zu erklären, und ich weiß nicht einmal, ob ich ihm, auch wenn ich Zeit dazu gehabt hätte, erzählt hätte, daß irgendwo in der Dunkelheit das Lasso des Pendjab schwungbereit lauere. Es hatte keinen Sinn, die Situation noch komplizierter zu machen, als sie schon war, und deshalb beschränkte ich mich darauf, Monsieur de Chagny zu raten, die Hand wie ein Schütze, der auf den Befehl »Feuer!« wartet, mit leicht angewinkeltem Arm immer schußbereit in Augenhöhe zu halten. In dieser Position ist es sogar dem geschicktesten Würger unmöglich, das Lasso des Pendjab wirksam zu werfen. Er fängt dann nicht nur den Hals, sondern auch Arm oder Hand ein, und da man das Lasso leicht lösen kann, wird es völlig harmlos.

Nachdem wir dem Polizeikommissar, einigen Türschließern und Feuerwehrleuten ausgewichen, dem Rattenfänger zum ersten Mal in meinem Leben begegnet und den Augen des Mannes mit dem Schlapphut entgangen waren, gelangten der Vicomte und ich ohne weitere Zwischenfälle in der dritten Versenkung zwischen die Kulissenstütze und den Dekor für *Le Roi de Lahore*. Ich setzte den Stein in Bewegung, und wir sprangen in die Wohnung, die sich Erik zwischen den beiden Grundmauern der Oper gebaut hatte – *und das in aller Gemütsruhe, denn Erik war einer der ersten Bauunternehmer Philippe Garniers, des Architekten der Oper, und er hatte heimlich ganz allein weitergeschuftet, als die Arbeiten während des Krieges, der Belagerung von Paris und der Kommune offiziell eingestellt worden waren.*

Ich kannte meinen Erik gut genug, um mir zumuten zu dürfen, hinter alle Tricks zu kommen, die er in letzter Zeit angebracht hatte: trotzdem war mir nicht wohl zumute, als ich in seine Behausung sprang. Ich wußte, was er aus einem Palast in Mazenderan gemacht hatte. Er hatte das harmloseste Gebäude auf der Welt schon bald in eine teuflische Behausung verwandelt, in der jedes Wort belauscht oder durch Echo weitergeleitet wurde. Welche Familiendramen, welche blutigen Tragödien führte das Scheusal durch seine Falltüren nicht herbei! Ganz zu schweigen von der Unmöglichkeit, in diesem ›trickreichen‹ Palast je genau zu wissen, wo man sich eigentlich befand. Er hatte die verblüffendsten Einfälle. Der originellste, schrecklichste und gefährlichste war zweifellos die Folterkammer. Bis auf die seltenen Ausnahmen, bei denen sich die kleine Sultanin an den Leiden eines Bürgers ergötzte, ließ man nur zum Tode Verurteilte hinein. Meiner Ansicht nach handelte es sich um die grausamste Erfindung der ›rosa Stunden von Mazenderan‹. Wenn ›der Gast der Folterkammer‹ genug hatte, stand es ihm frei, seinen Qualen mit dem Lasso des Pendjab, das am Fuße des eisernen Baumes für ihn bereit lag, ein Ende zu machen.

Wie groß war also mein Schreck, als ich feststellte, daß wir, der Vicomte und ich, bei unserem Eindringen in die Behausung des Scheusals ausgerechnet in der genauen Nachbildung der Folterkammer der ›rosa Stunden von Mazenderan‹ gelandet waren!

Zu unseren Füßen entdeckte ich das Lasso des Pendjab, vor dem ich den ganzen Abend solche Angst hatte. Ich war überzeugt, daß diese Schlinge bereits bei Joseph Buquet Verwendung gefunden hatte. Der Maschinenmeister muß, wie ich, eines Abends Erik dabei ertappt haben, wie er gerade den Stein in der dritten Versenkung bediente. Nun probierte er seinerseits den Durchgang aus, ehe sich der Stein wieder geschlossen hatte, und fiel in die Folterkammer, die er nur noch als Erhängter verließ. Vermutlich schleifte Erik die Leiche, die er loswerden wollte, bis zu dem Dekor für *Le Roi de Lahore* und knüpfte sie dort auf, um ein Exempel zu statuieren oder um die abergläubische Furcht zu erhöhen, die zum Schutze der Eingänge zu seiner Behausung beitragen sollte.

Doch dann besann sich Erik anders und holte das Lasso des Pendjab zurück, das aus Katzendärmen gedreht ist und die Neugier des Untersuchungsrichters hätte erwecken können. So verschwand der Strick des Erhängten.

Und jetzt entdeckte ich in der Folterkammer das Lasso zu unseren Füßen! Ich bin kein Angsthase, aber kalter Schweiß rann mir übers Gesicht!

Die Laterne, mit deren kleiner roter Scheibe ich die Wände dieser allzu berüchtigten Kammer absuchte, zitterte in meinen Händen.

Monsieur de Chagny bemerkte es und fragte:

»Was ist denn los, Monsieur?«

Heftig gebot ich ihm Schweigen, denn unsere letzte Hoffnung bestand darin, daß das Scheusal noch nichts von unserer Anwesenheit in der Folterkammer wußte!

Aber sogar diese Hoffnung war trügerisch, denn höchstwahrscheinlich diente die Folterkammer dazu, die Wohnung am See zur dritten Versenkung hin abzusichern, und das wohl automatisch.

Ja, die Foltern setzten sich vielleicht *automatisch* in Bewegung.

Wer konnte sagen, welche unserer Gesten sie auslöste?

Ich befahl meinem Gefährten, sich nicht zu rühren.

Drückende Stille lastete auf uns.

Meine rote Lampe wanderte weiter durch die Folterkammer, ja ich erkannte sie wieder, ach, nur allzu gut!

Dreiundzwanzigstes Kapitel

In der Folterkammer

Fortsetzung der Aufzeichnungen des Persers

Wir befanden uns in der Mitte eines kleinen Saals, der die Form eines regelmäßigen Sechsecks hatte und deren sechs Wände von oben bis unten aus Spiegeln bestanden. In jeder Ecke sah man deutlich die Scharniere der Spiegel, durch die sie sich drehen konnten. Ja, ja, ich erkannte sie wieder, ich erkannte auch den eisernen Baum in der Ecke unter einem der Scharniere wieder... mit seinem eisernen Ast... zum Erhängen...

Ich hatte meinen Gefährten beim Arm gepackt. Vicomte de Chagny zitterte vor Ungeduld und war nahe daran, seiner Verlobten zuzurufen, daß er ihr zur Hilfe käme. Ich befürchtete, daß er sich nicht mehr beherrschen könnte.

Plötzlich hörten wir links von uns ein Geräusch.

Erst klang es so, als öffnete und schließe sich eine Tür nebenan, dann wie ein dumpfes Stöhnen. Ich umklammerte Monsieur de Chagnys Arm noch fester, denn wir konnten deutlich die Worte verstehen:

»Das eine oder das andere! Die *Hochzeitsmesse* oder die *Totenmesse!*«

Ich erkannte die Stimme des Scheusals.

Wieder ertönte ein Stöhnen.

Dann folgte langes Schweigen.

Jetzt war ich überzeugt, daß das Scheusal noch nichts von unserer Anwesenheit in seiner Behausung wußte, denn sonst hätte er es bestimmt so eingerichtet, daß wir ihn nicht belauschen konnten. Zu diesem Zweck hätte er bloß das kleine unsichtbare Fenster hermetisch zu schließen brauchen, das den Genießern von Folterungen Einblick in die Folterkammer gewährt.

Außerdem war ich sicher, daß sich die Foltern unverzüglich in Bewegung gesetzt hätten, wenn ihm unsere Anwesenheit bekannt gewesen wäre.

Wir hatten also Erik gegenüber einen großen Vorteil: wir waren in seiner Nähe, ohne daß er etwas davon wußte.

Nun kam es vor allem darauf an, daß er es nicht erfuhr, und nichts befürchtete ich mehr als die Impulsivität Vicomte de Chagnys, der am liebsten durch die Wand gerannt wäre, um zu Christine Daaé zu gelangen, deren Stöhnen wir jetzt in regelmäßigen Abständen zu hören glaubten.

»Die Totenmesse ist nicht gerade heiter«, sagte Eriks Stimme, »während ich die Hochzeitsmesse herrlich finde! Du mußt dich entscheiden und dir darüber klar werden, was du willst! Mir ist es unmöglich, wie ein Maulwurf in einem Loch unter der Erde weiterzuleben! *Don Juans Triumph* ist vollendet, jetzt will ich wie alle anderen leben. Ich will wie alle anderen eine Frau haben und mit ihr sonntags spazierengehen. Ich habe eine Maske erfunden, durch die ich ein Gesicht wie jeder andere erhalte. Niemand wird sich mehr nach mir umdrehen. Du wirst die glücklichste Frau sein. Und wir singen ganz für uns allein bis zu unserem Tod. Du weinst! Du hast Angst vor mir! Dabei bin ich im Grunde meines Herzens nicht schlecht! Liebe mich – und du wirst es selber sehen! Ich brauche nur geliebt zu werden, um gut zu sein!

Wenn du mich liebst, werde ich sanft wie ein Lamm und tue alles, was du willst.«

Das Stöhnen, das diese Liebeslitanei begleitete, schwoll immer heftiger an. Ich hatte noch nie etwas Verzweifelteres gehört. Da erkannten wir, Monsieur Chagny und ich, daß die entsetzliche Klage von Erik selbst stammte. Christine mußte es, vielleicht genau hinter unserer Wand, vor Grauen die Sprache verschlagen haben, so daß sie angesichts des Scheusals zu ihren Füßen keine Kraft zum Schreien mehr fand.

Die Klage toste und gurgelte wie ein trauernder Ozean. Dreimal stieß Erik sie aus der Tiefe seiner Kehle hervor:

»Du liebst mich nicht! Du liebst mich nicht! Du liebst mich nicht!«

Dann fügte er sanfter hinzu:

»Warum weinst du? Du weißt genau, daß du mir wehtust.«

Schweigen.

Aus jedem Schweigen schöpften wir Hoffnung. Wir sagten uns: ›Vielleicht hat er Christine hinter der Wand allein gelassen.‹

Wir dachten nur an die Möglichkeit, Christine Daaé von unserer Anwesenheit zu unterrichten, ohne daß das Scheusal es merkte.

Wir konnten jetzt nur noch aus der Folterkammer herausgelangen, wenn Christine uns die Tür öffnete; das war die erste Voraussetzung, ehe wir ihr helfen konnten, zumal wir keine Ahnung hatten, wo sich die Tür befand.

Plötzlich zerriß eine elektrische Klingel die Stille nebenan.

Hinter der Wand hörte man das Geräusch eines Sprungs, und Eriks Stimme donnerte:

»Es schellt! Nur hereinspaziert!«

Hämisches Gelächter.

»Wer stört uns denn da? Entschuldige mich einen Augenblick, ich will der Sirene schnell sagen, daß sie aufmachen soll.«

Schritte entfernten sich, eine Tür schlug zu. Ich hatte keine Zeit, an die neue Scheußlichkeit zu denken, die sich anbahnte, ich vergaß, daß Erik wahrscheinlich nur hinausgeeilt war, um ein neues Verbrechen zu begehen, ich begriff nur eins: daß Christine hinter der Wand allein war!

Vicomte de Chagny rief schon:

»Christine! Christine!

Da wir hörten, was nebenan gesprochen wurde, war eigentlich kein Grund vorhanden, warum mein Gefährte nicht auch gehört werden sollte. Trotzdem mußte der Vicomte seinen Ruf mehrmals wiederholen.

Schließlich drang eine schwache Stimme zu uns.

»Ich träume«, sagte sie.

»Christine! Christine! Ich bin es, Raoul!«

Schweigen.

»So antworten Sie doch, Christine! Wenn Sie allein sind, so antworten Sie doch um Himmels willen!«

Da murmelte Christines Stimme Raouls Namen.

»Ja! Ja! Ich bin es! Es ist kein Traum! Christine, haben Sie Vertrauen! Wir sind hier, um Sie zu retten! Aber keine Unbesonnenheit! Warnen Sie uns, wenn Sie das Scheusal hören!«

»Raoul! Raoul!«

Sie ließ sich mehrmals wiederholen, daß sie nicht träume und daß es Raoul gelungen sei, unter der Führung eines treuen Gefährten, der das Geheimnis von Eriks Wohnung kenne, bis zu ihr vorzudringen.

Aber der vorschnellen Freude, die wir in ihr erweckt hatten, folgte ein noch größerer Schreck. Sie verlangte, daß Raoul auf der Stelle verschwinde. Sie zittere bei dem Gedanken, daß Erik sein Versteck entdecken könne, denn in diesem Fall werde er nicht zögern, ihn umzubringen. Sie teilte uns in kurzen Worten mit, daß Erik vor Liebe toll geworden und entschlossen sei, sich und alle anderen zu töten, wenn sie sich weigere, seine Frau vor dem Standesamt und in der Kirche vor dem Pfarrer der Madeleine zu werden. Er habe ihr bis morgen abend um elf Uhr Bedenkzeit gegeben. Das sei die letzte Frist. Sie müsse also, wie er es ausgedrückt habe, zwischen Hochzeitsmesse und Totenmesse wählen!

Erik habe ihr auch etwas gesagt, das sie nicht verstehen könne: »Ja oder nein! Wenn nein, so sind alle tot und begraben!«

Ich verstand dagegen seine Worte nur allzu gut, denn sie entsprachen genau meiner fürchterlichen Vorstellung.

»Können Sie uns sagen, wo Erik ist«, fragte ich.

Sie antwortete, daß er die Wohnung offenbar verlassen habe.

»Sind Sie dessen sicher?«

»Nein! Ich bin gefesselt. Ich kann mich nicht rühren.«

Als wir, Monsieur Chagny und ich, das hörten, konnten wir einen Wutschrei nicht unterdrücken. Unsere Rettung, die Rettung von uns dreien, hing davon ab, daß Christine sich frei bewegen konnte.

»Wir müssen Sie befreien! Wir müssen zu Ihnen gelangen!«

»Wo sind Sie denn«, fragte Christine. »Mein Zimmer hat zwei Türen, das Louis-Philippe-Zimmer, von dem ich Ihnen erzählt habe, Raoul! Eine Tür, durch die Erik ein und aus geht, und eine andere, die er in meiner Gegenwart noch nie geöffnet, ja die je zu benutzen er mir verboten hat, weil sie, wie er sagte, die gefährlichste Tür sei, die Tür der Qualen!«

»Christine, wir sind hinter eben dieser Tür!...«

»Sind Sie in der Folterkammer?«

»Ja, aber wir sehen keine Tür.«

»Ach, wenn ich mich nur bis zu ihr hin schleppen könnte, um daran zu klopfen, dann wüßten Sie, wo die Tür ist!«

»Ist es eine Tür mit Schloß«, fragte ich.

»Ja, mit Schloß.«

Ich dachte: ›Von der anderen Seite wird sie wie alle Türen mit dem Schlüssel geöffnet, aber von unserer Seite durch eine Feder und ein Gegengewicht, und es wird nicht leicht sein, die zu entdecken.‹

»Mademoiselle«, sagte ich, »Sie müssen uns unbedingt diese Tür öffnen!«

»Wie denn?« antwortete die tränenerstickte Stimme der Unglücklichen. Wir hörten, wie ein Körper sich am Boden wand, um sich von seinen Fesseln zu befreien.

»Wir kommen hier nur durch List heraus«, sagte ich. »Wir müssen den Schlüssel zu dieser Tür haben.«

»Ich weiß, wo er ist«, antwortete Christine deutlich erschöpft von ihren Anstrengungen. »Aber ich bin zu gut gefesselt! Dieser Schurke!« Sie schluchzte.

»Wo ist der Schlüssel«, fragte ich, indem ich Monsieur de Chagny Schweigen gebot und ihm zu verstehen gab, mir die Sache zu überlassen, denn wir durften keine Sekunde mehr verlieren.

»Er hängt in seinem Zimmer neben der Orgel, zusammen mit einem anderen kleinen Bronzeschlüssel, den zu berühren er mir ebenfalls verboten hat, und zwar in einem kleinen Lederbeutel, den er ›das Säckchen von Leben und Tod‹ nennt ... Raoul! ... Raoul! Fliehen Sie! Hier ist alles rätselhaft und fürchterlich! Und Erik verliert völlig den Verstand! Und Sie sind in der Folterkammer! Gehen Sie auf dem Weg zurück, den Sie gekommen sind! Die Kammer hat ihren Namen nicht grundlos!«

»Christine«, sagte der junge Mann, »entweder kommen wir zusammen hier heraus oder wir sterben zusammen!«

»Es liegt an uns, ob wir mit heiler Haut hier herauskommen«, flüsterte ich, »aber wir müssen dabei unsere Kaltblütigkeit bewahren. Warum hat er Sie gefesselt, Mademoiselle? Er weiß doch, daß Sie sowieso nicht fliehen können!«

»Ich wollte mich umbringen! Nachdem der Elende mich noch halb betäubt vom Chloroform heute abend hierher gebracht hatte, war er nochmals fortgegangen. Zu seinem Bankier – sagte er mir. Als er zurückkam, traf er mich mit blutüberströmtem Gesicht an. Ich hatte mich umbringen wollen! Ich hatte mir die Stirn an der Wand wundgestoßen!«

»Christine«, stöhnte Raoul und begann zu schluchzen.

»Daraufhin fesselte er mich. Ich dürfe erst morgen abend um elf sterben!«

Das ganze Gespräch durch die Wand verlief wesentlich abgehackter und vorsichtiger, als ich es hier beschreiben kann. Oft hielten wir mitten im Satz inne, weil wir ein Knarren, einen Schritt, eine ungewöhnliche Bewegung zu hören vermeinten. Dann beruhigte Christine uns: »Nein! Nein! Das ist er nicht! Er ist hinausgegangen! Er ist bestimmt hinausgegangen! Ich kenne das Geräusch, das die Mauer am See macht, wenn sie sich schließt.«

»Mademoiselle«, erklärte ich, »wenn das Scheusal Sie gefesselt hat, wird es Ihre Fessel auch wieder lösen. Zu diesem Zweck brauchen Sie nur eine Komödie zu spielen! Vergessen Sie nicht, daß er Sie liebt!«

»Wie sollte ich Unglückliche das je vergessen!« hörten wir sie sagen.

»Denken Sie daran, wenn Sie ihn anlächeln«, flehte ich. »Sagen Sie ihm, daß die Fesseln Ihnen wehtun.«

Aber Christine Daaé erwiderte:

»Pst! Ich höre etwas in der Mauer am See! Das ist er! Gehen Sie!... Gehen Sie doch!... Gehen Sie schnell!...«

»Selbst wenn wir es wollten, könnten wir nicht gehen«, sagte ich, um Eindruck auf das Mädchen zu machen. »Wir sind doch in der Folterkammer!«

»Kein Wort mehr!« flüsterte Christine hastig.

Wir verstummten alle drei.

Schwere Schritte erklangen hinter der Wand, hielten inne und knarrten dann wieder über den Boden.

Einem gewaltigen Seufzer folgte ein Schreckensschrei Christines, und wir hörten Eriks Stimme:

»Verzeih mir, daß ich so vor dir erscheine! Ich sehe hübsch aus, was? Aber das ist die Schuld *des anderen*! Warum hat er auch geläutet? Frage ich etwa Passanten, wie spät es ist? Er wird niemanden mehr danach fragen! Daran ist die Sirene schuld.«

Ein noch tieferer, gewaltigerer Seufzer stieg aus dem Grunde seiner Seele auf.

»Warum hast du geweint, Christine?«

»Weil ich leide, Erik.«

»Ich dachte schon, ich hätte dir Angst eingejagt.«

»Erik, machen Sie bitte meine Fesseln los, bin ich nicht sowieso Ihre Gefangene?«

»Du wolltest sterben!«

»Sie haben mir eine Frist bis morgen abend um elf Uhr gegeben.« – Wieder knarrten Schritte über den Boden.

»Warum nicht, da wir doch zusammen sterben müssen ... und ich es genauso eilig habe wie du! ... Ja, ich habe dieses Leben satt, verstehst du! ... Warte, halt still, ich mache dich los ... Du brauchst nur ein Wort zu sagen: *Nein! ... und dann ist es mit allen aus!* ... Du hast recht! ... Du hast ganz recht! Warum sollen wir bis morgen abend um elf Uhr warten? Ach, ja, weil es dann am schönsten wäre! ... Ich hatte immer eine Schwäche für das Dekorum ... das Grandiose ... Das ist kindisch! ... Im Leben darf man nur an sich selbst denken! ... An seinen eigenen Tod! ... Alles andere ist überflüssig! ... Du wunderst dich wohl, daß ich so naß bin? ... Ach, meine Liebe, es war falsch, hinauszugehen ... Bei diesem Wetter würde man noch nicht einmal einen Hund hinausjagen! ... Außerdem glaube ich, Christine, daß ich an Halluzinationen leide ... Weißt du, derjenige, der vorhin bei der Sirene geläutet hat – also der hatte eine gewisse Ähnlichkeit mit ... So, dreh dich um! ... Bist du jetzt zufrieden? Du bist frei ... Mein Gott! Deine Handgelenke! Habe ich dir wehgetan, Christine? ... Schon allein dafür verdiene ich den Tod ... Apropos Tod – ich muß die Totenmesse für ihn singen!«

Bei diesen furchtbaren Worten konnte ich mich einer schrecklichen Ahnung nicht mehr erwehren. Auch ich hatte einmal an der Tür des Scheusals geklingelt, natürlich ohne daß es etwas davon wußte! Dabei muß ich irgendein elektrisches Warnsystem ausgelöst haben. Ich erinnere mich, daß zwei Riesenarme aus dem pechschwarzen Wasser auftauchten. Welcher Unselige hatte sich zu diesen Ufern verirrt?

Der Gedanke an diesen Unseligen verdarb mir fast die Freude über Christines Kriegslist, obwohl Vicomte de Chagny mir das magische Wort ins Ohr flüsterte: »Frei!« Wer war wohl dieser andere, dessen Totenmesse wir gerade hörten?

Ach, dieser erhabene und wilde Gesang! Die ganze Behausung am See dröhnte davon, das Innerste der Erde erbebte. Wir hatten das Ohr an die Spiegelwand gepreßt, um Christines Spiel besser belauschen zu können, das Spiel, das uns retten sollte, aber wir hörten nur noch das Spiel der Totenmesse. Es war eher eine Messe für die Verdammten. Dämonen schienen durch die Erde zu tanzen.

Ich erinnere mich, daß das *Dies irae,* das er sang, wie ein Gewitter über uns herfiel. Ja, es donnerte und blitzte um uns herum. Gewiß, ich hatte ihn schon früher singen hören. Er ging sogar so weit, die Steinmäuler der Stiere mit Menschenköpfen auf den Mauern meines Palastes in Mazenderan singen zu lassen. Aber so hatte er noch nie gesungen, nie! Er sang wie der Donnergott.

Plötzlich brachen Gesang und Orgelspiel so brüsk ab, daß wir, Monsieur de Chagny und ich, vor Schreck hinter der Wand zurückfuhren... Die Stimme bekam auf einmal einen metallischen Klang und betonte knirschend jede einzelne Silbe:

»*Was hast du mit dem Säckchen gemacht?*«

Vierundzwanzigstes Kapitel

Die Foltern beginnen

Fortsetzung der Aufzeichnungen des Persers

Die Stimme wiederholte wütend:
»*Was hast du mit dem Säckchen gemacht?*«

Christine zitterte sicher noch mehr als wir.

»Ich sollte dich wohl befreien, damit du mir mein Säckchen abnehmen kannst, was?«

Wir hörten schnelle Schritte – vermutlich Christine, die in das Louis-Philippe-Zimmer zurückeilte, als suchte sie Zuflucht an unserer Wand.

»Warum fliehst du«, fragte die zornige Stimme, die ihr gefolgt war. »Gib mir gefälligst mein Säckchen zurück! Weißt du denn nicht, daß es das Säckchen von Leben und Tod ist?«

»Hören Sie, Erik«, seufzte die junge Frau, »was haben Sie eigentlich dagegen, ich meine, nachdem es nun feststeht, daß wir zusammenleben sollen? Alles, was Ihnen gehört, gehört jetzt doch auch mir!«

Ihre Stimme bebte so, daß es einen wirklich erbarmen konnte. Die Unglückliche mußte ihre letzte Kraft zusammenraffen, um ihr Grauen zu überwinden. Aber das Scheusal ließ sich durch solche kindlichen und zudem zähneklappernd vorgetragenen Ausflüchte nicht täuschen.

»Du weißt genau, daß nur zwei Schlüssel darin sind. Was hast du mit ihnen vor«, fragte er.

»Ich wollte«, antwortete sie, »das Zimmer besichtigen, das ich noch nicht kenne, weil Sie mich nie hineingelassen haben. Aus reiner weiblicher Neugier«, fügte sie in einem Ton hinzu, der unbekümmert sein sollte, der aber Erik in seinem Mißtrauen nur bestärkte, so gekünstelt klang er.

»Ich kann neugierige Frauen nicht leiden«, erwiderte Erik, »und du solltest dich eigentlich seit der Geschichte von Blaubart in acht nehmen! Komm, gib mir mein Säckchen zurück! Her mit dem Säckchen! Laß den Schlüssel los, du Naseweis!«

Er lachte hämisch, während Christine vor Schmerz aufschrie. Erik hatte ihr das Säckchen abgenommen.

Da konnte der Vicomte einen Schrei ohnmächtiger Wut nicht länger unterdrücken, und mir gelang es nur mit Mühe und Not, ihm den Mund zuzuhalten.

»Oh«, rief das Scheusal, »was ist denn das? Hast du nichts gehört, Christine?«

»Nein, nein«, antwortete die Unglückliche. »Ich habe nichts gehört!«

»Mir schien, als habe jemand geschrien!«

»Geschrien? Sind Sie verrückt geworden, Erik? Wer soll denn in dieser unterirdischen Wohnung schreien? Ich habe geschrien, weil Sie mir wehgetan haben!... Ich habe sonst nichts gehört!«

»Wie du das sagst! Du zitterst ja und bist ganz aufgeregt! Du lügst! Jemand hat geschrien! Ja, geschrien! Jemand ist in der Folterkammer!... Oh, jetzt geht mir ein Licht auf!«

»Da ist niemand drin, Erik!«

»Ich verstehe!«

»Wirklich niemand!«

»Vielleicht doch... zum Beispiel dein Verlobter!«

»Ich habe keinen Verlobten! Das wissen Sie genau!«

Wieder hämisches Gelächter.

»Das läßt sich übrigens leicht feststellen. Meine geliebte Christine, man braucht nur die Tür zu öffnen und nachzusehen, was in der Folterkammer vorgeht. Willst du es sehen? Ja? Komm. Wenn jemand darin ist, wenn wirklich jemand darin ist, wirst du sehen, wie das unsichtbare Fenster dort oben an der Decke hell wird. Es genügt, den schwarzen Vorhang zuzuziehen und hier das Licht auszumachen. So, das erste wäre geschehen. Jetzt machen wir das Licht aus! Du fürchtest dich doch nicht im Dunkeln, wenn dein lieber Mann bei dir ist?«

Wir hörten Christines gequälte Stimme.

»Tun Sie das nicht! Ich fürchte mich! Ich sage Ihnen doch, daß ich mich im Dunkeln fürchte! Dieses Zimmer interessiert mich überhaupt nicht mehr! Sie jagen mir mit Ihrer Folterkammer wie einem Kind dauernd Angst ein! Nun schön, ich war neugierig!... Aber jetzt interessiert sie mich nicht mehr... Überhaupt nicht mehr!«

Da setzte sich das, wovor mir am meisten graute, automatisch in Bewegung. Plötzlich überflutete uns Licht! Ja, hinter unserer Wand schien eine Feuersbrunst auszubrechen! Vicomte de Chagny, der nicht darauf gefaßt war, taumelte vor Schreck zurück. Nebenan donnerte Eriks Stimme los:

»Ich habe dir doch gesagt, daß jemand darin ist! Siehst du jetzt das Fenster? Das erleuchtete Fenster! Dort oben! Der jenseits der Wand sieht es nicht! Aber du wirst jetzt auf die Stehleiter steigen. Dazu ist sie da! Du hast mich ja so oft gefragt, wozu sie dient! Das sollst du jetzt erfahren! Sie dient dazu, durch das Fenster in die Folterkammer zu schauen!«

»Was für Foltern sind denn darin zu sehen? Erik, Erik, sagen Sie mir, daß Sie mir nur Angst einjagen wollen! Sagen Sie es mir, wenn Sie mich lieben! Es gibt gar keine Foltern, nicht wahr? Das sind nur Schauermärchen für Kinder!«

»Sieh doch durch das kleine Fenster selbst nach, meine Liebe!«

Ich weiß nicht, ob der Vicomte noch die schwächer werdende Stimme der jungen Frau hörte, denn er war ganz gebannt von dem unglaublichen Schauspiel, das sich vor seinen verstörten Blicken abspielte. Ich selbst hatte es schon allzu oft durch das kleine Fenster der ›rosa Stunden von Mazenderan‹ gesehen, so daß ich nur gebannt dem lauschte, was nebenan gesprochen wurde, weil es mir vielleicht einen Wink gab, was ich tun sollte.

»Schau nur durch das kleine Fenster! Erzähl mir, was du siehst. Erzähl mir nachher, was für eine Nase er bekommt!«

Wir hörten, wie die Leiter zur Wand gerollt wurde.

»Steig hinauf! Nein? Dann steig ich eben hinauf, meine Liebe!«

»Oder doch! Ich will nachsehen! Lassen Sie mich hinauf!«

»Oh, meine Liebe! Du bist wirklich galant! Wie nett

von dir, daß du mir in meinem Alter diese Mühe abnimmst! Erzähl mir, was er für eine Nase bekommt! Wenn die Leute nur wüßten, was für ein Glück es ist, eine Nase zu haben, eine eigene Nase, dann würden sie sich schön hüten, ihre Nase in die Folterkammer zu stecken!«

In diesem Augenblick hörten wir über unseren Köpfen deutlich die Worte:

»*Mein Freund, es ist niemand darin!*«

»Niemand? Bist du sicher, daß niemand darin ist?«

»Bestimmt nicht! Es ist wirklich niemand darin.«

»Desto besser! Was hast du, Christine? Du wirst doch nicht etwa ohnmächtig? Wenn niemand darin ist! Komm, steig herunter! So! Beruhige dich doch, wenn niemand in der Kammer ist! Wie findest du die Landschaft?«

»Oh, sehr schön!«

»Na, geht es besser? Es geht dir schon besser, nicht wahr? Viel besser! Ein Glück! Nur keine Aufregung! Ein komisches Haus – was? –, in dem man solche Landschaften sehen kann.«

»Ja, man könnte meinen, man wäre im Musée Grevin! Aber sagen Sie einmal, Erik, es waren gar keine Folterinstrumente darin! Wissen Sie, daß Sie mir schreckliche Angst eingejagt haben!«

»Warum denn, wenn niemand darin ist? . . .«

»Haben Sie dieses Zimmer eingerichtet, Erik? Ich finde es sehr schön! Sie sind wirklich ein großer Künstler, Erik.«

»Ja, auf meine Art.«

»Aber sagen Sie mir, Erik, warum nennen Sie dieses Zimmer eigentlich die Folterkammer?«

»Ach, das ist ganz einfach. Aber erzähl mir erst, was du gesehen hast.«

»Einen Wald.«

»Und was war in diesem Wald.«

»Bäume!«

»Und was war in einem Baum?«

»Vögel...«

»Hast du Vögel gesehen?«

»Nein, ich habe keine Vögel gesehen.«

»Was hast du denn gesehen? Denk nach!... Du hast Äste gesehen! Und was hast du an einem Ast gesehen?« sagte die fürchterliche Stimme. »*Einen Galgen.* Deshalb nenne ich meinen Wald die Folterkammer!... Verstehst du, das ist einfach eine Redensart! Es ist zum Lachen! Ich drücke mich nie wie andere aus!... Ich handle nie wie andere!... Aber ich habe es satt!... Ein für allemal satt!... Mir hängt es zum Hals heraus, einen Wald in meiner Wohnung zu haben und eine Folterkammer!... Wie ein Scharlatan in einer Schachtel mit doppeltem Boden zu leben!... Ich habe genug davon!... Ich will wie alle anderen eine Wohnung mit gewöhnlichen Fenstern und Türen haben, und darin eine brave Frau!... Das mußt du verstehen, Christine, das brauche ich dir nicht ewig zu wiederholen!... Eine Frau wie alle anderen!... Eine Frau, die ich liebe, mit der ich sonntags spazierengehe, die ich die ganze Woche zum Lachen bringe! Oh, du würdest dich in meiner Gesellschaft nicht langweilen! Ich kenne viele Kunststücke, von den Kartentricks ganz zu schweigen!... Soll ich dir Kartentricks zeigen? Das vertreibt uns die Zeit ein bißchen, während wir auf morgen abend, elf Uhr warten!... Meine kleine Christine!... Meine kleine Christine!... Hörst du mich?... Du stößt mich nicht mehr zurück!... Sag es mir?... Du liebst mich!... Nein, du liebst mich nicht!... Aber das macht nichts! Du wirst mich schon liebgewinnen! Früher konntest du nicht einmal meine Maske anschauen, weil du gewußt hast, was sich dahinter verbirgt... Aber jetzt schaust du sie an und vergißt, was sich dahinter verbirgt, und du stößt mich nicht mehr zurück!... Man gewöhnt sich an alles, wenn man will... Wenn man den guten Willen dazu hat!... Wie viele junge Menschen, die sich vor der Hochzeit nicht liebten, haben sich später angebetet!

Ach, ich weiß nicht mehr, was ich sage... Aber du wirst dich in meiner Gesellschaft amüsieren!... Es gibt zum Beispiel – das schwöre ich dir bei dem lieben Gott, der uns vermählen wird, wenn du vernünftig bist – keinen besseren Bauchredner als mich! Ich bin der beste Bauchredner auf der ganzen Welt!... Du lachst!... Glaubst du mir das etwa nicht?... Hör zu!«

Der Elende – der tatsächlich der beste Bauchredner auf der ganzen Welt war – redete, was ich sofort durchschaute, unablässig auf die Kleine ein, um ihre Aufmerksamkeit von der Folterkammer abzulenken! Aber dabei verrechnete er sich! Christine dachte nur an uns! Sie sagte mehrmals flehend:

»Verdunkeln Sie bitte das kleine Fenster! Erik, verdunkeln Sie doch das kleine Fenster!...«

Denn sie vermutete, daß dieses plötzlich in dem kleinen Fenster erschienene Licht, von dem das Scheusal so drohend gesprochen hatte, irgendeinen schrecklichen Zweck erfüllte. Nur eins beruhigte sie augenblicklich: daß sie uns hinter der Wand inmitten der gewaltigen Feuersbrunst unversehrt hatte stehen sehen! Es hätte sie freilich noch mehr beruhigt, wenn das Licht erloschen wäre.

Erik betätigte sich bereits als Bauchredner und sagte:

»Hebe meine Maske ein Stückchen an! Oh, nur ein Stückchen... Siehst du meine Lippen? Ich meine das, was ich anstelle der Lippen habe? Bewegen sie sich? Mein Mund ist geschlossen... Meine Art von Mund... Und trotzdem hörst du meine Stimme!... Sie kommt aus dem Bauch... Das ist ganz natürlich... Das nennt man bauchreden!... Das ist bekannt: hör meine Stimme... Wohin soll sie gehen? In dein linkes Ohr? In dein rechtes Ohr?... In den Tisch?... In die Ebenholzkästchen auf dem Kaminsims?... Oh, darüber staunst du... Meine Stimme ist in den Ebenholzkästchen auf dem Kaminsims! Soll sie weit weg sein?... Soll sie nah sein?... Schallend?... Schrill?... Näselnd?... Meine Stimme spaziert überall herum!... Überall!... Hör nur, meine Liebe!... In dem Kästchen rechts auf dem Kaminsims! Hör zu, was sie sagt: ›*Soll ich den Skorpion umdrehen?*‹ Und jetzt, knacks! Hör nun, was sie in dem linken Kästchen sagt: ›*Soll ich die Heuschrecke umdrehen?*‹ Und jetzt, knacks! Da ist sie in dem Lederbeutel... Was sagt sie? ›*Ich bin in dem Säckchen von Leben und Tod!*‹... Und jetzt, knacks!... Da ist sie in Carlottas Kehle, tief in Carlottas goldener, kristallreiner Kehle!... Was sagt sie? Sie sagt: ›Ich bin es, Frau Kröte!‹ Ich singe: ›Ich lausche dieser einmaligen Stimme... Quak!... *die in meinem Gequake singt!*‹... Und jetzt, knacks!... Da sitzt sie auf dem Fauteuil in der Loge des Phantoms... und sagt: ›*Heute abend hält nicht einmal der Lüster ihren Gesang aus!*‹... Und jetzt, knacks!... O o o!... Wo ist denn Eriks Stimme?... Hör nur, meine geliebte Christine!... Hör doch!... Sie ist hinter der Tür der Folterkammer!... Und was sage ich? Ich sage: ›Wehe denen, die so glücklich sind, eine Nase zu haben, eine echte eigene Nase, und die ihre Nase in die Folterkammer stecken!...‹ O o o!«

Verflucht sei die Stimme dieses großartigen Bauchredners! Sie war überall, einfach überall! Sie drang durch das kleine unsichtbare Fenster, durch die Wände, lief um uns herum und zwischen uns hindurch. Erik war da! Er sprach zu uns! Wir wollten uns auf ihn stürzen. Aber schneller, unerreichbarer als das Echo war Eriks Stimme schon wieder hinter die Wand gesprungen! Aber bald sollte uns Hören und Sehen vergehen, denn das Folgende spielte sich ab:

Christine rief:

»Erik! Erik!... Ihre Stimme ist nicht zum Aushalten!... Schweigen Sie, Erik!... Finden Sie es nicht sehr heiß hier?«

»O doch«, antwortete Eriks Stimme. »Die Hitze wird unerträglich!«

Wieder Christines vor Angst keuchende Stimme:

»Was ist das? Die Wand ist ganz heiß!... Die Wand glüht ja!...«

»Das will ich dir sagen, meine geliebte Christine. Das liegt *an dem Wald nebenan* ...!«

»Wieso? Was meinen Sie damit?«

»Hast du denn nicht gesehen, daß es ein Urwald wie im Kongo ist?«

Das Scheusal lachte so gräßlich, daß es Christines Flehen übertönte! Vicomte de Chagny schrie und hämmerte wie besessen gegen die Wände. Ich konnte ihn nicht davon abbringen. Aber nur das Gelächter des Scheusals war zu hören. Dann folgte der Lärm eines kurzen Kampfes, das Geräusch eines Körpers, der zu Boden fiel und weggeschleift wurde, das hastige Zuschlagen einer Tür – und schließlich nichts mehr, gar nichts mehr in der stillen, glühenden Mittagshitze, mittem im afrikanischen Urwald!

Fünfundzwanzigstes Kapitel

„Fässer! Fässer! Wer hat Fässer zu verkaufen?"

Fortsetzung der Aufzeichnungen des Persers

Das Zimmer, in dem wir, Vicomte de Chagny und ich, uns befanden, hatte, wie schon gesagt, die Form eines regelmäßigen Sechsecks, und die Wände bestanden nur aus Spiegeln. Seither wurden genauso eingeteilte Räume auf manchen Ausstellungen gezeigt und ›Spiegelkabinette‹ oder ›Illusionspaläste‹ genannt. Ihre Erfindung geht jedoch auf Erik zurück, der vor meinen eigenen Augen den ersten Saal dieser Art während der ›rosa Stunden von Mazenderan‹ erbaute. Es genügte, irgendeinen dekorativen Gegenstand, etwa eine Säule, in die Ecken zu stellen, um sofort einen tausendsäuligen Palast zu erhalten, denn durch den Spiegeleffekt vermehrte sich der ursprüngliche Saal zu sechseckigen Sälen, die sich wiederum unendlich oft vervielfältigten. Um einst die kleine Sultanin zu belustigen, hatte Erik einen Dekor hineingestellt, aus dem ›der zahllose Tempel‹ wurde. Aber die kleine Sultanin war dieser kindlichen Illusion bald überdrüssig, und da verwandelte Erik seine Erfindung in eine Folterkammer. Den architektonischen Gegenstand in den Ecken ersetzte er durch einen eisernen Baum, um das erste Trugbild zu erhalten. Warum war nun dieser Baum, der mit seinen bemalten Blättern einem lebenden genau nachgebildet war, aus Eisen? Weil er fest genug sein mußte, um allen Angriffen des in die Folterkammer eingesperrten Opfers widerstehen zu können! Wir werden sehen, wie die so geschaffene Szenerie zweimal hintereinander dank der automatischen Drehung der Walzen unverzüglich wechselte, die sich in den Ecken befanden und deren Drittelsektor die Spiegelwinkel ausfüllte. Jeder Sektor trug ein eigenes Motiv, das so der Reihe nach erschien.

Die Wände dieses seltsamen Saals boten dem Opfer keinen anderen Halt als eben jenes erprobt feste Motiv und bestanden ganz aus Spiegeln, die stabil genug waren, um die Wutausbrüche der Unglücklichen nicht zu fürchten zu brauchen, der übrigens mit bloßen Händen und Füßen hineingeworfen wurde.

Kein Möbelstück. Die Decke war beleuchtet. Durch eine geniale elektrische Heizanlage, die seitdem nachgeahmt wurde, konnte man die Temperatur der Wände nach Belieben erhöhen und auch die gewünschte Atmosphäre im Saal erzielen.

Ich zähle diese Einzelheiten einer an sich einfachen Erfindung, die mit ein paar bemalten Zweigen die übernatürlich wirkende Illusion eines äquatorialen Urwalds unter der glühenden Mittagssonne hervorrief, nur deshalb so ausführlich auf, damit keiner an meinem jetzigen Geisteszustand zweifelt, damit keiner das Recht hat, zu sagen: ›Dieser Mann ist verrückt geworden‹ oder ›Dieser Mann lügt‹ oder ›Dieser Mann hält uns für Schwachköpfe‹.*

Hätte ich nur erzählt: ›Unten im Keller gelangten wir zu einem äquatorialen Urwald unter der glühenden Mittagssonne‹, so hätte ich ungläubiges Erstaunen ausgelöst, aber mir geht es nicht um Effekthascherei, denn diese Zeilen bezwecken nichts anderes, als wahrheitsgetreu zu erzählen, was Vicomte de Chagny und mir auf einem furchtbaren Abenteuer zugestoßen ist, mit dem sich die Justizbehörden dieses Landes eine Zeitlang befaßt haben.

Ich setze meine Erzählung nun an der Stelle fort, an der ich sie unterbrochen habe.

Als die Decke hell wurde und der Wald aufleuchtete, war die Bestürzung des Vicomtes unvorstellbar. Die Erscheinung dieses undurchdringlichen Waldes, dessen unzählige Stämme und Äste uns bis ins Unendliche umringten, erfüllte ihn mit Grauen. Er fuhr sich mit der Hand über die Stirn, als wollte er einen Albdruck verscheuchen, und er blinzelte so, als fiele es ihm schwer, beim Erwachen die Wirklichkeit zu erkennen. Einen Augenblick vergaß er sogar zu horchen.

Mich überraschte die Erscheinung des Waldes weiter nicht. Außerdem horchte ich für uns beide, was nebenan vorging. Schließlich richtete sich meine Aufmerksamkeit weniger auf die Szenerie, die ich mir aus dem Sinn geschlagen hatte, als auf den Spiegel selbst, der diese hervorrief. Dieser Spiegel war nämlich an manchen Stellen zerbrochen.

Ja, er hatte Sprünge; jemandem war es gelungen, ihn trotz seiner Stärke sternförmig splittern zu lassen, was mir bewies, daß die Folterkammer, in der wir uns befanden, schon vorher benutzt worden war.

Ein Unglücklicher war wie die Verdammten der

---

* Zur Zeit, da der Perser seine Aufzeichnungen machte, war es nur allzu verständlich, daß er sich so gegen die Ungläubigkeit absicherte; heute, da jeder solche Säle sehen kann, wäre das überflüssig.

›rosa Stunden von Mazenderan‹ mit bloßen Händen und Füßen in diese tödliche Illusion gestürzt und hatte sich in rasender Wut gegen die Spiegel geworfen, die trotz ihrer leichten Beschädigung seinen Todeskampf weiter widerspiegelten! Der Ast, an dem er seinen Leiden ein Ende machte, war so angebracht, daß er vor dem Sterben – als letzten Trost – Tausende von Erhängten mit sich zappeln sehen konnte!

Ja, ja! Joseph Buquet war zweifellos in der Folterkammer gewesen!...

Sollten wir wie er umkommen?

Ich glaubte es nicht, denn ich wußte, daß wir noch einige Stunden vor uns hatten und daß ich sie nützlicher verwenden konnte als Joseph Buquet.

Kannte ich denn nicht die meisten Tricks Eriks durch und durch? Davon galt es jetzt Gebrauch zu machen – jetzt oder nie!

Erst einmal verwarf ich den Gedanken, durch das Loch zurückzukehren, durch das wir in diese verfluchte Kammer gelangt waren, und hielt mich nicht damit auf, den Stein eventuell wieder in Bewegung zu setzen, der dieses Loch abschloß, weil ich einfach keine Mittel und Wege dazu sah! Denn wir waren aus zu großer Höhe in die Folterkammer gesprungen, und kein einziges Möbelstück, ja nicht einmal der Ast des eisernen Baums oder unsere Schultern konnten uns als Trittbrett dienen.

Es gab nur einen möglichen Ausweg, nämlich den zu dem Louis-Philippe-Zimmer, der an Christines Seite zwar eine gewöhnliche Tür hatte, für uns dagegen unsichtbar war... Ich mußte also versuchen, ihn zu öffnen, ohne überhaupt zu wissen, wo er sich befand, was wirklich keine leichte Aufgabe war.

Als für mich feststand, daß uns keine andere Hoffnung blieb, nachdem ich gehört hatte, wie das Scheusal die Unglückliche aus dem Louis-Philippe-Zimmer schleppte oder genauer schleifte, damit sie nur nicht unsere Folterung störe, beschloß ich, mich gleich an die

Arbeit zu machen, das heißt nach dem Trick der Tür zu suchen.

Zuerst mußte ich freilich Monsieur de Chagny beruhigen, der bereits wie ein Wahnsinniger auf der Lichtung herumirrte und unzusammenhängende Worte hervorstieß. Durch die Fetzen des Gesprächs zwischen Christine und dem Scheusal, die er trotz seiner Bestürzung auffing, geriet er völlig außer sich. Hinzu kamen der Schock über den Zauberwald und die glühende Hitze, die ihm den Schweiß aus den Schläfen trieb, so daß man sich Monsieur de Chagnys Koller leicht vorstellen kann. Trotz meiner Ermahnungen nahm mein Gefährte keine Vernunft an.

Er rannte sinnlos hin und her, stürzte zu einer nicht vorhandenen Lücke, weil er glaubte, eine Schneise führe ihn zum Horizont, und stieß nach wenigen Schritten mit der Stirn gegen das Trugbild des Waldes!

Dabei schrie er: »Christine! Christine!«, fuchtelte mit seiner Pistole herum, rief aus vollem Hals das Scheusal, forderte den Engel der Musik zu einem Duell auf Leben und Tod heraus und fluchte auf den imaginären Wald. Die Folter wirkte sich allmählich auf seinen unvorbereiteten Geist aus. Ich versuchte mein Möglichstes, um dagegen anzugehen, indem ich besänftigend auf den armen Vicomte einredete, seine Finger auf die Spiegel, den Baum, die Äste an den Walzen legte und ihm an Hand optischer Gesetze das ganze Trugbild erklärte, das uns umgab und dessen Opfer wir doch nicht wie gewöhnliche Unwissende werden dürften!

»Wir sind in einem kleinen Raum, das müssen Sie sich ständig wiederholen ... und wir werden diesen Raum verlassen, sobald wir die Tür entdeckt haben. Wir wollen also die Tür suchen.«

Ich versprach ihm, den Trick der Tür innerhalb einer Stunde zu entdecken, wenn er mich mit seinem ohrenbetäubenden Geschrei und seinem irren Herumgerenne nicht dabei störe.

Da legte er sich der Länge nach auf den Boden wie in einem Wald und erklärte, warten zu wollen, bis ich das Tor des Waldes gefunden hätte, denn er habe ja doch nichts Besseres zu tun!

Er glaubte, hinzufügen zu müssen, daß »er eine herrliche Aussicht habe«. (Die Folter verfehlte trotz all meiner Bemühungen ihre Wirkung nicht.)

Ich selbst vergaß den Wald, nahm mir einen Spiegel vor und tastete ihn *nach einer schwachen Stelle* ab, gegen die ich mich stemmen müßte, um die Tür durch Eriks System zum Drehen zu bringen. Diese schwache Stelle konnte ein erbsengroßer Fleck auf einem Spiegel sein, unter dem sich die Auslösefeder befand. Ich suchte und suchte! Ich tastete so hoch, wie meine ausgestreckten Hände reichten. Erik hatte ungefähr meine Größe, und ich nahm an, daß er die Feder nicht außerhalb seiner Reichweite angebracht hatte – was übrigens eine Vermutung, aber zugleich unsere einzige Hoffnung war. Ich hatte beschlossen, bei allen Spiegeln so vorzugehen und dann den Boden ebenso sorgfältig zu prüfen.

Obwohl ich die Spiegel peinlich genau abtastete, bemühte ich mich, keine Minute zu verlieren, denn die Hitze setzte mir immer mehr zu, und wir brieten förmlich im brennenden Wald.

So arbeitete ich eine halbe Stunde und war schon mit drei Spiegeln fertig, als unser Mißgeschick es wollte, daß ich mich auf einen dumpfen Ausruf des Vicomtes hin umdrehte.

»Ich ersticke«, sagte er. »All diese Spiegel strahlen eine Höllenhitze aus! Haben Sie die Feder nicht bald gefunden? Wenn es noch lange dauert, sind wir geröstet!«

Ich freute mich schon, ihn so reden zu hören. Er hatte den Wald nicht erwähnt, und ich hoffte, daß der Verstand meines Gefährten der Folter lange genug widerstehen könne. Aber da fügte er hinzu:

»Mich tröstet es nur, daß das Scheusal Christine eine

Frist bis morgen abend um elf Uhr gelassen hat: wenn wir hier nicht herausgelangen und ihr Hilfe bringen können, so sterben wir wenigstens vor ihr! Dann wird Eriks Totenmesse für uns alle sein!«

Er atmete die heiße Luft so tief ein, daß er fast in Ohnmacht fiel...

Da ich mich im Gegensatz zu dem verzweifelten Vicomte nicht ins Sterben fügen wollte, wandte ich mich nach einigen ermutigenden Worten wieder meinem Spiegel zu, aber ich hatte unklugerweise beim Reden ein paar Schritte gemacht, so daß ich in dem unglaublichen Wirrwarr des imaginären Waldes den richtigen Spiegel nicht mit Sicherheit wiederfinden konnte! Deshalb sah ich mich gezwungen, auf gut Glück von vorne anzufangen. Außerdem machte ich kein Hehl aus meinem Mißgeschick, was dem Vicomte einen neuen Schock versetzte.

»Wir werden niemals aus diesem Wald herauskommen«, stöhnte er.

Seine Verzweiflung wuchs. Dadurch vergaß er immer mehr, daß er es nur mit Spiegeln zu tun hatte, und er glaubte immer fester, daß ein echter Wald ihn gefangen hielt.

Ich begann wieder zu suchen und zu tasten. Jetzt ergriff mich das Fieber, denn ich fand nichts, absolut nichts. Im Zimmer nebenan herrschte immer noch dieselbe Stille. Wir waren in diesem Wald ohne Ausweg, ohne Kompaß, ohne Führer, ohne alles, verloren. Ach, ich wußte, was uns bevorstand, wenn uns nicht jemand zu Hilfe kam, oder wenn ich nicht die Feder entdeckte. Aber ich suchte vergeblich. Ich fand nur Zweige, die vor mir kerzengerade aufragten oder sich anmutig über meinen Kopf neigten... Aber sie spendeten keinen Schatten! Was übrigens ganz natürlich war, denn wir befanden uns ja in einem äquatorialen Wald, in dem die Sonne senkrecht auf uns herabschien, in einem Urwald des Kongos...

Mehrmals hatten wir, Monsieur de Chagny und ich,

unsere Fräcke aus- und angezogen, weil wir einmal meinten, daß uns darin nur noch heißer wurde, ein andermal, daß sie uns vor der Hitze schützten.

Ich leistete noch moralischen Widerstand, aber Monsieur de Chagny schien völlig ›durchgedreht‹ zu haben. Er behauptete, schon drei Tage und drei Nächte, ohne zu rasten, auf der Suche nach Christine Daaé durch diesen Wald geirrt zu sein. Von Zeit zu Zeit glaubte er, sie hinter einem Baumstamm zu erblicken oder sie durch die Zweige schlüpfen zu sehen; dann rief er sie so flehentlich, daß meine Augen feucht wurden: »Christine! Christine!« schrie er. »Warum fliehst du vor mir? Liebst du mich denn nicht? Sind wir denn nicht verlobt? Christine, bleib stehen! Du siehst doch, wie erschöpft ich bin! Christine, hab Mitleid mit mir! Ich sterbe in diesem Wald, fern von dir!«

»Oh, ich habe Durst«, sagte er schließlich wie im Delirium.

Auch ich hatte Durst, mir brannte die Kehle.

Aber das hielt mich nicht davon ab, jetzt auf dem Boden hockend, weiter zu suchen, die Feder der unsichtbaren Tür zu suchen, zumal der Aufenthalt im Walde gegen Abend immer gefährlicher wurde. Schon begannen uns die Schatten der Nacht einzuhüllen, die in Ländern am Äquator eben sehr schnell fiel, plötzlich, fast ohne Dämmerung ...

Die Nacht in äquatorialen Wäldern ist immer sehr gefährlich, besonders wenn man kein Feuer machen kann, um die wilden Tiere zu verscheuchen. Ich hatte meine Suche kurz eingestellt, um ein paar Zweige abzubrechen und sie mit meiner Laterne anzustecken, aber auch ich war nur gegen die verwünschten Spiegel geprallt, was mir rechtzeitig wieder ins Bewußtsein rief, daß es sich um imaginäre Zweige handelte ...

Die Hitze war keineswegs mit dem Tageslicht verschwunden, im Gegenteil ... Es war im bläulichen Mondschein noch wärmer. Ich riet dem Vicomte, seine Waffe schußbereit zu halten und sich keinen Schritt von unserem Lager zu entfernen, während ich immer noch die Feder suchte.

Plötzlich erklang das Brüllen eines Löwen ganz in unserer Nähe. Es zerriß uns fast das Trommelfell.

»Oh«, flüsterte der Vicomte, »der kann nicht weit sein! Sehen Sie ihn nicht? Dort! Zwischen den Bäumen... im Dickicht... Wenn er noch einmal brüllt, schieße ich!...«

Das Brüllen erklang von neuem und noch gewaltiger. Der Vicomte schoß, aber ich glaube nicht, daß er den Löwen traf; er zerschmetterte nur einen Spiegel, was ich anderntags im Morgengrauen feststellte. In der Nacht müssen wir eine tüchtige Strecke zurückgelegt haben, denn wir befanden uns plötzlich am Rande einer Wüste, einer endlosen Wüste aus Sand, Steinen und Felsen. Es lohnte sich eigentlich nicht, den Wald zu verlassen, um in der Wüste zu landen. Des Kampfes gegen die Unbilden und der vergeblichen Suche nach der Feder müde, hatte ich mich neben den Vicomte gelegt.

Ich war höchst erstaunt – was ich auch dem Vicomte sagte –, daß wir in der Nacht keine weiteren gefährlichen Begegnungen hatten. Gewöhnlich folgt dem Löwen der Leopard und diesem manchmal noch das Surren der Tsetsefliege – Effekte, die sich leicht erzielen lassen, und während wir uns vor dem Durchqueren der Wüste ausruhten, erklärte ich Monsieur de Chagny, daß Erik das Löwengebrüll auf einer länglichen Trommel hervorrufe, die nur an einem Ende mit einer Eselshaut bespannt sei. Darüber spanne sich eine Darmseite, die in der Mitte mit einer zweiten Darmseite verknüpft sei, die der Länge nach über die ganze Trommel laufe. Erik brauche jetzt nur noch mit einem Handschuh, den er vorher mit Kolophonium eingerieben habe, über die Längssaite streichen, und durch die Art, wie er das tue, ahme er das Gebrüll des Löwen oder Leoparden, ja sogar das Surren der Tsetsefliege täuschend ähnlich nach.

Der Gedanke, daß Erik im Nebenzimmer seine Tricks ausführen könnte, brachte mich plötzlich zu dem Entschluß, mit ihm zu verhandeln, denn dann mußte ich den Plan, ihn zu überrumpeln, fallen lassen. Er sollte wenigstens erfahren, wer sich in der Folterkammer befand. Ich rief: »Erik! Erik!...« Ich rief so laut, wie ich es nur konnte, aber niemand antwortete... Um uns herum nur Stille und die endlose Öde der *steinigen* Wüste... Was sollte in dieser fürchterlichen Einsamkeit aus uns werden?

Wir begannen, buchstäblich vor Hitze, Hunger und Durst umzukommen, vor allem vor Durst. Schließlich sah ich, wie Monsieur de Chagny sich auf seinen Ellbogen aufstützte und mir einen Punkt am Horizont zeigte. Er hatte gerade eine Oase entdeckt!

Ja, dort hinten, in weiter Ferne, wich die Wüste einer Oase... einer Oase mit Wasser... mit spiegelglattem Wasser... das den eisernen Baum widerspiegelte!... Ach, das war die Szenerie mit der Fata Morgana... Ich erkannte sie sofort wieder... die schrecklichste... Keiner konnte ihr bisher widerstehen... keiner... Ich zwang mich, einen klaren Kopf zu behalten... *nicht auf Wasser zu hoffen*... denn ich wußte, daß man, wenn man auf Wasser hoffte, auf das Wasser, das den eisernen Baum widerspiegelte, und dann gegen den Spiegel stieß, nur noch eins tun konnte: sich am eisernen Baum erhängen!

Deshalb rief ich Monsieur de Chagny zu: »Das ist eine Fata Morgana!... Das ist eine Fata Morgana!... Glauben Sie um Himmels willen nicht, daß es Wasser ist!... Auch hierbei handelt es sich nur um einen Spiegeleffekt!...« Da schickte er mich mit meinen Spiegeleffekten, Federn, Drehtüren, Illusionspalästen, wie man sagt, einfach zum Teufel!... Er behauptete wütend, ich sei entweder verrückt oder blind, wenn ich mir einbildete, daß das Wasser, das dort zwischen all den schönen Bäumen fließe, kein echtes Wasser sei! Die Wüste sei echt! Auch der Wald sei echt!... Ihm könne

man nichts vormachen!... Er sei genug gereist...
durch alle Länder...

Er schleppte sich hin und murmelte dabei:
»Wasser! Wasser!...«

Er sperrte den Mund auf, als tränke er...

Auch ich sperrte den Mund auf, als tränke ich...

Denn wir sahen nicht nur das Wasser, *wir hörten es auch!* Wir hörten es rieseln... plätschern!... Verstehen Sie das Wort *plätschern*?... Es ist ein Wort, das man mit der Zunge hört!... Man streckt die Zunge heraus, um es besser zu hören!...

Schließlich hörten wir – die unerträglichste Folter von allen – den Regen, ohne daß es regnete! Das ist wirklich eine teuflische Erfindung!... Ach, ich wußte auch dabei genau, wie Erik es anstellte! Er füllte eine sehr lange und schmale, von Holz- und Eisenwehren unterteilte Schachtel mit Kieselsteinen, die beim Fallen gegen diese Wehre stießen und von einem zum anderen sprangen, so daß es genau wie das Prasseln eines Wolkenbruchs klang.

Man hätte sehen sollen, wie uns, Monsieur de Chagny und mir, die Zunge aus dem Halse hing, während wir uns zu dem plätschernden Ufer schleppten... *Wasser erfüllte unsere Augen und Ohren, aber unsere Zunge blieb trocken wie Leder!*...

Am Spiegel angelangt, leckte Monsieur de Chagny daran... Auch ich leckte daran...

Der Spiegel glühte!...

Verzweifelt röchelnd sanken wir zu Boden. Monsieur de Chagny setzte die Pistole an seine Schläfe, und ich betrachtete die Schlinge des Pendjab zu meinen Füßen.

Ich wußte, warum der eiserne Baum in der dritten Szenerie wieder auftauchte!...

Der eiserne Baum wartete auf mich!...

Aber als ich die Schlinge des Pendjab betrachtete, erblickte ich etwas, das mich so heftig auffahren ließ, daß Monsieur de Chagny seinen Selbstmord unterbrach, obwohl er schon murmelte: »Adieu, Christine!...«

Ich packte ihn beim Arm, nahm ihm die Pistole ab... und rutschte auf den Knien zu meinem Fund.

Ich hatte neben der Schlinge des Pendjab in einer Bodenfuge gerade einen Nagel mit schwarzem Kopf entdeckt, dessen Funktion ich genau kannte...

Endlich hatte ich die Feder gefunden!... Die Feder, die die Tür in Bewegung setzte!... Die uns die Freiheit schenkte!... Die uns das Scheusal auslieferte.

Ich betastete den Nagel... Ich sah Monsieur de Chagny strahlend an!... Der Nagel mit dem schwarzen Kopf gab unter meinem Druck nach...

Aber da öffnete sich keine Tür in der Wand, sondern eine Falltür am Boden.

Sogleich strömte aus dem schwarzen Loch frische Luft zu uns herauf. Wir beugten uns über das finstere Viereck wie über eine klare Quelle. Wir senkten das Kinn in das kühle Dunkel und tranken daraus.

Wir beugten uns immer tiefer über die Falltür. Was mochte wohl in diesem Loch, in diesem Keller sein, dessen Luke sich so geheimnisvoll im Boden auftat?

Gab es dort vielleicht Wasser?

Wasser gegen den Durst?

Ich streckte den Arm in das Dunkel und stieß auf einen Stein, dann auf noch einen Stein... eine finstere Treppe, die in den Keller führte.

Schon wollte der Vicomte in das Loch springen!

Selbst wenn wir dort kein Wasser fänden, entrännen wir den grauenvollen Spiegeln.

Aber aus Angst vor einem neuen Streich des Scheusals hielt ich den Vicomte zurück und stieg als erster mit meiner angezündeten Laterne hinab.

Die Wendeltreppe schlängelte sich in die schwarze Tiefe. O wunderbare Kühle der Treppe und der Finsternis!...

Die Kühle stammte wohl weniger von einer Lüftungsanlage Eriks als von der natürlichen Kühle der

Erde selbst, die in unserer Tiefe von Wasser gesättigt sein mußte. Auch konnte der See nicht mehr weit sein!

Bald gelangten wir zum Fuße der Treppe. Unsere Augen gewöhnten sich an die Dunkelheit und entdeckten Dinge um uns herum, runde Gegenstände, die ich mit einer Lampe beleuchtete. – Fässer!

Wir befanden uns in Eriks Keller.

Die Fässer mußten seinen Wein und vielleicht auch sein Trinkwasser enthalten.

Ich wußte, daß Erik einen guten Tropfen zu schätzen verstand.

Hier gab es genug zu trinken!

Monsieur de Chagny streichelte die runden Formen und wiederholte unentwegt:

»Fässer! Fässer! So viele Fässer!«

Tatsächlich reihten sich Fässer in großer Zahl zu beiden Seiten von uns ordentlich aneinander.

Es waren kleine Fässer, und ich nahm an, daß Erik keine größeren gewählt hatte, um sie leichter in die Behausung am See transportieren zu können.

Wir untersuchten sie Stück für Stück, um festzustellen, ob nicht ein Spund darauf hindeutete, daß von Zeit zu Zeit daraus gezapft wurde.

Aber sämtliche Fässer waren hermetisch verschlossen.

Nachdem wir eins angehoben hatten, um uns zu überzeugen, daß es voll war, knieten wir uns hin, und ich zog mein Taschenmesser heraus, um es anzustechen.

In diesem Augenblick glaubte ich aus großer Ferne einen Singsang zu hören, dessen Rhythmus ich kannte, denn er schallte oft durch die Straßen von Paris:

»Fässer! Fässer! . . . Wer hat Fässer zu verkaufen?«

Meine Hand hielt vor dem Spundloch inne. Monsieur de Chagny hatte es ebenfalls gehört und sagte:

»Komisch! Man könnte meinen, das Faß singe!«

Der Singsang ertönte aus noch größerer Ferne:

»Fässer! Fässer! . . . Wer hat Fässer zu verkaufen?«

»Also ich könnte schwören«, sagte der Vicomte, »daß der Singsang sich *im Innern* des Fasses entfernt.«

Wir sprangen auf und schauten hinter dem Faß nach.
»Er ist darin«, sagte Monsieur de Chagny. »Im Faß!«
Aber wir hörten nichts mehr und schoben diese Sinnestäuschung unserer schlechten Verfassung zu.

Wir kehrten zum Spundloch zurück. Monsieur de Chagny hielt beide Hände darunter, und ich stach mit einem kräftigen Stoß das Faß an.

Da rief der Vicomte aus: »Was ist denn das? Das ist kein Wasser!«

Er streckte seine vollen Hände unter meine Lampe. Ich beugte mich darüber ... und schleuderte meine Lampe möglichst weit und so heftig fort, daß sie zersplitterte und erlosch, uns also nichts mehr nützen konnte ...

Was ich gerade in Monsieur de Chagnys Händen gesehen hatte, war ... Schießpulver!

Sechsundzwanzigstes Kapitel

Skorpion oder Heuschrecke?

Ende der Aufzeichnungen des Persers

In diesem Keller fand ich also den letzten Beweis, wie begründet meine fürchterliche Vorstellung war! Der Elende hatte mich mit seinen vagen Drohungen gegen *viele dieses Menschengezüchts* nicht zu täuschen vermocht! Als ein aus der Menschheit Ausgestoßener hatte er sich fern den Menschen wie ein Tier eine unterirdische Behausung gebaut und war fest entschlossen, sich und alle in die Luft zu sprengen, wenn diejenigen, die auf der Erde lebten, ihn in seinem Schlupfwinkel aufspüren sollten, wo er seine grauenhafte Häßlichkeit verborgen hielt.

Unsere Entdeckung bestürzte uns so, daß wir alle überstandenen und gegenwärtigen Qualen vergaßen.

Selbst vorhin, als wir dem Selbstmord nahe waren, hatten wir unsere schlimme Lage nie als so entsetzlich empfunden. Wir begriffen jetzt, was alles bedeutete und was das Scheusal Christine mit den Worten sagen wollte: »*Ja oder nein! Wenn nein, so sind alle tot und begraben!*« Ja, begraben unter den Trümmern der Pariser Oper! Konnte man ein schrecklicheres Verbrechen ersinnen, um die Welt in einer Apotheose des Greuels zu verlassen? Die zum Schutze seines Schlupfwinkels vorbereitete Katastrophe sollte nun die Rache für die unglückliche Liebe des gräßlichsten Scheusals sein, das je unter der Sonne lebte! »Letzte Frist: morgen abend um elf Uhr!« Ach, er hatte den Zeitpunkt gut gewählt! Viele Leute kamen zum Fest! Viele dieses Menschengezüchts! In den glanzvollen Oberbau des Tempels der Musik! Konnte er sich ein prächtigeres letztes Geleit erträumen? Ihm folgten die schönsten juwelengeschmückten Schultern mit ins Grab. Morgen abend um elf Uhr! Wir sollten alle mitten in der Vorstellung in die Luft fliegen, wenn Christine ›Nein‹ sagte. Morgen abend um elf Uhr!... Wieso sollte Christine Daaé nicht ›Nein‹ sagen? Zog sie nicht sogar die Vermählung mit dem Tod der mit einem lebenden Leichnam vor? Sie wußte ja nicht, daß von ihrem Entschluß das Schicksal vieler dieses Menschengezüchts abhing! Morgen abend um elf Uhr!...

Wir krochen in die Finsternis zurück, um dem Schießpulver zu entfliehen und die Treppenstufen wiederzufinden... denn hoch über unseren Köpfen war die Falltür, die in die Folterkammer führte, nun auch dunkel geworden... Wir wiederholten dauernd: »Morgen abend um elf Uhr!...«

Endlich fanden wir die Wendeltreppe wieder... Aber auf der ersten Stufe richtete ich mich plötzlich auf, denn mir fiel etwas Furchtbares ein:

Wieviel Uhr ist es?

Oh, wieviel Uhr ist es? Wieviel Uhr? Denn morgen abend um elf Uhr ist vielleicht schon heute, vielleicht schon gleich! Wer könnte uns nur sagen, wieviel Uhr es ist? Mir scheint es, als wären wir schon tagelang in dieser Hölle eingesperrt, jahrelang, seit dem Beginn der Welt. Vielleicht fliegt alles im nächsten Augenblick in die Luft!... Ach, ein Geräusch!... Ein Knarren!... Haben Sie es gehört, Monsieur? Dort... in der Ecke dort... Großer Gott!... Es knarrt wie ein Mechanismus!... Schon wieder!... Ach, Licht!... Es ist vielleicht der Sprengmechanismus!... Ich sage Ihnen doch: ein Knarren!... Sind Sie denn taub?

Wir, Monsieur de Chagny und ich, schreien wie wild los... Die Angst sitzt uns im Nacken!... gehetzt stolpern wir die Stufen hinauf... Die Falltür über uns ist vielleicht inzwischen zu! Vielleicht ist es deshalb so dunkel!... Ach, nichts als heraus aus diesem Dunkel!... Zurück zur tödlichen Helle der Spiegelkammer!...

Wir sind oben an der Treppe... Nein, die Falltür ist nicht geschlossen, aber in der Spiegelkammer herrscht die gleiche Finsternis wie unten im Keller!... Wir verlassen den Keller... Kriechen über den Boden der Folterkammer... über den Boden, der uns von dieser Pulverkammer trennt... Wieviel Uhr ist es? Wir schreien, wir rufen!... Monsieur de Chagny brüllt mit seiner ganzen wiederkehrenden Kraft: »Christine! Christine!« Und ich rufe Erik!... Ich erinnere ihn daran, daß ich ihm das Leben gerettet habe!... Aber niemand antwortet uns... Nur unsere eigene Verzweiflung!... Nur unser eigener Wahnsinn!... Wieviel Uhr ist es?... ›Morgen abend um elf Uhr!...‹ Wir überlegen... Wir versuchen, die Zeit abzuschätzen, die wir hier verbracht haben... Aber wir können nicht vernünftig denken... Wenn wir nur das Zifferblatt einer Uhr mit sich drehenden Zeigern sehen könnten!... Meine Uhr ist längst stehengeblieben... Aber Monsieur de Chagnys Uhr geht noch... Er sagt mir, er habe sie erst beim Ankleiden vor dem Opernbesuch aufgezogen... Wir versuchen, daraus die Hoffnung abzuleiten, daß die fatale Minute noch nicht geschlagen habe ...

Das leiseste Geräusch, das durch die Falltür zu uns dringt, die ich nicht mehr schließen kann, stürzt uns wieder in Todesangst... Wieviel Uhr ist es? Wir haben keine Streichhölzer mehr ... Und doch müssen wir es irgendwie herauskriegen ... Monsieur de Chagny hat den Einfall, sein Uhrglas zu zerbrechen und nach den Zeigern zu tasten ... In drückender Stille befragt er mit den Fingerspitzen die Zeiger. Dabei benutzt er den Ring für die Uhrkette als Anhaltspunkt. An Hand des Zeigerstandes schätzt er, daß es wohl gerade elf Uhr sein müsse ...

Aber der Zeiger hat doch die Elf, vor der wir zittern, schon überschritten, nicht wahr? Es ist vielleicht schon zehn nach elf, und dann haben wir noch fast zwölf Stunden vor uns.

Plötzlich sage ich: »Pst!«

Ich habe mich nicht getäuscht! Ich höre das Schlagen von Türen und eilige Schritte. Es wird an die Wand geklopft. Christines Stimme ruft: »Raoul! Raoul!«

Ach, auf beiden Seiten der Wand schreien wir durcheinander. Christine schluchzt, sie habe nicht gewußt, ob sie Monsieur de Chagny noch lebend antreffen werde! Das Scheusal sei schrecklich gewesen! Erik habe sie wie wahnsinnig bestürmt, ja zu sagen, doch sie habe sich geweigert. Sie habe ihm allerdings versprochen, ja zu sagen, wenn er sie in die Folterkammer führe! ... Aber dem habe er sich mit den fürchterlichsten Drohungen gegen das Menschengezücht widersetzt. Nach Stunden und Stunden in solcher Hölle sei er kurz hinausgegangen, um ihr zum letzten Mal Bedenkzeit zu geben!

Nach Stunden und Stunden!

»Wieviel Uhr ist es? Wieviel Uhr ist es, Christine?«

»Es ist elf Uhr! Fünf vor elf.«

»Welche elf Uhr?«

»Die elf Uhr, die über Leben oder Tod entscheiden sollen! ... Als er ging, hat er mir das noch einmal eingeprägt«, fährt Christines keuchende Stimme fort. »Er ist entsetzlich! Er redet wirr, er hat seine Maske abgesetzt, und seine Augen sprühen Feuer! Er lacht unentwegt! Er sagte mir lachend wie ein berauschter Dämon: ›Noch fünf Minuten! Ich lasse dich wegen deiner bekannten Schamhaftigkeit allein! ... Ich möchte nicht, daß du vor mir errötest, wenn du mir wie eine schüchterne Braut dein Jawort gibst ... Zum Teufel, man weiß doch, was sich gehört!‹ Er glich, wie gesagt, einem berauschten Dämon! ... ›Schau her!‹ – er hatte das Säckchen von Leben und Tod hervorgeholt – ›Schau her‹, sagte er zu mir, ›hier ist der kleine Bronzeschlüssel, der die Ebenholzkästchen auf dem Kaminsims im Louis-Philippe-Zimmer öffnet ... In einem findest du einen Skorpion, im anderen eine Heuschrecke, beide naturgetreu in japanischer Bronze nachgebildet. Es sind Tiere, die ja oder nein sagen! Du brauchst den Skorpion nur um hundertachtzig Grad drehen, das heißt, wenn ich in das Louis-Philippe-Zimmer, in das Brautgemach zurückkomme, in meinen Augen: *ja!* Drehst du dagegen die Heuschrecke um, so heißt das, wenn ich in das Louis-Philippe-Zimmer, in das Sterbezimmer zurückkomme, in meinen Augen: *nein!* Er lachte wie ein berauschter Dämon! Ich flehte ihn auf Knien nur um den Schlüssel zur Folterkammer an und versprach ihm, seine Frau zu werden, wenn er mir diesen gäbe. Aber er erwiderte, daß der jetzt nutzlos geworden sei und er ihn in den See werfen wolle! Dann verließ er mich lachend mit den Worten, daß er erst in fünf Minuten wiederkomme, denn als galanter Mann wisse er, was er der Schamhaftigkeit einer Frau schuldig sei! ... Oh, er schrie noch: ›Hüte dich vor der Heuschrecke! Die dreht sich nicht nur, die springt auch! *Die kann einen tüchtigen Luftsprung machen!*‹«

Ich versuche hier, durch Satzfetzen, abgehackte Wörter und Ausrufe den Sinn von Christines wirrem Gerede wiederzugeben! Denn auch sie mußte in den letzten vierundzwanzig Stunden die Grenze menschlichen

Schmerzes erreicht haben. Vielleicht hatte sie noch mehr gelitten als wir! Dauernd unterbrach Christine sich und uns, um zu rufen: »Raoul, leidest du?« Sie tastete die Wände ab, die sich inzwischen abgekühlt hatten, und fragte, warum sie so heiß gewesen seien! Die fünf Minuten verstrichen, während in meinem armen Gehirn Skorpion und Heuschrecke herumkrabbelten!

Immerhin dachte ich noch klar genug, um zu begreifen, daß die Heuschrecke, wenn man daran drehte, einen Luftsprung machen würde und mit ihr die Besucher der Oper in die Luft fliegen würden! Zweifellos schaltete die Heuschrecke irgendeinen elektrischen Strom ein, der die Pulverkammer in die Luft sprengte! Hastig erklärte Monsieur de Chagny, der offenbar seine moralische Kraft wiedergefunden hatte, seit er Christines Stimme hörte, dem jungen Mädchen die schreckliche Lage, in der wir uns und die ganze Oper befanden. *Sie müsse deshalb sofort den Skorpion umdrehen!*

Irgendwie verhinderte der Skorpion, der dem Erik so sehr ersehnten Ja entsprach, vermutlich die Katastrophe.

»Geh hin! Geh schon, meine Angebetete«, befahl Raoul. Es folgte eine Stille.

»Christine«, rief ich, »wo sind Sie?«

»Beim Skorpion!«

»Fassen Sie ihn nicht an!«

Mir war nämlich der Gedanke gekommen – denn ich kannte meinen Erik –, daß das Scheusal womöglich auch Christine angelogen hatte. Vielleicht ließ gerade der Skorpion alles in die Luft fliegen. Denn wo blieb Erik? Die fünf Minuten waren schon längst abgelaufen, ohne daß er erschien. Höchstwahrscheinlich hatte er sich in Sicherheit gebracht und wartete auf die gewaltige Explosion! Wartete nur darauf! Er konnte kaum ernsthaft hoffen, daß Christine sich ihm freiwillig hingäbe! »Fassen Sie den Skorpion nicht an . . .«

»Er kommt«, rief Christine. »Ich höre ihn!... Da ist er...«

Er kam tatsächlich. Wir hörten, wie sich seine Schritte dem Louis-Philippe-Zimmer näherten. Er gesellte sich zu Christine. Er sagte kein Wort.

Da erhob ich meine Stimme:

»Erik! Ich bin es! Erkennst du mich?«

Er erwiderte diesen Ruf mit erstaunlich ruhiger Stimme:

»Ihr seid also nicht da drinnen gestorben... Nun gut, verhaltet euch aber still.«

Ich wollte ihn unterbrechen, aber er sagte so eisig, daß es mir kalt über den Rücken lief:

»Kein Wort mehr, Daroga, sonst lasse ich alles in die Luft fliegen!«

Und er fügte hinzu:

»Mademoiselle gebührt die Ehre! Mademoiselle hat weder den Skorpion berührt« – wie gelassen er sprach! – »noch die Heuschrecke« – wie kaltblütig! –. »Aber dazu ist es noch nicht zu spät. Sehen Sie, ich öffne ohne Schlüssel, denn ich bin der Falltürfachmann und ich öffne oder schließe alles, was ich will und wie ich will. Ich öffne die beiden Ebenholzkästchen: Mademoiselle, schauen Sie in die Ebenholzkästchen, betrachten Sie die hübschen Tierchen. Sie sind trefflich nachgebildet. Und sie wirken so harmlos! Aber der Schein trügt!« – Das alles mit ruhiger, eintöniger Stimme! – »Wenn man die Heuschrecke umdreht, fliegen wir alle in die Luft, Mademoiselle. Unter unseren Füßen befindet sich genug Pulver, um ein ganzes Stadtviertel von Paris in die Luft zu sprengen. Wenn man den Skorpion umdreht, wird das gesamte Pulver überschwemmt! Mademoiselle, anläßlich unserer Hochzeit wollen Sie doch sicher einigen Hundert Parisern, die augenblicklich einem schlechten Meyerbeer Beifall spenden, ein schönes Geschenk machen. Sie werden ihnen das Leben schenken, indem Sie mit Ihren schönen Händen, Mademoiselle«, – wie müde klang seine Stimme – »den Skor-

»311«

pion umdrehen! Und lustig, lustig, denn wir feiern ja Hochzeit!«

Nach kurzer Pause fuhr er fort:

»Mademoiselle, wenn Sie in zwei Minuten – ich habe eine Uhr, die auf die Sekunde genau geht – den Skorpion nicht umgedreht haben, dann drehe ich die Heuschrecke um *und die Heuschrecke macht einen tüchtigen Luftsprung!*«

Die eintretende Stille lastete noch schrecklicher auf uns als alle bisherigen Pausen zusammen. Ich wußte, daß Erik, wenn er diesen gelassenen, ruhigen, müden Ton anschlug, zu allem fähig war, zum ungeheuerlichsten Verbrechen oder zum tollsten Verzicht, und daß eine einzige Silbe, die ihm mißfiel, den Orkan entfesseln konnte. Monsieur de Chagny hatte eingesehen, daß er nur noch beten konnte, was er auch auf den Knien tat. Mein Blut geriet in solche Wallung, daß ich die Hand auf mein Herz preßte, aus Angst, es zerspränge. Qualvoll spürten wir, was in diesen letzten Sekunden Christine durch den Kopf ging. Wir begriffen ihr Zaudern, den Skorpion umzudrehen. Wenn es doch der Skorpion wäre, der alles in die Luft fliegen ließe! Wenn Erik sich doch entschlossen hätte, uns alle mit sich selbst zu vernichten!

Schließlich erklang Eriks Stimme, diesmal sanft, engelhaft sanft:

»Die zwei Minuten sind um. Adieu, Mademoiselle! Spring Heuschrecke!«

»Erik«, rief Christine, die dem Scheusal wohl in den Arm gefallen war, »schwöre mir, du Scheusal, schwöre mir bei deiner teuflischen Liebe, daß man den Skorpion umdrehen muß!«

»Ja – um zur Hochzeit zu fliegen.«

»Ach, wir fliegen also doch alle in die Luft!«

»Nicht in die Luft, du Unschuldsengel, sondern in den siebenten Himmel! Der Skorpion eröffnet den Ball. Aber jetzt reicht es! Willst du nicht den Skorpion? Dann wähle ich die Heuschrecke!«

»Erik...!«
»Genug...!«
Ich schrie mit Christine auf. Monsieur de Chagny betete immer noch auf den Knien.
»Erik! Ich habe den Skorpion umgedreht!!!«
Ach, was für eine Sekunde machten wir durch!
Wir warteten!
Wir warteten darauf, von den herabdonnernden Trümmern wie Körner zermalmt zu werden..
Wir hörten das Krachen im offenen Abgrund zu unseren Füßen... Geräusche, die nur die Apotheose des Grauens ankündigen konnten... denn aus der finsteren Falltür, aus dem schwarzen Schlund der Nacht stieg ein beängstigendes Pfeifen – wie das Zischen einer Rakete...

Erst schwach, dann stärker, schließlich gewaltig.

Horchen Sie! Horchen Sie nur! Pressen Sie beide Hände auf das Herz, das zum Zerspringen bereit ist!

So zischt kein Feuer!

Könnte man es nicht für einen Wasserwerfer halten?

Zur Falltür! Schnell zur Falltür!

Horchen Sie! Horchen Sie nur!

Jetzt macht es gluckgluck... gluckgluck...

Zur Falltür! Schnell zur Falltür! Nichts als zur Falltür!

Welche Kühle!

Hin zur Kühle! Nichts als hin zur Kühle! Unser Durst, der infolge des Entsetzens verschwunden war, kehrt beim Gurgeln des Wassers um so heftiger zurück.

Das Wasser! Das Wasser! Das Wasser steigt!

Steigt in den Keller, überspült die Fässer, sämtliche Pulverfässer – »Fässer! Fässer!... Wer hat Fässer zu verkaufen?« – Das Wasser!... Das Wasser, zu dem wir mit ausgetrockneten Kehlen hinabsteigen... Das Wasser, das bis zu unserem Kinn, bis zu unserem Mund steigt.

Wir trinken... Unten im Keller trinken wir gierig...

Und in der Finsternis steigen wir Stufe um Stufe die Treppe wieder hinauf, die wir zum Wasser hinuntergeeilt waren, und das Wasser steigt mit uns.

Wieviel verlorenes, von welchen Wassermassen überschwemmtes Pulver! Das nenne ich gute Arbeit! In der Wohnung am See braucht mit Wasser nicht gespart zu werden! Wenn das so weiter geht, dringt der ganze See in den Keller ein.

Denn man weiß wirklich nicht mehr, wo das Wasser noch gestaut werden soll ...

Deshalb verlassen wir den Keller, und das Wasser steigt immer noch.

Auch das Wasser verläßt den Keller, strömt über den Boden. Wenn das so weiter geht, wird die ganze Wohnung am See überschwemmt. Der Boden im Spiegelzimmer ist schon ein kleiner See, in dem wir herumwaten. Es ist jetzt genug Wasser da! Erik muß den Hahn zumachen: »Erik! Erik! Es ist schon genug Wasser für das Pulver da! Mach den Hahn zu! Dreh den Skorpion um!«

Aber Erik antwortet nicht ... Man hört nur noch das steigende Wasser ... Es reicht uns jetzt bis an die Waden! ...

»Christine! Christine! Das Wasser steigt! Es reicht uns schon bis an die Knie«, ruft Monsieur de Chagny.

Aber Christine antwortet nicht ... Man hört nur das steigende Wasser.

Nichts, gar nichts aus dem Zimmer nebenan ... Niemand, niemand mehr, um den Hahn zu schließen! Niemand mehr, um den Skorpion umzudrehen!

Wir sind mutterseelenallein mit dem finsteren Wasser in der Finsternis, mit dem Wasser, das uns umspült, das steigt, das uns erstarren läßt! »Erik! Erik! Christine! Christine!«

Jetzt haben wir den Grund unter den Füßen verloren, wir wirbeln im Wasser herum, denn das Wasser strudelt mit uns und wirft uns gegen die finsteren Spiegel, von denen wir zurückprallen, während wir unsere schreienden Münder über das kreisende Wasser zu halten versuchen.

Sollen wir so sterben? In der Folterkammer ertrinken? Das habe ich noch nie gesehen! Das hat mir Erik während der ›rosa Stunden von Mazenderan‹ durch das kleine unsichtbare Fenster nie gezeigt! »Erik! Erik! Ich habe dir das Leben gerettet! Erinnerst du dich! Du warst zum Tode verurteilt! Du solltest sterben! Ich habe dir das Tor zum Leben geöffnet! . . . Erik . . .!«

Ach, wir wirbelten wie Wrackstücke im Wasser herum!

Plötzlich bekommen meine wild um sich greifenden Hände den Stamm des eisernen Baumes zu packen! Ich rufe Monsieur de Chagny, und da hängen wir nun beide an dem Ast des eisernen Baumes.

Das Wasser steigt weiter!

Ach, erinnern Sie sich noch, wieviel Zwischenraum zwischen dem Ast des eisernen Baumes und der Kuppel des Spiegelzimmers war? . . . Versuchen Sie, sich daran zu erinnern! . . . Schließlich muß doch das Wasser zum Stillstand kommen! . . . Seinen höchsten Stand erreichen! . . . Schauen Sie, ich glaube, es steigt nicht mehr! . . . Ach, doch, wie entsetzlich! . . . Wir müssen schwimmen! Ja, schwimmen! . . . Unsere schwimmenden Arme verschlingen sich! Wir ersticken! . . . Wir kämpfen im finsteren Wasser! . . . Uns bleibt über dem finsteren Wasser kaum noch Luft zum Atmen! . . . Die Luft entweicht, als saugte sie irgendein Ventilator über unseren Köpfen fort . . . Ach, nur herumwirbeln, herumwirbeln, bis wir das Luftloch gefunden haben . . . Wir pressen unsere Münder daran . . . Aber unsere Kräfte lassen nach, ich versuche mich an die Wände zu klammern! Ach, wie rutschen meine Hände an den glitschigen Spiegeln ab . . . Wir wirbeln weiter herum! . . . Wir versinken . . . Eine letzte Anstrengung! . . . Ein letzter Schrei! . . . Erik! . . . Christine! . . . Glucks, glucks, glucks! . . . In den Ohren! . . . Glucks, glucks, glucks! . . . Unsere Ohren glucksen unter Wasser . . . Ehe ich das Bewußtsein verliere, glaube ich noch zwischen zwei Glucksern zu hören: »Fässer! Fässer!... Wer hat Fässer zu verkaufen?«

Siebenundzwanzigstes Kapitel

Ende der Liebesgeschichte des Phantoms

Hier brechen die Aufzeichnungen ab, die mir der Perser überlassen hat.

Trotz der schrecklichen Situation, die ihren Tod zu besiegeln schien, wurden Monsieur de Chagny und sein Gefährte durch Christine Daaés edelmütige Aufopferung gerettet. Der Daroga erzählte mir selbst, wie das Abenteuer ausging.

Als ich ihn aufsuchte, lebte er immer noch in seiner kleinen Wohnung in der Rue de Rivoli, den Tuilerien gegenüber. Er war ziemlich krank, und es bedurfte meines ganzen Eifers als Wahrheitssucher, ihn zu bewegen, mir diese unglaubliche Tragödie zu schildern. Noch immer hatte er seinen alten und treuen Diener Darius, der mich zu ihm führte. Der Daroga saß an einem Gartenfenster in einem großen Sessel, in dem er seinen einst bestimmt stattlichen Oberkörper mühsam aufrichtete. Er hatte immer noch herrliche Augen, aber sein Gesicht sah sehr müde aus. Sein gewöhnlich von einer Astrachanmütze bedeckter Kopf war kahlgeschoren; er trug einen schlichten weiten Überrock, in dessen Ärmeln er unbewußt die Daumen drehte, aber sein Geist war rege geblieben.

Er konnte nicht ohne eine gewisse Fieberhaftigkeit an die überstandenen Schrecken zurückdenken, und ich entriß ihm nur fetzenweise das erstaunliche Ende dieser seltsamen Geschichte. Manchmal ließ er sich viel Zeit, ehe er meine Fragen beantwortete, manchmal beschwor er in seiner Erregung spontan das grauenhafte

Bild Eriks und die furchtbaren Stunden vor mir herauf, die Monsieur de Chagny und er in der Wohnung am See durchmachen mußten.

Erschüttert schilderte er mir sein Erwachen im unheimlichen Halbdunkel des Louis-Philippe-Zimmers nach der Wasserkatastrophe. Hier folgt nun der Schluß der entsetzlichen Geschichte, der seine mir anvertrauten Aufzeichnungen ergänzt:

Als der Daroga die Augen aufschlug, lag er auf einem Bett. Monsieur de Chagny lag auf einem Kanapee neben einem Schrank mit Spiegeltür. Ein Engel und ein Dämon wachten über ihnen ...

Nach den Trugbildern in der Folterkammer schien auch die bürgerliche Ordnung in dem stillen Zimmer dazu entworfen zu sein, den Verstand dessen zu verwirren, der kühn genug war, einen Vorstoß in das Gebiet des lebendigen Albdrucks zu wagen. Das Stilbett, die polierten Mahagonistühle, die Kommode, die Kupferstiche, die sorgfältig über die Sessellehnen gebreiteten Spitzendeckchen, die Pendüle und die so harmlos aussehenden Kästchen zu beiden Seiten des Kamins ... schließlich die Etagere mit Muscheln, Nadelkissen aus rotem Samt, Perlmutterschiffchen und einem riesigen Straußenei, kurzum das ganze Mobiliar, das von einer auf einem Tischchen stehenden Schirmlampe diskret beleuchtet wurde und unten im Keller der Oper von so friedlicher, sachlicher, rührender Häßlichkeit war, brachte einen noch mehr aus der Fassung als alle bisherigen Phantasmagorien.

Der Schatten des Mannes mit der Maske wirkte in dieser altmodischen, peinlich ordentlichen Umgebung noch schrecklicher. Er beugte sich über den Perser und flüsterte ihm ins Ohr:

»Geht es besser, Daroga? Betrachtest du meine Einrichtung? Das ist alles, was mir von meiner armen unglücklichen Mutter verblieb.«

Er sagte noch mehr dergleichen, woran sich der Perser aber nicht mehr genau erinnern konnte; dagegen erinnerte er sich deutlich daran – denn er hatte es schon damals merkwürdig gefunden –, daß in dem altmodischen Louis-Philippe-Zimmer nur Erik redete. Christine Daaé sagte kein Wort; sie bewegte sich stumm durch das Zimmer wie eine Krankenschwester, die Schweigen gelobt hatte. Sie brachte eine Tasse Herzstärkung oder dampfenden Tee. Der Mann mit der Maske nahm sie ihr ab und reichte sie dem Perser.

Monsieur de Chagny schlief indessen.

Erik sagte, während er in die Tasse des Daroga etwas Rum schüttete und auf den Vicomte zeigte:

»Längst bevor wir wußten, *ob du noch einen Tag am Leben bleiben würdest*, Daroga, ist er schon zu sich gekommen. Ihm geht es ausgezeichnet. Er schläft jetzt. Wir dürfen ihn nicht wecken.«

Erik verließ kurz das Zimmer, und der Perser stützte sich auf seinen Ellbogen und schaute sich im Zimmer um. Er erblickte die weiße Gestalt Christine Daaés, die in der Kaminecke saß. Er redete sie an. Er rief ihren Namen. Aber er fühlte sich noch zu schwach und sank auf das Kissen zurück. Christine trat zu ihm, legte ihm die Hand auf die Stirn und ging wieder. Der Perser erinnerte sich, daß sie dabei Monsieur de Chagny keinen Blick gönnte, der tatsächlich ruhig schlief, und sich wieder stumm wie eine Krankenschwester, die Schweigen gelobt hatte, in den Sessel beim Kamin setzte.

Erik kam mit ein paar Fläschchen zurück, die er auf den Kaminsims stellte. Ganz leise, um nur nicht Monsieur de Chagny zu wecken, sagte er zu dem Perser, nachdem er sich ans Kopfende des Bettes gesetzt und ihm den Puls gefühlt hatte:

»Jetzt seid ihr beide gerettet. Und ich werde euch bald auf die Erde zurückführen, *um meiner Frau einen Gefallen zu erweisen.*«

Daraufhin erhob er sich ohne weitere Erklärung und verschwand erneut.

Der Perser betrachtete jetzt das ruhige Profil Christine Daaés unter der Lampe. Sie las in einem winzigen Buch mit Goldschnitt, das wie ein Brevier aussah. In den Ohren des Persers klang noch die Selbstverständlichkeit nach, mit der Erik gesagt hatte: »Um meiner Frau einen Gefallen zu erweisen ...«

Nochmals rief der Daroga sie leise, aber Christine mußte mit ihren Gedanken woanders sein, denn sie hörte ihn nicht.

Erik kam zurück ... hieß den Daroga eine Arznei trinken und riet ihm, *seine Frau* nicht anzureden, *weil das sehr gefährlich für die Gesundheit aller sein könne.*

Von diesem Augenblick an erinnerte sich der Perser nur noch an Eriks schwarzen Schatten und Christines weiße Gestalt, die weiterhin stumm das Zimmer durchquerte und sich über Monsieur de Chagny beugte. Der Perser war noch sehr schwach, und das leiseste Geräusch, etwa das Knarren der Spiegeltür des Schrankes beim Öffnen, verursachte ihm Kopfschmerzen. Dann folgte er Monsieur de Chagnys Beispiel und schlief ein.

Diesmal sollte er erst wieder zu Hause erwachen, gepflegt von seinem treuen Diener Darius, der ihm mitteilte, er sei in der vergangenen Nacht vor seiner Wohnungstür gefunden worden, wohin ihn ein Unbekannter nach vorherigem Klingeln gelegt habe.

Sobald der Perser wieder bei Kräften war, ließ er im Hause Graf Philippes nachfragen, wie es dem Vicomte gehe.

Die Antwort lautete, daß der junge Mann nicht zurückgekehrt und daß Graf Philippe tot sei. Man habe seine Leiche am Steilufer des Sees unter der Oper, zur Rue Scribe hin, gefunden. Dem Perser fiel die Totenmesse ein, die er hinter der Wand des Spiegelzimmers mitangehört hatte, und er zweifelte nicht mehr an einem Verbrechen und an dem Verbrecher. Da er Erik so gut kannte, konnte er die Tragödie leicht rekonstruieren. In der Annahme, daß sein Bruder Christine Daaé entführt habe, verfolgte Graf Philippe ihn unverzüglich auf jener Straße nach Brüssel, auf der, wie er erfuhr, alles für ein solches Abenteuer vorbereitet war. Da er die jungen Leute dort nicht fand, kehrte er zur Oper zurück, erinnerte sich an Raouls sonderbare Bekenntnisse über seinen phantastischen Rivalen und vernahm, daß der Vicomte nichts unversucht gelassen habe, um in den Unterbau der Oper einzudringen, und schließlich unter Zurücklassung seines Zylinders neben einem Pistolenkasten in der Garderobe der Diva verschwunden sei. Der Graf, der nicht länger an der Betörung seines Bruders zweifelte, stürzte nun selbst in dieses teuflische unterirdische Labyrinth. Ersah der Perser daraus nicht deutlich, wieso die Leiche des Grafen am Steilufer des Sees gefunden wurde, den die singende Sirene, Eriks Sirene, die Hüterin des Totensees, bewachte?

Nun zögerte der Perser nicht mehr. Entsetzt über dieses neue Verbrechen und besorgt über Raouls und Christines Schicksal, entschloß er sich, die ganze Sache den Justizbehörden zu erzählen.

Richter Faure wurde mit der Untersuchung beauftragt, und so ging der Perser zu ihm. Man kann sich ausmalen, wie ein skeptischer, nüchterner, oberflächlicher Geist – ich sage, was ich denke –, der auf ein solches Geständnis keineswegs gefaßt war, den Bericht des Persers aufnahm. Er behandelte den Daroga als Irren.

Der Perser gab die Hoffnung auf, sich Gehör zu verschaffen, und begann alles niederzuschreiben. Wenn die Justizbehörden von seiner Zeugenaussage nichts wissen wollten, so nahm sich vielleicht die Presse seiner Aufzeichnungen an, und als er eines Abends gerade die letzte Zeile des Berichts niederschrieb, den ich wortgetreu wiedergegeben habe, meldete sein Diener Darius einen Fremden an, der seinen Namen nicht nennen wolle, dessen Gesicht er nicht kenne, der aber unmißverständlich erklärt habe, sich nicht von der Stelle zu rühren, bis der Daroga ihn empfange.

Der Perser, der sofort ahnte, wer der seltsame Besucher war, befahl Darius, ihn hereinzuführen.

Der Daroga hatte sich nicht geirrt:

Es war das Phantom! Es war Erik!

Er wirkte äußerst schwach und hielt sich an der Wand fest, als habe er Angst, zu fallen. Als er den Hut absetzte, wurde seine wachsbleiche Stirn sichtbar. Die Maske verdeckte sein restliches Gesicht.

Der Perser pflanzte sich vor ihm auf.

»Du Mörder des Grafen Philippe, was hast du mit seinem Bruder und Christine Daaé gemacht?«

Bei dieser furchtbaren Anklage taumelte Erik sprachlos zurück, dann schleppte er sich zu einem Sessel, in den er tiefseufzend sank, und begann abgehackt, keuchend zu reden:

»Daroga, sprich mir nicht von Graf Philippe ... Er war tot ... schon tot ... als ich die Wohnung verließ ... Er war ... schon tot ... als die Sirene sang ... Es war ein Unfall ... ein trauriger ... ein bedauernswerter Unfall ... Er war irgendwie ... unglücklich in den See gestürzt! ...«

»Du lügst«, schrie der Perser.

Erik senkte den Kopf und sagte:

»Ich bin nicht hergekommen, um mit dir über Graf Philippe zu reden ... sondern um dir zu sagen ... daß ich sterben werde ...«

»Wo sind Raoul und Christine Daaé?«

»Vor Liebe ... Darago ... muß ich sterben ... Vor Liebe ... ja, so ist es ... ich habe sie so geliebt! ... Ja, ich liebe sie immer noch so, Daroga ... daß ich daran sterben muß ... sterben! ... Wenn du wüßtest, wie schön sie war, als sie mir erlaubte ... sie *lebendig* zu küssen ... bei ihrem ewigen Heil ... Zum ersten Mal, Daroga ... hörst du, zum ersten Mal ... habe ich eine Frau geküßt ... Ja, lebendig, ich habe sie lebendig geküßt ... und sie war schön wie eine Tote ...!«

Der Perser wagte es, Erik anzufassen: er schüttelte ihn am Arm.

»Sag mir endlich, ob sie tot oder lebendig ist!«

»Warum schüttelst du mich so?« erwiderte Erik mühsam. »Ich sage dir doch, daß ich sterben muß ... Ja, ich habe sie ... lebendig geküßt ...«

»Und ist sie jetzt tot?«

»Ich sage dir doch, daß ich sie geküßt habe ... lebendig ... auf die Stirn ... und sie hat meinem Mund ihre Stirn nicht verweigert! ... Ach, sie ist ein braves Mädchen! ... Ich glaube nicht, daß sie tot ist ... obwohl mich das nichts mehr angeht ... Nein, nein, sie ist nicht tot! ... Und wehe, wenn ich höre ... daß ihr jemand ein Haar gekrümmt hat! ... Sie ist ein braves, ein anständiges Mädchen ... außerdem hat sie dir das Leben gerettet ... als keiner mehr einen Pfifferling für deine Haut gegeben hat! ... Im Grunde kümmerte sich keiner um dich ... Warum hast du eigentlich den jungen Mann begleitet? ... Fast wäre es dabei um dich geschehen gewesen! ... Ich schwöre dir, sie bettelte nur um ihren jungen Mann, aber ich erwiderte ihr, daß ich, indem sie freiwillig den Skorpion umgedreht habe, ihr Bräutigam geworden sei und sie nicht zwei Bräutigame brauche – was doch stimmte ... Du warst schon Luft für sie, dich ließ sie, wie gesagt, links liegen ... und du solltest mit dem anderen Bräutigam sterben! ...

Aber hör zu, Daroga ... als ihr angesichts des Wassers wie die Wilden geschrien habt ... ist Christine mit ihren aufgerissenen schönen blauen Augen zu mir gekommen und hat mir bei ihrem ewigen Heil geschworen, *meine lebendige Frau zu werden!* Bisher hatte ich auf dem Grunde ihrer Augen immer nur meine tote Frau gesehen, Daroga ... Zum ersten Mal sah ich dort *meine lebendige Frau*. Sie war, bei ihrem ewigen Heil, aufrichtig. Sie wollte sich nicht mehr umbringen. Der Handel wurde abgeschlossen. Und im Nu floß alles Wasser in den See zurück! ... Ich zog an deiner Zunge, Daroga ... denn ich glaubte wirklich ... daß es mit dir aus wäre! ... Aber endlich kamst du zu dir! ... Ich hatte mich verpflichtet, euch wieder auf die Erde zurückzubringen ... Als ich euch endlich los war, kehrte ich in das Louis-Philippe-Zimmer zurück.«

»Was hast du mit Vicomte de Chagny gemacht?« unterbrach der Perser ihn.

»Ach, verstehst du, Daroga ... den konnte ich schlecht auf die Erde zurückbringen ... Der war ein Geisel ... Andererseits konnte ich ihn Christines wegen auch nicht in der Wohnung am See behalten ... Also sperrte ich ihn einfach – das Parfum von Mazenderan hatte ihn schlapp wie einen Lappen gemacht – in den Keller der Kommunarden, der im entlegensten Winkel der Oper ist, noch unter dem fünften Unterstock, wohin niemand kommt und wo niemand einen hören kann. Beruhigt kehrte ich zu Christine zurück. Sie erwartete mich ...«

An dieser Stelle erhob sich das Phantom so feierlich, daß auch der Perser, der sich inzwischen gesetzt hatte, sich verpflichtet fühlte, aufzustehen, denn er fand es ungebührlich, in einem so feierlichen Augenblick sitzen zu bleiben, ja er nahm sogar – wie er mir selbst erzählte – die Astrachanmütze von seinem kahlgeschorenen Kopf.

»Ja, sie erwartete mich«, fuhr Erik fort, der vor Ergriffenheit zitterte. »Sie erwartete mich aufrecht, lebendig, wie eine echte lebendige Braut, bei ihrem ewigen Heil ... Und als ich scheuer als ein Kind auf sie zutrat, lief sie nicht davon ... Nein, nein, sie blieb stehen ... Sie erwartete mich ... ja, ich glaube sogar, Daroga, daß sie mir ein wenig ... nur ein klein wenig ... wie eine lebendige Braut die Stirn entgegenstreckte ... Und ... und ... da küßte ich sie! ... Ich! ... Ich! ... Ich! ... Sie starb nicht ... Sie wich ... nach dem Kuß auf ihre Stirn ... nicht von meiner Seite ... Ach, Daroga ... wie schön ist es ... jemanden zu küssen! ... Du kannst es nicht ermessen ... Du nicht! ... Aber ich! Ich! Ich! ... Meine arme unglückliche Mutter, Daroga ... wollte nie ... daß ich sie küßte ... Sie lief davon ... schmiß mir meine Maske zu ... Auch keine andere Frau ... ließ es zu ... Niemals! ... Niemals!... Ach! Ach! Ach!... Ja, ich begann, über dieses Glück zu weinen!... Ich warf mich ihr weinend zu Füßen... Ich küßte weinend ihre zierlichen Füße... Auch du weinst, Daroga... Auch sie weinte... Dieser Engel weinte...«

Als er das erzählte, schluchzte Erik, und auch der Perser konnte angesichts des Mannes mit der Maske, dessen Schultern zuckten, der die Hand auf die Brust preßte und abwechselnd vor Schmerz und Rührung stöhnte, seine Tränen nicht zurückhalten.

»Ach, Daroga... ich spürte, wie mir ihre Tränen über die Stirn rannen!... Mir!... Mir!... Sie waren warm... und sanft!... Sie vermischten sich mit den Tränen in meinen Augen... Sie liefen mir in den Mund... Ach, ihre Tränen auf mir... Hör zu, Daroga, hör zu, was ich da getan habe... Ich riß meine Maske herunter, um nur keine einzige Träne zu verlieren... Und sie floh nicht!... Sie starb nicht!... Sie blieb lebendig... und weinte... auf mich... mit mir... Wir weinten zusammen!... Herr im Himmel, du hast mir alles Glück auf Erden geschenkt!...«

Erik sank stöhnend in den Sessel.

»Ach, ich sterbe noch nicht... noch nicht sofort... aber laß mich weinen«, sagte er zu dem Perser.

Nach einer Weile fuhr der Mann mit der Maske fort:

»Hör zu, Daroga... hör gut zu... als ich ihr zu Füßen lag, hörte ich... wie sie sagte: ›*Armer unglücklicher Erik!*‹ *– und sie nahm meine Hand!*... Verstehst du, ich fühlte mich nur noch wie ein armer Hund, der bereit war, für sie zu sterben... verstehst du das, Daroga?!

Stell dir vor... ich hatte einen Ring in der Hand... den goldenen Ring, den ich ihr geschenkt... den sie verloren... den ich wiedergefunden hatte... den Verlobungsring!... Ich ließ ihn in ihre zierliche Hand gleiten und sagte: ›Hier!... Nimm ihn!... Nimm ihn für dich... und für ihn... Das ist mein Hochzeitsgeschenk ... das Geschenk *des armen unglücklichen Erik* ... Ich weiß, daß du den jungen Mann liebst ... Weine nicht mehr!‹ Sie fragte leise, was ich damit sagen wolle. Da machte ich es ihr klar, sie begriff sofort, daß ich für sie nur ein armer, zum Sterben bereiter Hund sei ... daß sie aber den jungen Mann heiraten könne, wann sie wolle, weil sie mit mir geweint habe ... Ach, Daroga ... glaube mir ... daß ich bei diesen Worten mein Herz gleichsam in vier Teile riß, aber sie hatte mit mir geweint ... Sie hatte gesagt: ›Armer unglücklicher Erik!‹ ...«

Eriks Ergriffenheit war so groß, daß er den Perser bitten mußte, ihn nicht anzusehen, denn er ersticke und sei deshalb gezwungen, seine Maske abzusetzen Der Daroga erzählte mir, daß er selbst daraufhin zum Fenster gegangen sei und es voller Mitleid geöffnet habe, wobei er freilich seinen Blick starr auf die Baumkronen der Tuilerien gerichtet habe, damit dieser nur nicht auf das Gesicht des Scheusals falle.

»Ich ließ«, fuhr Erik fort, »den jungen Mann frei und sagte ihm, er solle mir zu Christine folgen ... In dem Louis-Philippe-Zimmer küßten sie sich vor meinen Augen ... Christine trug meinen Ring ... Ich nahm Christine den Schwur ab, nach meinem Tod von der Rue Scribe aus zu dem See zu kommen, um mich heimlich mit dem goldenen Ring zu begraben, den sie bis dahin tragen solle ... Ich sagte ihr, wie sie meine Leiche vorfinden werde und was sie damit tun solle ... Da küßte mich Christine zum ersten Mal von sich aus auf die Stirn ... hier auf die Stirn – schau nicht hin, Daroga! – auf meine Stirn – schau nicht hin, Daroga! ... Dann gingen beide ... Christine weinte nicht mehr ... Ich weinte allein ... Daroga, Daroga ... wenn Christine ihren Schwur hält, kommt sie bald zurück!«

Erik verstummte. Der Perser stellte ihm keine Fragen mehr. Er war über Raoul de Chagnys und Christine Daaés Schicksal völlig beruhigt, denn keiner hätte in jener Nacht an den Worten des weinenden Eriks zweifeln können.

Das Scheusal hatte seine Maske wieder aufgesetzt und genügend Kraft gesammelt, um den Daroga zu verlassen. Erik versprach noch, ihm aus Dank für alles, was er einst für ihn getan habe, wenn er, Erik, sein Ende nahen fühle, das zu schicken, was ihm auf Erden am teuersten sei: sämtliche Briefe Christine Daaés, die sie während des Abenteuers an Raoul geschrieben und ihm, Erik, überlassen habe, sowie einige persönliche Dinge von ihr: zwei Taschentücher, ein Paar Handschuhe und eine Schuhschleife. Auf die Frage des Persers hin erzählte Erik, daß die beiden jungen Leute, sobald sie ihre Freiheit wiedererlangt hatten, beschlossen, sich an einem entlegenen Ort trauen zu lassen und ihr Glück dort verborgen zu halten. Zu diesem Zweck nahmen sie an der Gare du Nord einen Zug ›bis ans Ende der Welt‹. Schließlich bat Erik den Perser, die beiden von seinem Tod zu unterrichten, sobald er die versprochenen Dinge empfangen habe. Er solle einfach eine Todesanzeige in *L'Epoque* setzen lassen.

Das sei alles.

Der Perser brachte Erik zur Wohnungstür, und Darius begleitete ihn bis zum Trottoir, wobei er ihn stützen mußte. Dort wartete eine Droschke. Erik stieg ein. Der Perser, der wieder ans Fenster getreten war, hörte, wie Erik zu dem Kutscher sagte:

»Zum Souterraineingang der Oper!«

Dann verschwand die Droschke in der Nacht. Der Perser hatte den armen, unglücklichen Erik zum letzten Mal gesehen.

Drei Wochen später erschien in *L'Epoque* folgende Todesanzeige:

ERIK IST TOT

Epilog

Das ist die wahre Geschichte des Phantoms der Oper. Wie ich am Anfang dieses Buches angekündigt habe, wird man jetzt nicht mehr daran zweifeln können, daß Erik tatsächlich gelebt hat. Allzu viele Beweise für seine Existenz sind inzwischen erbracht worden, als daß sich nicht verstandesmäßig die Rolle verfolgen ließe, die Erik in der ganzen Tragödie der Chagnys gespielt hat.

Es braucht hier wohl kaum wiederholt zu werden, welches Aufsehen diese Affäre in der Hauptstadt erregte. Jene entführte Sängerin, der unter mysteriösen Umständen gestorbene Graf de Chagny, sein verschwundener Bruder, der Schlaf der Beleuchtungsarbeiter von der Oper! Welche Dramen, welche Leidenschaften, welche Verbrechen begleiteten die Idylle zwischen Raoul und der sanften, charmanten Christine! Was war aus der großen, geheimnisumwitterten Sängerin geworden, von der man nichts mehr hören sollte? Man stellte sie als Opfer der Rivalität zwischen den beiden Brüdern hin, und keiner ahnte, was in Wirklichkeit geschehen war; keiner kam darauf, daß die beiden Brautleute sich nur von der Welt zurückgezogen hatten, um ein Glück zu genießen, das sie nach dem unaufgeklärten Tod Graf Philippes nicht der Öffentlichkeit preisgeben wollten. Sie nahmen eines Tages an der Gare du Nord einen Zug ›bis ans Ende der Welt‹. Vielleicht werde ich eines Tages auch von diesem Nordbahnhof aus einen Zug nehmen und an Skandinaviens Seen Raouls und Christines Spuren suchen, sowie die von Mama Valerius, die zur gleichen Zeit verschwand. Vielleicht werde ich eines Tages mit meinen eigenen Ohren hören, wie das einsame Echo des hohen Nordens das Lied derjenigen wiederholt, die den Engel der Musik gekannt hat.

Noch lange nachdem der Fall durch die Unfähigkeit des Untersuchungsrichters Faure zu den Akten gelegt wurde, versuchte die Presse von Zeit zu Zeit, das Geheimnis zu lüften und warf weiter die Frage auf, wessen ungeheuerliche Hand es gewesen sei, die so viele Katastrophen – Verbrechen und Entführung – vorbereitet und ausgeführt habe.

Ein Boulevardblatt, das den ganzen Kulissenklatsch kannte, schrieb als einzige Zeitung:

»Es war die Hand des Phantoms der Oper.«

Aber auch das war natürlich ironisch gemeint.

Nur der Perser, dem man kein Gehör schenken wollte und der nach Eriks Besuch davon absah, seine Zeugenaussage zu wiederholen, kannte die ganze Wahrheit. Deshalb behielt er die wichtigsten Beweisstücke, nachdem er sie mit den anderen von dem Phantom angekündigten persönlichen Andenken in seinen Händen hatte, für sich.

Mir gelang es, mit Hilfe des Daroga diese Beweise zu ergänzen. Ich unterrichtete ihn täglich von meinen Nachforschungen, die er leitete. Schon seit Jahren war er nicht mehr in der Oper gewesen, aber er erinnerte sich genau an das Gebäude, und es gab keinen besseren Führer als ihn, um mich die verborgensten Winkel entdecken zu lassen. Außerdem wies er mich auf die Quellen hin, aus denen ich schöpfen sollte, auf die Leute, die ich ausfragen konnte; er drängte mich dazu, Monsieur Poligny aufzusuchen, als der arme Mann schon im Sterben lag. Ich wußte nicht, wie schlecht es ihm ging, und ich werde nie die Wirkung vergessen, die meine Fragen über das Phantom bei ihm hervorriefen. Er starrte mich an, als erblickte er den leibhaftigen Satan, und stammelte nur ein paar unzusammenhängende Sätze, die freilich bestätigten – und darauf kam es mir ja an –, wieviel Verwirrung das Phantom der Oper während seiner an sich schon recht bewegten Amtszeit gestiftet hatte.

Als ich dem Perser die spärliche Ausbeute meines Besuchs bei Poligny vorlegte, lächelte der Daroga sanft und sagte: »Poligny hat nie gewußt, wie sehr ihn dieser gemeine Schuft Erik ›hochnahm‹.« – Einmal sprach der Perser von Erik wie von einem Gott, ein andermal wie von einem liederlichen Schurken. – »Poligny war abergläubisch, und Erik wußte das. Er wußte auch allerlei Dinge über die öffentlichen und privaten Angelegenheiten der Oper.

Als Poligny in Loge Nr. 5 eine geheimnisvolle Stimme hörte, die ihm erzählte, wozu er seine Zeit und das Vertrauen seines Kompagnons benutze, wollte er nicht mehr hören. Anfangs glaubte er, von einer himmlischen Stimme verdammt zu werden, aber als dann die Stimme Geld von ihm verlangte, erkannte er, daß ihn ein Meistergauner erpreßte. Auch Debienne fiel ihm zum Opfer. Beide nahmen, der Direktion aus verschiedenen Gründen müde, ihren Abschied, ohne zu versuchen, hinter die Identität dieses sonderbaren Phantoms der Oper zu kommen, das ihnen jenen merkwürdigen Pachtvertrag zustellte. Sie vermachten das ganze Geheimnis der neuen Direktion und atmeten erleichtert auf, daß sie die leidige Geschichte losgeworden waren, die sie keineswegs zum Lachen fanden.«

So äußerte sich der Perser über Debienne und Poligny. In diesem Zusammenhang kam ich auf ihre Nachfolger zu sprechen, denn es wunderte mich, daß Moncharmin im ersten Teil seiner *Memoiren eines Operndirektors* ausführlich von den Taten und Streichen des Phantoms berichtete, im zweiten Teil dagegen so gut wie nichts mehr davon erwähnte. Da wies mich der Perser, der die Memoiren so gut kannte, als hätte er sie selbst geschrieben, darauf hin, daß ich mir das erklären könne, wenn ich mir die Mühe machte, über einige Zeilen nachzudenken, die Moncharmin gerade im zweiten Teil seiner *Memoiren* dem Phantom gewidmet habe. Hier folgen die Zeilen, die uns übrigens besonders interessieren, weil darin beschrieben wird, wie die berüchtigte Geschichte mit den zwanzigtausend Francs ausging:

»Über Ph. d. O.« – schreibt Moncharmin – »von

dem ich am Anfang meiner *Memoiren* bereits manchen sonderbaren Einfall geschildert habe, möchte ich nur noch eines sagen, und zwar, daß er durch eine schöne Geste den Schaden wiedergutgemacht hat, den er meinem geschätzten Mitarbeiter und, wie ich gestehen muß, auch mir zufügte. Sicherlich fand er, daß auch ein Spaß seine Grenzen habe, vor allem, wenn dieser einem so teuer zu stehen kommt und der Polizeikommissar schon ›hinzugezogen‹ worden ist, denn in derselben Minute, in der wir Monsieur Mifroid in unser Arbeitszimmer gebeten hatten, um ihm die ganze Geschichte zu erzählen – es war einige Tage nach Christine Daaés Verschwinden –, fanden wir auf Richards Schreibtisch in einem sauberen Kouvert, auf dem mit roter Tinte stand: *Von Ph. d. O*, die recht erkleckliche Summe, die er durch einen Trick vorübergehend aus der Direktionskasse entwendet hatte. Richard meinte sofort, man solle es dabei belassen und der Sache nicht weiter nachgehen. Ich teile Richards Meinung. Ende gut, alles gut! Nicht wahr, mein lieber Ph. d. O.?«

Offenbar glaubte Moncharmin, vor allem nach der Rückerstattung des Geldes, weiterhin, er sei auf einen Ulk Richards hereingefallen, während Richard weiterhin glaubte, Moncharmin habe, um sich für irgendeinen Streich zu rächen, die ganze Sache mit Ph. d. O. erfunden.

War das nicht der geeignete Augenblick, den Perser zu fragen, durch welchen Trick das Phantom die zwanzigtausend Francs trotz der Sicherheitsnadel aus Richards Tasche verschwinden ließ? Er antwortete mir, daß er sich um diese unwichtige Einzelheit nicht gekümmert habe, daß ich aber sicherlich im Direktionszimmer des Rätsels Lösung entdecken könne, wobei er mich daran erinnerte, daß Erik schließlich nicht grundlos *Falltürfachmann* genannt wurde. Ich versprach dem Perser, danach zu forschen, sobald ich Zeit dazu hätte. Ich möchte dem Leser gleich verraten, daß meine Nachforschungen zufriedenstellend verliefen. Ehrlich gestanden erwartete ich nicht, so viele unwiderlegbare Beweise für die Echtheit der dem Phantom zugeschriebenen Phänomene zu finden.

Es sei auch nicht verschwiegen, daß die Aufzeichnungen des Persers, Christine Daaés Briefe, die Aussagen der früheren Mitarbeiter von Richard und Moncharmin, der kleinen Meg – die vortreffliche Madame Giry war leider verstorben –, und der Sorelli, die sich inzwischen nach Louvenciennes zurückgezogen hat, daß also alle Beweisstücke für die Existenz des Phantoms, die ich dem Opernarchiv übergeben will, durch mehrere Entdeckungen bestätigt wurden, auf die ich wohl zu Recht stolz sein darf.

Ich habe zwar die Wohnung am See nicht wieder gefunden, da Erik sämtliche Geheimtüren endgültig zugemauert hat – obwohl ich immer noch überzeugt davon bin, daß man leicht hineingelangen könnte, wenn man den See trockenlegte, wozu ich das Kultusministerium mehrmals aufgefordert habe,* – aber wenigstens den Geheimgang der Kommunarden, dessen Bretter teilweise eingestürzt sind, und die Falltür, durch die der Perser und Raoul in den Unterbau der Oper hinabstiegen. Ich entdeckte im Kerker der Kommunarden viele von den unglücklichen Gefangenen in die Wände geritzte Initialen, darunter auch ein R und ein C – RC! Ist das nicht bedeutsam? Raoul de Chagny! Die Buchstaben sind auch heute noch deutlich sichtbar.

---

* Ich habe darüber noch vierundzwanzig Stunden vor dem Erscheinen dieses Buches mit Monsieur Dujardin-Beaumetz, unserem überaus sympathischen Unterstaatssekretär im Kultusministerium, der mir einige Hoffnungen machte, gesprochen und ihm gesagt, es sei die Pflicht des Staates, die Legende von dem Phantom ein für allemal aus der Welt zu schaffen und sie durch die unbestreitbar wahre, wenn auch seltsame Geschichte Eriks zu ersetzen. Dazu sei es nötig – und zugleich die Krönung meiner privaten Nachforschungen –, die Wohnung am See wiederzufinden, die vielleicht noch musikalische Schätze berge. Es stehe nun außer Zweifel, daß Erik ein unvergleichlicher Künstler gewesen sei. Wer wisse, ob man in der Wohnung am See nicht sogar die Partitur seines *Don Juans Triumph* finden werde?

Doch ich habe mich nicht nur damit begnügt. Im ersten und dritten Unterstock setzte ich zwei drehbare Falltüren in Bewegung, die den bloß horizontal verschiebbare Luken benutzenden Bühnenarbeitern unbekannt waren.

Schließlich kann ich dem Leser auf Grund der Tatsachen nur raten: ›Besuchen Sie einmal die Oper, wimmeln Sie die lästigen Fremdenführer ab, treten Sie in Loge Nr. 5 und klopfen Sie an die riesige Säule, die diese Loge von der Vorbühne trennt; klopfen Sie mit Ihrem Spazierstock oder Ihrer Faust daran und horchen Sie: *die Säule klingt bis in Kopfhöhe hohl!* Nun wird es Sie nicht mehr wundern, daß sie die Stimme des Phantoms enthalten konnte; in dieser Säule ist Platz für zwei Personen. Wenn Sie sich fragen, warum niemand anläßlich der Phänomene in Loge Nr. 5 diese Säule untersucht hat, so müssen Sie bedenken, daß sie wie aus massivem Marmor wirkt und daß die Stimme in ihr eher aus der entgegengesetzten Richtung zu kommen schien – denn die Bauchstimme des Phantoms kam, woher sie wollte. Künstlermeißel haben die Säule bearbeitet, kanneliert und mit Reliefs verziert. Ich zweifle nicht daran, eines Tages ein Reliefstück zu finden, das sich nach Belieben heben und senken läßt, um einen Geheimgang zu öffnen, durch den das Phantom mit Madame Giry verkehren und ihr großzügige Trinkgelder geben konnte. Gewiß ist alles, was ich gesehen, gehört, abgetastet habe, nichts im Vergleich zu dem, was ein so gigantisches und phantastisches Wesen wie Erik in einem so geheimnisvollen Gebäude wie der Oper geschaffen haben muß, aber immerhin sind alle meine Entdeckungen nichts neben der einen, die ich vor den Augen des Verwalters im Direktionszimmer einige Zentimeter neben dem Schreibtischsessel machen durfte: eine Falltür von der Länge einer Parkette, das heißt eines Unterarms, nicht mehr ... eine Falltür, die wie ein Kastendeckel funktioniert, eine Falltür, aus der ich in meinem Geist eine Hand auftauchen sehe, die geschickt in den auf den Boden hängenden Schwalbenschwanz eines Fracks gleitet ...

Auf diesem Wege waren die vierzigtausend Francs verschwunden! So tauchten sie auch durch irgendeinen Trick wieder auf!

Als ich dem Perser mit begreiflicher Aufregung davon erzählte, fragte ich:

»Stellte Erik – da die vierzigtausend Francs wieder aufgetaucht sind – seine Pachtvertragsbedingungen nur zum Spaß?«

Er antwortete:

»Glauben Sie das nicht! Erik hatte Geld nötig. Da er sich von der Menschheit ausgestoßen fühlte, kannte er keine Skrupel, sondern bediente sich zum Ausgleich seiner Häßlichkeit seiner angeborenen Geschicklichkeit und Phantasie, um die Menschen auszubeuten, und das manchmal sehr kunstfertig, denn nicht selten wog sein Streich sein Gewicht in Gold auf. Wenn er Richard und Moncharmin die vierzigtausend Francs freiwillig zurückgab, so nur, weil er sie im Augenblick der Rückerstattung *nicht mehr nötig hatte!* Er hatte darauf verzichtet, Christine Daaé zu heiraten. Er hatte auf alle Dinge der Oberwelt verzichtet.«

Laut dem Perser stammte Erik aus einem Städtchen bei Rouen. Er war der Sohn eines Bauunternehmers. Schon früh lief er von zu Hause fort, wo seine Häßlichkeit nur Entsetzen und Grauen bei seinen Eltern erweckte. Eine Zeitlang trat er auf Jahrmärkten auf, wo sein Impressario ihn als ›lebenden Leichnam‹ vorführte. Er muß von Jahrmarkt zu Jahrmarkt durch ganz Europa gereist sein und seine einmalige Ausbildung als Gaukler und Zauberkünstler an der Quelle solcher Magie vervollkommnet haben: nämlich bei den Zigeunern. Ein ganzer Lebensabschnitt Eriks lag im Dunkeln. Er tauchte wieder auf dem Jahrmarkt in Nischnij-Nowgorod auf, wo er seinen ganzen grauenhaften Glanz zum Besten gab. Er sang bereits so wie bisher kein anderer; er zeigte sich als Bauchredner und führte so ungewöhnliche Gaukeleien vor, daß die Karawanen auf ihrem Heimweg nach Asien noch ständig davon sprachen. So drang sein Ruhm bis in die Mauern des Palastes von Mazenderan, wo die kleine Sultanin, die Lieblingsfrau des Schahs, sich schrecklich langweilte. Ein Pelzhändler, der von Nischnij-Nowgorod nach Samarkand zurückkehrte, erzählte von den Wunderdingen, die er in Eriks Bude gesehen hatte. Der Pelzhändler wurde in den Palast gerufen, wo der Daroga von Mazenderan ihn ausfragte. Daraufhin erhielt der Daroga den Auftrag, Erik zu suchen. Er brachte ihn nach Persien, wo Erik einige Monate lang gleichsam Herr über alle Dinge war. Er verübte eine ganze Reihe Greueltaten, denn er schien den Unterschied zwischen Gut und Böse nicht zu kennen, und er wirkte bei manchen bedeutenden politischen Morden genauso gelassen mit, wie er den gegen das Kaiserreich Krieg führenden Emir von Afghanistan mit diabolischen Erfindungen bekämpfte. Der Schah schenkte ihm seine Gunst. In diese Zeit fielen die ›rosa Stunden von Mazenderan‹ die der Daroga in seinen Aufzeichnungen streifte. Da Erik auf dem Gebiete der Architektur höchst originelle Einfälle hatte und einen Palast entwarf wie ein Zauberkünstler einen Zauberkasten, befahl der Schah ihm dessen Bau, den Erik so trefflich und hervorragend ausführte, daß Seine Majestät darin unsichtbar umhergehen oder jäh verschwinden konnte, ohne daß es möglich war, zu entdecken, wie es geschah. Als der Schah erkannte, welches Kleinod er besaß, befahl er, so wie ein Zar einst mit dem genialen Baumeister einer Kirche auf dem Roten Platz verfuhr, Eriks goldene Augen zu blenden. Dann sagte er sich aber, daß Erik auch noch als Blinder einen solchen Bau für einen anderen Herrscher errichten könnte und daß zudem, solange Erik am Leben bliebe, mindestens ein Mensch das Geheimnis des Wunderpalastes kannte. Also beschloß er, Erik, sowie alle Arbeiter, die er beschäftigt hatte, zu töten. Der Daroga von Mazenderan sollte diesen grausamen

Befehl ausführen. Erik hatte ihm manchen Dienst erwiesen und ihn oft zum Lachen gebracht. Deshalb rettete er ihn, indem er ihm zur Flucht verhalf. Diese großzügige Schwäche hätte den Daroga fast den Kopf gekostet. Doch der Daroga hatte das Glück, daß man am Ufer des Kaspischen Meers eine von Seevögeln halb zerfressene Leiche fand, die man für Erik hielt, weil Freunde des Daroga sie mit Eriks Sachen bekleidet hatten. Der Daroga wurde seines Postens enthoben, enteignet und verbannt. Da er aber von königlichem Geblüt war, zahlte ihm die persische Staatskasse weiter eine kleine Monatsrente von einigen hundert Francs, mit der er nach Paris fliehen und dort leben konnte.

Erik begab sich nach Kleinasien und Konstantinopel, wo er in die Dienste des Sultans trat. Man kann sich ein Bild von den Diensten machen, die er diesem Schreckensherrscher leistete, wenn ich berichte, daß Erik die berüchtigten Falltüren, Geheimgemächer und rätselhaften Panzerschränke konstruierte, die nach der letzten türkischen Revolution in Jildis-Kiöschk gefunden wurden. Er kam auch auf die Idee, Automaten herzustellen, die dem Potentaten täuschend ähnlich sahen, so daß man glaubte, der Beherrscher aller Gläubigen befände sich an Ort und Stelle, während er sich in Wirklichkeit an einem anderen Platz ausruhte.*

Natürlich mußte er die Dienste des Sultans aus den gleichen Gründen verlassen, die ihn zur Flucht aus Persien gezwungen hatten. Er wußte einfach zu viel. Seines abenteuerlichen, grauenvollen und ungeheuerlichen Lebens müde, wünschte er sich, *wie jeder andere zu werden*. Er wurde gewöhnlicher Bauunternehmer und baute aus gewöhnlichen Backsteinen gewöhnliche Häuser. Er führte gewisse Arbeiten beim Fundament der Oper aus. Angesichts des Unterbaus eines so riesigen Theaters gewann seine künstlerische, phantasievolle und

---

* Interview des Sonderberichterstatters des *Matin* mit Mohammed Ali Bey am Tage nach dem Einmarsch der Truppen aus Saloniki in Konstantinopel.

magische Natur wieder die Oberhand. War er denn nicht immer noch genauso häßlich? Er träumte von einer den Menschen unbekannten Wohnung, die ihn für immer vor aller Augen verbergen sollte.

Man weiß und ahnt, wie es weiterging. Die Folge davon war dieses unglaubliche und doch wahre Abenteuer. Armer, unglücklicher Erik! Ist er zu bedauern? Ist er zu verdammen? Er wünschte sich nur, wie jeder andere zu sein! Doch dazu war er zu häßlich! Er mußte sein Genie verborgen halten oder *es zum Bösen wenden,* während er mit einem normalen Gesicht einer der großartigsten Menschen gewesen wäre! Er hatte ein weltweites Herz und mußte sich schließlich mit einem Keller begnügen. Zweifellos ist das Phantom der Oper zu bedauern!

Trotz seiner Verbrechen habe ich an seiner sterblichen Hülle gebetet, daß Gott sich seiner erbarmen möge! Warum hat Gott nur einen so häßlichen Menschen geschaffen, wie Erik es war?

Ich bin fest davon überzeugt, daß es seine Leiche war, an der ich neulich gebetet habe, als man sie an der Stelle ausgrub, an der man die phonographisch verewigten Stimmen vergrub, daß es sein Skelett war. Ich habe ihn nicht an der Häßlichkeit seines Schädels erkannt, denn alle Menschen sind häßlich, wenn sie schon lange tot sind, sondern an dem goldenen Ring, den er trug und den bestimmt Christine an seinen Finger gesteckt hatte, ehe sie ihn – ihrem Versprechen gemäß – beerdigte.

Das Skelett lag neben der kleinen Quelle, also dort, wo der Engel der Musik die ohnmächtige Christine Daaé zum ersten Mal in seinen zitternden Armen gehalten hatte.

Was soll jetzt mit diesem Skelett geschehen? Man wird es doch nicht etwa in ein Massengrab werfen! Ich finde, daß es in das Archiv der Académie nationale de Musique gehört, denn schließlich ist es kein gewöhnliches Skelett.

Nachwort

»Jenes große Mysterium, das die Menschheit seit ihrer Geburt erschauern gemacht hat, das Unbekannte«, es zwingt auch den Herrn Direktor der Pariser Oper zur Kapitulation, freilich nicht ehe ein Kuvert mit 20 000 Francs in Banknoten vor seinen Augen oder genauer gesagt: hinter seinem Rücken, nämlich aus der Tasche seiner Frackschöße verschwunden ist. Er und sein Kollege hätten freilich schon vorher Gelegenheit gehabt, ihre selbstzufriedene Skepsis zu revidieren. Denn was ist nicht schon alles geschehen seit dem Tage, an dem sie so hochgemut die Leitung des Hauses übernommen haben? Der Chefmaschinist ist im dritten Souterrain erwürgt aufgefunden worden, die gefeierte Carlotta hat auf dem Höhepunkt ihrer Arie nichts als ein abscheuliches Quaken hervorgebracht, der Kronleuchter ist während der Vorstellung ins Publikum gestürzt, der Schimmel von Meyerbeers »Propheten« wurde vermißt gemeldet, und die Kette der Rätsel wird sich fortsetzen, die kometenhaft aufgestiegene junge Sängerin Christine Daaé wird auf offener Bühne vor den Augen der Zuschauer verschwinden, die Leiche des Grafen Philippe de Cagny wird im untersten Keller des Opernhauses gefunden werden, und von seinem Bruder wird man nie wieder etwas hören.

Das Gerücht hat sich sogleich, die Behörde jedoch nur zögernd der Vorfälle angenommen. Eine amtliche Untersuchung ist eingeleitet worden, aber nie zum Abschluß gekommen. Die Geheimnisse bleiben ohne Erklärung, bis dreißig Jahre später der Erzähler auf Grund von Akten, Memoiren und Zeugenaussagen die Wahrheit rekonstruiert. Sie bleiben unerklärt, besser – oder schlimmer! – es bleibt keine Erklärung als die, mit der einfache Gemüter zu leben sich längst abgefunden hatten: Das »Phantom«.

Das ist keine sehr behagliche und für ein aufgeklärtes Zeitalter alles andere als rühmliche Erklärung. Das alte und angesehene Institut der Pariser Oper, wo sich allabendlich die große Welt und die hohe Kunst begegnen, wird regiert, ja terrorisiert von einem ungreifbaren, aber allgegenwärtigen, allwissenden und allmächtigen Wesen, das es wagen darf, den allgewaltigen Herren Direktoren Bedingungen zu diktieren und Ultimaten zu stellen, das eine gefeierte Sängerin zum Gespött machen und eine unbekannte zum Triumph führen, das den Frieden eines seelenvollen Mädchens zerstören und ihren unerschrockenen Verehrer auf den Punkt bringen kann, wo er sich fragen muß: »Wo endet das Wirkliche? Wo beginnt das Phantastische?« und zu keinem günstigen Ergebnis kommt als, daß es nichts mehr gibt, dessen er noch gewiß sein kann.

Wenn Gaston Leroux (1868–1927) in seinem »Phantom der Oper« mit ebenso großem Behagen wie Geschick es darauf anlegt, das Sicherheitsgefühl zu untergraben, so schöpft er dabei aus einer modernen, wenn auch nicht mehr ganz jungen literarischen Strömung, die seit dem Ende des 18. Jahrhunderts nicht aufgehört hat, die europäische Romanlandschaft zu befruchten und für die es nur in der englischen Sprache eine treffende Bezeichnung gibt: mystery story. Deutschland hatte zu ihren Anfängen mit Schillers »Geisterseher« und später mit den unheimlichen Erzählungen Tiecks, E.T.A. Hoffmanns und Wilhelm Hauffs dazu beigetragen. In England werden die Romane von Walter Scott und Charles Dickens, in Frankreich die von Victor Hugo, Honoré de Balzac und Alexandre Dumas von ihr unterspült. Aus ihr hatte sich in Amerika bei E.A. Poe, in England bei Wilkie Collins, in Frankreich bei Emile Gaboriau die strengere Kunstform des Detektivromans ausgesondert, in der auch Leroux seine ersten Triumphe gefeiert hatte, bevor er mit dem »Fantôme de l'Operá« in die breiteren Gewässer der »Mystères« zurückkehrte.

Immer handelt es sich dabei um Geheimnisse, die sich

lange Zeit, ja bis zum Ende, jeder anderen als einer übernatürlichen Erklärung hartnäckig widersetzen, stets sind sie verbunden mit tatsächlichen oder vermuteten oder befürchteten Verbrechen, die die geistige Ungewißheit um die physische Unsicherheit vermehren und das Geheimnisvolle um die Dimension des Unheimlichen erweitern. Gewiß wird am Schluß durch erschöpfende Enthüllungen alles Unerklärliche erklärt. Aber wenn die Vernunft des Lesers damit beruhigt wird, so wird doch auch zugleich seine Phantasie eigentümlich ernüchtert. Und nicht darum sind diese Romane vom Publikum verschlungen worden, so wenig wie heute die Detektivromane.

Es ist gewiß kein Zufall, daß der Geschmack am Geheimnisvollen und am Unheimlichen in der Literatur genau in dem geschichtlichen Augenblick einsetzt, in dem in der geistigen Welt durch die Aufklärung und im praktischen Leben durch die bürgerliche Zivilisation mit dem Unerklärlichen und dem Unberechenbaren aufgeräumt und ein bisher nicht gekanntes Maß an Ordnung und Sicherheit hergestellt worden war. Verrät die Popularität dieser Literatur nicht ein geheimes Ungenügen an der Banalität des bürgerlichen Alltags und eine geheime Lust an seiner Verfremdung?

Wie anders wäre es zu erklären, daß diese Geheimnisromane um die Mitte des 19. Jahrhunderts – früh schon bei E.T.A. Hoffmann – die einsamen Wälder und Gebirge, die verfallenen und verrufenen Schlösser und Abteien verlassen, in denen sie in ihren Anfängen gehaust hatten, und in die moderne Großstadt übersiedeln, in die jedem Leser bekannten und vermeintlich vertrauten Straßen und Gebäude. Der Titel des meistnachgeahmten dieser Romane, Eugène Sues »Mystères de Paris«, ist geradezu die Formel dafür. Unterhalb der »cité des lumières«, der Lichterstadt Paris, erstreckt sich ungeahnt eine »cité des ténèbres«, eine Stadt der Finsternisse, in deren Dunkel sich Elend, Laster und Verbrechen verbergen.

Diesen Gegensatz einer lichten und vertrauten Oberwelt und einer geheimen und unheimlichen Unterwelt hat Leroux übernommen, wenn er den Makrokosmos Paris in dem Mikrokosmos eines einzigen Gebäudes widerspiegelt. Von vereinzelten Exkursen in die Außenwelt abgesehen, hat er keine Unwahrscheinlichkeit gescheut, um seine Handlung unter ein einziges Dach zu zwängen. Nicht anders als die altehrwürdige Kathedrale Nôtre-Dame in Victor Hugos großem Roman ist ihr weltliches Gegenstück, das Pariser Opernhaus, eine Arche Noah, bevölkert mit Exemplaren jeder Gattung von Lebewesen, geahnten und ungeahnten.

Daß sich hier die große Welt und die hohe Kunst allabendlich ein Rendezvous geben, war jedermann bekannt, gewiß auch, daß sich hinter der Fassade dieser festlichen Begegnungen persönliche Interessen und Leidenschaften, Tragödien und Farcen, Triumphe und Skandale verbergen. Weniger bewußt war man sich dessen, daß diese glanzvollen Höhepunkte durch einen Apparat von Beamten und Schreibern manipuliert werden, an deren Spitze ein aufgeblasenes Direktorenpaar verzweifelt um bürokratische Macht und gesellschaftliche Position zu kämpfen hat, und überrascht sind selbst diese über das unübersehbare Aufgebot von Maschinisten, Beleuchtern, Kulissenschiebern, Feuerwehrleuten, Schreinern, Schmieden, Pferdeknechten und Rattenfängern, das ihnen untersteht, das leichtfüßige Völkchen der Ballettratten und die wackere Logenschließerin nicht zu vergessen. Das ist ein Gewimmel vor und hinter, über und unter den Kulissen, ein »moderner Turm von Babel«, den niemand mehr überblickt, am wenigsten die dazu bestellten Hausherren. Wen könnte es wundern, daß sich hier die bizarrsten Gerüchte ausbreiten wie Infektionen?

Jedoch – dies alles war uns zwar unbekannt, und es ist ein ungemeines Verdienst unseres Autors, uns von einer so pittoresken Gesellschaft ein so farbiges Bild geschenkt zu haben, aber damit bewegen wir uns immer noch außerhalb der Geheimnisse, die der gigantische Bau verbirgt. Wer hätte gedacht, bevor er sie mit Raoul und Christine erstiegt, daß sich oberhalb der Bühne Geschoß auf Geschoß türmt und daß nicht weniger als sechzehn Stockwerke zu erklimmen sind, bevor man in schwindelnder Höhe über dem Gewimmel der Straße seine Zinne erreicht? Aber wenn den Leser dabei ein leichter Schauder anweht, so ist er nichts als die Vorahnung dessen, was ihn beim Abstieg in die Eingeweide des Kolosses erwartet. Was in Victor Hugos »Misérables« das unterirdische Labyrinth der Kloaken ist, von denen die Straßen von Paris unterminiert sind, das sind in Leroux' Opernhaus die »dessous«. Stufe um Stufe geht es hinab in eine Unterwelt von Korridoren, Treppen, Geheimtüren und wiederum Treppen und Korridoren, die von lemurenhaften Schattenwesen bevölkert sind, und weiter hinab in die Zone der Todesstille, wo im fünften Untergeschoß ein See sich erstreckt, an dem ein Nachen wartet, der nur einem einzigen Fährmann gehorcht.

Es ist durchaus nicht abwegig, sich archetypischer Vorbilder zu erinnern: des Abstiegs des Orpheus, des Aeneas in die Unterwelt oder der Wanderung Dantes durch die Hölle. Wie Dante ist Raoul begleitet von einem eingeweihten Führer, und wie Orpheus ist er entschlossen, nicht nur der physischen Gefahr, sondern auch dem lähmenden Schauder zu trotzen, um die Geliebte dem Herren dieses Reichs zu entreißen.

Befinden wir uns wirklich noch im Souterrain des Pariser Opernhauses oder nicht vielmehr in der Unterwelt der Mythen und der Alpträume? Und ist der Fürst dieser Welt wirklich nichts als ein irdisches Wesen, wie der Autor sich dokumentarisch zu belegen bemüht? Reichen die geheimen Kammern und Türen, die optischen und akustischen Effekte aus dem Arsenal profaner Taschenspielerei aus, um das urtümliche Schaudern zu beschwichtigen, das sie erregt haben? Sie möchten es, aber sie vermögen es nicht. E. A. Poe, selbst ein Klassiker des Unheimlichen hat einmal im Hinblick auf deutsche Schauergeschichten gesagt, sie stammten nicht aus Deutschland, sondern aus der Seele. Eben dort ist auch das Phantom der Pariser Oper beheimatet.

Aber »das Phantom der Oper hat existiert«, versichert Leroux, es war ein Mensch, wenn auch kein geradezu alltäglicher, vielmehr wie wir ergänzen können, eine hybride Kreuzung zwischen den Scheusalen des Schauerromans und den ahasverisch-luziferischen Helden Byrons, dem Faust Berlioz' und dem Fliegenden Holländer Richard Wagners: die Seele eines »Engels der Musik«, eingekerkert in den Körper eines Monstrums, das Abscheu erregt, wo es Liebe erfleht, ein Ausgestoßener, der der Menschheit heimzahlt mit Verachtung, Haß und Tücke, und der nichts heißer ersehnt als das einzige, was ihm verwehrt ist, die »Wonnen der Gewöhnlichkeit« – eines der überlebensgroßen Gleichnisse der Künstlerexistenz, an denen das nachromantische Bürgertum sich erbaute.

In dieser Gestalt sind die Grenzen des konventionellen Mysterienromans überschritten und ebenso mit der atemberaubenden Klimax in der unterirdischen Folterkammer, während der für vierundzwanzig Stunden nicht nur das Schicksal eines liebenden Paars, sondern der ganzen Welt in der Schwebe hängt, und die an erzählerischer Virtuosität ihresgleichen sucht. Die Geheimnisse sind entzaubert, aber der Schauder ist auch durch das erlösende Mitleid nicht beschwichtigt worden.

Richard Alewyn

Inhalt

Vorwort
*In dem der Verfasser dieses eigenartigen Buches
berichtet, wie er zu der Überzeugung gelangte, daß das
Phantom der Oper zweifellos existiert hat*
5

Erstes Kapitel
Ist es das Phantom?
11

Zweites Kapitel
Die neue Margarete
23

Drittes Kapitel
*In dem Monsieur Debienne und
Monsieur Poligny den neuen Operndirektoren
Armand Moncharmin und Firmin Richard zum ersten
Mal vertraulich den wahren und geheimnis-
umwitterten Grund für ihren Abschied
von der Académie nationale de
Musique nennen*
36

Viertes Kapitel
Die Loge Nr. 5
45

Fünftes Kapitel
Die Loge Nr. 5
(Fortsetzung)
54

Sechstes Kapitel
Die Zaubergeige
62

Siebtes Kapitel
Ein Besuch in Loge Nr. 5
84

Achtes Kapitel
In dem Firmin Richard und Armand Moncharmin die Kühnheit haben, »Faust« in einem »verwünschten« Saal aufführen zu lassen, was eine Katastrophe zur Folge hat
87

Neuntes Kapitel
Die geheimnisvolle Kutsche
106

Zehntes Kapitel
Auf dem Maskenball
116

Elftes Kapitel
Sie müssen den Namen der »Männerstimme« vergessen
129

Zwölftes Kapitel
Über den Falltüren
135

Dreizehntes Kapitel
Apollos Leier
145

Vierzehntes Kapitel
Ein Meisterstreich des Falltürfachmanns
176

Fünfzehntes Kapitel
Die seltsame Rolle einer Sicherheitsnadel
190

Sechzehntes Kapitel
Christine! Christine!
196

Siebzehntes Kapitel
*Mama Girys erstaunliche Enthüllungen
über ihre persönlichen Beziehungen zu dem
Phantom der Oper*
201

Achtzehntes Kapitel
Die seltsame Rolle einer Sicherheitsnadel
(Forstsetzung)
214

Neunzehntes Kapitel
Polizeikommissar, Vicomte und Perser
222

Zwanzigstes Kapitel
Vicomte und der Perser
228

Einundzwanzigstes Kapitel
Im Unterbau der Oper
237

Zweiundzwanzigstes Kapitel
*Interessante und lehrreiche Leidenswege eines
Persers im Unterbau der Oper*
257

Dreiundzwanzigstes Kapitel
In der Folterkammer
276

Vierundzwanzigstes Kapitel
Die Foltern beginnen
284

Fünfundzwanzigstes Kapitel
»Fässer! Fässer! Wer hat Fässer zu verkaufen?«
292

Sechsundzwanzigstes Kapitel
Skorpion oder Heuschrecke?
305

Siebenundzwanzigstes Kapitel
Ende der Liebesgeschichte des Phantoms
316

Epilog
327

Nachwort
337

Umberto Eco
Der Name der Rose

Roman
Aus dem Italienischen von Burkhart Kroeber
656 Seiten. Leinen im Schuber

In einer Abtei in Oberitalien, Ort eines hochpolitischen Treffens, geschehen befremdliche Dinge: Ein Mönch ist im Schweineblutbottich ertrunken, ein anderer aus dem Fenster gesprungen, weil seine Liebe zu einem dritten unerwidert blieb, ein vierter liegt tot im Badehaus. Gerüchte schwirren durch die Abtei, und nicht nur der Abt hat etwas zu verbergen. William von Baskerville, ein gelehrter Franziskaner und Exinquisitor aus England und sein Schüler, der junge Benediktinernovize Adson von Melk, die sich zu diesem Zeitpunkt in der Abtei befinden, um eine heikle politische Mission zu erfüllen, werden vom Untersuchungsfieber gepackt. Als William klar wird, daß die seltsamen Vorfälle etwas mit einem geheimnisvollen Buch zu tun haben, und er den Mörder findet, ist es zu spät.

»Die Leser sind zu beneiden, die die Lektüre von Umberto Ecos Roman noch vor sich haben.«
Jörg Drews, LESEZEICHEN

Carl Hanser Verlag

Milan Kundera
Die unerträgliche Leichtigkeit des Seins
Roman
Aus dem Tschechischen von Susanna Roth
Sonderausgabe 1988
304 Seiten. Gebunden

Einen Liebesroman hinter einem Buch mit dem eher philosophisch klingenden Titel ›Die unerträgliche Leichtigkeit des Seins‹ zu vermuten, liegt nicht eben auf der Hand. Aber das Buch Milan Kunderas ist auch nicht nur eine Liebesgeschichte, sondern ein Roman über die Liebe schlechthin, mit all ihren Möglichkeiten und mit allen ihren Widersprüchen und Fragen. Die Geschichte von Tomas und Teresa, einem der glaubhaftesten Liebespaare der modernen Literatur, wurde zu Recht schon kurz nach seiner Veröffentlichung in fast allen europäischen Ländern und den USA einer der großen Romane des 20. Jahrhunderts genannt.

»Wann werden wir endlich einen deutschen Roman erhalten, der sich so einfühlsam und nachdenklich mit Liebe und Sexualität befaßt und der das Individuum vor dem Hintergrund des Lebens hier und heute zeigt? Einen Roman, der überdies so intelligent und souverän, so lesbar und so unterhaltsam wäre?«
Marcel Reich-Ranicki,
FRANKFURTER ALLGEMEINE ZEITUNG

Carl Hanser Verlag

Milorad Pavić
Das Chasarische Wörterbuch

Lexikonroman in 100 000 Wörtern
Aus dem Serbokroatischen von Bärbel Schulte
1988. 368 Seiten. Leinen

DIE GEBRAUCHSANLEITUNG: Man kann das Buch an der Stelle beginnen, die sich beim Aufschlagen von selbst öffnet. Man kann es diagonal lesen, oder von hinten nach vorn. Man kann es natürlich auch vom Anfang bis zum Ende lesen.

DIE CHASAREN: ein Turkvolk, das zwischen dem 7. und 10. Jahrhundert am Kaspischen Meer siedelte und von dem heute kaum mehr eine Spur vorhanden ist. Irgendwann traten sie zu einer der großen Religionen über. Die Christen sagen, zum Christentum, die Moslems, zum Islam, die Juden, zum Judentum.

DAS BUCH: Es besitzt Ordnungswörter und Verweise, Quellen und einen Anhang. Es enthält ein christliches, ein islamisches und ein jüdisches Buch, und existiert in einer weiblichen und in einer männlichen Fassung. Es ist ein Abenteuerroman, ein Liebesroman, ein historischer Roman, eine Sammlung von Erzählungen und Versen, ein Traumbuch, ein Kriminalroman.

Carl Hanser Verlag

Julien Green
Von fernen Ländern

Aus dem Französischen von Helmut Kossodo
Erscheint Herbst 1988. Ca. 1.000 Seiten. Leinen

»Noch nie hat Julien Green, der Patriarch des französischen Romans, ein so umfangreiches und umfassendes Buch geschrieben. Und in einem ganz neuen Ton: es ist nicht nur ein Stimmungsroman, in dem die Personen wie aus einem geheimnisvollen Nebel auftauchen, sondern ein Geschichtsroman im klaren, großzügigen Stil, mit Bällen, Kutschfahrten, großen Diners, Häfen, in denen Baumwolle verladen wird und mit Plantagen, auf denen Sklaven arbeiten. Wir befinden uns im Jahre 1850 im tiefen Süden der Vereinigten Staaten, und es ist, als schöpfe Julien Green an seinem Lebensabend noch einmal Kraft in der fernen Welt seiner mythischen Anfänge und erschaffe eine verschwundene Welt neu, mit schwarzen Ammen und weißen Villen im Kolonialstil. Vielleicht hat Julien Green auch in einer Zeit, wo die Kritiker das Ende des Romans beklagen, ein Werk vorlegen wollen, das zwischen »Krieg und Frieden« und »vom Winde verweht« angesiedelt ist, zwischen Familiensaga und Kriegsepos.«

Le Nouvel Observateur

Carl Hanser Verlag